BECAUSE YOU
TREAD ON MY DREAMS

夢の上

2

紅輝晶・黄輝晶

多崎 礼

中央公論新社

BECAUSE YOU TREAD ON MY DREAMS

目次

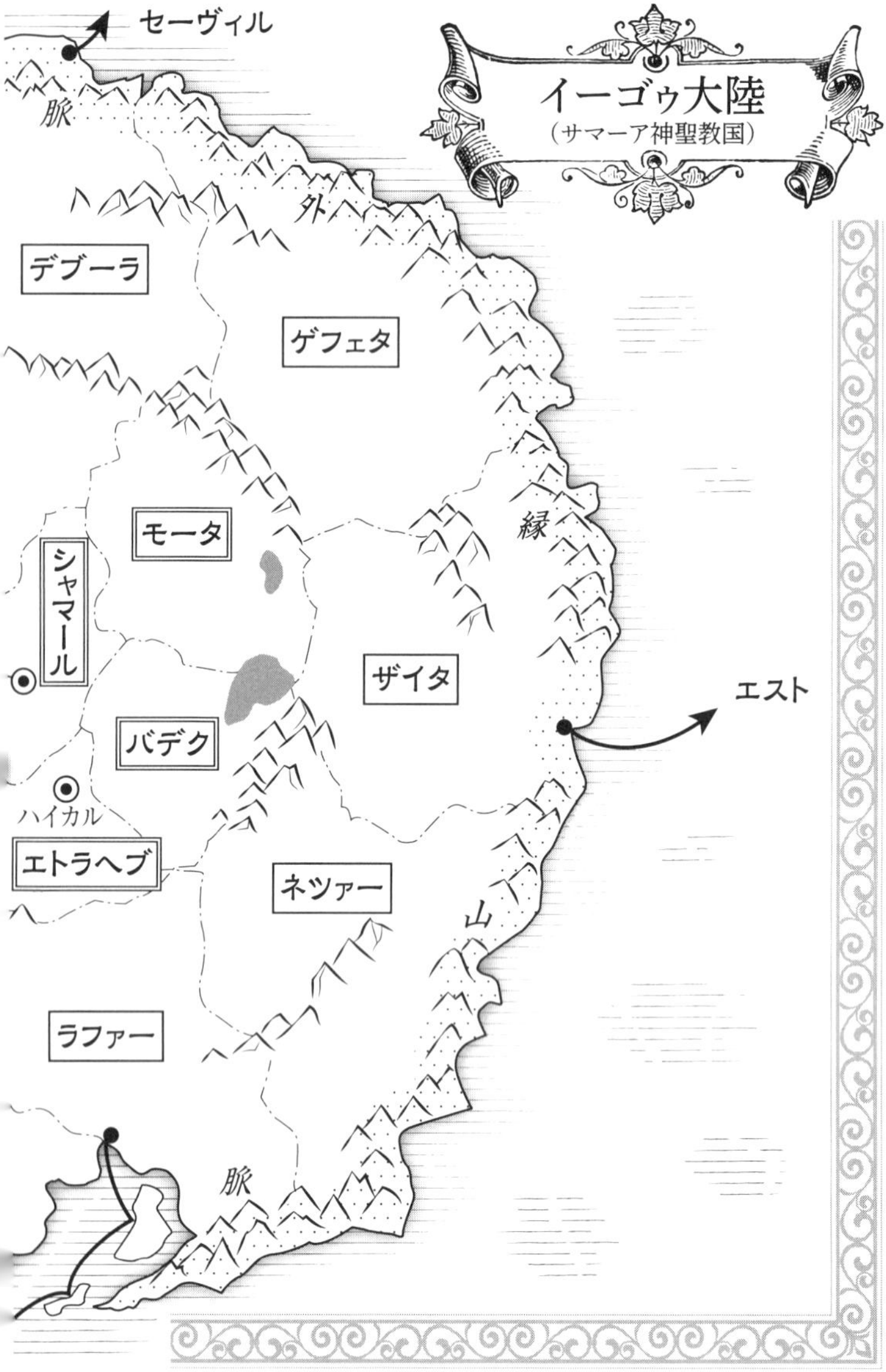
イーゴゥ大陸
（サマーア神聖教国）
セーヴィル
脈
外
デブーラ
ゲフェタ
縁
モータ
シャマール
ザイタ
エスト
バデク
ハイカル
エトラヘブ
ネツァー
山
ラファー
脈

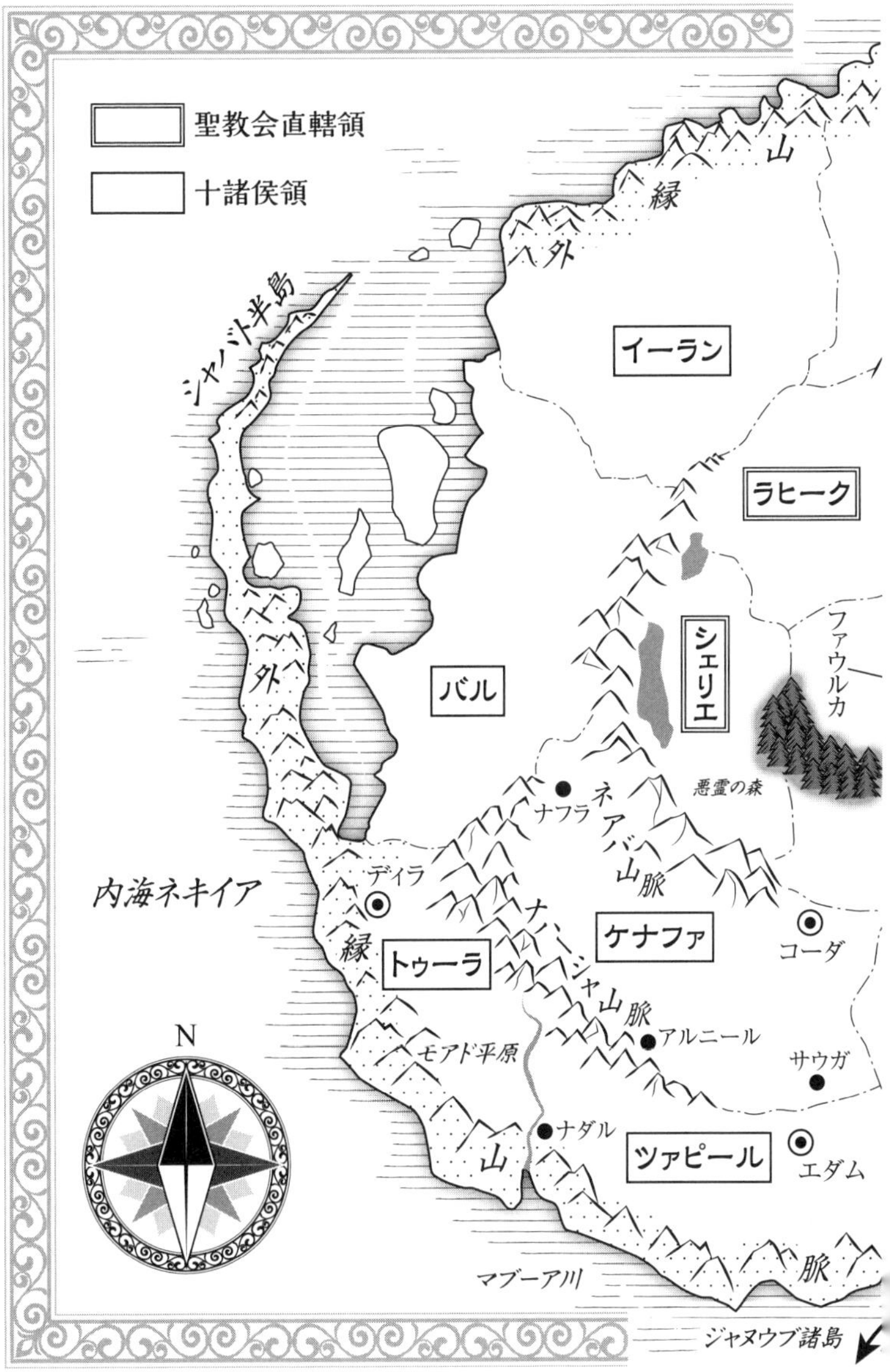

聖教会直轄領
十諸侯領
外縁山脈
シャノバト半島
イーラン
ラヒーク
バル
シェリエ
ファウルカ
悪霊の森
ナフラ
ネアバル山脈
ディラ
内海ネキイア
ケナファ
コーダ
トゥーラ
ナハシャ山脈
アルニール
モアド平原
サウガ
ナダル
ツァピール
エダム
マブーア川
ジャヌウブ諸島
N

夢の上

2

紅輝晶・黄輝晶

幕間（三）

夢売りは次の彩輝晶《さいきしょう》を手に取った。

三つめの彩輝晶は血のように赤い紅輝晶《こうきしょう》だった。

夢売りの手の上で、それは一段と輝きを増す。炎のごとく赤い幻光が燃え上がる。

「心の炎――その情念がかくも美しい紅輝晶を生む」

夢売りの声が広間に響く。

「身を焦《こ》がす炎。成し遂げられぬ夢。それは仮初《かりそめ》の時空を得て、一時《いっとき》の夢見となり、塵《ちり》となりて無に還《かえ》る」

夢売りは紅輝晶を左右の手で包んだ。

それを口元に近づけ、ふうっと息を吹きかける。

まっすぐに差し出された両手。開かれた掌《てのひら》とともに紅輝晶が花開く。

赤黒い炎が燃え上がる。うねるような炎に炙《あぶ》られて、夢売りの手もまた血塗られたように赤く染まる。

薄く尖《とが》った花片。赤々と燃える花芯《かしん》。すべてを切り裂くほど鋭く、すべてを燃やし尽くすほど激しく、怖気《おぞけ》立つほど美しい、火中に咲く孤高の花。

「これは誰よりも熱く、誰よりも激しい夢に身を焦がした『復讐者の遺言』」

びょうびょうと荒れ狂う風の音がする。

錆《さび》と土と、血の臭いがする――

第三章　紅輝晶

後悔していないと言ったら嘘になる。
私にもっと知恵と勇気があったなら、
これとは別の道を選べたかもしれない。
未来ある若者達の時空を奪わずにすんだかもしれない。
でも私は弱く愚かだった。
許すことも忘れることも出来なかった。
私は――
復讐を望まずにはいられなかったのだ。

闇は怖くない。夜は優しい。

そう教えてくれたのは、サフラだった。

昼は光神サマーアが支配する世界。神の御許《みもと》において人々は勤勉に働く。だが夜の闇は光神サマーアの姿を覆い隠す。そこでは人々は初めて安らかな眠りにつくことが出来る。

けれど、あの夜は違った。

魂を切り裂くような悲鳴で私は目を覚ました。寝台に身を起こし、夜の闇に耳を澄ませる。

静寂を破って、叫び声が聞こえてくる。


おおう……おおうおうおう……


言葉にならない声。胸が抉《えぐ》られるような慟哭《どうこく》だった。私は夜衣《やい》の上にガウンを羽織ると寝台を離れた。鎧戸《よろいど》を開き、外の様子を覗《のぞ》き見る。

赤茶色の屋根と煤《すす》けた白壁、素朴な町並み。いつもと変わらない夜。慈悲深い夜の腕《かいな》に抱かれて、アルニールは深い眠りについている。

その時、町の一角がぱあっと明るくなった。

一瞬遅れて爆音が響く。ビリビリと空気が振動し、私の体を震わせる。真っ赤な炎が噴き上がり、黒い煙が天を覆う。

「ハウファ様！」

扉が開く音。低い声が私の名を呼んだ。

振り返ると、戸口にサフラが立っていた。真夜中だというのに平服を身につけ、小剣を携えている。浅黒い肌、長い髪、焦茶色《こげちゃ》の思慮深い瞳が光木灯《こうぼくとう》の光を宿して青白く光る。

「何が起こったの？」

私の問いには答えず、サフラは私の手を取った。導かれるままに私は階段を下り、玄関広間に出る。そこには数名の使用人達と父ジャサーラ・アルニールの姿があった。

「何が起こったのですか？」

今度は父に問いかけた。それに父が答えようとした時、扉が開いて男が駆け込んできた。時空鉱山で働く鉱夫の一人だ。

「お館様、お逃げ下さい」

汚れた手足。ボロボロに焼け焦げた服。彼の様子を見て、私はようやくことの深刻さを悟った。

「誰だ？」押し殺した声で父が尋ねる。「誰が喰われた？」

魂を喰われた影使いは鬼《グル》となる。

あの炎は、鬼《グル》の発生を意味していたのだ。

このアルニールでは多くの影使い達が暮らしていた。彼らは鉱夫と一緒に時空鉱山に入り、死《し》影達《えい》の手から鉱夫達を守ってきた。もし鬼《グル》と化す者がいれば、彼らは真っ先に駆けつけて、それを倒す。同胞であっても家族であっても同情は許されない。影使い達に課せられた非情な掟《おきて》。それがこのアルニールを守ってきたのだ。けれど――

「町の者じゃございません。鬼《グル》になったのは見たこともない男です。どこかから運ばれてきて、この町に投げ出されたんです！」

鉱夫は悲鳴のように叫んだ。

「これは謀略です。聖教会の策略です。じき神聖騎士団がやってきます。お館様、どうかお逃げ下さい！」

影使いを庇《かば》うことも、ともに暮らすことも、光神サマーアへの背信行為だ。それはアルニールに住む者ならば皆承知していた。もしこの事実が聖教会に知られたら、この町を治める小領主ジャサーラ・アルニールでさえ厳罰は免れないということも。

だから父もアルニールの民達も、聖教会にことが発覚しないよう細心の注意を払っていた。

それでも、悲劇は起こってしまった。

開かれたままの扉、外から爆音が聞こえる。闇の中、光木灯を手にした人々が駆けていくのが見える。

「聖教会の奴《やつ》らめ、思い切ったことをする」

父は不敵に笑った。それは小領主アルニール伯としての顔ではない。あの大将軍エズラ・ケナファの右腕として名を馳《は》せた稀代《きたい》の豪傑、騎士ジャサーラの顔だった。

「我が剣と甲冑《かっちゅう》を持て！」

響き渡る声で父は命じた。

「子供達を避難所に急がせろ。『使い手』を集めよ。戦える男達は武器を持て。時間を稼ぐぞ！」

もしこれが聖教会の陰謀であるならば、どんな言い訳も通用しない。彼らの目的はアルニールを滅ぼすことなのだから。だとしたらどこに逃げても無駄だ。父は神聖騎士団を迎え撃つつもりなのだ。

「サフラ――」

召使いの手を借りて甲冑を身につけながら、父はサフラに呼びかけた。

「ハウファのことを頼んだぞ」

サフラは小剣の柄《つか》を握り、真顔で首肯《しゅこう》した。

それを見てから、父は私に視線を向ける。

「ハウファ、怨《うら》むならこの父を怨め。決してエズラ様を怨むでないぞ？」

騎士を引退し、領地に戻ると同時に、父は影使い達を土地に受け入れ始めた。それは彼の意志であり、ケナファ侯の意志でもあった。だからこそ不測の事態が発生したならばすべての責任を被《かぶ》ろうと、父は最初から覚悟を決めていたのだろう。

ここで別れたら、もう生きて再会することは叶《かな》わない。だが私も騎士の娘だ。最期まで気丈に振る舞った母のように、私も泣き叫んだりはするまい。

「お父様、ご武運を」

「ああ、お前も達者でな」

革手袋と手甲《てっこう》に覆われた腕で私を抱きしめてから、父は身を翻《ひるがえ》し、館を出て行った。その背を見送っていた私の肩に、サフラがそっと手を置いた。

「参りましょう」

私は頷《うなず》いた。裏口から屋敷を抜け出し、町外れを目指す。そこにある穀物倉庫、地下には隠し部屋がある。万が一の時はそこに逃げ込むよう、アルニールの民達は常々言い含められていた。

町の大通りは人で溢《あふ》れていた。サフラはしっかりと私の手を握り、人々をかき分けながら進んだ。

家々の屋根を舐《な》めるように炎が燃え広がっていく。火花が爆《は》ぜ、黒煙が渦を巻く。飛び散る火の粉と炎に炙《あぶ》られ、頬《ほお》が熱く火照《ほて》ってくる。

アルニールの民達は黒煙に咳《せ》き込《こ》みながら、それでも歩き続ける。助けを求める女の悲鳴。飛び交う怒号。混乱の中、親とはぐれた子供が泣き叫ぶ。

まるで悪夢のようだと思った。

だが本当の悪夢が始まったのは、その直後だった。

目指す穀物倉庫の方向から騎馬隊がやってくるのが見えた。黒煙をマントのようにたなびかせ、十数騎の騎影が駆けてくる。

ケナファ騎士団が助けに来てくれたのかと思った。

が、すぐに違うとわかった。

「エトラヘブ神聖騎士団だ！」

切り裂くような悲鳴が上がる。

町に逃げ戻ろうとする人、炎に追われて町を出ようとする人、大勢の人間が押し合い、ぶつかり合い、大通りは恐慌に陥った。

「容赦はいらぬ。すべて斬《き》り捨てよ！」

愉悦《ゆえつ》を含んだ男の号令。

馬上の騎士達が剣を抜き放つ。

神聖騎士達は縦横無尽《じゅうおうむじん》に馬を走らせた。人々が悲鳴を上げて逃げまどう。斬り倒された体から吹き出す鮮血。馬の嘶《いなな》き。踏み砕かれた手足。頭を割られた老婆が倒れる。泣き叫ぶ女が喉を裂かれる。親を捜して泣く幼子が、次々と蹄《ひづめ》にかけられていく。

阿鼻叫喚《あびきょうかん》の直中《ただなか》に、私は呆然《ぼうぜん》と立ちつくした。

働き者で心優しいアルニールの民。慎ましくささやかな幸せを守ってきた人々。

その命が、未来が蹂躙《じゅうりん》されていく。

こんなことが許されるはずがない。光神サマーアがこんな暴挙をお許しになるはずがない。

「おやめなさい！」と叫ぼうとした。一瞬早く、サフラが私の口を押さえ、裏道へと引きずり込む。

「ここは危険です。館に戻り、身を潜めて、救援を待ちましょう」

その手を振り払い、私はサフラを振り返った。

「何を言うの。私はジャサーラ・アルニールの娘。領民を置いて逃げるわけにはいかないわ」

「お嬢様をお守りするのが私の役目です」

サフラは小剣の柄に手をかけ、私を見上げた。怖いほど真剣な顔をしていた。いざとなれば私を昏倒《こんとう》させてでも、この場から連れ出そうという意志が透けて見えた。腕力ではサフラにかなわない。言い争っている時間もない。不本意ではあるけれど同意するしかなかった。

私達は裏道を抜け、屋敷に戻った。

二階から下卑《げび》た嘲笑が聞こえてくる。神聖騎士団だ。どうやら父や私の私室を漁《あさ》り、装飾品や調度品を物色しているらしい。

私達は足音を忍ばせて廊下を抜け、地下への階段を下った。地下倉庫には乾燥させた葉煙草《スィガーラ》の葉を詰めた袋と、年代物の葡萄酒《マハル》の樽《たる》が並んでいる。その大樽の隙間に私達は身を隠した。

「お怪我《けが》はありませんか？」

小声で囁《ささや》き、サフラは私の顔を覗き込む。扉の下から忍び込む薄明かりの中、その頬に点々と血が飛沫《しぶ》いているのが見えた。よく見れば、私の腕も服も血と泥と煤で汚れている。

堪《こら》えきれず、私は呟いた。

「光神サマーアはどうしてこんな非道をお許しになるの？」

影使いとはいえ、人であることに変わりはない。家族を大切に思い、愛する人を守りたいと思う気持ちに変わりはない。

「こんな非道をお許しになるのなら、私は神など信じない。そんな存在を、私は神とは認め――」

サフラが素早く私の唇《くちびる》に人差し指を押し当てた。

靴音が近づいてくる。

言葉を飲み込み、私は唇を噛《か》みしめた。

扉を開く音がした。光木灯の明かりが差す。乾燥肉を咀嚼《そしゃく》するくちゃくちゃという音とともに、浮かれた声が叫ぶ。

「うひょう！　今夜は飲み放題だぜ！」

「飲む前にきちんと探せよな」

「わかってるさ」

葉煙草《スイガーラ》の袋が投げ出される音。

「で、そのアルニール伯の娘。すげぇ美人だって話、ホントなんだろうな？」

「本当さ。前に見たことあるんだ。殺すにゃもったいねぇほどの美人だった」

冷やかすような口笛。

「そりゃ、ぜひとも一番乗りしとかねぇとな」

「冗談、オレが先に決まってるだろうが」

私は手探りでサフラの手を取った。

その掌《てのひら》に指で文字を書く。

『私を殺せ』

暗がりの中、サフラが息を飲む気配がする。

『私は騎士の娘。奴らに辱《はずかし》められるくらいなら、潔《いさぎよ》く死を選ぶ』

サフラは私の手を握った。震える指で私の掌に答える。

『貴方《あなた》のことは私が守る』

私はサフラを見上げた。わずかな光を反射して焦茶色の瞳が輝く。それは暗闇に灯《とも》された篝《かがり》火《び》。息を飲むほど美しい炎。

サフラの冷たい指先が、私の掌に言葉を綴《つづ》る。

『貴方は私を助けてくれた。生きる目的を与えてくれた。貴方のためになら、この身が結晶化しても悔いはない』

次の瞬間、鳩尾《みぞおち》に衝撃を受けた。当て身を受けたのだと理解するよりも早く、目の前が暗くなる。息が出来ない。叫びたくても声が出ない。

「さよなら、ハウファ様」

サフラの気配が遠ざかる。男達の怒号が聞こえる。何かが押し潰されるような音がする。地下室に強風が荒れ狂い、大きな酒樽がぐらぐら揺れる。

薄れていく意識の中、私はそれを理解した。

サフラ……ああ、サフラ――

貴方、影使いだったのね。


気を失っている間に夢を見た。

サフラに出会った時の夢だった。

当時、私は十二歳。大人でもなく、もはや子供でもない。そんな背伸びをしたい年頃だった。私は皆の役に立ちたいと願い出て、アルニールにひとつしかない治療院で病人や怪我人の手当てを手伝っていた。

そこに奴隷の子供が運び込まれてきた。旅の途中で熱病にかかり、捨てられたらしかった。

「厄介なものを拾ったものだ」

高熱に浮かされるその子を、大人達はもてあましているようだった。

「伝染するといけない」

「可哀相だが処分するしかないな」

それを聞いて、私は憤《いきどお》った。この子はまだ生きている。必死に生きようとしている。なのにどうしてそんな残酷なことが言えるのだ？

「この子は私が看病します」

私が宣言すると、大人達は驚き、困惑した。

「無茶を言わないで下さい、お嬢様」

「流民一人のために、この町を危険にさらすことは出来ないのです」

「ではこの子を離れの小屋に運びなさい。もし私がこの子と同じ病にかかったなら、その時は私ごと小屋に火をかけなさい」

「馬鹿なことをおっしゃらないで下さい。お嬢様はアルニール家唯一の御世継ぎなのですよ？」

「人の命は平等です。流民だろうが貴族だろうが命の重さに変わりはありません」

無茶なことを言ったと思う。だがあの頃の私は正義がまかり通ると本気で信じていたのだ。

父をはじめとする大人達の反対を押し切り、私は不眠不休で看病にあたった。その甲斐《かい》あって子供は少しずつ回復していった。

意識を取り戻したその子は、何度も何度も私に礼を言った。

「困っている者を助けるのは小領主の娘として当然の務めです」

細かく砕いた小麦《ヘター》の粥《かゆ》を食べさせてやりながら、私は尋ねた。

「それで、お前の名前は？」

「ずっと奴隷として生きてきたんで──名はありません、です」

「なら、今まで何と呼ばれてきたのです？」

「『おい』とか『こら』とか『このクズ』とか」

そう言って、その子は恥じ入るように俯《うつむ》いた。

流民の子供は奴隷として売られる。その多くは名前すら与えられず、家畜同然に扱われる。そんな厳しい現実を当時の私はまだ知らなかった。私は驚愕した。憤慨した。同時に優しい父や町のみんなに甘やかされて生きてきた自分を、とても恥ずかしく思った。

「では今日からお前をサフラと呼びます」

私の言葉にサフラは目を見張った。

「サフラ──？」

「古い言葉で『月』という意味です。私達には見ることは叶いませんが、月とは暗い夜空を明るく照らすものなのだそうです」

「そんなキレイな名前……」サフラはおどおどと目を伏せた。「私には似合わない、です」

「人の価値は生まれで決まるわけではありません。どのように生きたかで決まるのです。その名に恥じぬよう生きればいいのです」

痩《や》せ細った手を握り、私は言った。

「サフラ、私の友達になってくれますか？」

「も……もったいないお言葉……」

焦茶色の目が潤んだ。こけた頬を涙が伝い落ちた。

「私にあるのは卑しいこの身だけ。お嬢様に救われたこの命だけ、です」

呟くように言って、サフラは頭を下げた。

「私の時空はすべてお嬢様のもの、です」

こうしてサフラは私の従者となった。頼もしい護衛として、かけがえのない友人として、私の傍《そば》には常にサフラの姿があった。

私はサフラに読み書きを教えた。サフラは私に各地で見聞きしたことを話してくれた。いろいろな土地を流れながら生きてきたサフラは、とても物知りだった。見たことも聞いたこともない土地の話に私は心躍らせ、自分も旅に出てみたいと願うようになった。けれど貴族の娘が自由気ままに世界を旅することなど許されるはずもない。父は一人娘の私に甘かったが、理由もなくアルニールを離れることはさすがに許してくれなかった。

そこで私はサフラとともに空想の世界で遊んだ。旅の劇団にいたというサフラはたくさんの劇物語を知っていた。騎士達の英雄譚《たん》。王城での恋物語。私の部屋を舞台に、私達は物語の世界に耽溺《たんでき》した。

私は姫となり、サフラは騎士となって、世界中を旅して回った。神聖騎士団に虐《しいた》げられている町の人々を救い、草原を縦横無尽に駆け回って夜盗と戦い、はるか大海原に漕《こ》ぎ出して幻の秘宝を探した。

空想は尽きることがなかった。

時間を忘れるほど楽しかった。

「私はハウファ様のもの」

サフラは言った。悲しくなるほど優しい声で。

「私の望みはただひとつ。生涯ハウファ様のお傍にいて、ハウファ様に尽くすことです」

私はサフラを愛した。たった一人の肉親である父よりも、私はサフラを愛した。幼い恋だと皆は笑った。年頃になれば忘れてしまうよ、と。

笑いたければ笑うがいい。私は知っている。これほど真剣に誰かを愛することなどもう二度とない。サフラが傍にいてくれたらそれだけでいい。たとえ生涯アルニールを出ることが叶わなくても構わない。

けれど光神サマーアは、そんなささやかな願いさえ許してはくれなかった。

私は目を覚ました。

あたりは暗く、静まりかえっていた。悲鳴も、神聖騎士団の声も、家々が焼け落ちる音も聞こえない。

私は酒樽と酒樽の隙間に挟まれていた。身動きも出来ず、手を上げることすらままならない。

「サフラ――？」

呼びかけても返事はない。

「サフラ！　答えなさい、サフラ！」

私は叫んだ。声の限りに叫び続けた。神聖騎士団に聞かれても構わなかった。

「サフラ、返事をして！　戻ってきて！　私を一人にしないで！」

やがて喉は嗄《か》れ果て、声も出なくなった。

私は目を閉じ、息を止め、時間を止めようとした。サフラのいない世界など認めない。絶対に認められない。サフラのいない世界の空気を吸ってはいけない。時間を重ねてはいけない。心臓も呼吸もこのまま止まってしまえばいい。

なのに私の心臓は鼓動を続け、肺は新しい空気を求め、耐えきれずに息をしてしまう。いつまでも一緒だと誓ったのに、私だけが時に押し流されていく。時の隔たりが私とサフラを引き裂いていく。

樽に挟まれたまま私は目を閉じた。浅い眠りに落ちては夢を見て目を覚ます。それを幾度となく繰り返した。涙も声も嗄れ果てた。喉の痛みも手足の感覚も次第に失われていった。

心が罅割《ひびわ》れ、砕けていく。

ゆっくりと私は死んでいった。

暗い地下室では昼も夜もわからない。神聖騎士団に見つかることもなく、助けに来る者もないまま、どれほどの時が経過しただろう。

「ハウファ様――？」

誰かが私の名を呼んだ。力強い手が私の腕を摑《つか》み、樽の隙間から私の体を引っ張り出す。

ぼんやりとした光の中、甲冑に身を包んだ男達が見える。その外衣に染め抜かれた翼の紋章。ケナファ家の紋章だった。

「まだ息がある！」

ケナファの騎士が私を抱き上げる。視界が揺れる。私を抱いた騎士は階段を駆け上り、屋敷の外へと走り出る。

天を覆う灰色の時空晶《じくうしょう》。焼け焦げた家々から黒い煙が立ちのぼる。道は赤黒い泥にぬかるんでいる。あちこちに無数の黒い塊が転がっている。

それは、おびただしい数の遺骸だった。

アルニールは略奪され、火をかけられ、完膚《かんぷ》無きまでに破壊されていた。女も子供も、影使いもそうでない者もすべて虐殺されていた。

父も死んだ。サフラの行方はわからなかった。影使いはすべての時空を失うと結晶化して砕け、骨さえも残らないという。私はサフラを埋葬してやることすら出来なかった。

それでも私は何も感じなかった。

怒りも悲しみもなく、涙も流れなかった。

私の心は死んでしまった。

炎の中で死んでいったアルニールの民、父やサフラとともに、私の心は死んでしまったのだ。

惨劇の夜を生き残ったのは、私を含めてほんの数名だけだった。わずかな生存者はケナファ騎士団の居城であるサウガ城へと移された。

私はコーダにあるケナファ侯の屋敷に招かれ、そこでエズラ・ケナファと会った。人払いをした部屋で、彼は私に真実を話してくれた。

「影使い達を集め、彼らに居場所を作りたいと言ったのは私なのだ。もちろん危険は承知していた。充分に警戒したつもりだった。まさかエトラヘブ卿が、あのような強硬手段に打って出るとは思ってもみなかった」

苦痛に顔を歪《ゆが》め、ケナファ侯は深々と頭を下げた。

「すべては私の甘さが原因だ。アルニール伯や貴方をはじめとするアルニールの民達には詫《わ》びる言葉もない」

アルニールの襲撃を指示したエトラヘブ卿は神聖院でこの問題を取り上げ、自らの正当性を主張したのだという。アルニール伯は影使いを集め、光神王への反逆を企てた。それゆえに自分は彼を討伐《とうばつ》したのだと。

影使い達を匿《かくま》ったことがケナファ侯の指示だと知れたら、ケナファ侯も罪に問われる。彼が厳罰を受ければケナファ領は没収され、エトラヘブ聖教会直轄領に併合される。そうなれば領民達は重税を課せられ、奴隷にも等しい扱いを受けることになる。

大将軍エズラ・ケナファは光神王の信頼も厚く、民衆にも人気があった。彼は常に民の立場を考え、神聖院にも意見する。六大主教にとっては目障りな存在だった。ケナファ侯を政《まつりごと》の舞台から追い落とす。それこそが神聖騎士団にアルニールを襲わせた真の目的だったのだ。

「すべてはエトラヘブ卿が仕組んだこと。しかし反論は出来ぬ。ケナファ領を守るためには知らぬ存ぜぬを貫き通し、アルニール伯には逆賊という汚名を被っていただかねばならぬ。身勝手な言い分だということは重々承知している。許してくれとは言わぬ。怨んでくれて構わない。だからどうかこのことは貴方の胸の内にのみ、留めておいていただきたい」

「怨んではおりません」

嘘ではない。あの日以来、私は泣くことも怒ることも出来なくなっていた。私の心はアルニールとともに朽《く》ち果てた。心を持たない者が、どうして誰かを怨むことなど出来よう。

「父はすべて承知しておりました。承知の上でお役目を引き受けたのです」

淡々と言う私にケナファ侯が何を感じたのかはわからない。誰かの心を推し量ることさえ、私には不可能だった。

でも、これだけは理解出来る。

ケナファ侯が私に「貴方を養女に迎えたい」と申し出たのは、皆が噂《うわさ》したように、私を後添えに迎えるためではない。ケナファ侯は今でも亡くなった奥様を愛していたし、その忘れ形見であるイズガータ様を心から愛していた。

彼が私を引き取ったのは、罪悪感からだった。


館の者達の献身的な看護を受けて、私の体は少しずつ回復していった。

私はそれが不思議でならなかった。

なぜ私の体はこうも浅ましく生き続けようとするのだろう。心はもう死んでいるのに、どうしてこの体は息をし、傷を癒《い》やしていくのだろう。

いっそ死んでしまえばよかった。アルニールで、サフラとともに。そう思いながらも自死を選ばなかったのは、やはりサフラのためだった。私が命を存《なが》えたのはサフラが助けてくれたから。私の命はこの世にサフラが生きた証《あかし》だ。それを私が消してしまうわけにはいかなかった。

泣くことも狂うことも出来ないまま、鎧戸を閉め切った暗い部屋で、私はサフラと過ごした日々を回想し続けた。二人で作った物語。数々の冒険譚。思い出の中ではすべてを忘れることが出来た。

その夜も、私は寝台の上に上体を起こし、サフラと過ごした楽しい日々を思い出していた。

ふと視線を感じ、私は顔を上げた。

細く開いた扉の隙間、一人の少女が部屋の中を覗き込んでいる。私が手招くと、少女はそっと扉を開き、おずおずと部屋に入ってきた。

まっすぐな黒髪を両耳の後ろで結い、白い夜衣を着て、本を胸に抱えた少女。大きな青い目が私を見上げる。父親譲りの瞳の色を見て、私はこの少女がイズガータ・ケナファであることを知った。

「こんばんは」頭を下げて、イズガータは礼儀正しく挨拶する。「貴方がハウファ・アルニール？」

その問いかけに、私は頷く。

「ハウファと呼んでもいい？」

もう一度頷いてみせると、少女は少し恥ずかしそうに首を傾《かし》げる。

「私、眠れないの。ハウファ、ご本を読んでくれる？」

答えるかわりに、私は再び彼女を手招いた。

イズガータは嬉しそうに駆け寄ってきて、寝台によじ登った。私は膝の上に本を置き、物語を読んで聞かせた。イズガータは私にぴったりと身を寄せて、じっとそれに聞き入っていた。

やがてイズガータの頭がこくり、こくり、と揺れ始めた。第一章を読み終えた時、彼女は私の隣ですっかり寝入っていた。私はイズガータに毛布をかけ、小さな体に寄り添うようにして身を横たえた。イズガータは小さく温かく、その髪からは枯れ草の匂いがした。

次の夜も、その次の夜も、イズガータは私の部屋にやってきた。屋敷の召使い達は私を気遣い、イズガータを自室に留めようとしたようだ。けれど部屋に鍵をかけても見張りを立てても、イズガータは大人達を出し抜いて、毎晩私の部屋に現れた。

ある日、召使いの一人が心配そうに問いかけた。

「あの、お邪魔ではありませんか？」

「いいえ」と私は答えた。「イズガータ様と一緒に寝ると、悪夢を見ずに眠ることが出来ますので」

「左様《さよう》でございますか」

召使いの女は、ほっとしたように笑った。

「イズガータ様は私達の手に負えないほど活発なお嬢様でございまして……これがご子息であったなら、私どもも心から喜べるのですけれども」

十諸侯の令嬢とは思えないほどイズガータはお転婆《てんば》だった。彼女は昼夜を問わず、私の部屋を訪れるようになった。野の花を摘《つ》んでくることもあれば、不気味な虫を捕まえてくることもあった。それに対し、私は笑うことも驚くことも出来なかったが、それでも彼女は私に素直な親愛の情を寄せてくれた。

イズガータは寂しかったのだと思う。幼い頃に母親を亡くし、父であるエズラ・ケナファは一年《サナ》のほとんどを騎士団の居城であるサウガ城で過ごし、滅多に館には戻らなかった。礼儀を重んじる彼女の側近達は、彼女が屋敷の外で遊ぶことを喜ばなかった。イズガータは同じ年頃の友達もなく、孤独な思いを抱えていたのだ。

抜け殻のような私でも、誰もいないよりはましだろう。請われるまま私は毎晩イズガータに本を読み聞かせた。読む本が尽きると、今度はサフラと遊んだ空想の物語を話して聞かせた。

イズガータは目を輝かせ、私の話に聞き入った。「もう眠らなくては駄目です」と言っても、「もう少しだけ」と言って、なかなか寝つこうとはしなかった。

イズガータの笑顔は、私に変化をもたらした。

一年《サナ》もすると、私は微笑むことが出来るようになった。それは心を伴わない偽りの微笑みだったけれど、周囲はそれを喜んでくれた。

六歳になったイズガータは、かねてからの約束通りコーダの屋敷を出て、サウガ城に移ることになった。ケナファ侯は身分の分け隔てなく、力のある者を重用《ちょうよう》する方だった。だからケナファ騎士団の騎士は、神聖騎士団のように貴族や神籍《しんせき》出身の者ばかりというわけにはいかなかった。イズガータに礼儀作法や学問を教えていた教師達はみんな女性だったから、粗野な騎士達がいるサウガ城に移ることを嫌がった。

そこで私は「私が教師になりましょう」と名乗り出て、イズガータとともにサウガ城へと移った。

サウガ城は活気に満ちていた。毎朝、大勢の職人や使用人達が城に働きにやって来た。その中には子連れの者もいた。城の作業場で遊ぶ子供達とイズガータはすぐに仲良くなった。彼女の行く所には、必ず子供達の輪が出来るようになった。

イズガータが特に気に入っていたのは、アーディンという名の涼やかな目をした馬丁の少年だった。アーディンは流民の出だったが、とても博識で思慮深い子だった。私がサフラに心惹《ひ》かれたように、イズガータも彼に淡い恋心を抱いているようだった。

イズガータが行方をくらますたびに、私は彼女を探して城内を歩き回った。けれどアーディンがいる厩舎《きゅうしゃ》だけは決して探さなかった。貴族の娘と流民の子。身分の差という現実は、いつか二人を引き裂くだろう。だからこそ今だけは彼らの時間を守ってやりたかったのだ。

そんな考えを余所《よそ》に、若い騎士達は私に手助けを申し出てくれた。騎士達はみんな陽気で、噂に聞いていたほど粗野でもなかった。しかも、どういうわけか、彼らは私を慕ってくれた。花をくれる者もいれば、髪飾りをくれる者もいた。美しい韻《いん》を踏む恋の詩をくれた者もいた。

だが、それらの贈り物が私を揺り動かすことはなかった。城の円塔から望む景観も、丘を吹き抜ける爽やかな風も、無骨ながらも心優しい騎士達も、無邪気なイズガータの笑顔や親愛に満ちた抱擁《ほうよう》でさえ、私の心を蘇《よみがえ》らせてはくれなかった。

私の心は死んだままだった。微笑みを浮かべた顔の皮を剝《は》げば、そこには虚無が広がっている。私は内側から腐り落ち、ドロドロとした泥濘《でいねい》の中に飲み込まれていくようだった。


サウガ城に移って一年《サナ》が過ぎた、ある日のこと。

サウガ城は六大主教の一人エトラヘブ卿ラカーハ・ラヘシュの使者を迎え入れた。来訪の用件がアルニールに関することと聞き、私はケナファ侯に同席の許可を求めた。ケナファ侯は渋い顔をしながらも、発言しないことを条件に、それを許してくれた。

もてなしの用意がなされたサウガ城の謁見室《えっけんしつ》で、エトラヘブ卿の使者は居丈高《いたけだか》に言った。

「エトラヘブ卿はケナファ侯に、光神王への忠誠心を示せとおっしゃっている」

「それは心外でございますな」ケナファ侯は口元だけで笑った。「我が騎士団は光神王の御為《おんため》、日夜鍛錬に励んでおります」

「侯が騎士団を鍛えるのは、侯の野望のためではないかと光神王はお疑いなのだ」

使者はちらりと私を見てから、ケナファ侯に目を戻した。

「アルニール伯の反乱を忘れたわけではあるまいな。侯は監督が行き届かなかったと申したが、それで疑いが晴れたわけではない。ケナファの不始末はそれを管轄するエトラヘブ卿にも跳ね返る。侯の不始末のために、エトラヘブ卿は多大なる被害を被《こうむ》ったのだぞ？」

「それについては重ねてお詫び申し上げる」

ケナファ侯は頭を下げた。顔を伏せたまま視線だけを上げて、使者の顔を見る。

「我が不徳の反省を込め、この三年間《サナ》、聖教会には例年の倍の喜捨《きしゃ》をして参ったが、エトラヘブ卿はさらなる喜捨をお望みか？」

「時空晶の問題ではない。卿は口先だけの忠誠ではなく、決して揺らぐことのない証拠をお望みなのだ」

「はて、時空晶以上に確かな証拠など、この世にございましたかな？」

「惚《とぼ》けるのも大概になさい」細い目をさらに細めて使者はケナファ侯を睨《にら》んだ。「かねてから十諸侯は、その忠誠心を示すため、光神王に娘を差し出してきたであろう？」

ぴくり、とケナファ侯の肩が震えた。

彼の反応を楽しむように、使者はゆっくりとエブ茶を口に含む。

テーブルの下で拳《こぶし》を握り、ケナファ侯は低い声で言い返した。

「そんな風習、すでに風化しておる」

「侯がこの風習を嫌っていることは承知している。だが置かれた状況をよく考えることだ」

「イズガータはまだ八歳ですぞ？」

さすがに憤った声でケナファ侯は言い返した。

「それにイズガータは一人娘。いずれは婿を取らせ、ケナファ家を継いで貰《もら》わねばなりませぬ」

「おお、だからこそ忠誠の証になるのではないですかな？」

ケナファ侯は下唇を噛んだ。イズガータを後宮に取られたら、ケナファ家の跡継ぎがいなくなる。断ればケナファ侯への不信が強まる。エトラヘブ卿はアルニールの惨劇を引き起こした張本人だ。敵に回せば第二、第三の悲劇を引き起こしかねない。

「まあ、他に方法がないわけでもない」

何が気になるのか、使者はちらちらと私に視線を向ける。

「まだ八歳の子供を差し出すよりも、もっとよい方法があろう？」

それを聞いて、ケナファ侯が気色《けしき》ばんだ。

「何者であろうとケナファの民を生け贄《いにえ》に差し出すつもりはない。そのような真似をしてまで忠誠を示せなどと光神王がおっしゃるはずがない！」

「どう解釈しようと侯の勝手。だがアルニールの件には光神王も不快の念を示されたこと、よもや忘れたわけではあるまい？」

使者は小馬鹿にするように鼻で嗤《わら》った。

「それに侯はエトラヘブ卿に借りがあろう？　エトラヘブ卿はいち早くアルニール伯の謀反《むほん》に気づき、侯の危機を救ったのだ。それを忘れて貰っては困る」

よく言う。その罠《わな》を仕掛けたのはエトラヘブ卿ではないか。エトラヘブ卿がアルニールを焼き、その未来を奪ったのではないか。なのにまだ足りないのか。光神サマーアはさらなる生け贄を求めるのか。

許せない――

鼻の奥に血の臭いが蘇る。肌を焦がす炎を感じる。

腐肉に埋もれ、冷たく凍りついていた心が疼《うず》く。

その瞬間、私は悟った。

この体が生きようとしたのは彼らに復讐するためだ。アルニールの民の命を奪い、父やサフラを殺した神聖騎士団。影使い達を弾圧し、それを正義と言って憚《はばか》らない聖教会。その頂点に立ちながらすべてを看過した光神王。彼らに復讐するために、私は生き存えたのだ。

「では、私が後宮に参ります」

私の言葉に、ケナファ侯は顔を撥《は》ね上《あ》げた。

「私は養女ですが、それでもケナファ家の娘です」

私が微笑んでみせると、使者は露骨に機嫌をよくした。

「ハウファ様ほどの器量であれば、文句を言う者もおりますすまい」

そうか。この顔は武器になるのか。ならばそれを最大限に利用しよう。何だってしてみせよう。光神王を殺すためなら地の国《トゥホーマ》に堕《お》ちたって構わない。

「それでは、よい返事を期待しておりますぞ」

そう言い残し、使者はサウガ城を後にした。

人払いをした謁見室。ケナファ侯は顔を強《こわ》ばらせたまま、呻《うめ》くように言った。

「なぜあのようなことをおっしゃったのです」

「お許し下さい。そうするのが一番の良策だと思ったのです」

後宮に入れば光神王に会える。閨《ねや》の中では警備も手薄になるはず。隙を突ければ、私のような非力な女でも光神王を殺せるはずだ。

けれど、私の真意など知るべくもないケナファ侯は憤慨《ふんがい》したように頭を振る。

「貴方は恩義あるアルニール伯の忘れ形見。生け贄に差し出すことなど出来るはずがない」

生け贄になるつもりはない。が、それをケナファ侯に悟られるわけにはいかない。私が光神王を暗殺すればエトラヘブ卿はもちろんのこと、ケナファ侯も厳罰は免れない。もし私の本意を知ったなら、彼は決して私をサウガ城から出さないだろう。

それでなくても情に厚いケナファ侯のこと。ケナファ領民のためといっても、簡単に納得はするまい。ならば彼の弱みを突く。彼がいまだに抱き続けている罪悪感を利用するのだ。

「父は私の花嫁姿を見たがっておりました。けれどアルニールの娘という負い目ゆえ、結婚は出来ないものと諦めておりました」

サフラと演じてきた数々の物語。その中から可憐《かれん》で夢見がちな姫の役を選び出す。

「私はすでに十八歳。おそらくこれが最後の好機です。もしこのお話をお断りしたら、私は生涯結婚することは叶わないでしょう」

ケナファ侯は信じられないという顔をした。

「後宮に入ることを望んでいるとおっしゃるか？」

「はい。アルニールの民の冥福《めいふく》を祈るのに、光神王のお膝元ほど相応《ふさわ》しい場所はございません」

「貴方は後宮という場所をご存じない。あそこは魔窟《まくつ》だ。一度入れば二度と生きて王城の外に出ることは叶わない」

「アルニールの民とともに滅びるはずだったこの身です。彼らの無念を思えば、耐えられないことなどございません」

「どうしても行かれるおつもりか？」ケナファ侯は私に詰め寄った。「義理立てなどして下さるな。アルニール伯だけでなく、その娘である貴方まで犠牲になるなど、あってはならないことだ」

「これは私の我《わ》が儘《まま》です。犠牲などとおっしゃらないで下さい」

私は目を伏せた。己の目に泣けと命じる。

偽りの涙が一筋、頬を伝っていく。

「私は辛《つら》いのです。イズガータ様とケナファ侯を見ていると、父との日々を思い出してしまうのです。恩義あるケナファ侯に対し、失礼な物言いであることは重々承知しております。ですが誠に私のためを思って下さるのであれば、私を後宮に送り出して下さいませ」

ケナファ侯は答えなかった。彼は一歩後じさると、「返答はしばらく待って欲しい」と言った。

だが私は確信していた。彼は必ず私の申し出を受け入れる。ケナファ侯は有能な領主だ。いつでも領民のことを考え、最良と思われる答えを出す。ならば今回もアルニールを切り捨てた時のように、非情とも思える判断を下すはずだ。

数日後《ヤウム》、私はケナファ侯から返答を貰った。

「ハウファ殿、貴方を頼らせていただく」

彼は私に頭を下げた。そして嗚咽《おえつ》を堪えるかのような震える声で続けた。

「亡き妻の名にかけて誓う。いつか必ず、貴方を後宮から救い出す。それまで貴方のお命、どうか私に預からせていただきたい」

心の中で快哉《かいさい》を叫びながら、私は慎ましやかに頷いてみせた。

これで後宮に行くことが出来る。光神王に会うことが出来る。そう思った矢先、私は思ってもみなかった猛反発を受けることになった。あのイズガータが、私が後宮に行くことを聞きつけたのだ。

「行っちゃ嫌だ！」

イズガータは炎のように怒り狂い、嵐のように泣きじゃくった。

「嫌だ。ハウファが私の身代わりになるなんて絶対に嫌だ！」

彼女は私にすがりつき、父や侍女達に引っ張られても、決して手を放さなかった。やがて泣き疲れて眠ってしまうまで、彼女は私を解放してくれなかった。

もし私が光神王を殺したら、ケナファ侯の娘であるイズガータも無事ではすまない。よくて国外追放、下手をすれば処刑される。

それでも私の決意は揺らがなかった。

誰を巻き込もうと、どんな不幸を招こうと、光神王に復讐する。

そのために私は生き存えたのだ。


私はエトラヘブ卿の養女となり、神籍を得てから後宮に入ることになった。

準備を進める私に、ケナファ侯は花嫁道具を用意すると言った。

私はそれを断った。そんなもの持って行くだけ無駄だ。私は光神王の花嫁ではない。彼の息の根を止める暗殺者なのだから。

しかしケナファ侯も引き下がらなかった。

「後宮は魔窟です。一人の味方もなく過ごせる場所ではございませぬ」

せめて彼女だけはお連れ下さいと、ケナファ侯は私に一人の侍女を押しつけた。供など連れて行ってはいたずらに死者を増やすだけだ。「必要ありません」と断ったのだが、ケナファ侯はどうしてもと言って譲らなかった。

その頑固な様子を見て、私は理解した。ケナファ侯は私を疑っているのだ。私が光神王に復讐するのではないかと懸念しているのだ。だからこそお目付け役を傍に置き、私を監視させるつもりなのだ。ならばどう言っても彼は諦めないだろう。固辞し続ければ余計な疑いを招く。私は不承不承、その申し出を受け入れることにした。

出立《しゅったつ》を間近に控えたある日、私はその侍女と対面を果たした。

「お初におめもじいたしますだ。見ての通りの田舎者《いなかもの》でごぜぇますだが、精一杯、お嬢様のお側《そば》付きを務めさせていただきますだよ」

そう言いながら不器用に頭を下げたのは、固太りした年増《としま》女だった。ぱさついた茶色の髪、なめし革のような肌、張り出した頬骨とえらの張った四角い顎、お世辞にも洗練されているとは言い難い。

こんな女に監視が務まるのだろうか。私は訝《いぶか》しく思ったが、すぐに納得した。情に厚いケナファ侯のこと。未来ある若い娘を後宮に送り込むのは忍びないと思ったのだろう。

「名前は何というのですか？」

私の問いに、年増女は恥ずかしそうに俯いた。

「名前なんちゅうもんはねぇです。親もいねぇですし、ずっと城で下働きしてきたもんだで」

私はサフラのことを思い出した。おそらくこの女も奴隷の子だったのだろう。子供の頃から家畜のようにこき使われ、誰かに名を貰う機会もないまま、この歳まで過ごしてきてしまったのだろう。

「不便だったでしょうに」

私が呟くと、女はあっけらかんと答えた。

「そうでもねぇです。名前なんぞなくても、けっこうなんとかなるもんですだよ」

もちろん彼女を後宮に連れて行くつもりはない。難癖をつけて途中で放り出すつもりだ。けれど、名前ぐらいはつけてやってもいいだろう。

「では、これから貴方をアルティヤと呼びます」

「アルティヤ、でごぜぇますか？」

年増女はなめし革のような頬を赤らめた。

「そりゃお姫様の名前ですだ。アタシみたいな醜女《しこめ》にゃもったいねぇ。こっぱずかしいですだよ」

おや、と私は首を傾げた。

サフラが教えてくれた数々の演目。その中でも私のお気に入りは『哀しい歌《アルティヤ》』という恋物語だった。貴族の娘アルティヤと貧しい騎士サファルが互いの愛を貫くために国を捨て、世界の果てを目指すという物語だ。

この女、『哀しい歌』の物語を知っているとは、見た目通りの田舎者ではないらしい。なるほど、ケナファ侯が押しつけてくるだけのことはある。

その数日《ヤウム》後。城のみんなに見送られ、私達はサウガ城を後にした。イズガータはついに姿を見せなかった。もう二度と彼女に会うことはない。そう思うと、かすかに胸が痛んだ。

私と侍女アルティヤを乗せた馬車は三日間《ヤウム》かけてケナファ領を出て、聖教会直轄領エトラヘブ卿ラに入った。その五日《ヤウム》後、すでに暗くなりかけた夕暮れ時。私は六大主教の一人エトラヘブ卿ラカーハ・ラヘシュの館があるハイカルに到着した。

私達は屋敷の広間に通された。そこにはエトラヘブ卿と数人の従者と神聖騎士、それに輔祭《ほさい》の長衣に身を包んだ女官達が待機していた。私が膝を折って挨拶すると、エトラヘブ卿は奇妙なものでも見るようにしげしげと私を見つめた。

「噂に違《たが》わぬ美貌だな。特にその目、魂が吸い込まれそうだ」

わざとらしい咳払いを挟み、続ける。

「まさしく光神王に献上するに相応しい。となれば、粗相《そそう》をするわけにはいかん」

彼は女官達に顎をしゃくった。女官達は黙礼し、無言で私を取り囲む。そのうちの一人、のっぺりとした顔の女官が私の前に立ち、形ばかりの礼をする。

「奥に沐浴《もくよく》の準備がしてございます」

「隅々まで検分するのだぞ？」居丈高にエトラヘブ卿が言った。「ハウファ殿はアルニールの生き残り。影に憑《つ》かれでもしていたら洒落《しゃれ》にならん」

巷《ちまた》ではアルニールは鬼《グル》に滅ぼされたと言われている。その生き残りとなれば、死影に傷を負わされているのではないかと疑われるのは当然のことだ。けれどアルニールは神聖騎士団によって滅ぼされたのだ。エトラヘブ卿はそれを仕掛けた張本人。真実を知らぬはずがない。

しかも地方小領主とはいえ貴族の娘を検分しろとは、ずいぶん無礼な物言いだ。挑発して私の反応を見ているのだろうか。だとしたら、安く見られたものだ。こんなことぐらいで私が感情的になるとでも思っているのか。

了解の意を込めて、私が一礼しようとした時——

「冗談じゃねぇでごぜぇますだ！」

破《わ》れ鐘《がね》のような声が広間に響いた。

「牛や馬じゃあるめぇし、検分しろだなんて無礼にもほどがありますだ。お嬢様を入浴させるんなら、このアタシがやりますだよ。そんな白っちい女どもには指一本触れさせやしねぇですだよ！」

私は背後を振り返った。アルティヤが顔を真っ赤にして怒っている。なんて勇敢な女だろうと思い、次の瞬間、考えを改めた。いや、単に後先のことを考えない大馬鹿者なのかもしれない。

案の定、エトラヘブ卿は嫌悪に顔を歪めた。

「おい、誰か。それを摘《つま》み出せ」

壁際に控えていた神聖騎士が二人、アルティヤに歩み寄り、彼女の腕を摑んだ。

「何するだか！」

その手を振り払おうとアルティヤは暴れた。彼女の拳が神聖騎士の顔をしたたかに打つ。

「この婆《ばば》ぁ！　叩《たた》き斬ってくれる！」

怒気を漲《みなぎ》らせ、神聖騎士が剣の柄に手をかける。女官達が怯《おび》えて逃げ出す。エトラヘブ卿はニヤニヤ笑いながらその様子を眺めている。どうやら止める気はないようだ。

どうせ捨てようと思っていた女だ。ここで斬り殺されてくれたら手間が省ける。そう思っていたはずなのに——

「乱暴はおよしなさい」

気づけば、そう言っていた。

「アルティヤは私の侍女です。粗末に扱うことは許しません」

剣を抜きかけていた騎士が困惑したようにエトラヘブ卿を見る。

エトラヘブ卿はつまらなそうに鼻を鳴らした。

「それの体も検《あらた》めろ。ついでによく洗ってやれ。望み通り、馬か牛のようにな」

両騎士は一礼した。アルティヤの両脇を抱え、彼女を引きずっていこうとする。アルティヤは太い手足をばたつかせ、なおも抵抗を試みる。

「あれ、何をするだか。お嬢様、お嬢様あぁ！」

必死の呼び声。まったく、なぜこんな女を助けてしまったのだろう。

「アルティヤ、言われた通りになさい」

暴れていたアルティヤが途端に大人しくなった。ごつい肩を縮め、背を丸め、騎士達に従ってとぼとぼと歩き去る。それを見送ってから、私はエトラヘブ卿を振り返った。

「供の者が失礼いたしました」

深々と頭を下げる。

「供の不徳は私の不徳。どうかこの罰は私にお与え下さい」

「かまわぬ」

エトラヘブ卿は立ちあがり、意味ありげに笑った。

「我が館は聖堂と同じく神聖な場所。まずは世俗の穢《けが》れを洗い流していただこう」

奥の間には湯の張られた風呂桶《ふろおけ》が用意されていた。女官達が手慣れた様子で私の服を脱がせていく。私は抵抗せず、女達の手に身を委《ゆだ》ねた。

エトラヘブ卿は私の正面に座り、目を細めて、その様子を眺めていた。頬が紅潮し、口元は聖職者らしからぬ好色な笑みに歪んでいる。

そうやっていられるのも今のうちだと、私は胸の中で呟いた。お前は復讐に燃える暗殺者を光神王の元へ導くのだ。お前も地の国《トゥホーマ》に堕ちるのだ。それまでの短い間、せいぜい余命を楽しんでおくがいい。

湯は温かかったが、それに身を浸すことは許されなかった。風呂桶の中に立った私の体を女官達が海綿で洗っていく。一点の染みも見落とすまいと、目を皿のようにして私の肌を観察する。顎の下、脇の下、股《また》の間から足の指に至るまで丹念に調べていく。部屋の暖炉には火が焚《た》かれていたが、それでも寒気が肌を刺す。湯はいつしか冷え切って、寒さに肌が粟立《あわだ》った。

ようやく検分を終えた女官が「何も発見出来ませんでした」とエトラヘブ卿に報告する。エトラヘブ卿は鷹揚《おうよう》に頷き、私を部屋に案内するよう命じた。

女官達は乾いた布で私の体を拭き、白い衣を纏《まと》わせた。屋敷の二階にある部屋へと私を導くと、「御用の際には申しつけ下さい」と言い残し、慇懃《いんぎん》に一礼してから退出していった。

外から鍵がかけられる音がする。

私は室内を見回した。質素な部屋だったが、華美な装飾品に囲まれるよりこの方が落ち着く。暖炉には火が入り、室内は暖かい。部屋の奥、衝立《ついたて》の向こう側には侍女の控えの間がある。

「いちいち引っ張らなくても一人で歩けるだよ！」

扉越しにも聞き取れるほどの大声が響いた。どすどすと廊下を歩く音。鍵をあける音がして扉が開かれ、つんのめるようにアルティヤが転がり込んでくる。どうやら突き飛ばされたらしい。

彼女は背後を振り返り、物凄《ものすご》い剣幕で言い返した。

「この小童《こわっぱ》が！　年寄りを乱暴に扱うでねぇ！」

「やかましい、このクソ婆ぁ！」

罵声《ばせい》とともに扉が閉じられ、乱暴に鍵がかけられる。

アルティヤは扉を拳で叩いた。

「おい小童。閉じこめるでねぇ！　アタシはお嬢様の夕餉《ゆうげ》の支度をしなきゃならねぇだ。聞いてるだか！」

私は小さく嘆息した。

「夕餉はいらないわ」

「ひゃあ！」

素《す》っ頓狂《とんきょう》な声を上げ、アルティヤは振り返った。

「お……お嬢様ぁ！」

彼女は私に駆け寄った。かと思うと、その逞《たくま》しい両腕でひしと私を抱きしめる。

「奴らに乱暴されませんでしただか？　嫌な目にあわされませんでしただか？」

そういうアルティャも、こざっぱりとした木綿《クトン》のドレスに着替えさせられている。その体は氷のように冷たく、分厚い唇も紫に変色している。本当に馬か牛のように屋外で水浴びさせられたらしい。

「貴方こそ冷え切っているわ」

「なに、冬の水浴びには慣れとりますだよ」

アルティャはにんまりと笑った。

非道な仕打ちにも泣き言ひとつ言わない。強い女だと思った。

ならばこそ、死なせるのは惜しい。

「アルティャ……」

優しげな声で、私は呼びかけた。

「私の供をすれば、この先もいろいろと嫌な目にあいます。貴方をそのような目にあわせるのは忍びない。ケナファ侯には私から手紙を書きますから、サウガ城にお戻りなさい」

アルティャは細い目を見開いて私を凝視した。白髪混じりの髪から水滴がぽたぽた落ちる。

次の瞬間、彼女は両手を床につき、がばと身を伏せた。

「おねげぇですだ。アタシを捨てねぇで下せぇ！」

「待って、そういう意味じゃないの」

私は彼女の肩に手を置いた。

「顔を上げて、アルティヤ」

だがアルティヤはまるで聞こうとせず、必死に額を床にこすりつける。

「アタシにゃ戻る場所がねぇ。この通り歳を取って、力仕事も出来なくなって、お払い箱になるところをお優しいケナファ様が声をかけて下さっただ。だどもここでお嬢様に見限られたら、アタシはもう寒空の下でのたれ死ぬしかねぇ。どうか後生《ごしょう》でごぜぇますだ。アタシを見捨てねぇで下せぇまし！」

彼女の言い分もわかる。その境遇には同情もする。けれど私についてきたところで死ぬことに変わりはない。

「またサウガ城で働かせて貰えるようケナファ侯にお願いしてあげます。だから――」

「うんにゃ、お嬢様。アタシみたいな下女にだって矜持《きょうじ》ってもんがごぜぇますだ。ろくに働けもしないのにタダ飯喰らって、鼻摘みモンになるのはイヤでごぜぇますだ」

背中を丸めて泣き伏すアルティヤは道を塞ぐ大岩のようだった。それこそ梃子《てこ》でも動きそうになかった。

「わかったわ……無理にとは言いません」

アルティヤは伏せた時と同じ勢いで、がばっと顔を上げた。岩のように厳《いか》つい顔が涙と鼻水でぐちゃぐちゃになっている。

「ほ、本当ですだか？」

「そのかわり、この先は命がけになりますよ？」

「心得ておりますだ！」

わかっているのかいないのか、アルティャは木槌《きづち》のような拳で分厚い胸をドンと叩く。

「後宮の女どもがどんな意地悪をしてきても、このアルティャがお嬢様をお守りしますだよ！」

やっぱりわかっていない。

でも――まあいい。

復讐劇に道化はつきものだ。


禊《みそ》ぎと称しての連日の沐浴。それ以外の時間は聖典を読むか、礼拝堂で神との対話に努める。

そうしているうちに一カ月《シャハル》が過ぎた。私は文句ひとつ言わず、従順な信徒を演じ続けた。

そしてついに、エトラヘブ卿は言った。

「もうよかろう」

彼は白い馬車を仕立て、私とアルティャを伴って王都ファウルカへと向かった。ファウルカは大陸の中心、五つの聖教会直轄領に囲まれたシャマール直轄領にある。サマーア神聖教国最大の都市であり、その美しさから『イーゴゥ大陸の光輝晶《こうきしょう》』とも呼ばれている。

街道を進むこと五日間《ヤウム》。馬車はファウルカ市街に入った。

「お嬢様、ごらんなせぇ！」

木戸を開け、アルティャは馬車の窓から身を乗り出した。

窓の外に白く巨大な城が見えた。天を突く尖塔《せんとう》。その足下を階段状の建物が覆い、白い城壁が取り囲む。あれが王城――光神王の住む神の館だ。

「クソ婆ぁ。顔を出すんじゃない！」

馬車の横に並んだ騎士に咎《とが》められ、アルティヤは文句を言いつつ木戸を閉めた。それでもわずかな隙間に貼りつき、外を眺める。

「うわぁ、いっぱい人がいるだよ。アタシャこんなたくさんの人をいっぺんに見たことねぇですだよ」

やがて馬車は跳ね橋を渡り、落とし格子《ごうし》がある門楼《もんろう》をくぐり、白亜の王城へと飲み込まれた。

イーゴゥ大陸の中央にある岩山。その上に建てられた王城は時代とともに増築されていった。ゆえにその内部は迷路のように入り組んでいると聞く。

一番上が最も古く、最も神に近い場所といわれる天上郭だ。ここには鐘楼《しょうろう》を持つ天上広間と光神王が住む神宮殿がある。

その下にあるのが上郭。この層には六大主教達の居住区がある。様々な儀式が執《と》り行われる大聖堂や、神聖院や領主院の会議が開かれる議事堂がある。

三段目の中郭には王城を守る近衛《このえ》兵の宿舎がある。六大主教がそれぞれ抱えた各神聖騎士団、その中から特に身分が高い者を選んで構成された近衛兵は、最も高貴な騎士であるという。

そして最下層にあたる下郭には神聖騎士団の馬場や、城で用いる道具や食材などを用意する作業場がある。ここには平民や商人も出入りすることが出来るため、町中そのままの活気がある。

私達を乗せた馬車はエトラヘブ卿を乗せた馬車に先導され、下郭の小道を走り抜け、第二の門楼をくぐった。中郭に入ると、先程までの喧噪《けんそう》は遠のいた。閉め切られた馬車の中にも厳格で威圧的な空気が流れ込んでくる。

馬車は急勾配の坂道を登っていった。幾つもの橋を渡り、三つ目の門楼を通り抜ける。辿《たど》り着いたのは上郭の北側に位置する庭園だった。そこで私達は馬車を降りた。背後には天上郭の大鐘楼と神宮殿が聳《そび》えている。その外壁は灰茶色に変色し、まるでそそり立つ絶壁のようだった。

エトラヘブ卿が先に立って歩き出す。神聖騎士の間に挟まれるようにして、私とアルティヤも城内に入った。

無数の柱がアーチを描く薄暗い広間。要所要所に騎士が立っている。王城を守る近衛兵達だ。白銀の甲冑には光神サマーアの印が刻まれている。

彼らは物珍しそうに私を見つめた。

原則として、上郭に女が立ち入ることは許されていない。出入りを許された女官達も薄衣で顔を隠すのが礼儀だ。王妃だけは例外とされているが、私はまだ『王妃』ではない。顔を伏せたまま、私は広間を歩き続けた。

近衛兵に守られた重々しい鉄枠の扉。その前でエトラヘブ卿は足を止めた。アルティヤに目を向け、口を利くのも穢《けが》らわしいというように顎をしゃくる。

アルティヤは空とぼけた顔でそれを無視した。エトラヘブ卿の顔が怒りに強ばる。供の騎士が気を利かせ、アルティヤの肩を掴んだ。

「お前はこっちに来い。身体検めを行う」

「だどもお嬢様を残していくわけにゃ――」

「つべこべ言うな！」騎士が恫喝《どうかつ》する。「光神王の御前にお前のような穢れを連ねられるか！」

それでもアルティヤは何か言い返そうとした。私は手を伸ばしてそれを制する。アルティヤは悲しそうな目で私を見た。私が頷いてみせると、渋々と頷き返した。騎士達に連れられ、幾度も振り返りながら、彼女は去っていった。

「開けろ」

エトラヘブ卿の命令に従い、近衛兵が扉を開いた。

そこは大聖堂だった。正面には光神サマーアの印が刻まれた大きな扉がある。丸天井からは三重の鉄輪に光木灯を載せた燭台《しょくだい》が吊《つ》るされている。装飾に彩られた柱が並び、中央通路の両脇には近衛兵が整列している。その一番奥、石床から六段の階段で隔てられた壇上には豪奢《ごうしゃ》な金の玉座が据えられている。

エトラヘブ卿とともに私は通路を進んだ。

いよいよ光神王に会うことが出来る。そう考えるだけで心臓が暴れ始める。私は深く息をして気持ちを抑えつけた。焦《あせ》りは禁物だ。今は真意を押し隠し、好機を待つのだ。

「跪《ひざまず》け」

低く押し殺した声。それがエトラヘブ卿の声だと気づくよりも早く、彼が片膝をつくのが見えた。

私は無言でそれに倣《なら》った。

鎖を巻き上げる音が響く。正面の白い大扉が割れていく。奥には白い階段があり、そこを何者かが下ってくるのが見えた。

光神王だ。

仇《かたき》の顔を睨んでやりたいという衝動に駆られる。が、そんなことをしてはすべてが台無しになる。私は奥歯を嚙みしめ、頭《こうべ》を垂れた。

衣擦《きぬず》れの音がする。毛皮の縁飾りがついた長靴が視界に入る。それを履いた人物は壇上で立ち止まり、金の玉座に腰を下ろした。

「顔を見せよ」

現人神《あらひとがみ》である光神王の肉声は大鐘楼の鐘のように神々《こうごう》しく響くと聞いていた。しかし、実際耳にしたその声は、ごくありふれた男の声だった。

私は顔を上げた。

正面の玉座に一人の男が腰掛けている。毛皮の縁飾りがついた白い外套、長衣には金糸銀糸の飾りが施され、煌《きら》びやかに美しい。頭上を飾る金の宝冠、腰丈に達する柔らかな白金の髪は流れ落ちる白金の滝を思わせた。

だがその青い瞳は、イズガータのそれとは違い、どんよりと濁っていた。唇は紅を差したように赤く、ぽってりと厚い。背は高くもなく低くもなく、肥えてもいなければ痩せてもいない。どこにでもいそうな凡庸《ぼんよう》な中年男だ。

「お前がハウファ・アルニールか」

気怠《けだる》げな声で光神王が尋ねた。

直《じか》に答えてよいものだろうか。私が迷っていると、エトラヘブ卿がかわりに答えた。

「アルニールは縁起の悪い名でございます。この者は現在、我が神籍に入りハウファ・ラヘシュ・エトラヘブとなっております」

「どう呼ぼうが中身は変わらん」

光神王は私に目を戻した。焦点の合わない目。こちらを向いているにもかかわらず、どこを見ているのかわからない。

「お前は傷物か？」

思わず「は……？」と問い返しそうになった。現人神である光神王から、そのような俗な質問をされるとは思っていなかったのだ。

私が沈黙していると、光神王は苛立《いらだ》ったように椅子の肘置きを叩き始める。

「お前はアルニールの生き残りなのであろう？」

そう言って、王はエトラヘブ卿に目を向けた。

「いわくつきの娘を光神王に押しつけるとは、エトラヘブもずいぶんと偉くなったものだな？」

「め、滅相もございません」

エトラヘブ卿は顔を伏せ、しどろもどろに答えた。

「この者を連れて参りましたのは、稀《まれ》に見る美貌の持ち主であったからでございます」

「女など世継ぎを産む道具であろうが。見目よりも世継ぎが産めるかどうかが問題なのだ。穢れを城内に引き入れるなど、考えただけでも虫酸《むしず》が走るわ」

「この娘に、か、影は憑いておりません」

「ほぅ……？」

光神王は膝に肘をつき、身を乗り出した。

嫌らしく、意地悪く、赤い唇が歪む。

「お前が確かめたのか？　お前のその目で調べたのか？　この女はお前のお下がりか？」

「とんでもございません！」

悲鳴のように叫んで、エトラヘブ卿は平伏した。

「この女はあのアルニールの悲劇の中、影の爪痕《つめあと》をつけられることなく、唯一《ただ》人生き残った者にございます。これぞまさに光神サマーアの恩寵《おんちょう》。そう思いましたからこそ、この女を連れて参ったのでございます」

「なるほど、一理ある」

光神王は再び背もたれに寄りかかった。ぼんやりと中空を見つめていたかと思うと、おもむろに立ちあがる。

「では気が向いたら渡ることにする」

それで終わりだった。私達をその場に残し、光神王は背後の階段へと姿を消した。重い音を響かせて、再び扉が閉じられる。仰々《ぎょうぎょう》しい式典も華やかな儀式もなかった。まるで家畜を小屋に引き入れるような気安さだった。

大聖堂を出ると、そこには薄衣で顔を隠した数人の女官が待ち構えていた。エトラヘブ卿は私を女官達に引き渡し、「よく努めるように」と言い残し、逃げるように立ち去っていった。

女官達は静かに頭を垂れ、囁くように言った。

「後宮までご案内いたします」

私達は広間を横切り、柱廊を巡り、細い石橋を渡った。その先には四方を建物に囲まれた庭があった。中央に白い四阿《あずまや》がぽつりと建っている。他には花壇も木立も見当たらない。ただ野草が繁るに任せた寂寥感《せきりょうかん》の漂う庭だ。

白石が敷き詰められた道を女官達はしずしずと歩いていく。正面にあるのは白い壁だ。石膏《せっこう》に覆われた石壁に窓はなく、上部には研ぎ澄まされた槍《やり》の穂が植えられている。白壁の中央には堅《けん》牢《ろう》な鉄格子の扉がある。見渡す限り、出入口はその一箇所だけだった。この鉄格子の向こう側が後宮なのだろう。ケナファ侯は後宮は魔窟だとおっしゃったが、これを見る限り、牢獄《ろうごく》といった方が相応しく思える。

女官の一人が鍵を開き、鉄格子の扉を押し開く。錆《さ》びた鉄が軋《きし》み、歯の浮くような音が鳴る。

私は後宮に足を踏み入れた。柔らかなアーチと瀟洒《しょうしゃ》な柱が組み合わされた美しい廊下を抜け、後宮殿に辿り着く。

「ハウファ様、ようこそおいで下さいました」

白い服に身を包んだ女官達が、整列して私を出迎えた。後宮内では顔を隠す必要がないらしい。

白い薄衣は折り畳まれ、ピンで留められている。

女官の列から年長の女が進み出た。

「私は女官長を務めますファローシャと申します」

事務的な声で挨拶を終えた後、女官長は私を湯殿へと案内した。白いローシャの花片《はなびら》が浮かべられた浴槽で沐浴をすませ、新しい服に着替える。白い絹《ハリール》で作られた長衣は華美な飾りこそないものの、肌触りがよく、爽やかな香が焚きしめてあった。

「それでは第二離宮にご案内いたします」

女官長の案内に従い、後宮殿の白い廊下を抜け、薄布が垂れ下がったアーチをくぐる。後宮殿の裏には緑溢れる庭園があった。青々とした下草、清らかな小川、川底にはきらきらと輝く時空晶が敷き詰められている。庭園を横切る外廊下を歩きながら、女官長が切り出した。

「後宮でお暮らしいただくにあたり、幾つかお約束していただきたいことがございます」

食事は離宮で取ること。後宮を出る必要がある時には女官長の許可を得ること。その際には必ず供の者を同伴すること。後宮は男子禁制。万一、男性との面会が必要な場合には後宮の前庭にある四阿を使用すること。光神王がお渡りになる際には事前に知らせが来ることになっている。その際に粗相のないよう、月の物の周期はきちんと把握しておくこと。

淡々と告げられる心得を、私は右から左へと聞き流した。聞くだけ無駄だ。私はここに長居をするつもりはない。

木立の向こうに白い瀟洒な館が見えてきた。それが私の仮の住居である第二離宮であるらしかった。その扉の前で足を止め、女官長は私を振り返った。

「以上です。何か質問はございますか？」

私は第二離宮の丸屋根を見上げ、それから女官長に目を戻した。

「ここには何人ほどの姫君が暮らしていらっしゃるのですか？」

「第二離宮はハウファ様だけのお住まいとなっております」

こんな大きな離宮を私一人にあてがうとは、贅沢《ぜいたく》を通り越して不気味ですらある。後宮というのはもっと華やかで、花や香水の香りが漂い、女達の嬌声《きょうせい》が飛び交っているものだと思っていたのだが、どうやら現実は物語とは異なるようだ。

「ご挨拶に伺いたいのですが、他の姫君達はいずこにおられるのですか？」

「第一離宮には第一王妃のパラフ様がいらっしゃいます」

にこりともせずに女官長は答えた。

「挨拶は不要です。パラフ様もそれを望まれてはおられないでしょう」

パラフ様以外にも、後宮に召し抱えられた娘達は大勢いたはずだ。彼女達がどこにいるのか、答える気はないらしい。私は諦めて彼女に礼を言った。女官長は慇懃に一礼して後宮殿へと戻っていった。

私は第二離宮に入った。細長い廊下の両側には寝室が六つ、侍女の控え室が二つある。廊下を抜けると広間に出た。丸天井に飾り床、ちょっとした舞踏会が開けそうなほどの広さだ。

広間を横切り、その先にあるテラスに出てみる。眼下にファウルカの町並みが広がっている。

灰色の時空晶の下に並んだ白い建物は、まるで玩具のようだった。

私は飾り欄干《らんかん》から上体を乗り出し、下方を眺めた。テラスの下は中郭の城壁に繫《つな》がっている。下郭の建物と急勾配の通路まで、軽く三十ムードルはありそうだ。どんなに長い縄梯子《なわばしご》を下ろしても、あそこまでは降りられない。鳥の翼でもない限り、ここから脱出することは不可能だろう。

私は広間に戻った。片側の壁には両開きの扉があり、それを開くと居間に出た。中央には白い石テーブルと白い毛皮が敷かれた長椅子が置かれ、正面には硝子《ガラス》を塡《は》めた大きな格子窓がある。

格子窓を開き、裏庭に出る。

石造りの水飲み台から水が湧き出し、小川となって池へと続いている。池には橋がかけられ、対岸には花の咲く小さな丘がある。庭の外縁には背の高い木々が植えられ、その根本は鬱蒼《うっそう》と繁った藪《やぶ》に覆われている。

ほんの一部、木の葉が枯れ落ちて、鉄柵が露出している場所があった。その向こう側に白い丸屋根が見える。あれが隣の第一離宮だろう。第一離宮には第一王妃のパラフ様がいると、女官長は言っていた。だが、もう日が暮れかけているというのに第一離宮に明かりは見えない。

何かがおかしいと思った。どうしてここはこんなにも静かなのだろう。召し上げられた娘達はいったいどこに行ったのだろう。

その恐ろしい理由を――私はすぐに思い知らされることになる。


後宮に入って十日《ヤウム》が過ぎた。

その日、沐浴中の私に女官長がそっと囁いた。

「今夜お渡りがあります。どうか粗相のないよう、ご準備下さいませ」

私は無言で頷いた。

ついに到来した暗殺の機会。けれど目的を達成するには、ひとつ重大な問題があった。

離宮には、武器になりそうなものが何ひとつないのだ。

食事は日に二回、アルティヤが運んでくる。だが食器はもちろんのこと、ナイフやフォークもきっちりと回収される。明かりはすべて光木灯だ。階下の部屋から暖気だけが送られる仕組みになっているため暖炉もない。刺繍《ししゅう》を嗜《たしな》むための針と糸は与えられていたけれど、小さな糸切り鋏《ばさみ》では相手の喉笛を切り裂くことも出来ない。暗殺を恐れてのことなのだろうが、忌々《いまいま》しいほど徹底している。

この状況で、どうすればあの男を殺せるだろう。眠った隙に帯で首を絞めるか。テラスに誘い出して突き落とすか。機会は一度きり。成功しても、失敗しても、私は捕らえられ処刑される。

答えを見つけられないまま、私は第二離宮に戻った。

「おんや、どうなさいましただか?」

夕食の準備を整えて待っていたアルティヤが心配そうに尋ねてくる。「なんだか難しい顔をしてらっしゃるだね?」

この女、日頃は惚けているくせに妙なところで鋭い。

「今夜、渡りがあると言われたわ」

「いよいよでごぜぇますだか」

アルティヤは神妙な顔で呟いた。かと思うと、一度控え室に下がり、小さな布包みを持って戻ってくる。

「どうぞ、これをお持ち下せぇ」

怪訝《けげん》に思いながら、私はその布包みを開いた。

現れたのは銀色の懐剣だった。高価な物ではなかったが、刃は鋭く磨かれている。

私はアルティヤを見つめた。後宮に入る時、着ていた服はすべて没収された。持ち込んだ荷物も隅々まで点検された。それはアルティヤも同じだ。武器を隠し持つことなど不可能だったはずだ。

「どうやって持ち込んだの？」

「聞かねぇで下せぇ」

アルティヤは赤くなって俯いた。

「よく洗いましたんで、汚くはねぇですだよ」

それでなんとなく察しはついた。服を着替えさせられる時、おそらく下帯にでも隠したのだろう。

「お嬢様――」

アルティヤは真顔で私に向き直った。

「貴族のお嬢様に結婚相手を選ぶ自由はねぇってことぐらい、アタシもわかっておりますだ。だども、どうしても嫌だと思った時には、そいつをお使い下せぇ。結婚相手を選ぶ自由はなくとも、このくらいの情けは与えられるべきですだよ」

「……ありがとう」

私は懐剣を受け取った。

アルティヤは私の決意を知らない。私は貞操を守るために自害したりしない。が、この懐剣はありがたく使わせて貰おう。

その夜――

私は枕の下に懐剣を隠し、寝台に横になった。

じりじりと時間が過ぎていく。夜半を過ぎた頃、天蓋《てんがい》の薄布が揺れた。誰かが寝室に入ってきたのだ。光木灯の薄明かりの中、人影が浮かび上がる。

一人だ。護衛は連れていない。

私は枕の下に手を伸ばし、懐剣を摑んだ。

寝台に光神王が腰を下ろした。その手が私の肩を押さえる。その顔が私に近づく。

私は飛び起きざま、懐剣を突き出した。

肉を突き刺す確かな手応え。

「ううっ……」

苦痛に呻く声。私の肩に光神王の体がのしかかる。

「アルニールの怨みを思い知れ！」

懐剣を引き抜き、再び突き刺す。興奮に体内の血が沸き上がる。哄笑《こうしょう》が喉をついて溢れ出す。

「ハウファ……様」

苦しげな喘《あえ》ぎ声が聞こえた。

聞き覚えのある声だった。忘れられない声だった。もう二度と聞くはずのない声だった。胸を掻《か》きむしりたくなるほど懐かしく、泣きたくなるほど愛《いと》おしい声だった。

胸に刺さった懐剣を押さえ、崩れるように床に倒れ込む小柄な背中。茶色の長髪、浅黒い肌、その顔を見て、私は悲鳴を上げた。

「――サフラ⁉」

私はサフラを助け起こした。

サフラの顔が苦痛に歪む。物言いたげに歪んだ唇から血の泡が噴き出す。

「サフラ、しっかりしてサフラ！」

サフラは死んではいない。きっとどこかで生きている。そんな思いはいつも心の底に燻《くすぶ》っていた。生きているはずがない。もう会えない。そう思いながら、それでも諦められなかった。

やはりサフラは生きていた。

私を助けに来てくれた。

なのに、ああ、なんてこと。私はサフラを刺してしまった。どうしよう。どうすればいい。このままではサフラが、サフラが死んでしまう！

「ハウ……ファ様……」

ゴボゴボと喉が鳴る。口唇から鮮血が溢れる。焦茶色の目が深い失望に陰っていく。

「な、ぜ……？」

目が光を失い、首ががくりと落ちる。

「サフラ！　いや、サフラ！　死なないで！」

私は半狂乱になってサフラを揺さぶった。けれどサフラは動かない。その胸の中央には深々と懐剣が突き刺さっている。

私が刺したのだ。

私はサフラを殺してしまったのだ。

「いやあああああぁぁ……っ‼」

サフラの遺骸を抱きしめ、私は絶叫した。

いや、こんなの、いや。サフラ、もう一度貴方を失うなんて、私には耐えられない。私が貴方を殺してしまうなんて、そんなこと耐えられない！

「ハウファ様！」

誰か、これは悪い夢だと言って！

お願い――お願いだから――！

「お嬢様、しっかりなさって下せぇまし！」

パン！　と頬が鳴った。

打たれた頬がじんわりと熱くなる。

目の前に醜い女の顔がある。

岩のように厳つい顔。心配そうな焦茶の瞳。

「ああ――アル……ティャ……」

私は彼女に抱きついた。彼女の胸に顔を埋《うず》め、子供のように泣きじゃくる。

「私――サフラを殺してしまった！」

「サフラ……？」

アルティャは私の肩に手を置き、そっと自分から引き離した。

「お嬢様、何か悪い夢を見なすっただね？」

「――夢？」

ああ、夢であったならどんなによいだろう。

肉を突き刺した時の手応え。サフラを抱き上げた時の絶望的な重み。噴き出した血の臭い。夢のはずがない。こんなに生々しい夢などあり得ない。

「夢のはずが――」ないと言いかけ、私は気づいた。

剝《む》き出しの肩。乱れた寝台。残された情交の痕跡。

でも、サフラの遺体はどこにもない。

「あああ……あああ……」

私は自分の肩を抱いた。

癒えることのない心の傷が抉られ、どくどくと血が流れ出す。悔しくて、胸が痛くて、涙が止まらない。耳に残るサフラの声。サフラが生きていた。私を助けに来た。それが夢でも嬉しかった。なのにサフラは再び奪われた。これ以上ない残酷な方法で。

あれは悪夢。

すべて幻だったのだ。

その後も私は自分自身を奮い立たせ、幾度となく光神王に斬りかかった。だが私の刃が光神王に届くことはなかった。息をするように容易《たやす》く、彼は私を支配した。抵抗することも許されず、私は悪夢の中へと突き落とされた。

サフラを殺す夢。

サフラに殺される夢。

鬼《グル》と化した父に喰われる夢。

悪霊《シャダイ》と化したアルニールの民に襲われる夢。

逃げまどう人々を嗤いながら斬り殺す夢も見た。今度こそ光神王を刺し殺したと思った途端、轟音《ごうおん》を上げて光神サマーアが砕け、大地に落ちてくる夢も見た。巨大な時空晶が建物を突き崩し、人々を虫けらのように押し潰す。骨の砕ける音。肉の潰れる音。臭いも手触りも、痛みも伴う残酷な夢。夢だとわかっていても現実としか思えない恐ろしい悪夢。

それは私の心を揺《す》り潰《つぶ》した。怒りも憎しみも、抵抗する力も生きる気力も奪われていった。食事も喉を通らず、何も手につかなかった。私は居間の長椅子に座り、日がな一日、惚《ほう》けたように裏庭を眺めて過ごすようになった。

そんなある日のことだった。

第一離宮と第二離宮の裏庭を隔てる雑木林と鉄柵、その向こう側に白いものが蠢《うごめ》いているのが見えた。

何だろう。私は椅子から立ちあがった。窓辺に立ち、揺れ動く白い影に目をこらす。

それは女の姿をしていた。長い黒髪を背中に垂らし、白い衣の裾を引きずって歩く。まるで生ける屍《しかばね》だった。怨嗟《えんさ》の声を上げながら襲いかかってくる悪霊《シャダイ》そのものだった。

「ああ……あ……」

悪夢が現実に流れ出してきた。

「いやあああっ——！」

私は頭を抱え、その場にしゃがみ込んだ。

「お嬢様、どうしましただか！」

アルティヤが駆けつけてくる。彼女は私を抱きかかえ、子供をあやすように背を撫《な》でた。

「大丈夫、大丈夫ですだよ。どんなに怖い夢も、この世界には出てこられねぇ。怖がることなんて何もねぇですだよ」

「し……悪霊《シャダイ》が——」

私は顔を伏せたまま、窓の外を指さした。

「悪霊《シャダイ》がいる」

「悪霊《シャダイ》……ですだか？」

アルティヤは私の肩を抱いたまま、首を伸ばして裏庭を眺めた。

「ああ、あれは悪霊《シャダイ》じゃねぇですだ。あれは第一王妃のパラフ・アプレズ・シャマール様ですだよ」

「え――？」

私は顔を上げ、おそるおそる裏庭を振り返った。

第一離宮の庭を歩き回る背の高い女性。その足取りはふらふらとして頼りない。ゆらゆらと首を揺らし、悲鳴のような哄笑のような奇声をあげる。とても正気とは思えない。

「パラフ様は今までに二回、懐妊の兆侯を示したことがあったそうですだ。だども、二度とも子は流れてしまったそうですだよ」

アルティヤは私を見て、眉間に縦皺《たてじわ》を寄せた。

「お嬢様、アタシは心配ですだよ。最近元気ねぇですだし、何も召しあがらねぇし……お嬢様もあんな風になっちまうんじゃねぇかって思うと、アタシャ心配で仕方がねぇですだ」

そう言って、ぐいと私を抱きしめる。

「アタシにはお嬢様のお気持ちがよぉくわかっとりますだ。だものどんなことがあっても、アタシはお嬢様の邪魔はしねぇ。ぜってえに邪魔はしねぇども……もし耐えられねぇと思ったら、そうおっしゃって下せぇまし。したらばアルティヤ、この命に代えてでもお嬢様を王城の外へお逃がしいたしますだよ」

その言葉に、私は泣きそうになってしまった。何もかもアルティヤに話してしまいたくなった。

忍ばせてきた懐剣を私に手渡すくらいだ。ケナファ侯の意を受けて、私のことを監視しているわけではないのだろう。

「ありがとう……アルティヤ」

それでも油断してはいけない。

誰も信用してはいけない。

「私は大丈夫――大丈夫だから」

後宮が静まりかえっているわけを、私はようやく理解した。光神王は現人神。神との交わりは体だけでなく、心までをも蹂躙する。後宮に迎え入れられた娘達はあれが見せる悪夢に蝕《むしば》まれ、正気を失ってしまったのだ。

私は彼女らのように狂気に逃げ込むわけにはいかない。悪夢に負けるわけにはいかない。私は光神王を殺すためにここまで来たのだ。今一度、思い出せ。私の心を蘇らせた滾《たぎ》るような怒りを。憎悪の泥濘の中、燃え上がった復讐の炎を。

「今夜渡りがあります」と言われた私は、いつものように懐剣を握り、寝台に腰掛け、光神王がやってくるのを待っていた。

真夜中過ぎ、出入口の薄布が揺れ、白い人影が寝室に入ってきた。長い白金の髪、病的に白い肌、落ち窪《くぼ》んだ青い眼――光神王だ。

「今宵《こよい》は斬りかかってこぬのか？」

低い声が囁いた。

凡庸な顔に変わりはない。なのに何かが違う。禍々《まがまが》しい悪意のような、異様な気配を感じる。

「諦めたか。それとももう狂うたか？」

「諦めてもいないし、狂ってもいない」

私は懐剣の柄を握りしめた。

「貴様を殺すため私はここに来た。貴様に復讐するために、私は今まで生き存えてきたのだ」

「死をも恐れぬ……ということか」

私の懐剣には目もくれず、光神王が歩み寄る。絶対に殺されないという自信があるのだろう。

目の前に立ち、私の頤《おとがい》に手を掛け、顔を上向かせる。

「神の寵愛《ちょうあい》を受ける者は恐怖の姿を見る。死を恐れる者は死を、影を恐れる者は影を、闇を恐れる者は闇を見る。それに耐えきれず、女達は皆壊れた」

視界から王の姿が消える。同時に、鮮やかな悪夢が目の前に広がる。

耳を聾《ろう》する轟音。曇天が砕ける。巨大な時空晶がサウガ城へと降りそそぐ。崩れる大塔。崩れる城壁。瓦礫《がれき》がイズガータとアーディンに迫る。恐怖に見開かれた目。小さな二人の姿が瓦礫に押し潰されそうになった時――

幻はかき消えた。

必死に悲鳴を嚙み殺す。恐怖に心臓が引き絞られる。息が上がる。冷たい汗が背筋を流れ落ちていく。

「何を見た？」

虚《うつ》ろな青い眼が私の顔を覗き込む。血の気の失せた白い顔。異様に赤い唇には歪んだ笑みが浮かんでいる。

「死をも恐れぬと強がっても、所詮は女だ」

「侮《あなど》るな……化け物」

震えそうになる声を抑え、私は嗤ってみせた。

「どんなに恐ろしくても所詮は夢だ。悪夢ごときに怯えて、私が復讐を諦めるとでも思ったか。そんなもので私を服従させられると思ったか」

私は寝台から立ちあがった。間近に光神王の顔。今にも鼻先が触れそうだ。

「もう一度言う」

自分を奮い立たせるため、自分に使命を思い出させるため、そしてどんな悪夢を見ても正気を失わないため――私は宣言する。

「私は貴様を殺すためにここに来た。貴様の正体を暴き、弱点を探し出し、この手で貴様を殺すまで、私は決して諦めない」

光神王は無表情に私を見つめていた。

その目を、私は真っ向から睨み返した。

ややあってから、光神王は独り言のように呟いた。

「神は不死だ。人間に神は殺せない」

「不死などあり得ない。貴様は十三代目のアゴニスタ、十三人目の光神王だ。貴様の前に連なる十二人の光神王はどうなった？　皆、死んだではないか？」

私は冷笑した。

「いつか必ず貴様も死ぬのだ。ならば、それを早める方法がどこかにあるはずだ」

「ほう……？」

光神王は目を眇《すが》めた。その唇が愉悦に歪む。

「女――お前の知恵と勇気に免じ、ひとついいことを教えてやろう」

光神王は私の手から懐剣を抜き取った。それを逆手に持つと、「篤《とく》と見よ」と言い、自分の胸に突き立てた。

「――！」

王の胸に刺さったそれを、私は凝視した。

私の目の前で、光神王は懐剣を引き抜く。

白い上衣には穴が空いている。けれど胸に傷はない。一滴の血も流れない。

懐剣に細工はない。剣は間違いなく王の胸を貫いていた。

なのに死なない。傷ひとつ残らない。自分の目が信じられなかった。これも夢なのだろうか。

私はまた悪夢を見せられているのだろうか。

「見ての通り、この体は容《い》れ物《もの》にすぎぬ。幾度壊れようとも、時空が残されている限り、いくらでも別の可能性から取り寄せられる。だがいつかは時空も尽きる。古びた容れ物は取り替えねばならぬ。つまりこの血を継ぐ、新たな容れ物が、入り用になる」

王は顔を寄せ、私の耳朶《じだ》に囁いた。

「神を殺せるのは我が血を継ぐ『神宿《かみやどり》』だけ。神の容れ物たる『神宿』が神の名を継承する際……ひとつだけ、神を殺す方法がある」

「神を殺す方法――？」

「知りたくば、死に物狂いで探すことだ」

揶揄《やゆ》するように、光神王は嗤った。

私は身を引き、再び王を睨みつけた。

「そんな嘘に騙《だま》されるものか」

光神王には子がいない。まだ器がない。この化け物は新しい器が欲しいのだ。化け物の血を引く子を私に産ませたいのだ。

「信じる信じないはお前の勝手」

懐剣の刃先で私の頰を撫でる。

「だがお前の憎悪は実に心地よい。狂わせるには惜しい」

光神王の赤い唇が目の前で芋虫《いもむし》のように蠢く。

「女、我が血を引く王子を生《な》せ。お前の望みを果たすため、神を弑《しい》せんとする子を生せ」

私は奥歯を嚙みしめた。

胸を刺してもこの化け物は死ななかった。私から懐剣を取り上げようともしなかった。人間に神は殺せないという言葉はおそらく本当なのだ。だがこの光神王は十三代目。世代交代を必要とするということは、神もまた不死ではないということだ。歴代光神王は先代光神王の死と同時に神の名を継ぐ。不死のはずの光神王が死に、それと同時に不死の光神王が誕生する。そこにはなんらかの絡繰《からく》りがあるはずだ。光神王が神の名を継承する儀式のどこかに、光神王を殺す方法が隠されているはずだ。

その方法を見つけるのは容易ではないだろう。でなければ、光神王が私にそれを教えるはずがない。光神王を殺すことが出来るのは光神王の血を引く者だけ。そう嘯《うそぶ》くことで、この化け物は私の復讐心を掻き立て、私に光神王の血を引く子を産ませようとしているのだ。

もちろんすべてが嘘である可能性は否定出来ない。罠かもしれない。勝ち目のない闘いかもしれない。けれど、受けて立ってやる。私には失うものなど何もありはしないのだから。

「――わかった」

寝台に腰を下ろし、私は光神王を見上げた。

「好きにするがいい」

憎悪を嗜好《しこう》する化け物は、赤い唇を歪め、にやりと嗤った。

光神王の子を産む覚悟を決めたことで、私は悪夢から解放された。仇である光神王を受け入れることに、抵抗がなかったといえば嘘になる。けれど、それが復讐を成すための唯一の手段なのだとしたら、何を迷うことがあるだろう。

光神王を殺す方法を探して、私は聖典の隅々にまで目を通した。特に光神王の継承に関する部分は幾度も幾度も読み返した。

光神王は神の名を受け継ぎ、新たな現人神となる。継承の儀式は光神王と後継者の二人きりで行われる。その際、神がどのようにして受け渡されるものなのか、知る者はいない。

光神王は跡継ぎに神を譲り渡した後、二度と民の前に姿を現すことなく死ぬ。寿命が尽きるからなのか、それとも新しく光神王となった者が先代光神王を殺すからなのか、誰も知らない。

だが、どこかに手がかりがあるはずだ。

光神王はなぜこうまでして自分の子を欲しがる？　その可能性が万にひとつだとしても、自分を殺すことが出来る者を誕生させたがる理由は何だ？　血を分けた我が子にしか、神は継承出来ないということなのだろうか？

いや、それ以前に『神』とは何だ？　民を守るために存在するといわれ、民を困窮から救うといわれながら、その素振りさえ見せない光神サマーア。あれはなぜ天に浮いているのだ？

私は窓の外に目を向けた。

裏庭、林と鉄柵、第一離宮の丸屋根。その向こう側にどこまでも続く灰色の時空晶。あれは本当に『神』なのだろうか。

「どうしましただか？　おっかねぇ顔なさって」

アルティヤが私の顔を覗き込んだ。

もちろん本当の理由など言えるはずもない。誤魔化すため、私は彼女に尋ね返した。

「貴方、青空を見たことがある？」

「いんや、ねぇですだ」

アルティヤは首を左右に振った。

「いろんな土地を見て来ましたども、アレは切れ目なく、この国を覆っておりますだよ」

そこで、ふと気づいたように、丸い顎に拳を当てる。

「だども昔、まだこのイーゴゥ大陸にいろんな国があった頃にゃ、この大陸の上にも青空が広がっていたと聞いたことがありますだよ」

そう言われて、思い出した。以前にも同じ話を聞いたことがある。確かサフラが教えてくれたのだ。サマーア神聖教国が建国される前、天に光神サマーアの姿はなく、どこまでも青い空が広がっていたのだと。

迷信だよと大人達は笑い飛ばした。サフラが嘘を言うはずがないと思いながら、私も半信半疑だった。

「お嬢様、国の歴史に興味がおありですだか？」

アルティヤの問いかけに、ある考えが閃《ひらめ》いた。

敵の弱点を知るためには、まず敵の正体を知らなければならない。このイーゴゥ大陸を平定し、サマーア神聖教国を立ちあげ、自らを光神王とした初代アゴニスタ。彼のことを調べたら、光神王の弱点がわかるかもしれない。

「この国の成り立ちについて、調べるにはどうしたらいいかしら？」

「したら、文書館に行かれるといいですだよ」

文書館にはこの国で発生した様々な事件や出来事の記録が集められる。それを歴史学者達が編《へん》纂《さん》し、サマーア神聖教国正史として後世に書き残すのだ。

「でも私が知りたいのは史実なのよ。文書館にある歴史書は、光神王に都合のいいようにねじ曲げられた偽りの記録ばかりでしょう？」

「だども文書館にゃ、初代アゴニスタに滅ぼされた国の書物も保管されてると聞きましただよ？」

「歴史は勝者が作るもの。敗者の歴史は焼かれるのが定め。ましてや滅びた国の記録なんて、残しておくとは思えないわ」

「何をおっしゃいますだか。書物にゃ人の思いが宿りますだ。そこに書かれている限り、人の思いは書物に留まっておりますだ。それが朽ちたり焼かれたりして失われると、その思いは虚無に帰り、また人の元に生まれてくるですだ。だもの光神王は書物を焼かず、封じることにしたんですだよ」

私は目を眇め、アルティヤを睨んだ。

「貴方、なぜそんなことを知っているの？」

「なぁに、これも年の功でごぜぇますだ」アルティヤは自慢げに胸を張る。「女ってのはお喋《しゃべ》り好きですだで。たとえ光神王でも、女の口に蓋《ふた》は出来ないっちゅうことでごぜぇますだな」

女官達から聞いたということだろうか。あの無愛想で無表情な女官達がお喋りに花を咲かせている姿なんて、私には到底想像出来ない。

アルティヤは私をどこに導こうとしているのだろう。彼女の目的は何だろう。真意を探ろうと、私はじっとアルティヤを見つめた。すると厳つい顔の年増女は頬をぽっと赤く染め、恥じらうように俯いた。

「あれまあ、いやだぁ。そんなに見つめられたら照れちまうだよ」

私はため息をついた。この道化っぷりが演技なのだとしたら、とても私の手には負えない。

「それで――」私は無理矢理話を元に戻した。「文書館には女でも入れるのかしら」

「難しいかもしれねぇです。だどもエトラヘブ卿の許可があれば、きっと大丈夫ですだよ」

「ずいぶんと王城に詳しいのね？」

「へぇ。入っていい場所とよくない場所を頭に叩き込んどけと言われましたで」

アルティヤは自分の額をペシリと叩いた。

「アタシゃ頭の回転が鈍いモンだで、余計なお叱りを受けてお嬢様に迷惑かけねぇよう、事前にしっかりと王城の造りを覚えてきましただよ。だものどこを通ったらいいのか、どこを通っちゃならねぇのか、みぃんな頭に入ってるだよ」

どこか釈然としないものを感じたが、他に手を思いつかない。私は女官長を通じ、エトラヘブ卿との面会を求めた。

返事があったのは五日後《ヤウム》のことだった。私は女官長の許可を得て後宮を出て、前庭にある四阿でエトラヘブ卿と面会した。

「国の歴史を学びたいので、文書館への出入りを許可して下さい」

そう願い出ると、エトラヘブ卿は渋い顔をした。尊大な態度で腕を組み、侮蔑《ぶべつ》するように私を眺める。

「女に学問など不要。お前は光神王の子を生すことだけを考えていればいいのだ」

予想通りの反応だった。

「ご心配なく。幸いなことに光神王からは幾度となくご寵愛をいただいております」

私は身を乗り出すと、内緒話をするように扇で口元を覆い隠した。

「ですが光神王は嫉妬深いお方。先日も『他の男がお前の肌を目にしたならば、その者の目を潰してくれる』とおっしゃいました」

「お前、私を脅《おど》す気か？」

エトラヘブ卿は私を睨んだ。強がってはいるが、広い額にはぷつぷつと汗の玉が浮かんでいる。

「いいえ、とんでもございません」

私は可憐な姫に戻って椅子に座り直した。

「パラフ様は名家の出。教典にも歴史にも造詣《ぞうけい》が深くていらっしゃると聞きます。ですが私は無知な田舎者。このままでは、いつ光神王の寵愛がパラフ様に戻ってしまうかしれません」

パラフ様は六大主教の中で最も権威のあるシャマール卿の実の娘だ。シャマール卿はエトラヘブ卿にとって政権を争う天敵。エトラヘブ卿が光神王に私を差し出したのは、シャマール卿よりも先に光神王の血を引く御子を得たいという思いがあったからに違いない。

「光神王のお気持ちを繋ぎ止めるためにも、国の歴史を学びたいのです」

私は扇を閉じると、一枚の書面をテーブルに置いた。昨夜のうちにしたためておいた『文書館への出入りを許可する』という書状だ。

エトラヘブ卿はそれを一瞥《いちべつ》した。用意しておいたインク壺《つぼ》と羽根ペンをそっと差し出すと、彼はそわそわと足を揺らしながら羽根ペンを受け取り、乱暴に名を記した。

こうして許可書を手に入れた私は、翌日、アルティヤを伴って文書館へと出かけた。

目的の館は中郭の西側に建てられていた。四本の円塔とそれを結ぶ石壁。上部には小さな四角い窓が並んでいたが、他には何の装飾もない。のっぺりと平らな壁面には黒く汚れが染みついている。

中郭の城壁を越え、文書館の最上階へと繫がる石橋を渡ると、古めかしい鉄扉《てっぴ》に突き当たった。アルティヤが扉を押し開く。その隙間から私はするりと館内に入った。

室内には黴《かび》とインクと羊皮紙の臭いが漂っていた。

天井近くにある窓。そこから差し込む光は床まで届かない。薄暗がりの中、等間隔に置かれた書面台と机と、手元を照らす光木灯が浮かび上がる。

書面台に置かれているのは、歴史学者達が編纂した歴史書の草稿だった。それを羊皮紙に書き写す者がいる。色鮮やかな挿《さ》し絵《え》や飾り枠を描き込む者もいる。羽根ペンが立てるカリカリという音。乳鉢《にゅうばち》で顔料を砕く音。密《ひそ》やかな息遣い。羊皮紙を捲《めく》る乾いた音。

その間を通り抜け、細い通路を奥へと進んだ。作業室の一番奥、舞台のように一段高くなっている場所がある。そこでは書類の山に埋もれるようにして、十人あまりの男達が仕事に没頭していた。金の縁飾りがついた紫紺《しこん》の長衣。歴史学者達だ。

「すみません」

私が声をかけると、一番近くにいた歴史学者が顔を上げた。皺深い偏屈な顔立ち。禿《は》げ上がった頭の頂点に綿毛のような白髪が残っている。

彼は胡乱《うろん》な眼差《まなざ》しで私を見た。

「何者だ？」

「エトラヘブ卿の娘ハウファ・ラヘシュです」

私は階段を登り、許可書を歴史学者に差し出した。彼はそれに目を通すと、驚嘆の声を張り上げた。

「なんと、歴史を学びたいとおっしゃるか⁉」

「はい」私はにっこりと笑ってみせた。迷惑だと言われる前に先手を打つ。「国の歴史に精通するのも、光神王の子を産む者の務めだと思いまして」

「はあ、まあ、よい心がけでいらっしゃる」

王の名を出されたら、女に学問など必要ないとは言えない。歴史学者は曖昧《あいまい》に頷いた。

「残念ながら、私は見ての通り大変に忙しい」

彼は周囲を見回した。

「エシトーファ、エシトーファはいるか！」

「はぁい」

右手の方から声がした。足音を響かせ、出入口から現れたのは、紫紺の長衣を纏ったまだ若い青年だった。

彼は私を見つめ、怪訝そうに首を傾げる。

「ええと、どなた様ですか？」

「ハウファ・ラヘシュと申します」

青年の目が丸くなる。

「じゃ、貴方が第二王妃の……？」

「はい。この国の歴史を学びに参りました」

「そういうことだ」綿毛のような白髪を持つ歴史学者が、強引に私の台詞《せりふ》を引き継いだ。「お前、ハウファ様を書庫に案内して差し上げなさい」

「わかりました」

青年は私に向き直り、礼儀正しく一礼する。

「僕はエシトーファ・ツァピールと申します。ここでテラン博士の弟子をしています」

「ツァピール？　もしかして十諸侯ツァピール侯、所縁《ゆかり》の方でいらっしゃいますの？」

「穀潰《ごくつぶ》しの次男坊です。どうか気軽にエシトーファと呼んで下さい」

そう言って、彼はにこりと笑った。

如才なく微笑み返しながら、私は内心訝しく思った。なぜツァピール侯の次男ともあろうお方が、こんな埃《ほこり》っぽい場所で働いているのだろう。十諸侯の子息ともなれば、適当に遊び暮らしたとしても誰も文句は言わないはずだ。

そんな私の疑念に気づく様子もなく、エシトーファは壁際に積み上げられていた光木灯をふたつ手に取った。そのひとつを私に手渡してから、私の後ろに立っているアルティヤに目を向ける。

「この先、侍女の方にはご遠慮願いたいのですが」

「おお、何を言うだかね」アルティヤは太い腹を揺すって笑った。「アタシにはお嬢様をお守りするという大事なお役目がごぜぇますだよ。いくら学者様とはいえ、お嬢様を男と二人きりにするなんて出来ねぇ相談でごぜぇます」

「すみません」私はエシトーファに向き直り、早口に言い繕《つくろ》う。「この者は元奴隷です。学もなく文字も読めません。たとえどのような文献を目にしようとも、彼女からそれが漏れることはありません」

そうですね？　と目顔で問う。アルティヤも心得たもので、うんうんと頷く。

仕方がないというようにエシトーファはため息をついた。

「勝手に本を動かしたり、持ち出したりしないと約束出来ますか？」

「もちろんですだよ」

「じゃ、貴方も光木灯をひとつ持って下さい。中は迷路のように入り組んでますからね。勝手に歩き回ったりせず、はぐれないようについてきて下さい」

エシトーファは奥の出入口へと歩いていく。私は無言で彼の後を追った。

出入口をくぐると、そこからは階段になっていた。ひとり通るのがやっとなほどの細い螺旋《らせん》階段が下へと続いている。所々に光木灯が置かれているが、それ以外は真っ暗だ。しかも石の踏《ふ》み面《づら》は摩耗《まもう》し、斜めになっている。私は手に持った光木灯で自分の足下を照らしながら、ゆっくりと螺旋階段を下っていった。

やがて階段は鉄枠に囲まれた木の扉に突き当たった。エシトーファは長衣の懐から鍵束を取り出した。その中から一本の鍵を選び、鍵穴に差し込む。

軋みを上げて扉が開く。それを抜けると歪《いびつ》な台形をした小部屋に出た。窓はなく、低い天井からは光木灯が吊り下げられている。光茸《ひかりだけ》は萎《な》えかけていて、部屋全体を照らすには暗すぎたが、それでも机の上に革表紙の本が積み上げられているのは見てとれた。壁面の棚にもぎっしりと本が詰まっている。

「これらは全部、歴史書なのですか？」

「いいえ」とエシトーファは答えた。「この閉架書庫には歴史学者達が正史を記す際に参考にした議会の記録や、各地から集められた事件や事故の報告書が収められているんです」

さて——と言って、彼は私を振り返った。明るい茶色の目を細め、悪戯《いたずら》っぽく笑う。

「どのあたりから始めます？」

「せっかくですから建国当初からお願いします」

「本気ですか？」

「もちろんです」

「この先は埃っぽいし、お召し物が汚れますよ？」

「では次回はもっと動きやすい服を着て参ります」

「おや、そうきましたか」

エシトーファは肩をすくめた。しかし悪意は感じない。半ば呆《あき》れながらも、この変わり者の王妃のことを面白がっている様子だ。

「ご案内します、こちらへどうぞ」

書架と書架の間に細い通路が延びている。

「階段になっていますので、足下に気をつけて」

十段ほどの石階段を下ると、次の小部屋に出た。先程の部屋と同じく、壁の書架にも机の上にも本が積み上げられている。

「このあたりの本はまだ新しい方です。下に行けば行くほど時代は古くなります」

エシトーファは机の脇をすり抜け、さらに奥の通路へと進んだ。階段を下り、同じような小部屋を挟み、さらに階段を下りる。どうやら文書館の閉架書庫は螺旋状に作られた部屋と、それを繋ぐ階段で出来ているらしい。といっても、道は一本だけではない。分かれ道のある小部屋や、上り階段に繋がる通路もある。まさしく迷路だ。エシトーファの案内がなかったら、間違いなく迷子になっていただろう。

途中一度だけ、光木灯の光茸に霧を吹きつける係の者とすれ違った。けれどそれ以外には誰の姿も見かけなかった。

暗い迷路を下っていくこと十数分《ダキカ》あまり。

今までの小部屋とは様子が異なる部屋に出た。

「ここが最下層です」

広い部屋だった。天井は高く、鉄輪の上に光木灯を載せた明かりが幾つも下がっている。だが光茸は萎《しお》れかけているらしく、部屋をくまなく照らし出すには不十分だった。

「建国当時の歴史書は一番奥の棚にあります」

本が山と積まれた机の間をすり抜け、エシトーファは奥へと歩を進めた。光木灯の青白い光の中、ぼんやりと白い人影が浮かび上がる。

ギクリとして、私は足を止めた。

そんな私を振り返り、エシトーファは苦笑する。

「初代アゴニスタ王の肖像です」

彼は光木灯を掲げてみせた。青白い光が、壁面に飾られた等身大の肖像画を照らし出す。

銀の甲冑に身を固め、一振りの剣を右手に持ち、背筋を伸ばして立つ人物。ほっそりとした体つき。その背に流れ落ちる白金の髪。鼻梁《びりょう》はすらりと高く、唇は薄紅色の花片のようだ。けれどその目は青く冷ややかに凍りつき、暗い狂気を宿していた。

初代アゴニスタ。サマーア神聖教国の始祖にして初代光神王。イーゴゥ大陸を平定した無敵の英雄。

意外な気がした。もっと筋骨隆々《りゅうりゅう》とした熊《ドゥップ》のような大男を想像していた。

「この両脇の棚にあるのが建国時代の記録書です」

肖像画の左右には壁をくりぬいて作られた書棚があった。どの棚にも古い本がぎっしりと横積みされている。革の背表紙は擦り切れ、箔押《はくお》しされた文字も消えかかっている。

一瞬、目眩《めまい》がした。この中から目的の記述を探し出すのは、草原に落とした指輪を探すに等しい。

「本は丁寧に扱って下さい。自由にご覧いただいて構いませんが、読み終わった本は必ず元の場所に戻して下さい」

エシトーファの声に、私は無言で頷いた。

「では何か用事がありましたら、階段の脇にある呼《よ》び鈴《りん》を鳴らして下さい」

そう言うと、エシトーファは私とアルティヤをその場に残して地下書庫を出て行った。

私は自分の頬を叩き、気合いを入れ直した。怯《ひる》んでいる暇はない。とにかく片っ端から目を通すのだ。

まずは左の書架からだ。積み上げられた本の山から数冊を取り、机へと運ぶ。光木灯の薄明かりの中、私は時間を忘れ、ひたすら文献を読み漁った。

夕刻になってエシトーファが顔を出した。埃まみれになって本を読みふける私を見て、彼は少なからず驚いたようだ。

「もう少しだけ」と粘る私に、エシトーファは親しみを込めた笑みを浮かべた。

「続きはまた明日にしましょう。大丈夫、本も知識も逃げません。明日も明後日も、ここで読まれるのを待っていますよ」

確かにその通りだ。私は諦めて本を閉じた。

この日から、私の文書館通いが始まった。来る日も来る日も地下書庫に籠《こ》もり、私は書物を読み漁った。朝早くに後宮を出て、休憩を挟むことも昼食を取ることも忘れ、日が暮れるまで読書に没頭した。

二カ月《シャハル》かけて、私は左側の書架の本を読み尽くした。記録書は初代アゴニスタがどのようにして大陸を平定していったのかは教えてくれても、どうして光神サマーアが天に浮いているのかまでは教えてくれなかった。

それでも私は諦めなかった。新天地を求めて荒野を行く冒険者達のように、膨大な記録の山に挑み続けた。目的の小島に辿り着こうと、数多《あまた》の伝承からなる大海を懸命に泳ぎ続けた。

それらしき記述を見つけられないまま、三カ月《シャハル》が過ぎ、四カ月《シャハル》が過ぎた。右の書棚を読破した私は、机の上に積み上げられた本の山に取りかかった。連日文書館に出入りする私達を胡散《うさん》臭そうに見ていた歴史学者達も、次第に関心を失っていった。

地下書庫に通い始めて五カ月《シャハル》が過ぎる頃には、私達に目を向ける者は誰もいなくなっていた。

唯一の例外は、お目付け役のエシトーファ・ツァピールだった。彼は毎日、私達を笑顔で出迎え、地下書庫へと案内した。

その日の彼はなかなか立ち去ろうとしなかった。いつものように、書架から大量の本を抜き出していく私を、何か言いたげな顔で見つめている。

「何か御用ですか？」

尋ねると、彼は思い切ったように口を開いた。

「貴方は何を探しているのですか？」

ドキリとして私は身構えた。が、すぐに怯える必要はないと思い直す。歴史を学びに来たはずなのに、私は質問もせず、ひたすら文献を読み漁っている。何かを探していることぐらい、察しがついて当然だろう。

それを裏づけるかのようにエシトーファは言う。

「僕は十年《サナ》近くこの文書館で働いています。歴史学者ほどではないにしろ、何がどこに書かれているのか、ある程度は把握しているつもりです。きっと貴方のお力になれると思います」

この六カ月《シャハル》のつき合いで、エシトーファが悪い人間ではないことはわかっていた。十諸侯の血筋なだけあって、政に対しても冷静で平等な目を持っている。歴史を学ぶ人間らしく、光神サマーアを盲信することもない。

だが秘密を打ち明けられるかと問われれば、答えは否《いな》だ。私が探しているのは光神王を倒す方法だ。エシトーファがどんなに冷静な人物だったとしても、私が神を殺す手段を探していることを知れば、迷わず六大主教の元に駆け込むだろう。

しかし、このまま文献を読み続けても、目的の物が見つかるという保証はない。閉架書庫とはいえ、ある程度の身分があればここの蔵書は誰でも閲覧することが出来る。もし光神サマーアの正体が記された秘密の書が存在するとしたら、それはもっと別の場所——人の目が届かない場所に秘匿されているはずだ。

それがどこにあるのか、エシトーファなら知っているかもしれない。幸いなことに彼は私に好意的だ。とはいえ秘密の書の存在や、その在処《ありか》を尋ねたりしたら、疑われるのは必至だ。何かもっともらしい言い訳を考える必要がある。

「お察しの通りです。私が文書館に入る許可を求めたのは、ある人の言葉が真実であったという確証を得るためなのです」

エシトーファの表情の変化を見逃さないよう、言葉を選びながら私は言った。

「私はその人のことを心から愛していました」

エシトーファは目を剝いた。

「光神王とは別の方を――ですか？」

「内緒にして下さいます？」

私は唇に人差し指を当ててみせた。

彼は私の顔を見つめ、おずおずと頷いた。

「ありがとうございます」と一礼し、私はさらに言葉を続けた。「その人は言っておりました。かつてはこのイーゴゥ大陸の上にも青空が広がっていたのだと。周囲の者達は迷信だと笑いました。当時は私も半信半疑でおりました。だからこそ、その人を亡くした時、私は心から後悔しました。あの人が嘘を言うはずがない。なのにどうして、私はあの人を信じてあげられなかったのだろう――と」

私は涙ぐみ、可憐な姫を装い、ひそかに言葉の罠を仕掛けた。

「この文書館にはサマーア神聖教国が建国される前の記録が保存されていると聞きました。それがどこにあるのか、教えていただけませんか？」

「そ、それは出来ません」

エシトーファは慌てて頭を横に振る。

「あれは禁書です。『封じられた記録』なのです。禁書は封じることが目的なのであって、読まれるべきものではないのです」

私は胸の中でほくそ笑んだ。やはり秘密の書は存在するのだ。問題はそれがどこにあるのか。どうやって彼からそれを聞き出すかだ。

「私は確かめたいだけです。一目見るだけでいいのです。決して他言《たごん》はしないとお約束します」

私はエシトーファに歩み寄り、両手で彼の手を摑んだ。

「馬鹿な女だとお思いでしょう。こんなことをしてもあの人は戻らない。それはわかっているのです。けれど私には、あの人の名誉を守ることしか――もはやそれしか出来ることはないのです」

目を伏せる。ほろほろと涙がこぼれる。それが偽物なのか本物なのか。私自身にもよくわからない。

「サフラは死んでしまった。あの夜、アルニールで、私を庇って死んでしまったのだから――」

「……アルニール？」

エシトーファの顔色が変わった。

「では貴方はハウファ・アルニール様なのですか？　ジャサーラ・アルニール伯の一人娘の？」

「そうです」

「──なんてことだ」

エシトーファは右手を額に押し当てた。

「これは光神サマーアのお導きか。いや、サマーアは真実が明かされることなど望まない。ならばこれは闇王ズイールの仕業《しわざ》か。ズイールは僕に禁断の扉を開かせるつもりなのか──」

呪詛《じゅそ》のように呟いたかと思うと、彼は突然、私の両腕を摑んだ。私が顔を歪めるのにも気づかず、早口に捲《まく》し立《た》てる。

「僕が読んだ報告書には、アルニールは影使いの集団に襲われたとありました。多くの民が影に襲われ、鬼《グル》と化した。それゆえ神聖騎士団によって成敗されたのだと。それは本当ですか？」

「お答え出来ません」囁くように私は答えた。「アルニールでの出来事は秘密にせよと、聖教会から口止めされているのです」

信心深い者ならば聖教会の言葉には逆らえない。

だが予想通り、エシトーファは引き下がらなかった。

「口止めするということは、あの報告書は真実ではないということですね？」

「ですから、それにはお答え出来ません」

「もしかしてアルニール伯は影使い達を受け入れていたのではありませんか？」

「それを話せばケナファ侯をはじめ、多くの人々に迷惑をかけることになります」

「ということは、アルニールの民は影使い達と共存していたのだと解釈してもよろしいですか？」

「アルニールは神聖騎士団によって滅ぼされました。それは事実です。影使い達がいたとしても、いなかったとしても、その事実は変わりませんし、死んだ者達も蘇りはしません」

私はエシトーファの手を振り払い、鋭い眼差しで彼を睨んだ。

「どうして貴方はそんなにアルニールのことを知りたがるのです？」

「それは――」

うろたえたようにエシトーファは視線を逸《そ》らした。どうやら彼の望みは口にすることさえ憚られることらしい。

それだけわかれば充分だ。

「エシトーファ様、貴方は影使いと共存する方法をお知りになりたいのですか？」

彼は驚愕《きょうがく》の眼差しで私を見つめた。

当たりだ。

私は秘密の書に至る手がかりを摑んだ。

「他言はいたしません」と言って、私は微笑んでみせた。「なぜ影使いに興味をお持ちになったのですか？」

眉根を寄せたままエシトーファは逡巡《しゅんじゅん》した。人のよい顔には葛藤《かっとう》の色が濃い。好奇心と責務、そのどちらを優先させるべきか、思い悩んでいるのだろう。

「僕にも忘れられない人がいました」

囁くように、エシトーファは切り出した。

「彼女の姿を一目見た時から、彼女のことが頭から離れなくなってしまった。気づけば彼女のことを目で追い、その声に耳を傾けている」

それを振り払おうとするかのように、彼は首を振る。

「見てはいけない。考えてはいけない。そう思えば思うほど愛しさが募りました。彼女の生き生きとした笑顔。朗らかな声。彼女がそこにいるだけで、辺り一面に花が咲いたように感じられました」

「けれどエシトーファ様ほどの身分をお持ちであれば、叶わぬ恋などないのではありませんか？」

「身分など何の役にも立ちません」

吐き捨てるようにエシトーファは言った。

「彼女は、僕の兄の妻になる人だったんです」

そうだったのか。それで合点がいった。兄の妻となった彼女を見るのが辛いから、彼は故郷を離れ、この文書館で働くことを選んだのだ。

そこで私はあることを思い出した。それは一年ほど前、まだサウガ城にいた頃、耳にした噂話だった。

「確かツァピール家の嫡男《ちゃくなん》は、事故でお亡《サナ》くなりになったのではありませんでしたか？」

エシトーファは意外そうに目を瞬いた。

「よくご存じですね？」

「ええ、エトラヘブ卿の養女になる前は、ケナファ侯の元に身を寄せておりましたから」

「そうでしたか――」

大きなため息を挟み、エシトーファは続けた。

「僕の兄オープ・ツァピールは常に先頭に立って危険に立ち向かっていく、とても立派な男でした。ですが一年前、騎士団《サナ》での任務にあたっていた際、死影に傷を負わされたのです。影に憑かれ、影使いとなった後も兄は変わらなかった。兄は僕達に迷惑をかけたくないと自分の墓を作らせ、故郷を去っていきました」

初耳だった。まさか十諸侯の長男が影使いになっていたとは。もしそれが発覚していたらツァピール家は取り潰され、領地も没収されていただろう。彼の兄はなかなか気骨のある人物であるようだ。

「兄もアイナ様も好きで影使いになったわけじゃない。もちろん聖教会がいうような邪悪な異教徒でもない。なのに彼らは自らの存在を葬り、故郷を去るしかなかった。すべては聖教会がでっち上げた嘘偽りのせいです」

エシトーファはくすんと鼻を鳴らした。

アイナというのはおそらくオープの妻、エシトーファが恋をした相手なのだろう。

「結ばれることがなくてもいい。ただ傍にいられるだけでよかった。なのに聖教会は、そんなささやかな願いさえ、僕から奪っていったのです」

「わかります」私は頷き、エシトーファを見つめた。「聖教会が影使いを弾圧しなければ、私は故郷を失うことも、愛しい者達と死に別れることもありませんでした」

エシトーファは微笑んだ。

胸が痛くなるような、哀しい微笑みだった。

「僕は影使い達が安心して暮らせる場所を作りたいのです。そうすれば兄を、アイナ様を、もう一度故郷の地に呼び戻すことが出来るかもしれない」

そこで彼は、がっくりと肩を落とした。

「でもここにある書物をいくら読み返しても、聖教会の目を欺《あざむ》き、民と影使いを共存させる方法は見つかりませんでした」

そうか。だから彼はこんなにもアルニールについて知りたがったのか。

「アルニールでは民と影使い達がともに暮らしておりました」

私の言葉にエシトーファは顔を撥ね上げた。希望と期待に満ちた目が私を見つめる。それを裏切るのは心苦しかったが、私はあえて続けた。

「その結果があの悲劇です。影使いを匿うことは出来ても、聖教会が権勢を振るっている限り、彼らに安住の地を与えてやることは出来ないのです」

エシトーファが呻いた。よろめくようにして近くの椅子に腰を下ろし、両手で頭を抱える。

「でも、まだ方法はあります」

私は彼の肩に手を置いた。

「聖教会の嘘を暴き、影使いへの弾圧をやめさせればいいのです」

「それは僕も考えました」

俯いたまま、エシトーファは言う。

「けれど聖教会の嘘を証明してくれるような書物は、どこにもありませんでした」

「本当にそう思いますか？」

「……え？」

エシトーファが顔を上げた。その瞳には戸惑《とまど》いと恐れがちらついている。

彼を勇気づけるため、私は力強く頷いた。

「禁書には聖教会が影使い達を恐れる本当の理由が記されている。そう思いませんか？」

エシトーファはごくりと喉を鳴らした。

文書館に精通した彼のことだ。それを考えなかったはずはない。封印された歴史に秘められた真実。それを知りたいと願う心は、私に唆《そそのか》されるまでもなく、彼の中に燻り続けていたに違いない。彼がそれに手を出さなかったのは、光神王を恐れているからだ。兄やアイナという女性に対する思慕さえも凌駕《りょうが》する恐怖に縛られているからだ。

とはいえ、それを責めることは出来ない。彼の望みは影使いとなってしまった愛しい者達を呼び戻し、ともに暮らせる場所を作ることだ。光神王を倒すことに命を懸けている私とは覚悟が違う。

「エシトーファ様」

私は彼の手に、自分の手を重ねた。

「貴方には守るべき領地があります。禁を犯すことを恐れるのは当然のことです。ですが私には何もありません。万一ことが発覚した時には、私がすべての責任を被ります。貴方は私に脅されて、私に従ったと言えばいいのです」

両手に力を込め、彼の手を強く握りしめる。

「禁書の在処を教えて下さい」

「ほ……本気ですか？」

「ええ」

「畏《おそ》れ多くも光神王を敵に回すのですよ？」

「覚悟は出来ております」

エシトーファは何か言おうと口を開いた。

けれど、もう反論の言葉は出てこなかった。

「――わかりました」

エシトーファは立ちあがった。懐から取り出した鍵束から一本の鍵を選び出すと、初代アゴニスタの肖像画の前に立ち、額縁の側面にそれを差し込む。

ごとり……と重たい音が響いた。初代アゴニスタの肖像画が、扉のように手前に開く。

エシトーファは机の上から光木灯を取り上げ、私を振り返った。

「ついてきて下さい」

私は明かりを手に取ると、彼に続いて隠し部屋に入った。

澱《よど》んだ空気は埃っぽく、古い羊皮紙の臭いが充満していた。壁の書架にはぎっしりと本が詰め込まれ、床にも大小様々な本が横積みになっている。

しかし、私の目を引きつけたのはそれらの書物ではなかった。

正面の壁に四角く穿《うが》たれた龕《がん》。そこには臙脂色《えんじいろ》の布が敷かれ、金の燭台が置かれている。

その燭台の上に鎮座しているもの。

それは鮮血の滴《しずく》を思わせる美しい紅輝晶《こうきしょう》だった。

「あの彩輝晶《さいきしょう》は……？」

「闇王ズイールの夢といわれています」

「なぜそんなものが保管されているのです？」

「ズイールの復活を恐れたからですだよ」

私達の会話にアルティヤが割って入った。彼女は焦茶色の目を紅輝晶に釘づけにしたまま、独り言のように続ける。

「彩輝晶には夢が宿っとりますだ。砕いたらそいつは巡り巡って、また人の元に生まれてくるですだよ」

闇王ズイール。光王サマーアとの戦いに敗れ、地の国《トゥホーマ》に封じられたという邪神。その夢が宿っているなら、この紅輝晶が教えてくれるかもしれない。

光神サマーアの正体を。

現人神である光神王を殺す唯一の方法を。

「その夢を知るにはどうすればいいのです？」

アルティヤは岩のような顔を顰《しか》めた。

「それには『夢利き』をするしかねぇですだ」

『夢利き』――？」

「このイーゴゥ大陸がサマーア神聖教国として統一される前、諸国の王侯貴族に流行《はや》っていたという嗜みのひとつです」譫言《うわごと》のようにエシトーファが呟く。「時空を与えることで彩輝晶は花開き、その中に封じられた夢を見せる。そして一度咲いたが最後、その夢は砕け散り、二度と元には戻らない」

そこで我に返ったように、彼は私に目を向けた。

「ですが夢を再現する術《すべ》は影使いの技。現在では禁止されています。建国以前の人々の記憶は、聖教会にとって脅威となりますからね」

なるほど。その通りだ。だとしたら何としても、私はズイールの夢を知らなければならない。

私は紅輝晶へと歩み寄った。光木灯の明かりを受け、紅輝晶はますます赤く激しく炎を揺らめかせる。

「お嬢様、危ねぇですだよ」

囁くようなアルティヤの声。それを無視し、私は紅輝晶に手を伸ばした。滑らかな手触り。炎のような輝きとは裏腹に、それは氷のように冷たい。

「時空が欲しければいくらでもくれてやる」

紅輝晶に向かって呼びかける。

「私にお前の夢を示せ」

その瞬間、生暖かい風が私の頰を撫でた。

「――！」

手の中で紅輝晶が動いた。紅輝晶の中心がきらきらと輝き出す。蕾《つぼみ》が花開くように、薄い破片が剝がれていく。私の掌の上、深紅の彩輝晶が赤い炎の花を咲かせる。

胸の奥から激しい怒りと、深い悲しみが湧き上がってくる――


私はわかっていなかった。

彼女の願いを少しも理解していなかった。

私は憤怒《ふんぬ》と憎悪に支配され、恐怖の神に彼女の名前を与えてしまった。

彼女が望んだ世界とは、正反対の世界を築いてしまった。

どんなに悔やんでも、もう遅い。

何もかも、もう遅すぎる。

私は横たわっている。

広く、柔らかい、清らかな死の床に。

私は年老いた。時空を使い果たし、手足はとうに結晶化した。あとはもう死を待つだけだ。

枕元に一人の男が立っている。私の息子。私の後継者。次の生け贄。

何も知らずに彼は待っている。私が死ぬのを待ち構えている。

私は静かに目を閉じる。

瞼《まぶた》の裏に、忘れられない光景が蘇る。

傷ついた彼女を背負い、追っ手から逃れるために禁忌《きんき》の山に登った。

誰かに時空を奪われてはならない。

誰かの時空を奪ってもならない。

神祖ズイールの教義を彼女は忠実に守ってきた。教義を教え広め、愛と理想を唱えることで、平和な世を築くことが出来ると信じていた。

彼女は私の希望、私の光だった。彼女を守るため、私は剣を取った。神祖ズイールの教義に外れることを承知で戦士となる道を選んだ。彼女を守るためになら、私は地の国《トゥホーマ》に堕ちても構わなかった。

だが——国は滅び、彼女は死んだ。

暗い空。立ち上る黒煙。眼下に広がる炎。燃える町、王都ファウルカ。

彼女の遺骸を抱きしめ、私は慟哭した。彼女を守れなかった。誰も救えなかった。あんなに祈ったのに、神は私を救ってくれなかった。

神などいないのだ。

そんなもの、どこにもいなかったのだ。

——ならばお前が神になれ。

「誰だ？」

私の他に生き残りがいるのか？

私は周囲を見渡した。あるのは岩ばかり。誰の姿も見えない。

——理想など、残酷な現実の前には何の役にも立たない。人の心は弱い。己の欲に打ち勝つことは出来ない。飢えや恐れは人を悪鬼に変える。虚栄心や嫉妬は人を争いへと駆り立てる。平和な時代の恩恵を忘れ、人は堕落《だらく》する。人が人である限り、争いがなくなることはない。

「誰だ、お前は誰だ」

——お前にもわかっているはず。この世に必要なのは絶対者。反逆者達を岩で打ち殺す圧倒的存在だ。

「どこにいる？　姿を見せろ！」

——世界の平和を守り、維持していくためには戒律が必要だ。人々にそれを守らせるためには、彼らを監視する神が必要だ。人間の欲望を抑え込むことが出来るのは恐怖だけ。恐怖だけが世界に平和をもたらすことが出来るのだ。

「それは——」

——作りたくないか。平和な世界を。

「作りたい、作りたいに決まっている！」

――ならば我に名を与えよ。

私は立ちあがり、空に向かって叫んだ。

「神の名は――サマーア！」

その瞬間、私の頭上にそれは現れた。

灰色の絶対者。人々の恐怖を具現化した巨大な時空晶。それは私の願い通り、反逆者達を岩の雨で叩き潰し、私をイーゴゥ大陸の覇者《はしゃ》へと導いた。

彼女が夢見た平和な世界。争いのない世界。

それを私は作りあげた。

なのに、なぜ――なぜこんなにも空しいのだろう。

『誰だって愛する者を守りたい』

耳の奥に、懐かしい彼女の声が蘇る。

『人は誰でもそれを知っている。だから人は、いつか必ず、争いの空しさに気づく。いつか必ず、平和な世を欲するようになる』

だが、この世界に愛はない。理想もない。

あるのは恐怖だけ。頭上に君臨する絶対的な恐怖だけだ。

――お前がそれを望んだのだ。愛や理想では、誰も救うことが出来ないのだと。

仲間に裏切られ、死に瀕してもなお、彼女は神祖の教えを守った。教義を守り、人の心を信じ、人の愛を信じようとした。

それは、なぜだ？

——**サマーアは察していたのだよ。自分が死ねば、お前は破壊と殺戮《さつりく》に走ると。**

そうだ。彼女はいつも言っていた。

『神様なんていなくても、人は平和な世界を築くことが出来る。もしその時が来たら、貴方も剣を置いてくれる？　また以前のように笑ってくれる？』と。

彼女が理想を信じ続けたのは、私に剣を捨てさせるためだった。だからこそ彼女は最後の瞬間まで理想を信じ、人の愛を信じ、平和な世界を求め続けたのだ。

——**後悔しても、もう遅い。**

私は目を開く。

意識が現実に引き戻される。絶望が喉元をせり上がってくる。

ああ、私はわかっていなかった。彼女の願いを少しも理解していなかった。私は憤怒と憎悪にかられ、恐怖の神にサマーアの名を与えてしまった。サマーアが望んだ世界とは正反対の世界を築いてしまった。

——**お前に残された時空はあとわずか。**

私がすべての時空を失えば、あの灰色の時空晶は地に落ち、あれを神と信じる者達を打ち殺してしまう。

——**時空が尽きる前に、引き継ぐのだ。共有するのだよ、私を、お前の血を受け継ぐ次の犠牲**

者と。

私はとんでもない過《あやま》ちを犯した。私は恐怖に名前と形を与えてしまった。

――何を迷う。承知していたはずだ。神を具現化し続けるためには、さらなる時空を捧げなければならないのだと。

あれは神ではない。

あれは恐怖の塊だ。人の心が生み出した闇だ。

誰か……誰かにこれを伝えなければ――

――時空さえあれば出来ないことなど何もない。なのに人間は、こぞってそれを空費する。馬鹿な取引をしたな。アゴニスタ。

どんなに悔やんでも、もう遅い。

何もかも、もう遅すぎる。

身を灼《や》くような後悔の念――

紅輝晶が散っていく。冷たい石の床の上、澄んだ音を響かせながら、赤い花片が砕け散る。

私はよろめき、埃だらけのテーブルに手をついた。

「――だ、大丈夫ですか？」

エシトーファが駆け寄ってくる。そういう彼も顔面蒼白で、とても大丈夫そうには見えない。

私は彼に頷いてみせてから、アルティヤの姿を探した。

アルティヤは四肢を伸ばし、埃だらけの床に倒れていた。私は彼女を助け起こし、なめし革のような頬を叩いた。

「アルティヤ、しっかりなさい！」

「ああ――」アルティヤは目を開いた。「ひどい夢を見ただ」怨めしげに呟き、のろのろと体を起こす。岩のような顔には疲労の色が濃く、どっと老け込んでしまったように見える。

「とにかく、ここを出ましょう」

エシトーファの手を借りて、私はアルティヤを隠し部屋から運び出した。エシトーファが肖像画の扉を閉め、鍵をかける。その間に私はアルティヤを近くの椅子に座らせた。

「ハウファ様」エシトーファが声を潜めて呼びかける。「後始末は僕に任せて、今日は後宮にお戻り下さい」

「でも――」

「わかっています。貴方はアルニールの生き残り。貴方が真に望んでいるのは青い空の有無ではなく、もっと別のもののはず」

そうでしょう？　と、私の目を覗き込む。

私は唇を噛んだ。その通りだったが、認めるわけにはいかない。

「僕はこれから他の文献に目を通します。もし新しい事実がわかったら、すぐにご報告いたします」

エシトーファはアゴニスタの肖像画を振り返り、それから今一度、私に向き直った。

「今、僕らが見た『夢』が初代アゴニスタ王のものなのだとしたら、この国の正義は根底から覆《くつがえ》ります。それを知った者を聖教会が生かしておくとは思えません。僕にはもう貴方を告発することは出来ません。だから今は僕を信じて、アルティヤさんを連れて後宮に戻って下さい」

ああ、そうだ。彼もまた罪を犯したのだ。秘められた真実を知るという重罪を。

「――わかりました」

私はアルティヤに肩を貸し、立ちあがった。

「朗報を、お待ちしております」


それから二、三日間《ヤウム》は落ち着かなかった。

エシトーファはああ言ったが、ことが発覚したら私達の命はない。いつばれるか、いつ召喚されるか、私は不安な日々を過ごした。

六日《ヤウム》が過ぎても、一カ月《シャハル》が過ぎても、何の騒ぎも起こらなかった。何事もなく二カ月《シャハル》が過ぎようという頃、私は女官長を経由して、エシトーファからの伝言を受け取った。用件は告げず、ただ「会いたい」ということだった。

待ちに待った呼び出しに、私はアルティヤを伴って後宮を出た。

前庭にある件《くだん》の四阿で、エシトーファは私達を待っていた。

「お久しぶりです」

そう挨拶する彼はひどく憔悴《しょうすい》して見えた。不眠不休で隠し部屋の文献を調べたのだろう。顔色は青白く、目の下には黒い隈《くま》が出来ていた。

石のテーブルを挟み、私はエシトーファの向かい側に腰掛けた。彼の肩越しに後宮の出入口が見える。何を期待しているのか、鉄格子扉の向こう側に数人の女官達が集まり、興味深そうにこちらを眺めている。

とはいえ、これだけ離れていれば会話を聞かれる心配はない。はやる気持ちを押し隠し、私は彼に問いかけた。

「何かわかりましたか？」

エシトーファは頷き、小さな声で尋ね返した。

「ハウファ様、かつてこのイーゴゥ大陸は無人の大地であったという話をご存じですか？」

「はい。航海技術の発達に伴い、周辺の大陸から人々が内海ネキイアを渡り、この大陸にやってきたと聞いておりますが……それが何か？」

「彼らの目的は時空晶――イーゴゥ大陸に眠る時空晶の鉱脈でした。彼らはイーゴゥ大陸の中心に巨大な時空晶が埋まっていると信じていたのです」

巨大な時空晶。それは今、私達の頭上に浮かんでいるあれのことだろうか。

「これは――」と言って、エシトーファは煤けた茶色い革表紙の本をテーブルに置いた。「サマーア神聖教国の前身であるイーゴゥ国の重鎮ファディラ・エトラヘブの手記です」

私は少なからず驚いた。文書館の蔵書は持ち出し厳禁のはずだ。大丈夫なのかと目顔で問うと、彼は覚悟しているというように頷いた。

「イーゴゥ大陸が統一される前、大陸の中心にイーゴゥ国を建国した人物。後に『神祖』と呼ばれるようになるズイール・シャマールという男。彼は神の声を聞いたといいます。彼は後世の者達に『何人《なんびと》たりとも他人の時空を奪ってはいけない。何人たりとも自分の時空を奪われてはならない』とする教義を残しました。ズイール・シャマールの血を引くイーゴゥ国の歴代の王は、その教義を広め守ることで国の平和を保ってきました」

エシトーファは本の表紙に手を置いた。

「当時、イーゴゥ大陸の空には光神サマーアの姿もなく、影使い達を異教徒とする聖教会も存在しませんでした。ですから影使い達は森や山に住む異能者として、その能力を売り物にしながら暮らしていたそうです。もちろん今あるような偏見もなく、この手記を記したエトラヘブ伯もまた、影使い達を頼りがいのある戦力のひとつとして活用してきました」

そこで言葉を切り、彼はかすかに俯いた。

私は黙って、その続きを待った。

「ですがイーゴゥ国の時空鉱脈――正確に言えば、大陸の中心に眠ると言われる巨大な時空晶を我が物にせんと企《たくら》む周辺諸国の侵攻により、イーゴゥ国の平和は破られました。王都ファウルカは焦土と化し、『世界の理性』と呼ばれ、人々の敬愛を集めていたイーゴゥ国の女王サマーアもまた混乱の中、命を落としました」

紅輝晶が見せた夢が鮮やかに蘇る。愛する者を殺された怒りと慟哭。身を切り裂かれるような悲哀と後悔。それはあまりにも身近であるがゆえに、初代アゴニスタのものではなく、自分の記憶のように感じられた。

「ファウルカ陥落の数日後《ヤウム》、エトラヘブ伯は軍を率いて、焼け落ちたファウルカの街に馳せ参じました。そこで彼は、女王サマーアの護衛を務めていたアゴニスタと再会します。その時の様子を――彼はこう書いています」

エシトーファはさらに声を潜めた。

「崩れ落ちた瓦礫。累々《るいるい》と横たわる遺骸。その直中にアゴニスタは立っていた。だが、それは私が知っているアゴニスタではなかった。彼は復讐の鬼と化していた。彼の頭上には嵐をもたらす暗雲のような、巨大な時空晶が浮いていた――と」

巨大な時空晶……光神サマーアのことだ。

「アゴニスタは『神の業』を駆使し、反対勢力を次々に岩の雨で打ち殺していきました。そしてついにイーゴゥ大陸を統一、このサマーア神聖教国を建国するに至ったのです」

私は頷いた。その後の過程はサマーア神聖教国の建国史にも書かれていた。戦乱を平定し、イーゴゥ大陸を統一した初代アゴニスタ。彼は自ら光神王を名乗り、頭上に浮かぶ時空晶を『光神サマーア』と名づけた。

「戴冠したアゴニスタは国民に向けて宣言しました。『光神サマーアは汝《なんじ》らの行いを監視する、唯一にして絶対の神だ。もし汝らの信仰が揺らげば光神サマーアは砕け、直ちに汝らを打ち殺すだろう』と。人々は光神サマーアを恐れ、光神王を恐れました。それを反映するかのように光神サマーアは巨大化していき、ついにはイーゴゥ大陸の上空を覆い尽くしたのです」

エシトーファは四阿の外に目を向けた。アゴニスタ一世が招いた災い。灰色の時空晶は時を経た今も、暗く冷たく私達の頭上を覆い尽くしている。

「光は遮られ、地上は陰り、死影の数も激増しました。死影は時空を求めて人間を襲い、死影に憑かれた者は鬼《グル》と化す。それは今も昔も変わりません。死影が増えれば、それに憑かれる者も増え――」

「影使い達の数も増える？」

「その通りです」

エシトーファは首肯した。

「影使い達は徒党を組み、天を覆う光神サマーアを否定し、『永遠回帰』を唱えるようになりました」

「永遠回帰？」

「光と影、生と死、表と裏をもって世界は安定する。どちらかが過多になれば、安定を取り戻そうとして大きな揺り返しが来る――という考えです。このまま光が閉ざされ、大地が闇に傾けば、世界は歪み、崩壊すると、影使い達は警告したそうです。この手記の中でエトラヘブ伯は『光神王は影使い達を恐れている』と推察しています。光神王が使う『神の業』は、影使い達が使う技に性質が似ていたようですから」

神は一人だけでいい。だから光神王は『闇王ズイール』を作り出し、影使い達を『闇王ズイールの信徒』と位置づけ、この国から排斥しようとしたのだ。

「アゴニスタは聖教会を組織し、影使い達の殲滅《せんめつ》を命じました。影使い達と戦うため、影断ちの剣を装備した騎士団が結成されました。それが神聖騎士団です」

ため息を挟み、エシトーファは続ける。

「エトラヘブ伯は領地内に住む影使い達を雇い、戦力として使ってきました。神聖騎士団による影狩りが始まった後も、彼は影使い達を領内に匿っていました。そのために彼は拘束され、王城の地下牢に幽閉されてしまったのです。エトラヘブ伯は未婚で、跡継ぎもいなかった。そのため彼が治めていたエトラヘブ領は、戦功を上げた一人の戦士が譲り受けることになりました。この戦士の末裔《まつえい》が今日のエトラヘブ卿ラカーハ・ラヘシュです」

顔を上げ、彼は私を見つめた。

「獄中においても、エトラヘブ伯は手記を書き続けていました。その中にハウファ様が興味をお持ちになりそうな記述が出て参りました」

エシトーファは革表紙の本を手に取った。目印に薄紙が挟んである。その頁《ページ》を開き、彼は本を差し出した。

「どうぞ、お読み下さい」

私は本を引き寄せた。茶色く変色した羊皮紙に、整った筆跡が記されている。

『地下牢には光もささず、音もしない。それでも私の耳に、外の声を届けてくれる者がいる。最近のアゴニスタはひどく年老いて見えるらしい。尋常ではない体の老化。それは影使い達と同じだ。やはりアゴニスタは影に憑かれているのだ。
だが影が具現化した姿というには、光神サマーアはあまりに巨大すぎる。それに影は、それを使役する影使いにしか見えないはず。なのにあの光神サマーアは万人の目に映る』
『先日、アゴニスタは自分の息子マルコナにアゴニスタの名を譲り、次の光神王に据えると発表した。その際、彼は「神を宿すことが出来るのは、光神王の血を引く男子のみ」と言い、「女は影に属する。ゆえに光神王の血を引いていたとしても、女が光神王になることは出来ない」と宣言したそうだ。
おそらくあれは知っていたのだろう。影使いの母親から生まれた子は、影を背負って生まれてくる。影憑きは、やがて正気を失い、鬼《グル》と化す。万が一生き残ったとしても、影に時空を喰われ、常人よりも早く歳老いる。あの光神サマーアが影の作り出した幻なのだとしたら、それを維持し続けるためには相当な時空が必要となる。だが影憑きには、それを支えるだけの時空がない』
『ファウルカが燃え、王城が破壊され、サマーア姫が死んだあの日に、いったい何があったのだろう。あれを境にアゴニスタは変わってしまった。最初はサマーア姫を守れなかった自分を責めているのだろうと思った。けれど違ったのだ。アゴニスタは何かに憑かれている。死影よりももっと邪悪で狡猾《こうかつ》な何かに支配されている』
『神祖の時代よりイーゴウ山は神域とされ、生きた者が登ってはならぬと言われてきた。
そこにアゴニスタは王城を再建させた。イーゴウ山の地下に眠る巨大な時空鉱脈を守るためだというが、それだけではあるまい。イーゴウ山に王城を建てることで、アゴニスタは何かを隠そうとしているのだ。残念ながら、私に彼の真意を探る時間は残されていない。騎士達が廊下を歩いてくる足音がする。どうやら私を断首刑にする準備が整ったらしい』
『アゴニスタはこんなことが出来る子ではなかった。子供の頃のあの子はとても優しく、サマーア姫と戯《たわむ》れている姿はまるで双子の兄妹のようだった。それが、どうしてこんなことになってしまったのだろう。教えてくれサマーア姫。何がいけなかったのだろう。お前の従兄《いとこ》はどうしてこのような愚挙に走ってしまったのだろう。私達はいったいどこで間違ってしまったのだろう』

それが最後だった。記述はそこで終わっていた。後には空白があるばかりだ。

私は手記を閉じた。

なんと皮肉なことだろう。

アゴニスタは従妹《いとこ》である女王サマーアを守るために剣を取った。そして女王サマーアは従兄であるアゴニスタに剣を捨てさせるため、神祖ズイールの教えに殉《じゅん》じた。彼らが抱いていたのは、お互いを守りたいと思う純粋な気持ちだけだった。

なのに女王サマーアは死んだ。アゴニスタは復讐を望み、その憎悪があの化け物を呼び寄せた。彼はあの化け物に名前を与え、時空を与えてしまった。

「エトラヘブ伯の手記はここで終わっていますが、他の文献に、初代アゴニスタ王の最期の様子が記されていました」

エシトーファの声に、私は我に返った。

「初代アゴニスタの最期？」

「現人神の名である『アゴニスタ』を嫡子のマルコナに譲った後、彼は結晶化して砕け散ったそうです。その後には、赤く輝く紅輝晶だけが残された」

「それが……あの紅輝晶？」

「そうです」エシトーファは頷いた。「初代アゴニスタ王の遺言に従い、紅輝晶は禁書とともに隠し部屋に封じられました」

最期の時を迎え、アゴニスタは気づいた。本当は自分も、女王サマーアが夢見たような慈愛と秩序が統治する平和な世界を望んでいたのだと。だからこそアゴニスタは自分の過ちを悔い、後世に警告を残そうとした。それがあの紅輝晶だったのだ。あれは初代アゴニスタの後悔、アゴニスタの良心、アゴニスタと女王サマーアが見た夢の欠片《かけら》だったのだ。

「僕は真実が知りたかった」

独り言のようにエシトーファは続ける。

「けれど怖くて、その一歩を踏み出すことが出来ずにいました。でもハウファ様のおかげで、知りたかったことはすべて知ることが出来ました」

彼は身を乗り出すと、エトラヘブ伯の手記の上に右手を置いた。

「僕はツァピール領に戻ります。逆立ちしたって兄の代わりにはなれないけれど、僕は自分に出来ることを為《な》したいと思います」

疲労の影が色濃く残る顔。髪は乱れ、服も皺だらけだ。けれど彼の瞳は生き生きとしていた。

恐れていた一歩を踏み出したことで、エシトーファは目的を、自分の夢を見つけたのだろう。

「貴方なら立派な領主になられることでしょう」

「ありがとうございます」

彼は嬉しそうに微笑んだ。次の瞬間、真顔に戻り、まっすぐに私を見つめた。

「ハウファ様、貴方が何をしようとしているのか、僕は理解しているつもりです。この国の歪みを正すにはそれしかないのだということも、理解しているつもりです。ですが——お許し下さい」

言葉を切り、深々と頭を下げる。

「僕には貴方に力をお貸しするだけの勇気がないのです」

「何をおっしゃいます。エシトーファ様はもう充分すぎるほど、私に協力してくれたではありませんか」

「しかし——」

「そのお礼というには少々乱暴ですが、どうか覚えておいて下さい」

私は背筋を伸ばし、正面から彼を見据えた。

「影使い達と共存するには鉄の掟が必要です。万一、鬼《グル》になる者が出たら、責任を持ってそれを排除することを影使い達に約束させるのです。厳しいようですが、これだけは徹底する必要があります」

真剣な面持ちでエシトーファは頷いた。

「ですが影使い達を特別視する必要はありません。仕事を与え、孤立させず、領民の一人として受け入れてあげて下さい。影に憑かれていても、彼らが人間であることに変わりはありません。彼らにも家族があり、愛する人がいます。安住の地で家族とともに心穏やかに暮らしたいと思うのは、誰だって同じです」

「わかりました」

「領主であるエシトーファ様がそれを忘れなければ、きっと上手くいきます」

「ありがとうございます」

エシトーファは微笑んだ。憑き物が落ちたような、晴れ晴れとした笑顔だった。

「そのお言葉、心に刻んでおきます」

私達はどちらからともなく立ちあがった。

私は彼に手を差し出した。エシトーファは私の手を取り、手の甲に接吻《せっぷん》しかけて、やめた。一瞬迷った後、彼は私の手を握る。

「お元気で」

「エシトーファ様も」

それぞれの夢を追う同志として、固い誓いの握手を交わし、私達は別れた。

数日後《ヤウム》、エシトーファは文書館での職を辞し、故郷ツァピールへと戻っていった。

その後も、私の戦いは続いた。

光神王は足繁《あししげ》く私の所に通って来た。といっても、あの化け物には情けも執着もない。あれが欲しているのは新たな生け贄だ。自分の血を引く男子だ。

初代アゴニスタに語りかけ、彼に憑いた『神』。それは光神王の血を引く者にしか継承出来ない。だからこそ光神王は子を欲した。『神』を存続させるためには、新たな時空を持つ後継者が必要なのだ。

光神王は今年で三十五歳。だが彼の容姿は実際の年齢よりも十歳は老け込んで見える。そう遠くない未来、彼は時空を使い果たして死ぬだろう。もしこのまま跡取りが生まれなかったら『神』は継承されることなく、この天に浮かぶ時空晶もまた消滅するのではないだろうか。

そんな私の言葉に、アルティヤは異を唱える。

「夢ん中でアゴニスタは言っていただよ。『私がすべての時空を失えば、あの灰色の時空晶は地に落ち、あれを神と信じる者達を打ち殺してしまう』と。だもの彼は自分のしでかしたことを後悔しながらも、自分の息子に『神』を譲るしかなかったですだよ」

言われてみれば、その通りだ。

初代アゴニスタは光神サマーアを『恐怖の塊』と呼び、『神ではない』と言った。つまり、あれは影使いが見せるまやかしの類ではないのだ。『神』を継承することなく光神王が死ねば、あれは伝承の通り、幾千幾万もの岩の雨となって、あれを光神サマーアだと信じる者達を打ち殺してしまうのだ。

それでも構わないとは、もう言えなかった。

光神王に見せられた悪夢。時空晶の塊に打ち殺される人々。崩れる城壁に押し潰されるイズガータ。あれが現実になるのかと思うと、身震いするほど恐ろしい。

己の復讐のために罪もない人々の命を奪う。それでは初代アゴニスタと同じ過ちを繰り返すことになる。愛しい者を殺された憎しみに駆られ、恐怖で世界を支配することを選んだアゴニスタ。その呪いを解く方法はあるのか。そのために私に出来ることは何か。来る日も来る日も、私はそれだけを考え続けた。

答えを見つけられないまま、一年《サナ》が過ぎた。

最初に異変に気づいたのはアルティヤだった。

食後のエブ茶を用意しながら、彼女は何気ない口調で切り出した。

「生臭《なまぐせ》ぇことをお訊きしますだが、お嬢様、月の物が遅れてらっしゃいますだね？」

変化のない日々を過ごしていると、時の流れを実感出来なくなる。思い返してみると、確かにもう二カ月《シャハル》以上、月の物が来ていない。

「最近、食が細くなってらっしゃるだし、もしかしておめでたではねぇですだか？」

私はあやうくエブ茶を取り落としそうになった。

あの化け物の子が私の腹にいる。そう思うだけで、おぞましさに総毛立った。助けを求めて私はアルティヤを見た。外見とは裏腹に豊富な知識を持つ彼女なら、堕胎《だたい》の方法を知っているかもしれないと思ったのだ。

なのにアルティヤは嬉しそうに笑っている。

「楽しみですだなぁ。お嬢様の御子だもの。そりゃもう珠《たま》のように美しい子に決まっとりますだよ」

「何を言っているの？」

私は冷笑した。でないと「ふざけるな！」と叫んでしまいそうだった。

「いずれこの子は光神王となり、あの化け物の容れ物になる。そんな子を私が産むと思っているの？」

「だども子供は子供ですだ。貴族の子でも奴隷の子でも、命に貴賤《きせん》はねぇですだ」

きっぱりとアルティヤは言い切った。言葉に詰まった私に対し、アルティヤはさらに畳みかける。

「確かにあの化けモンは人の手には負えねぇ。アタシらがどんなにわあわあ言っても、どうしょうもねぇモンだ。だども生まれてくる御子はまっさらだ。何の色にも染まっちゃいねぇ」

彼女はうんうんと頷き、私を見てにっこりと笑った。「それに子供ってのは不思議なモンで、育て方次第でいい子にも悪い子にもなるもんですだよ。だものお嬢様がよーく言い聞かせて育てれば、その御子はきっと立派な王様になるですだよ」

あっ――と私は息を飲んだ。

そうだ。それこそが唯一の方法だ。

光神王は言った。神を殺せるのは我が血を継ぐ『神宿』だけだと。神の容れ物たる『神宿』が神の名を継承する際、ひとつだけ神を殺す方法があるのだと。

人々の恐怖を反映し、強大化していった光神サマーア。もしかしたらあれは鏡のように人々の畏怖と恐怖を映し出すものなのではないだろうか。だとしたら人々を恐怖から解放することで、あの時空晶を消し去ることが出来るのではないだろうか。

だが長きにわたる圧政と弾圧で、神への恐怖は人々の心に刻みこまれてしまっている。それを払拭《ふっしょく》出来るのは、現人神である光神王をおいて他にない。現在の光神王アゴニスタ十三世にはまだ跡継ぎがいない。生まれてくるこの子はいずれ『神』を継承し、十四代目の光神王となる。光神サマーアを否定する新しい王を育てる。これはまたとない好機なのかもしれない。

それでも不安は残る。

この子はあの化け物の血を引いている。私の思い通りに育つとは限らない。どんなに言い聞かせても、あれと同じ化け物にならないという保証はどこにもない。

「私に出来るかしら」呻くように私は呟いた。「私はこの子を愛せるかしら。この子を新しい王に育てることが出来るかしら？」

「なに、大丈夫ですだよ」

アルティヤは私の肩にそっと手を置く。

「お嬢様の御子だもの。きっと立派な王様になって、この国を救って下さるですだよ」

その言葉を信じたわけではない。

これが正解なのかどうかもわからない。

光神王の自信に満ちた態度。あれは「自分は決して死なない」と思っている。私は見当違いのことを考えているのかもしれない。あの化け物の策にまんまと乗せられているだけなのかもしれない。

けれどこれは最後の希望だ。王城から出られず、民達に働きかける術も持たない私に、残された唯一の方法だ。

ならば私はこの道が正しいと信じよう。

この方法にすべてを懸けよう。

私が身籠《みご》もったという知らせは、その日のうちに王城内に知れ渡った。多くの者が私の元を訪れ、祝いの言葉を述べていった。中でもエトラヘブ卿は見苦しいほど喜んだ。「よくやった！」と言い、今にも踊り出しそうな勢いだった。

そんな折、驚くべき知らせが舞い込んできた。

第一王妃パラフ様も懐妊したというのだ。

二人の王妃が同時に子を宿す。前代未聞の出来事に王城は歓喜に包まれた。

「あの紅輝晶のせいですだよ」

興奮気味にアルティヤは囁いた。

「二人のお妃様が同時に身籠もられたんは、初代アゴニスタの夢が解放されて二人のお妃様に宿ったからですだ。まったくそうに違いねぇですだよ」

以前の私なら「そんなの迷信よ」と笑い飛ばしていただろう。でも初代アゴニスタは自分の過ちを正してくれる者を求めていた。その強い思いが時を超え、私の子供に宿ったとしてもなんら不思議ではない。そう信じることで、私は恐怖を退けようとした。でないと心が押し潰されてしまいそうだった。

　事実、第一王妃のパラフ様は薄着で寒空の下を歩き回ったり、池にその身を浸したり、数々の奇行を繰り返すようになった。そのたびに侍女達に取り押さえられ、第一離宮へと連れ戻されていった。

　そんなことがしばらく続いた後、ある日を境にパラフ様の姿は見られなくなった。そのかわり第一離宮では夜を徹して明かりが焚かれるようになった。アルティヤの話では、シャマール卿の手の者達が寝ずの番をして第一王妃を監視しているのだという。

　パラフ様の気持ちは痛いほどよくわかる。

　生まれてくるのは化け物の子供、あの化け物の容れ物なのだ。そう考えるだけで虫酸が走る。生まれてくる吾子《あこ》に罪はないと、何度自分に言い聞かせても、嫌悪と恐怖をぬぐい去ることが出来ない。

　葛藤を余所に、私の腹は少しずつ大きくなっていった。

　自分の体内に自分とは別の生命が宿る。私の中で小さな命が育っていく。それは不思議な感覚だった。

　光神王の子を宿したという恐怖。この子を愛せるだろうかという不安。それは腹が大きくなるにつれ、次第に薄らいでいった。

　そんな自分に、私は戸惑いを覚えた。

アルニールで死んでいった者達のことを思うと、今でも胸は痛み、喉が詰まって息が出来なくなる。けれど身が裂かれるような怒りや、胸が灼けつくような憎しみは、少しずつ鈍くなっていく。私の中に渦巻いていた復讐の炎は、静かに燻る燠火《おきび》に変わろうとしていた。

これでいいのかと、私は自問した。

あの慟哭を忘れたのか。あの憤怒を忘れたのか。復讐心を失うということは、サフラや父への愛を失うということではないのか。

懐胎が判明してから三カ月《シャハル》ほどが経った頃。湯殿の湯に身を浸していると、腹の中で何かがごろりと動いた。赤子が身じろぎしたのだ。

「あ……アルティィヤ」

切羽詰《せっぱつ》まった私の声に、アルティィヤが慌てて駆け寄ってくる。

「どうしましただか？　お湯に蜘蛛《アンカブート》でも浮いてましただか？」

「動いた」

「はい？」

「お腹の中で、赤ちゃんが動いたの」

「ははあ……」アルティィヤはしたり顔でにんまりと笑った。「どうやら御子はお嬢様とおんなじで、湯浴《ゆあ》みがお好きなようですだな」

「そうなのかしら？」

「そうですだども」

アルティヤはうんうんと頷く。何の根拠もないくせにと思うと、急におかしくなってきた。私は湯船の中から彼女を見上げ、くすくすと笑った。

愛する者を奪った者達への憎しみから、恐怖が支配する世界を選んでしまった初代アゴニスタ。それはアゴニスタ自身を含め、多くの人間を不幸にした。彼が残した負の遺産は、いまだ大勢を苦しめ、罪なき者達を死に追いやり続けている。

だがエトラヘブ伯の手記にあったように、彼に取り憑いた『神』が影なのだとしたら、それを使役するのは宿主である人間であるはずだ。歴代の光神王がそうしてきたように、その力を恐怖の具現化に費やすのではなく、圧政を廃し、聖教会を解体し、人々の心から恐怖をぬぐい去ることに使うことだって出来るはずだ。

いつかこの子が光神サマーアを消滅させ、この国に青空を取り戻すことが出来たなら、父もサフラも私を誉《ほ》めてくれるに違いない。そう思うと胸中に温かなものが流れ込んでくる。

私はこの子を、愛しいと思い始めていた。


五カ月《シャハル》もすると、赤子が腹を蹴るのを頻繁に感じるようになった。子が動くたび腹の形まで変わる。もちろん不安がないわけではないが、私はすでにこの子を受け入れる覚悟を決めていた。

そうなると不思議なもので早く赤子の顔が見たいと思うようになってきた。私は腹を撫でながら、「早く産まれておいで」と呼びかけた。

そんな私の様子を見た女官長のファローシャは、いつもの無表情を崩して微笑んだ。

「そろそろ出産の準備をせねばなりませんね」

出産の際に流される血は不浄とされているため、王妃は離宮で子供を産むのが習わしだという。

私とパラフ様が臨月に入ると、いつでも赤子を取り上げられるよう後宮には産婆《さんば》が待機するようになった。

けれどアルティヤは自分が御子を取り上げると言って聞かなかった。女官長が説得しても、彼女は頑として譲らなかった。

「大切なお嬢様の御子をどこの馬の骨とも知れない輩《やから》に任せるなんて、ぜってぇにお断りですだよ」

アルティヤは産婆を質問攻めにし、赤子を取り上げる術を学び始めた。その熱意は度を越しており、明らかに尋常ではなかった。田舎臭い外見からは想像も出来ないほど彼女は賢明で頭の切れる女だ。その知恵に私は何度も助けられてきた。だから今回も何か考えがあるのだと思った。

アルティヤと二人きりの時を見計らい、私は彼女に問いかけてみた。

「どうしてそんなに私の赤子を取り上げることにこだわるの？」

「そりゃあ、産婆が信用出来ねぇからですだ」

「でも腕は確かだと女官長は言っていたわ」

「そういう意味じゃねぇです」

アルティヤはむっつりと唇を尖らせる。

「もしお嬢様の御子がパラフ様の御子よりも先にお産まれになったら、シャマール卿は間違いなく、お嬢様の御子を殺そうとしますだよ。そういう意味では産婆も女官長も、誰も信用出来ねぇですだ」

なるほど。言われてみればその通りだ。

私は女官長に「アルティヤの好きにさせてあげて」と頼んだ。厳格な女官長も王妃である私の言葉には逆らえない。控えの間に産婆を待機させることを条件に、彼女は渋々頷いた。

結果的には、それが功を奏した。

先に陣痛に襲われたのはパラフ様だった。予定よりも早い出産に後宮は緊張に包まれた。産婆はパラフ様につきっきりとなり、待機していた女官達も第一離宮に集まった。

パラフ様は今までに二度も子を流している。彼女は光神王の子を産むことを拒んでいるのだ。ならば今回も無事に産まれることはないだろう。もし誕生するとしても、私よりも後に違いない。何の根拠もなかったが、私はそう確信していた。

だから、この展開は予想外だった。

光神王の世継ぎが複数存在する場合、今までの例からして、最初に産まれた王子が次代光神王に選ばれる可能性が高い。もしパラフ様の子が先に誕生することになったら、その子が第一王位継承者となり、私の子は二番目ということになってしまう。

それだけではない。同じ六大主教であっても、私の後見人であるエトラヘブ卿より、シャマール卿の方が強い権勢を誇っている。しかもパラフ様はシャマール卿の実の娘だ。地方小領主の娘である私より血統的にも優れている。これらの立場を逆転させるのは容易ではない。

私は窓辺に立ち、第一離宮の丸屋根を見つめた。

「邪魔をするな」と心の中で呟く。我が身の不幸を憂《うれ》うばかりで戦う意志を持たないのなら、私の復讐の邪魔をするな。

母の悪意を諫《いさ》めるように腹の子がごろりと動いた。鈍い痛みが走り、生暖かいものが太股《ふともも》の内側を流れ落ちていくのを感じる。

「ア、アルティヤ！」

私の悲鳴に、アルティヤがすっ飛んできた。

「どうなさいましただか！」

私は腹を押さえながら、低い声で囁いた。

「――来た」

アルティヤの行動は早かった。

寝台に新しい敷布を広げ、私を横たえると、清潔な布と産湯《うぶゆ》を用意した。産婆はパラフ様から手が離せない。泣いても笑っても助けは来ない。すべてはアルティヤに任せるしかなかった。

繰り返し押し寄せる疼痛《とうつう》の波。それに翻弄《ほんろう》されながら、私は出産という大仕事に挑んだ。意識が朦朧《もうろう》とし、時間の経過もわからない。体がふたつに裂けてしまいそうな激痛に半ば意識を失いながら、それでも私は必死にいきみ続けた。

「もうちょっと、そう、頭が見えてきましただよ」

アルティヤの声が遠くに聞こえる。

それに、ふいごを鳴らすような音が重なった。

ひょわああ……

ひょわあああ……

その音は次第に力強い泣き声に変わっていく。

生まれた。

新しい王となる子が、ついに生まれたのだ。

達成感が胸に溢れる。疲労がどっと押し寄せてくる。全身が重い。気を緩めたら眠ってしまいそうだ。

でも、その前に、赤子の顔を一目見たい。

「アルティヤ……」

私は彼女を呼んだ。

アルティヤは産湯を使うことも忘れ、放心したように赤ん坊を見つめている。ふわあ、ふああという赤子の泣き声が響く。

忘れかけていた不安が、蛇のように鎌首をもたげた。

「……どうしたの？」

私の声に、アルティヤはのろのろと振り返った。滅多なことでは動じない彼女が顔を引き攣《つ》らせている。それを見て、不安は頂点に達した。痛みも疲れも忘れ、私は上体を起こした。

「何があったの？」

「……ないですだ」

何もないはずがない。

「何もないなら、なぜそんな顔をして――」

そこで私は雷に打たれたように硬直した。

「――まさか」

「ついてないんですだよ」

アルティヤは私の前に赤ん坊を差し出した。

臍《へそ》の緒《お》を切ったばかりの赤ん坊は、小さな手足を震わせて、声の限りに泣き叫んでいる。

その股の間に男子の印は見当たらない。

「……あり得ない」

私は呻いて身を倒した。

「光神王の血筋に女は生まれないはずだ！」

ああ、これは呪いか？

あの化け物の呪いなのか？

女を産んだことが知れたら私は殺される。この子もろとも殺される。私が生き残るためにはこの子を殺し、死産でしたと言うしかない。いや、駄目だ。それではこの子を取り上げたアルティヤが罰を受ける。光神王の子を取り上げ損なった罪でアルティャが殺されてしまう。

「逃げて」

気力を振り絞り、私は言った。

「アルティャ……逃げるのよ」

「逃げるなら、みんな一緒に逃げるですだよ」

「だめ、私は、動けない」

天井がぐるぐると回り始める。疲労と出血のせいで意識が混濁する。視界が暗くなっていく。

「ここにいたら殺される。お願い……アルティャ、貴方だけでも……逃げて」

頭が冷たく痺《しび》れていく。目の前に闇が降りてくる。

「これ以上、誰も死なせやしねぇです」

そんな声が、聞こえた気がした。

「大丈夫、アタシに任せて下せぇまし」

私の意識は、そこで途絶えた。


どのくらい気を失っていただろう。

目を開くと、あたりはまだ暗かった。私は新しい夜衣に着替えさせられ、寝室に寝かされていた。

こうしてはいられない。

私は上体を起こした。

隣に置かれた揺り籠が目に入る。中では小さな赤ん坊が眠っていた。白い肌、薄紅色の頰、ふわふわとした白い産毛が頭の天辺《てっぺん》に生えている。

私は手を伸ばし、赤子の小さな手に触れた。白く柔らかな拳。こんなに小さいのに、きちんと爪まで生えている。

それを見た途端――なぜか涙が溢れてきた。

こんなにも精緻《せいち》で美しい生命を私は知らない。こんなにも無垢《むく》で無防備な生命を私は知らない。

ああ、アルティヤの言う通りだ。子供は子供。この無垢な魂には何の貴賤もない。

「ぬぅ……？」

変な声が聞こえた。揺り籠の向こう側、アルティヤがむくりと身を起こす。どうやら床で寝ていたらしい。彼女は伸びをし、眠気を払うように頭を振ると、ぱっちりと目を開いた。

「あ、お嬢様。お目覚めになりましただか？」

アルティヤは私に向かって微笑んだ。

私は何も言えず、涙を拭うことも忘れ、ただただ彼女の顔を見つめるしかなかった。

「そう緊張なさらずとも大丈夫ですだよ」

アルティヤは立ちあがり、にんまりと笑った。

「すべてはアルティヤが上手く誤魔化しておきましただ。だものもう何の心配もいらねぇですだよ」

光神王の子は産まれたままの姿で六大主教にお披露目される。光神王の子は完璧でなければならない。もし不具合が見つかったなら、その赤子は闇に葬られる。もちろん男子の印を持たない赤子も例外ではない。

「どういうこと？」私は彼女に問いかけた。「貴方、何をしたの？」

「それは——」アルティヤは束の間、視線を泳がせた。「ちょいとズルをしましただ」

「ずるをした？」

「それは、その、知らん方がええですだよ？」

「知らないですむわけがないでしょう！」

私は声を荒らげた。が、すぐ傍で赤子が眠っていることに気づき、再び声を潜める。

「言いなさい。包み隠さずきっちりと白状なさい」

私の恫喝に、アルティヤはうひゃぁと肩をすくめた。

「実を言うと、先に産まれたのはお嬢様の御子でしただ。だどもパラフ様の御子のお披露目が終わるまで、この子が産まれたことは伏せておいただよ。お隣の王子様をちょっくらお借りするには、騒ぎが一段落するまで待たにゃならんかったから」

私は目を見張った。揺り籠に眠る小さな赤子を見て、それからアルティヤに目を戻す。

「私の子をパラフ様の子とすり替えたの？」

「いんや、とんでもねぇ」

弁解するようにアルティヤは手を振った。

「お披露目の間だけですだ。もちろんすぐに元に戻しましただよ」

そういう問題じゃない。私が女を産んだことが発覚したら、この子も私もアルティヤも殺されていた。でも、だからといって、第一離宮に忍び込むなんて、誰かに見つかったらそれこそ命がない。

「でも同じ赤ん坊を立て続けに二回見せられたら、同じ子だと感づく者もいたでしょう？」

「うんにゃ、誰も気づかなかっただよ」

アルティヤは自慢げに鼻の穴を広げた。

「まだ目もあいてねえ、毛も生えそろってねぇ赤子だもの。腹を痛めた母親ならともかく、阿呆《あほう》揃《ぞろ》いの大主教どもに見分けがつくわけねぇですだよ」

なんて大胆なことをする女だろう。

驚きを通り越し、私は呆れてしまった。

「だども……失敗しただよ」

不意にアルティヤは肩を落とし、申し訳なさそうな顔をする。

「本当ならこの子が第一王子でしただに、アタシがモタモタしたせいで二番目ってことになっちまっただ。まったくめんぼくねぇ」

私は思わず笑ってしまった。

「そんなこと、謝るほどのことじゃないわ」

「だども――」

「ありがとう、アルティヤ」

私は彼女の手を握った。

岩のように硬くてごつごつとした手だった。

「貴方がいてくれなかったら、私はとっくに気がふれるか、自殺していたと思うわ」

「お嬢様――」

「ねぇ、どうして？」

私は正面からアルティヤの目を見つめた。

「ここまで尽くして貰う理由なんて何もないのに、どうして貴方は私を助けてくれるの？」

最初は疑いもした。ケナファ侯の命《めい》を受けて私を監視しているのだろうと。けれどアルティヤはいつだって命がけで私を守ってくれた。もはや彼女を疑うつもりはない。それだけに気になった。この献身は何のためなのか。彼女の目的はいったい何なのか。

「教えて、アルティヤ」

「それは――」

アルティヤは目を伏せた。彼女にしては珍しく、言い淀《よど》むように唇を震わせる。

「言って？」

促すと、アルティヤは上目遣いに私を見た。

「笑わねぇで聞いて下さるだか？」

「もちろんよ」

「ほんとに？」

私は真顔で頷いた。

アルティヤは大きく息を吐き、意を決したように答えた。

「お嬢様に一目惚《ぼ》れしたからですだ」

「――え？」

意表を突かれ、私は眉を寄せた。

アルティヤはなめし革のような頬を赤く染め、開き直ったように胸を張る。

「初めてお嬢様を見た時、なんて綺麗《きれい》な人だろうって、とても同じ女とは思えねぇって思っただ。だものお嬢様が後宮に行かれると聞いた時にゃあ、他の女どもを押しのけて、アタシがお供しますって言い張っただよ」

私は啞然《あぜん》とし、まじまじと彼女を見つめた。アルティヤの真剣な表情を見ていると、「そんなつまらない理由で一生を棒に振るなんて」とは、とても言えない。言えないけれど――

「本当にそれだけ？」

「あと名前を貰いましただ。アタシみたいな醜女に、お嬢様はとっても素敵な名前を下さいましただよ」

「名前がそんなに大事？」

「あたりめぇですだよ！」

赤ん坊を起こさないように小声で、それでもきっぱりとアルティヤは断言した。

「名前のねぇ奴ってのは根無し草と同じですだ。この世にあってもなくても変わんねぇ、塵芥《ちりあくた》みてぇなモンですだ。人間も影も名前っちゅう根っこを持って、初めてこの世に繋がることが出来る。居場所を得ることが出来るんですだ」

そういうものだろうか。私にはよくわからない。けれどサフラも名を得たことをとても喜んでいた。

「お嬢様はアタシに、この世に根づくための根っこを下さっただよ。こんなアタシに居場所を作って下さっただよ。だものアタシは生涯、命を懸けて、お嬢様にお仕えいたしますだよ」

そう言って、アルティヤはぎゅっと私の手を握った。温かく逞しい手。頼もしい言葉。敵ばかりのこの王城で私の味方はアルティヤ一人だけ。でも私にとってアルティヤは百万の味方に匹敵した。

「貴方に出会えたことは私の人生における最大の奇跡だわ」

私は彼女を引き寄せ、抱きしめた。

「アルティヤ、貴方がいてくれてよかった」

「そ、そんな——も、もったいねぇ」

アルティヤは慌てて身を引いた。肩がぷるぷると震えている。

「アタシこそ……アタシの方こそ感謝してるだよ。アタシのような醜女を傍に置いて下さって、お嬢様には本当に感謝してるだよ」

アルティヤの目から涙がこぼれる。手の甲でそれを拭うと、彼女は照れたように笑った。

「へへ……歳を取ると涙もろくなっていけねぇ」

私達はお互いの顔を見つめ、どちらからともなく微笑んだ。

私は寝台から足を下ろした。隣に置かれた揺り籠から、そっと赤子を抱き上げる。

よく寝ている。周囲の騒ぎなど与《あずか》り知らぬというように。こんなに小さいのに剛胆な子だ。

眠る赤子の柔らかな頬に私はキスをした。淡い光木灯の明かりの中、ほんのりと浮かぶ白い顔。

この子は闇に浮かぶ光、私達の希望だ。

「名前をつけたげて下せぇまし」

囁くようにアルティヤが言った。

私は頷き、我が子の顔を見つめた。

「この子の名は――アライス」

暗い沼の底から気泡が浮かび上がるように、自然とその名が浮かんだ。

「泥の中に咲く白い睡蓮《すいれん》アライス・アルニールよ」


光神王の血を引く王子は『神宿』と呼ばれる。

だが『神宿』といえど、十二歳の成人の儀を迎えるまでは男子として認められず、天上郭に登ることも許されない。ゆえに『神宿』は十歳になるまで、母親の元で育てられる。

後日、私はアルティヤから、パラフ様の子がツェドカと名づけられたことを聞かされた。

「第一離宮にゃ頻繁にお医者様が通って来なさるし、お披露目の後は一度たりとも部屋からお出ましにならねぇ。てことは、ツェドカ様はあんまり丈夫なお子じゃねぇってことですだ」

「いい傾向ですだな――とアルティヤは上機嫌だ。

ツェドカは第一王子。その存在はこの先、必ず私達の障害となるだろう。それでも私は彼の不幸を喜ぶ気にはなれなかった。

産まれたばかりのアライスを見て、生命の奇跡に触れて、私の中で何かが変わった。あのように無垢で美しい生命を大人達の醜い権力争いの犠牲にしてよいはずがない。アルティヤの言葉を借りるなら、生まれてきた子はまっさらだ。ツェドカには何の罪もない。

「だもの気をつけねば。今頃シャマール卿は戦々恐々として、なんとかしてアライス様を亡き者にしようと狙ってるはずですだよ」

アルティヤの言葉に、今度は私も頷いた。

ここは後宮。魔物の巣窟《そうくつ》だ。それでなくてもアライスは致命的な秘密を抱えているのだ。

私とアルティヤは片時もアライスの傍を離れなかった。たとえそれがエトラヘブ卿の身内の女官であっても気を許すことなく、入浴の際には入念に人払いをした。三時間《サーア》ごとの授乳はもちろん、襁褓《むつき》の取り替えや衣の着せ替えも、すべて自分達の手で行った。

私にとっては何もかもが初めての経験で、戸惑うことも多かった。けれどアルティヤは実に手慣れたもので、首の据わらない赤子の抱き方から襁褓の巻き方まで、すべてを心得ていた。

もしかしたらアルティヤは子を持ったことがあるのかもしれない。そう思ったが、口には出せなかった。アルティヤは奴隷だった。奴隷の子がどんな運命を辿るのか……私はよく知っている。

慣れない子育てに悪戦苦闘しているうちに一カ月《シャハル》が過ぎた。ようやく瞼を開いたアライスの瞳は青にも碧《みどり》にも見える不思議な色合いをしていた。三カ月《シャハル》後にはまばらだった髪も生え揃ってきた。白金色の巻き毛はふわふわで雛鳥《ひなどり》の羽毛を思わせた。

半年《サナ》もするとアライスは意味不明の言葉を唸《うな》るようになった。よく動く口と目。目が覚めても泣きもせず、まるで小鳥のように囀《さえず》っている。夜泣きをして私やアルティヤを困らせることもなかった。よく寝る子はよく育つと言う通り、アライスはすくすくと大きくなった。

九カ月《シャハル》もすると一人で立ちあがるようになり、一歳の誕生日を待たずに歩き始めた。こうなると、もう一時もじっとしていない。目を離すとすぐにどこかに行ってしまう。第二離宮から出ては駄目と幾度言い聞かせても、一歳にも満たない子供に通じるわけもない。どうやって窓を開けたのか、いつの間にか裏庭に出て、池の中できゃっきゃと遊んでいるのを発見した時には心臓が止まるかと思った。

そんな風に予想外の行動で私を翻弄するアライスだったが、不思議と女官達には愛された。

「アライス様は本当にお元気ですわね。人見知りもなさらないし、よくお笑いになるし、なんだか私達まで幸せな気分になりますわ」

子を誉められて、気を悪くする母親はいない。

冷たく無表情だった女官達が、急に身近な存在に感じられるようになった。それは女官達も同じだったようで、彼女達は何か用事を見つけては第二離宮までアライスの顔を見に来た。今まで挨拶を交わすだけだった女官と親しくなることで、彼女達からいろいろな世間話を聞けるようになった。

一歳半にもなると、意味不明だったアライスの囀りが、少しずつ言葉を成すようになってきた。

「たーてあぁぁ、たーてあぁぁ……」

そう言いながら、ちょこちょことアルティャの後を追いかける。どうやら「たーてあぁ」とは、アルティャのことらしかった。

「おんやまぁ……」

アライスが私の名よりも先に自分の名を覚えてしまったことに、アルティャは恐縮しまくった。

「アライス様。アタシなんかより、まずお嬢様を『お母様』とお呼びするだよ」

恐縮しつつも、まんざらではない様子だ。少し妬《や》ける。とはいえ我が子の成長を目《ま》の当たりにすることが、これほど感動的なものだとは思わなかった。

アライスが喋るようになってからというもの、後宮は賑《にぎ》やかで騒がしい場所になった。アライスが後宮の庭園で遊んでいると自然に女官達の輪が出来た。彼女達がアライスと追いかけっこをしたり、一緒に歌を歌ったりする様子を、椅子に座って眺めるのが私の日課になった。

時は平和に、ゆるゆると流れていった。

日に日に大きくなっていくアライスを見ていると、漠然とした不安は温かい幸福感に押し流されてしまう。穏やかな昼下がり、アライスとともに微睡《まどろ》んでいると、アルニールの悲劇も焼けつくような憎しみも遠い過去のことのように思えてくる。

これでいいのだ――と思う。

初代アゴニスタがこの国にかけた呪い。アライスなら、それを解くことが出来る。アライスが光神王になり、聖教会の圧政を廃せば、人々は恐怖から解放される。恐怖が消えれば光神サマーアも消える。この国は再び青空を取り戻す。

それこそが、私が望む復讐だ。

とはいえ、そこに至る道程は容易くない。アライスは第二王子だ。第一王位継承権はあくまでも第一王子のツェドカにある。このままでは通例に倣い、ツェドカが次代光神王に即位することになる。それを覆し、アライスが王となるためには、光神王から後継者の指名を勝ち取らなければならない。しかし光神王は私の復讐心を知っている。私が産んだ子をわざわざ光神王に指名するとは思えない。第一王子ツェドカに余程のことがない限り、アライスを王に据えるのは難しいだろう。

そのツェドカを産んだ後も、パラフ様は第一離宮に閉じ籠もったままだ。ツェドカも同様で、まったく外に出てこない。側近達がつきっきりで彼の養育にあたっているというが、相手は育ち盛りの子供だ。館に押し込められたままでは息が詰まるだろう。そのうちこっそり抜け出して、姿を見せるに違いない。そう思っていたのだけれど、二歳の誕生日を迎えても、ツェドカは第一離宮に籠もったままだった。

こんなに近くに暮らしながら一度も彼の姿を見ないまま三年《サナ》が過ぎ――四年《サナ》が過ぎた。

四歳になったアライスは元気をもてあまし、後宮内を所狭しと駆け回るようになった。走り回るアライスの後を追いかけていると、サウガ城でイズガータを探し回った時のことが思い出された。といっても、アライスの腕白っぷりはイズガータの比ではない。第二離宮の屋根に登って降りられなくなったり、裏庭の木立に登っては枝を折って落っこちたり、橋から飛び降りて膝頭を擦り剥いたり。テラスの欄干の上に立ち、晴れ晴れとした顔で眼下を眺めているのを見つけた時には、私の方が悲鳴を上げそうになった。

アライスは活発な上に好奇心旺盛で、じっとしていることが大の苦手だった。けれど決して聞き分けのない子供ではなかった。

就寝前、私は毎夜アライスに物語を話して聞かせた。御多分に漏れず、アライスもまた冒険物が大好きだった。床につき「はやくはやく」と物語を催促するアライスに、私はいつもひとつの約束をさせた。

「母とアルティヤ以外の人の前では絶対に服を脱いではいけません。貴方が女の子であることを誰かに知られたら、貴方も母もアルティヤも殺されてしまいます。だから決して自分が女の子であることを知られてはいけません。わかりましたか？」

「はい。わかりました、かあさま」

繰り返されるその約束に、アライスは毎回真剣な面持ちで頷いた。理由まではわからなくても、幼いなりに何かを感じ取っていたのだろう。

実際、アライスは勘のいい子供だった。具合の悪い女官がいれば真っ先に気づいたし、私の気分が塞いでいる時には、ぴたりと傍に寄り添って離れなかった。そんなアライスを見て、女官達は口々に言った。アライス殿下はお優しい。アライス殿下が光神王になられたら、この国は慈愛に溢れた素晴らしい国になるでしょう――と。

第一王位継承者がツェドカであることを忘れたわけではない。アライスが致命的な秘密を抱えていることも忘れてはいない。それでも後継者にはアライスが選ばれるに違いないと、楽観視する気持ちが生まれていたのも確かだった。

けれどこの安穏《あんのん》とした考えは、ある少年との出会いによって、見事に打ち崩されることになる。


アライスが六歳を過ぎた頃、私はアライスに読み書きを教え始めた。十歳になった『神宿』は後宮を出て、『神宿の宮』へ居を移す。それまでに王子として恥ずかしくない教養を身につけさせなければならない。教師を雇うのが通例であるようだが、私は自らその役目を買って出た。教育は人間の根幹を形作る。そんな大切なことを他人に任せるなんて論外だった。

文字を覚え、色鮮やかな図鑑を手にするようになると、アライスは俄然《がぜん》、動植物に興味を示すようになった。今までは走り回るばかりだった裏庭を隅々まで探索し、飽きもせず花を眺めたり、木の幹についた虫を眺めたりしている。

その日もアライスは裏庭に出ていた。私は窓辺に椅子を置き、それに腰掛けて本を読んでいた。

そこへ外回りの用事をすませたアルティヤが戻ってきた。

「今夜の夕食は鳥の蒸し焼きですだよ」

銀の盆をテーブルに置き、アルティヤはきょろきょろと室内を眺める。

「あれ？　アライス様はどこへ行かれただか？」

私は裏庭を見回した。アライスがいない。さっきまで池のそばにしゃがみ込んで水面を歩く虫を熱心に見ていたのに。

「アライス、夕食の時間ですよ」

どこにいても夕食と聞けば飛んでくるアライスが今日に限って姿を見せない。怪訝に思った私は本を置き、裏庭に出た。

「アライス——？」

きっとまた何かに夢中になっているのだろう。

「どこにいるのですか、アライス？」

私は小川を渡り、裏庭の奥へと歩を進めた。

第一離宮と第二離宮の裏庭を隔てる鉄柵。その周辺には林があり、灌木《かんぼく》が生い茂って見通しが悪い。鉄柵に沿って林を抜けた先にあるのは石垣だ。灌木の枝を払い、降り積もった枯れ葉を踏み、私は石垣へと向かった。

「叶わなかった夢はどこへいくんだろう」

そんな声が聞こえた。斜め上の方向からだ。

「深海に雪が降るように海の底に沈んでいくのかな。それともどこかの深い谷底で、誰にも知られずひっそりと花を咲かせるのかな」

私は目を細め、声のする方を注意深く眺めた。

枝葉の間に白い足が揺れている。裏庭の木は枝が細くて危ないから登ってはいけませんといつも言っているのに。まったくあの子はどうして、ああも高い所に登りたがるのだろう。

「アライス！　降りなさい！」

「うわ……」

悲鳴を上げて、子供が枝から落っこちてきた。

これには私の方が驚いた。跳んだり跳ねたりが大得意なアライスが、声をかけたくらいで枝から落ちるとは思わなかったのだ。

枯れ葉の上、アライスは膝を抱えてうずくまっている。その膝頭に血が滲《にじ》んでいる。私は慌ててアライスに駆け寄った。

「まって、母さま！」

そんな声とともに、目の前に子供が飛び降りてくる。両手を広げ、私の前に立ちふさがる。

ぎょっとして私は立ち止まった。

アライスが、二人いる？

私の目の前に立つ子供と、擦り剥いた膝を抱えている子供。白金の髪と青碧色の瞳。写し絵のようにそっくりな顔立ち。

だがよく見れば、前にいる子の髪は金に近く、後ろの子のそれは銀に近い。前の子の瞳はより碧に近く、後ろの子の瞳はより青に近い。前の子は木綿《クトン》のシャツと膝丈ズボンを穿《は》いていて、後ろの子は銀糸の縫い取りがある絹《ハリール》の長衣を身につけている。

前にいるのがアライスだ。

では、後ろにいるのは――誰だ？

「おこらないでください、母さま」

両手を広げたまま、アライスは言った。

「私がいっしょにあそぼうって言ったんです。私が木にのぼろうって言ったのです。わるいのは私です。ツェドカはわるくないです。だからどうか、彼をおこらないでください」

ツェドカ――？

ではこの子がパラフ様の息子か？

第一離宮に隠れ、今まで姿を見せたことすらなかった彼が、どうして第二離宮の裏庭にいるのだろう――と思い、すぐに考え至った。

第一離宮の裏庭と第二離宮の裏庭は鉄柵で隔てられている。背が高く、大人でも乗り越えるのは容易ではない。だが、小さな子供なら柵の間をすり抜けることも可能だろう。

改めて私は二人の子供を見比べた。

多少の差違はあるけれど、双子のようにそっくりだ。少年というにはツェドカは線が細すぎるし、本来の性別からすればアライスは凜々《りり》しすぎる。

いや、今はそんなことを考えている場合ではない。こんな所をシャマール卿の手の者に見られたら、どんな言いがかりをつけられるかわからない。騒ぎになればいらぬ詮索を受ける。それだけは避けなければ。

私は腰に手を当て、怖い顔を作った。

「アライス、第一離宮の庭に入ってはいけないとあれほど言ったのに、なぜ母の言うことが聞けないのですか」

「ごめんなさい……」

アライスはしゅんと肩を落とした。言い訳しないのは立派だが、だからといって許すわけにはいかない。

「ごめんなさいではすみません。もし貴方が第一離宮に出入りしていることが知られたなら、どうなるか貴方にもわかっているでしょう？」

「アライスを叱るな」

言い返したのは、アライスではなくツェドカだった。彼は立ちあがると、物怖《ものお》じしないまっすぐな瞳で私を見上げた。

「アライスが第一離宮に入ったことは一度もない。罪に問われることを承知の上で第二離宮の庭に侵入したのは、この私だ」

「それはちがうぞ、ツェドカ」慌ててアライスが遮った。「私がお前に声をかけたんだ。こっちに来いよって、お前をこの庭によんだんだ」

アライスは私に向き直り、なおも告白する。

「ヘンな形のキノコが生えてるんだって、私が言ったのです。ながめのいい木を見つけたから来いよって、私が言ったのです」

「アライス——」ツェドカが囁く。「君、言わなくてもいいことまで白状しているぞ？」

「だってホントのことだろう！」

「そうだが、君はさっきから、問われもしない罪まで告白している」

「しかたないだろう、ホントのことなんだから！」

「黙っていることは嘘にはあたらない」

「お前こそ、よけいなこと言うな！」

「私は忠告しているだけだ」

「ちゅうこく？　ちゅうこくってなんだ？　むずかしい言葉を使ったって私にはわかんないぞ！」

「それ、威張れることじゃないだろう？」

真剣に不毛な言い争いを繰り広げる子供達。もはや私のことなど眼中にないようだ。ここは大人の威厳を見せつけるためにも子供達を叱りつける必要がある——のだが、正直なところ、私は呆気《あっけ》にとられてしまっていた。

ツェドカとアライスは同じ日に生まれた、まったくの同い年だ。奔放《ほんぽう》で裏表がなく、あまり聡《さと》いとはいえないアライスに対し、ツェドカは物言いも態度も、発言の内容さえもしっかりとしている。大人と較べてもなんら遜色《そんしょく》ないほどだ。

これが性差だとは思わない。けれど、少し自由に育てすぎたかと反省はする。

「いいからお前はだまってろ！」

「いや、ここは私に任せて君こそ黙っているべきだ」

「なにをぅ？　ここは私の庭だぞ？」

「王城はすべて光神王のものだ。この庭は君の所有物ではない」

「ヒザすりむいて、なきベソかいてたくせに、えらそうなこと言うな」

「泣いてなどいない。ただ……少し驚いただけだ」

「ウソつけ！」

「嘘じゃない！」

私はパンと両手を打った。

「そこまで！」

子供達はびくりと飛び上がり、同時に私を振り返った。鏡映しのようにそっくりな顔がふたつ、真ん丸に目を見開いている。

それを見て、つい吹き出しそうになってしまった。が、笑っている場合ではない。

「アライス、離宮に戻って水差しと薬箱を持ってきなさい」

「でも――」

「大丈夫、ツェドカ殿下を怒ったりしません」

私はにこりと笑ってみせる。

「母を信じなさい」

「――わかりました」

アライスは不承不承、頷いた。何度も振り返りながら第二離宮の方に歩いていく。その姿が木陰に見えなくなったのを確認してから、私はツェドカに向き直った。

「殿下の御前でお見苦しいところをお見せいたしまして、申し訳ございません」

ツェドカの顔は緊張に強ばっていた。これ以上、彼を怯えさせることのないよう、私はその場に片膝をついた。地面に右手を置き、王族に対する礼をする。

「突然お声をおかけして殿下を驚かせ、お怪我をさせてしまいましたこと、心からお詫び申し上げます。どうか寛容な心をもって、我が非礼をお許し下さい」

「正直に言ったらどうだ？　いっそ首の骨を折ればよかったのに、と」

少年の声は自嘲の響きを帯びていた。

ツェドカは笑った。何もかも諦めてしまった者の冷たく乾いた笑いだった。年端《としは》もいかない子供が浮かべる類の笑みではなかった。

「城壁はすぐそこだ。今なら誰も見ていない。逃げようとして足を滑らせたのだと言えばいい。ここは第二離宮の庭だ。事故だったと言えば、お前が罪に問われることはない」

私は内心舌を巻いた。この子は驚くほど賢《さか》しい。

相手は六歳の子供だ。抱き上げて石垣の外へ投げ落とすぐらい、私一人でも可能だ。この子にはそれがわかっている。わかっていて、私を挑発しているのだ。

ツェドカさえいなくなれば、アライスは次の光神王になる。以前の私なら、この機会を逃がしはしなかっただろう。彼を殺すことに何のためらいも抱かなかっただろう。

けれど今の私には、ツェドカがひどく憐《あわ》れに思えた。多くの可能性を持ちながら、すべてを諦めてしまっている。それが腹立たしくてならなかった。

「私は貴方を殺さない」

礼を払うことをやめ、私は立ちあがった。少年に向かい、勝ち誇ったように笑ってみせる。

「何人《なんびと》たりとも他人の時空を奪ってはならない。何人たりとも自分の時空を奪われてはならない。だから私は誰も殺さない。たとえ貴方がそれを望んでいたとしても、私は貴方を殺さない」

「本気でそう言っているのだとしたら正気を疑うところだ」

花片のような唇に不似合いな嘲笑を浮かべ、ツェドカは言い返した。

「人は自分の利益のため、他人の死を望むもの。ましてや自分の子を光神王にするためになら、親は手段を選ばない。お前の意見は建前としては美しいが、その内容はまるで子供の理屈だ」

「子供に子供の理屈を説いて何が悪いの？」

わざと高圧的に言い放ち、私は腰に両手を当てた。

「だいたい死ぬだの殺すだの、子供が口にする言葉ではありません」

私の言葉にツェドカは笑いを引っ込めた。むっとしたように顎を引き、上目遣いに私を睨む。

「私は子供ではない」

「いいえ、子供よ。してはいけないと言われていることをしたにもかかわらず、『ごめんなさい』も言えないのだから、充分に子供です」

「どういう理論だ、それは」

「理論じゃないわ。常識よ。人に何かをして貰ったら『ありがとう』、迷惑をかけたら『ごめんなさい』。これは人間として基本中の基本でしょう?」

ツェドカは言い返すことなく、黙って私を見上げていた。暗く沈んだ青い目。血色の悪い白い顔。アライスとそっくりなだけに、その生気のなさが際立って見える。彼は光神王となることを約束された子供だ。この国の誰よりも幸福な子供であるはずだ。なのに彼はこの国の誰よりも不幸に見える。

「ツェドカ、一度しか言わない。だからよく聞いて」

彼の青い目を見返して、私は一言一言、区切るようにして告げた。

「私が望むのは今までとは異なる新しい光神王。この国の民を圧政と恐怖から解放してくれる、そんな光神王を誕生させることが私の本願なの」

ゆっくりと彼に歩み寄った。彼の前に膝をつき、目の高さを合わせる。

「だから貴方もそれを目指してくれるのであれば——貴方とアライス、どちらが光神王になったとしても私は構わないわ」

「お前は、頭がおかしい」

震える声で、ツェドカが反論する。

「光神王は現人神。光神王になることこそが、最も大事なことなのだ。光神王となった後のことなど、誰も関心を持ちはしない」

「いいえ、光神王になるのは自分が思い描く国を作るための手段にすぎないわ。本当に重要なのは王になった後よ」

「そんなはずはない！」

ツェドカは駄々っ子のように激しく首を横に振る。

「みんな私に言う。貴方は光神王になるべく生まれたのです、と。貴方が立派な王になればパラフ様の病気も治るのです、と。なのに彼らは教えてくれない。どうすれば立派な王になれるのか、そもそも立派な王とはどういう存在なのか、誰も、何も、教えてはくれない」

「なら、ゆっくり考えればいいわ。貴方は賢い。この国の未来のために自分に何が出来るのか。よりよい世界を作るために自分は何をすればいいのか。貴方なら、きっとその答えを見つけられる」

ツェドカは顔を上げた。紅潮した頬。固く引き結ばれた唇。暗く深い湖のような瞳が私を見つめる。

その視線をしっかりと受けとめ、私は微笑んでみせた。

「貴方が心から願えば、叶わないことなんて何もない。貴方はどんな道でも選べる。どんな場所にだって行ける。どんな人間にだってなれるわ」

ツェドカはぐっと唇を噛んだ。強ばった肩がぶるぶると震える。

「私は『神宿』だ。将来、光神王となる者だ。生涯この王城を出ることは叶わない」

「そんなことないわ」

私は両手を伸ばし、そっと彼を引き寄せた。ツェドカは身じろぎしたけれど、私を突き放しはしなかった。少年を抱きしめ、私は彼に言い聞かせた。

「貴方にはまだ多くの時空が残されている。だから今がどんなに辛くても諦めないで。貴方の時空を投げ捨ててしまわないで」

ツェドカは何も言わなかった。何も言わずに私の肩に額を押しつけ、嗚咽を嚙み殺した。

その時――

背後からがさがさという音が聞こえた。ツェドカが素早く飛び離れる。と同時に、藪をかき分け、アルティヤとアライスが姿を現した。

「ありゃあ、こりゃどういうこったね！」

ツェドカを見て、アルティヤは目を丸くした。

「アライス様がもう一人いらっしゃるだよ！」

「控えなさい、アルティヤ」

私は立ちあがり、アルティヤに向き直った。

「こちらはツェドカ殿下です」

「ひえぇっ！」アルティヤは恐れ入ったように平伏した。「こりゃ、とんでもねぇ無礼をいたしましただ。どうかお許し下せぇまし」

私はアルティヤから薬箱を受け取った。ツェドカの肩に手を置くと、彼は大人しくその場に座った。横からアライスが水差しを差し出す。私は礼を言って、それを受け取った。水で傷を洗い、化膿《かのう》止めを塗り、清潔な布を当て、包帯で固定する。

「これで大丈夫」

治療を終えて、私は立ちあがった。

「軟膏《なんこう》が乾いて自然に布が剥がれるまで、このままにしておいてね」

ツェドカは座ったまま私を見上げ、かすかに頰を赤らめた。そして、聞こえるか聞こえないかの小さな声で言った。

「……ありがとう」

「どういたしまして」

私はにこりと笑った。

それから咳払いをし、あたりを見回す。

「この辺は木が鬱蒼として暗いわね。藪が深くて服も汚れてしまうし、このあたりにはもう来ないことにしましょう」

そこで言葉を切って、アライスに目を向ける。

「アライス、ここで遊ぶのは構わないけれど、誰かに迷惑をかけるようなことだけはしないようにね」

「――え？」

私の言葉が理解出来ないらしく、アライスはきょとんとしている。見かねたツェドカが立ちあがり、アライスの耳に「つまり――」何かを囁いた。「――ということだ」

途端、アライスの顔がぱあっと明るくなった。

「ありがとう、母さま！」

喜びに跳ね回るアライスの頭を、私はぽんぽんと叩いた。

「遊びに夢中になるのはいいけれど、なるべく早く戻りなさい。じき夕食の時間ですからね」

私はツェドカに目を向けた。わかっているというように彼は頷く。本当に賢い子だと思った。悲しくなるくらい、彼は賢い。

二人の子供をその場に残し、私は第二離宮に向かって歩き出した。

「お嬢様、よろしいんでごぜぇますか？」

追ってきたアルティヤが私の背中に問いかける。

それに対し、私は振り返りもせずに答えた。

「あの子は殺されに来たの」

「あんな年端もいかねぇ子供が、ですだか？」

私は頷き、下唇を噛んだ。まだ六歳の子供が自らの死を望むなんて、第一離宮ではいったい何が行われているのだろう。パラフ様は何を考えておられるのだろう。

アライスと同じ顔をした小さな賢い王子。

その心中を思うと、胸が痛んだ。


この日以後、私は女官達にそれとなく第一離宮のことを尋ねてみるようになった。

第一離宮に出入りするのはシャマール卿が許可した者達だけ。後宮に長らく勤めてきた古参の女官であっても入館は許されない。パラフ様やツェドカの世話係はもちろん、本来女官達がする食事の用意や部屋の掃除でさえ、シャマール卿の身内の者が行うのだという。

それでも漏れ聞こえてくる話を合わせると、背筋が薄ら寒くなるような現状が見えてくる。

ツェドカを出産してからというもの、パラフ様はすっかり心の平穏を失ってしまったらしい。第一離宮に何度も医者が呼ばれたのは、彼女がツェドカに怪我を負わせたから。ツェドカが第一離宮の外に出ないのは、その身に生傷が絶えないからだという。

もちろんこれらは噂話にすぎない。けれど何の不自由もなく育てられ、誰よりも幸福であるはずの王子が死を望むほど苦しんでいる。それは紛れもない事実だ。

あれ以来、私は裏庭の茂みに近づくことを避けていた。何も知らなかったことにしておいた方が、お互いのためになると思ったからだ。

それでも私は、声を殺して泣いていたツェドカの姿が忘れられなかった。嬉々《きき》として林に向かうアライスに、私はお菓子や本を持たせた。この庭に遊びに来ることがツェドカの救いになって欲しい。そう願わずにはいられなかった。

そんな私を見て、アルティヤは眉を顰《ひそ》めた。

「光神王になれるんは二人の王子のうちのどっちか片っぽだけ。アライス様とツェドカ様はこの先たったひとつの椅子を争うことになるですだ。そんな相手と仲良ぅなっても辛《つれ》ぇだけですだよ」

そんなこと言われなくてもわかっている。ツェドカが傲慢《ごうまん》な子供であったなら、私もこんなに迷いはしなかった。

「ツェドカは賢い子よ。正しい助言を与えさえすれば、きっと彼もこの国の矛盾《むじゅん》に気づいてくれるわ」

「だども――」

「私の望みはこの国を恐怖から解放してくれる新しい王を誕生させること。それを成し遂げてくれるのであれば、二人のどちらが王になっても私は構わない――」

「お嬢様！」いつになく厳しい声でアルティヤが遮った。「今の言葉、アライス様にはぜってぇに言っちゃなんねぇですだよ」

「――なぜ？」

「アライス様は大きな秘密を抱えてらっしゃるだ。今は気づかなくとも、いつか必ず、それを負い目に感じる時が来ますだよ。そんな時、味方になれるんはお嬢様だけ。そのお嬢様が『どちらが王になっても構わない』なんておっしゃったら、アライス様は傷つくですだよ」

そうだろうか？　アライスは素直で実直な子だ。たとえツェドカが光神王に選ばれても、彼を妬《ねた》みはしないだろう。彼が秩序を求める新しい光神王を目指す限り、アライスは一人の臣下として彼の力になろうとするだろう。

「お嬢様、お約束下せぇ」

アルティヤは、なおも私に喰い下がった。

「ぜってぇにアライス様には言わねぇとお約束下せぇまし」

考えすぎではないかと思いつつ、私は応えた。

「わかったわ」

私達の懸念などどこ吹く風といった様子で、アライスは毎日ツェドカと遊んでいるようだった。隠す必要がなくなったせいか、ことあるごとに彼の話ばかりする。後宮では同年齢の子供と知り合う機会などない。周囲にいるのは大人ばかり。アライスは初めて得た友と遊ぶのが楽しくて仕方がないようだった。

そんなアライスを見ていると、やはりイズガータのことが思い出された。そういえば彼女にも二人分の菓子を持たせたことがあった。相手は涼しげな眼差しをした馬丁の子、確かアーディンという名の少年だった。

彼らは元気でいるだろうか。お転婆イズガータも今年で十七歳になる。すでに誰かと結婚して、子を儲《もう》けていても不思議ではない。あの娘が母になっている姿を想像すると、何だかくすぐったいような、心温かな気持ちになる。

故郷を失った哀哭《あいこく》や胸を灼く憤怒を忘れたわけではない。けれど私には守りたい者が出来てしまった。大切な家族であるアライスとアルティヤ。イズガータやアーディンやサウガ城の人々。夢を叶えるため領地に戻っていったエシトーファ。

光神サマーアの下には大勢の人間がそれぞれの人生を生きている。なのに私は己の復讐のためならば、そのすべてを犠牲にしても構わないと思っていた。

あの頃の私にはもう戻れない。

戻りたいとも思わない。

アライスの七回目の誕生日を間近に控えた六月《ハジーラン》のこと。夕食の途中、珍しくアライスが手を止めた。思いつめた表情で食べかけのシュールバを睨んでいる。

「どうしたの？　お腹でも痛いの？」

私の問いかけに、アライスは顔を上げ、思い切ったように切り出した。

「今度ツェドカを夕食に招いてはいけませんか？」

「またツェドカ様の話ですだか？」

アルティヤは露骨に眉を顰める。アライスは構わず、いつになく真剣な面持ちで続ける。

「ツェドカはいつも一人で食事をするのだそうです。そんなのさみしいです。かわいそうです」

アライスはテーブルに身を乗り出した。

「こんどの誕生日、ツェドカを食事に呼びたいのです。ツェドカはだれかに誕生日を祝ってもらったことが一度もないんだそうです」

「それは確かに可哀相だと思うけれど……」

言いかけて、私の脳裏にある考えが閃いた。

パラフ様がツェドカを厭《いと》うのは、彼が光神王の血を引いているからだ。彼女が光神王を厭うのは、光神王が化け物であることを知っているからだ。それを誰にも打ち明けられない苛立ちが、怒りとなってツェドカへと向けられているのだとしたら、私達は解り合えるのではないだろうか。

立場上、今まで見舞いに行くことも面会することも避けてきたが、もし彼女と二人きりで話すことが出来たなら、私達は友人になれるかもしれない。

「駄目で元々です」

私はアライスに向かい、片目をつぶってみせた。

「パラフ様に招待状を書いてみましょう」

「ありがとうございます！」

アライスは立ちあがり、私に抱きついた。

「母さま、だいすきです！」

というわけで、断られるのを覚悟の上で、私はパラフ様に手紙を書いた。

『我らの子も無事に七歳を迎えることになりました。せっかくの機会です。記念にみんなで食事をしませんか？』

翌日、返事が来た。

「パラフ様はなんとおっしゃっていますか？」

アライスが私の周りをぴょんぴょんと飛び跳ねる。私はシャマールの印が押された蜜蠟《みつろう》を剝がし、封筒の中から便箋《びんせん》を取り出した。流麗な筆致で記された丁寧な返信。目を輝かせて待っているアライスのため、私はその文面を声に出して読み上げた。

「体調が優れないため、そちらにお邪魔することは出来ません。そのかわりアライス殿下とハウファ様を晩餐会《ばんさんかい》にご招待いたしたく存じます」

「それって、ツェドカのところに遊びに行ってもいいということですか？」

「遊びに行くわけじゃなくて、晩餐会にお招きいただいたのよ」

「じゃ、ツェドカといっしょに食事が出来るんですか？」

「ええ」

「わああああい！　やったあああぁ！」

アライスは弾けるように笑うとアルティャの手を取って踊り出した。最初は渋い顔をしていたアルティヤも、アライスにぐるぐると引き回されるうちにその表情を緩ませる。

パラフ様からの返信を読み返し、私はひそかに確信した。

私の考えは正しかった。あの化け物のことは光神王と閨をともにした者にしかわからない。だからこそパラフ様も私と話がしたいと思われたのだ。

約束の日、アライスとツェドカの七歳の誕生日。

私とアライスはアルティャを伴って第一離宮へと向かった。第一離宮の造りは第二離宮と左右対称だったが、間取りはまったく同じだった。裏庭に面した居間も、テラスに面した広間も同じ広さだ。異なっていたのは広間と居間を隔てる扉だけ。第一離宮のそれは第二離宮の扉に較べて分厚く、頑丈そうな閂《かんぬき》まで備わっていた。

私達が到着すると、待機していた侍女達がその重厚な扉を開いた。

居間の正面には裏庭に面した格子窓がある。窓の外、木々の向こう側には第二離宮の丸屋根が見える。外はすでに暗く、部屋の中も薄暗い。テーブルに置かれた光木灯が仄《ほの》かな青白い光を放っている。

「ようこそいらっしゃいました」

背の高い、美しい女性が私達を出迎えた。

「お会いするのは初めてでしたね。アロン・アプレズ・シャマールの娘、パラフ・アプレズです」

パラフ様は膝を折って優雅に挨拶した。繊細なレースで飾られた黒い絹《ハリール》のドレスが、肌の白さを際立たせている。結い上げられた艶《つや》やかな黒髪。赤茶色の瞳は深く澄み、賢者のそれを思わせた。長い間心の病を患《わずら》っていると聞いていたが、とてもそうは見えない。

「お会い出来て光栄です。ハウファ・ラヘシュ・エトラヘブと申します」

私はドレスの裾を摘み、挨拶を返した。

「本日はお招きいただきまして、ありがとうございます」

私達が挨拶を交わしている間にも、アライスとツェドカは肩を寄せ合い、何やらヒソヒソと囁きあっている。初対面というにはあまりにも親密な様子だ。こっそり遊んでいたことを悟られるのではないかと私は肝を冷やしたが、幸いなことにパラフ様は気づいていないようだった。

「堅苦しい挨拶はこれぐらいにして、今夜はゆっくりと食事と会話を愉《たの》しみましょう」

パラフ様は着席するよう私達を促した。居間の中央に置かれた大きなテーブル、その上には四人分の食器が用意されている。

私達が座るのを待って、夕食が運ばれてきた。

最初に出てきたのは大皿に盛られたマッザだった。色とりどりのワルドの花片と真っ赤に熟したトゥーバが飾られている。

「このマッザは花片ごと食べて下さい」

そう言いながら、パラフ様は自らの手でマッザをとりわけてくれた。私は言われた通り、ワルドの花片ごとトゥーバを口に運んだ。花の香りと心地よい酸味。シャキシャキとした食感も楽しい。

次に出されたのはバカラ牛の乳を贅沢に使ったシュールバだった。滑らかな喉越し、濃厚な味わい、飲み干した後も舌の上に美味なる余韻が残る。

「こんなに美味《おい》しいシュールバを飲みましたのは生まれて初めてですわ」

「まぁ、嬉しい」パラフ様は自分が誉められたかのように喜んだ。「このとろみを出すために、三日間《ヤウム》煮込むんですのよ」

「パラフ様はお料理にお詳しいのですね？」

「ええ、実は今宵のお料理はすべて私が調理法を考えましたの」パラフ様は恥ずかしそうに俯いた。「ここにいると、食べることぐらいしか楽しみがありませんでしょう？」

木の実《ガウズダ》と果実《アダシャー》を練り込んだファティーラは、一見すると一口菓子のようだった。口に入れ、そっと噛みしめると、薄皮の間から甘い肉汁がじゅわっと溢れ出てくる。そこに果実《アダシャー》の酸味が加わり、得も言われぬ旨《うま》さを奏でる。

ハバシュ鳥の香草焼きはカリカリに焼いたフブズの薄切りに載せていただく。香ばしさが何とも言えない。アライスはこれが特に気に入ったらしく、給仕の女性に「おかわりしてもいいですか？」と言い、みんなを笑わせた。

最後に運ばれてきたのは真っ白な糖衣を纏ったカアクだった。

「ナーディの糖蜜で固めてありますの。ナイフで糖衣を割って、中だけを召し上がって下さい」

堅い糖衣を割ると、中から茶色のカアクが現れた。新雪のように柔らかなそれは、口に含んだ瞬間、ふんわりと溶けてなくなってしまった。後を追うようにナーディの香りが口いっぱいに広がる。

「おいしい……」

思わず呟くと、パラフ様は頬を染め、少女のように微笑んだ。「今日一番の自信作ですのよ」

美味しい料理のおかげで晩餐会はとても楽しいものになった。アライスは相変わらずよく話したし、ツェドカも楽しそうに頷いている。

「じゃあ、とっておきの問題を出すぞ」

どうやら二人の間では謎々遊びが流行っているらしい。アライスが問いかけ、ツェドカが答える。残念ながら、その逆はない。

「見つかりたくなくて隠れているのに、見つからないとつまらないものってなんだ？」

「ええと……隠れ鬼」

「うわぁ、当たりだ！」

完敗だというように、アライスは右手で額を叩く。

「降参だ。ツェドカにはかなわないよ」

「ツェドカ殿下は本当に賢くていらっしゃいますね」

私が誉めると、ツェドカは照れたように笑った。

そんな息子を見て、パラフ様は目を細める。

「アプレズ家は文武両道の家系ですのに、この子は頭ばかりが大きくて、いったい誰に似たのやら……」

私は驚いてパラフ様を見つめた。

今の発言は暗に光神王を批判している。しかし、それに反応したのは私とアルティヤだけだった。パラフ様の侍女も側近達も動じることなく、知らん顔をしている。

「あら、私としたことが」

パラフ様は口を押さえ、くすくすと笑った。

「つい口が滑ってしまいました。あまりに楽しくて、少々飲み過ぎてしまったようですわ」

彼女の言う通り、テーブルに置かれている葡萄酒《マハル》の瓶がほとんど空になっている。私が飲んだ分を差し引いても、パラフ様お一人でかなりの量を召し上がったことになる。

「ええ、私もです」

背中が薄ら寒くなるような感覚をひた隠し、私はどうにか笑ってみせた。

パラフ様は手を上げて一人の侍女を呼び寄せ、食後のお茶を運んでくるよう命じた。それを合図に空の皿が片づけられ、エブ茶と菓子鉢が用意される。

「もういいわ。お前達は下がりなさい」

パラフ様は侍女と側近を居間から退出させた。

私もアルティヤに視線を送り、隣の間まで下がるよう促した。アルティヤは不満そうな顔をしたが、それでも黙って部屋を出て行く。居間には私とアライス、パラフ様とツェドカだけが残された。

「ちょっと失礼いたしますわね」

パラフ様は席を立つと、何かを手に持って戻ってきた。

「今日の記念に、これを差し上げます」

彼女は私に小さな箱を差し出した。精緻な細工が施された銀製の宝玉箱だ。

「どうぞお受け取り下さい」

「あ、ありがとうございます」

私は立ちあがり、宝玉箱を受け取った。繊細な外見とは裏腹に、ずしりと重い。

「開けてみて下さいませ」

促されるままに、私は箱の蓋に手を添える。

その時、宝玉箱の中からカタカタという音がした。ギクリとして顔を上げると、驚くほど近くにパラフ様の顔がある。光木灯に照らされて、肌が青白く輝いている。

「さあ、ハウファ様」

禍々しいほど赤い唇が微笑む。

「開けてみて?」

「開けるな！」

椅子を蹴倒し、ツェドカが立ちあがった。素早く私に駆け寄ると、宝玉箱を奪い取ろうとする。

「邪魔をするな！」

パラフ様は私の手から宝玉箱をひったくり、それでツェドカを殴りつけた。華奢《きゃしゃ》な少年は撥ね飛ばされ、頭からテーブルに突っ込む。エブ茶を入れた杯が落ち、割れた破片が床に飛び散る。

驚きのあまり、私はその場に立ちすくんでしまった。パラフ様を諫めなければ、ツェドカを助けなければ、そう考えこそすれ、私は指一本動かせず、声を上げることすら出来なかった。

「ツェドカ！」

アライスがツェドカを助け起こした。ツェドカは右手で右目を覆っている。宝玉箱の角が当たったのか、杯の破片で切ったのか、指の間からは血が滴っている。

アライスは義憤に駆られ、鋭い眼差しをパラフ様に向けた。

「何をする！」

聞こえなかったはずはない。だが、黒衣の貴婦人はアライスに目を向けることさえしなかった。

「早くお開けになって下さいまし」

パラフ様はかすかに首を傾げると、私の手に宝玉箱を押しつけた。

品のよい白い顔。微笑みを刻んだ唇。なのにどこか歪んでいる。首筋がちりちりする。警鐘を鳴らすが如《ごと》く、心臓が激しい鼓動を刻む。

逃げろ。助けを呼べ。

そう思っても声が出ない。

「ハウファ様――」

宝玉箱を持つ私の手にパラフ様が手を重ねた。氷のように冷たい指。逃れようとして私は後じさったが、パラフ様はそれを許さなかった。私の手首を摑み、ぐいと引き寄せる。

「貴方もご覧になったのでしょう？」

私の耳元で甘く柔らかな声が囁く。

「あの悪夢を。あのおぞましい穢れの正体を――」

答えることも忘れ、私はパラフ様を見つめた。

闇に塗り潰された瞳。光すら飲み込んでしまいそうな深淵《しんえん》。それはあまりに暗く、あまりに深くて、魂が吸い込まれそうになる。

「あんな穢れた存在を神と崇《あが》める輩など、みんな滅びてしまえばいい。そう思いませんこと？」

パラフ様は宝玉箱の蓋を開き、私の目の前でそれをひっくり返した。大小様々な時空晶が床に弾《はじ》ける。透き通った時空晶。色とりどりの彩輝晶。その中に闇輝晶《あんきしょう》があるのを見て、私は悲鳴を上げた。

時空鉱山で働く鉱夫達が言っていた。闇輝晶は絶望の結晶。その怨念は周囲の時空晶から仮初《かりそめ》の時空を得て、死影となって具現化する。だから闇輝晶だけはどんなに立派なものでも掘り出してはいけない――

子供の拳ほどもある大粒の闇輝晶がころころと床を転がり、壁に突き当たって止まった。

私は息を詰め、闇輝晶を凝視した。

目が離せなかった。

闇輝晶は静止したまま動かない。

動かない。

まだ動かない。

どうやら大丈夫そうだ。

気を緩めかけた、その時――


ことり……


動いた。

闇輝晶から黒い影が現れる。厚みも熱も持たない体。黒い薄布のような姿。人の時空を欲し、人を襲う禍々しい化け物――死影だ。

「穢れは穢れによって、不浄は不浄によってのみ清められる」

パラフ様は死影に向かって両手を広げた。

「アトフ、ああ、アトフ。穢れたこの世界は祓《はら》われなければなりません。今がその時です。不浄を……すべての不浄を滅ぼすのです！」

死影が動いた。床の上を滑るように移動し始める。その先にいるのは子供達だ。アライスとツェドカはお互いの体をひしと抱きしめあい、恐怖に硬直した顔で死影を見つめている。死影はより多くの時空を持つ者を好んで襲うという。このままでは二人が死影に喰われてしまう。私は子供達に駆け寄った。恐怖に凍りついているアライスの頬を叩き、ツェドカの腕を掴んで引き立たせる。

「立って、さあ、走って！」

私は彼らの肩を抱くと、死影とは反対の方向——裏庭に面した格子窓へと走った。

格子窓の取っ手を引く。開かない。鍵がかけられている。私は窓枠を叩き、力任せに取っ手を引っ張った。それでも鉄製の窓はびくともしない。

私は周囲を見回した。窓の傍、丸テーブルの上に美しい花が活《い》けてある。

「カーテンの後ろに隠れていなさい」

子供達に命じ、私は花瓶を持ち上げた。花を投げ捨て、水を床にぶちまけた後、空の花瓶を格子窓に叩きつける。

派手な音を立てて硝子が割れた。窓枠に残った破片を払いのけると、格子状の枠だけが残った。これでいい。大人は通れなくても、小さな子供ならくぐり抜けられる。

「早く、外へ！」

私は二人の子供を手招いた。アライスは素早く四つんばいになり、するりと格子をくぐり抜ける。

「ツェドカも早く！」

彼は無事な方の目を見開いて、私の背後を見上げていた。その瞳に真っ黒な影が映っている。

私は振り返った。

目の前に闇が聳えている。天井近くまで伸びた黒い影が、研ぎ澄ました大鎌のような腕を振り上げる。

私は咄嗟《とっさ》にツェドカを引き寄せた。彼を腕の中に抱きしめ、ぎゅっと目を閉じる。

間延びした時間。

痺れるような焦燥と恐怖。

覚悟していた衝撃は、なかなか訪れなかった。それとも痛痒《つうよう》を覚える間もなく、私は死んだのだろうか。

おそるおそる目を開いた。

薄暗い部屋。テーブルに置かれた光木灯。ひっくり返った椅子。投げ出された銀の宝玉箱。床に撒《ま》き散らされた彩輝晶。パラフ様は床に座り込み、放心したように笑っている。

死影はどこにも見当たらない。

「うう……」

呻き声が聞こえた。私の腕の中で少年が身じろぎする。力任せに彼を抱きしめていることに気づき、私は慌てて腕を緩めた。

ツェドカの体が傾いだ。私にもたれかかるようにして、ずるずると床に倒れ込む。

私は彼の体を抱き上げ、膝の上に抱え直した。

「ツェドカ……？」

呼びかけても彼は目を開かない。右目から流れ出した血が青白い頰を汚している。

「母さま！」

そんな声とともに、何かが背中にぶつかってきた。アライスが戻ってきたのだ。私は震える手を伸ばし、アライスを胸に抱きしめた。

「アライス、怪我はしませんでしたか？」

「私はだいじょうぶです」

アライスは顔面蒼白になりながらも、心配そうに私を見上げた。

「母さまこそおけがをなさってます。だいじょうぶですか？　痛くありませんか？」

「――え？」

言われて初めて気づいた。私の両手は血まみれだった。窓を割った時、硝子の破片で切ったらしい。今まで何も感じていなかったのに、気づいた途端、傷が痛み出す。私が顔を顰めると、アライスはさっと立ちあがった。

「助けを呼んでまいります！」

その時、扉の向こう側が騒がしくなった。切迫した声、ドスン、バタンという音、それから「せぇの」という掛け声が聞こえ、大音響とともに蝶番《ちょうつがい》が弾け飛んだ。血相を変えた人々が我先にと居間になだれ込んでくる。

「ご無事ですか、殿下！　王妃様！」

パラフ様の侍女達、後宮勤めの女官達、近衛兵の姿もある。異変を察した女官達が助けを求めたのだろう。この緊急事態だ。男子禁制なんてことはいっていられなかったに違いない。

「お嬢様……っ！」

ドスドスと床を鳴らしてアルティヤが私に駆け寄ってきた。

「ああ、こんなお怪我をなさって！　いったい何があっただか？　いったい誰がお嬢様にこんなことをしただかね！」

私は答えず、パラフ様に目を向けた。

彼女はぺたりと床に座り込み、天井を見上げて笑っていた。可哀相に。彼女は悪夢に耐えられなかったのだ。彼女の心はあの化け物に喰い荒らされてしまったのだ。

パラフ様から目を逸らし、私は首を左右に振った。

「なんでもないの」

「何を言うですだ！　こんな大騒ぎになって、何もないではすまされねぇですだよ！」

「その通りです」

聞き慣れない男性の声がした。アルティヤの後ろに年輩の男性が立っている。シャマール卿の側近の一人で、パラフ様の主治医でもあるバラド・バルゼル伯だ。後宮への出入りが許されている数少ない男性の一人なので、顔も名前も見知っているが、立場上、挨拶しか交わしたことがない。

バルゼル伯は私を見下ろし、淡々とした声で問いかけた。

「このような事件は前代未聞です。何があったのか、ご説明願えますかな？」

私は返答に詰まった。後宮とはいえ、ここは王城の一部だ。そこに死影を招いたとあれば、いかにパラフ様といえど極刑は免れないだろう。そうなればツェドカは母親を失うことになる。

答えあぐねていると、バルゼル伯は冷ややかな目で私を睨んだ。

「ハウファ様――よもやとは思うが、これは貴方の仕業か？」

「――違う」

小さな反論の声は私の膝上から聞こえた。

「この騒ぎを引き起こしたのはパラフだ。パラフは死影を使い、ハウファ様とアライスを殺害せしめんとしたのだ」

傷ついた右目を押さえ、ツェドカはもう一方の目でバルゼル伯を睨みつける。

「ハウファ様は身を挺《てい》して私とアライスを庇い、私達を逃がそうとしてくれたのだ。真っ先にハウファ様を疑うとは、無礼にも程がある」

「申し訳ございません」

バルゼル伯は慇懃に頭を垂れた。

「ではパラフ様には私室にお戻りいただき、しばらくの間、謹慎するよう願いましょう」

「それでは生温《なまぬる》い。パラフは第二王妃と第二王子を暗殺せしめようとした咎人《とがにん》だぞ」

「ですが光神王のご命令もなく、王妃様を捕らえるわけには参りません」

「何を言うか！」

掠《かす》れた声で叫び、ツェドカは半身を起こした。

「生きている限り、あの女はハウファ様とアライスの命を狙い続ける。今、裁いておかねば、怨みを糧《かて》に死影を育て、再び彼らを襲わせるに違いな――」

ツェドカの声が途切れた。呻いて目を閉じ、再び私の胸にもたれかかる。その額には玉のような汗が浮かび、ほつれた髪が銀糸のように貼りついている。

「お言葉ではございますが――」バルゼル伯はツェドカを見据え、低い声で進言する。「この部屋のどこに死影がおりましょうか？　もし死影が現れたのだとしたら、それはどこに消えたのでしょうか？」

ツェドカは苦しそうに目を閉じたまま答えない。

バルゼル伯はさらに続ける。

「この状況を鑑《かんが》みても、死影はいなかったと判断せざるを得ません」

「貴様――」ツェドカは薄く左目を開き、バルゼル伯を見た。「私が嘘を言っているとでも言うのか」

「そうは申しておりませぬ。ですが死影が現れたとなれば、この場におられる方々はすべて、身分に関係なく穢れを疑われることになりましょう。ましてや傷を負われたとなれば――」

そこで言葉を切り、ちらりと私を一瞥する。

「それが死影による傷ではないのかを、疑わねばならなくなります」

「傷なら、私も、負っている」

ツェドカは再び目を閉じ、呻くように呟く。

「ハウファ様は、私達を逃がすために窓を割り、怪我をなされたのだ。それは、死影による傷では、ない」

「承知しております」

慇懃すぎるほど慇懃にバルゼル伯は一礼した。腰を曲げたまま顔だけを上げ、左目をわずかに細める。

「ですが光神王は穢れなき高貴な御方。死影の不浄を嫌悪しておられます。ご判断によっては、疑わしきは罰せよとおっしゃるかもしれませぬ。そのような事態を招かぬためにも、ここは出来る限り穏便にすませるのが得策かと存じます」

ツェドカは何かを言いかけた。だがその言葉は、もう声にならない。

「バルゼル様のおっしゃる通りです」

ツェドカに代わり、私は答えた。

「ただの幻影でしたのに、すっかり取り乱してしまいました。お恥ずかしい限りです」

バルゼル伯は私に侮蔑の眼差しを向けた後、重々しく頷いた。

「しばらくの間、ハウファ様は近衛兵の監視下におかせていただきます」

「何を言うだかね！」怒れる水牛《タウル》のようにアルティヤはバルゼル伯に喰ってかかった。「お嬢様は殿下達をお助けしようとして、お怪我をされただよ。それを何だね、まるで咎人みてぇに――」

「アルティヤ」

私は彼女を制した。パラフ様のためにも私のためにも、死影などいなかったということにしておいた方がいい。私はツェドカの肩に手を置き、バルゼル伯に尋ねた。

「この先、ツェドカ殿下はどうなります？」

「それを訊いていかがする？」

「ツェドカ殿下が十歳になられるまでの三年間《サナ》、殿下を私に預けていただけませんか？」

バルゼル伯は呆気にとられたように目を瞬いた。

構わずに、私は続ける。

「シャマール卿とエトラヘブ卿が権勢を争う間柄であることは私も存じております。ですが私は光神王の妃。アライスもツェドカ殿下も光神王の血を引く御子はすべて私の子供でございます」

「黙れ！」バルゼル伯が叫んだ。「大事な殿下を政敵に預ける馬鹿がどこにいる！」

彼は背後を振り返った。ちょうどパラフ様が侍女達に支えられ、居間から運び出されていくところだった。その後ろには近衛兵が二人、所在なげに立っている。

「ガヘル！　ファイガ！」

バルゼル伯に名を呼ばれた二人の近衛兵が、ほっとしたような顔でこちらにやってくる。

「御用でしょうか、バルゼル伯」

「ツェドカ殿下を私の居室にお連れしろ」

ツェドカの体がぴくりと震えた。

私は彼をしっかりと腕の中に抱え込む。

「お願いです、バルゼル様。光神サマーアに誓って、ツェドカ殿下の身を脅《おびや》かすような真似はいたしません。ですからどうか、彼を私に預けて下さい」

「何をしている」

バルゼル伯は苛立たしそうに顎をしゃくった。

「早くお連れしろ」

「王妃様、そういうことですので――」年輩の近衛兵は私に両手を差し出した。「ツェドカ殿下をこちらへお渡しいただけませんか？」

「お断りします」

「この痴《し》れ者《もの》が！」

バルゼル伯は顔を真っ赤にして歯噛みした。眉を逆立て、私に指を突きつける。

「いいから早く奪い取れ！」

近衛兵の一人が私の手首を摑み、ツェドカから引きはがした。もう一方の近衛兵はツェドカの腰に手を回し、彼の体を抱き上げる。もはや抵抗する力も残っていないのだろう。ツェドカは目を閉じたまま、ぐったりと身を任せている。

「ツェドカ――！」

追いすがろうとした私を年輩の近衛兵が抱き止めた。振り払おうともがいても、その手は頑として緩まない。それでも私はツェドカを取り戻そうと、小さな王子に手を伸ばした。

「やめて下さい！」

かん高い叫び声。驚いて振り返ると、アライスが私を見つめていた。その目が潤み、大粒の涙が頬を伝う。

「お願いです、母さま」

掠れた声で呟き、アライスは俯いた。握りしめた小さな拳がふるふると震えている。

「もう、やめて下さい」

なぜ止めるのか。なぜ泣くのか。私には理解出来なかった。けれど小さな肩を震わせて泣き続けるアライスをそのままにはしておけなかった。私は自分の肩越しに、私を拘束している近衛兵に言った。

「抵抗はしません。放して下さい」

近衛兵の腕がわずかに緩む。私は拘束を振りほどくとアライスに駆け寄り、その体を抱きしめた。アライスは私にしがみつき、声を上げて泣き出した。泣きじゃくる我が子の背を撫でてやりながら――

ツェドカが運ばれていくのを、私は黙って見送るしかなかった。

それから六日《ヤウム》後。パラフ様は後宮を出て行った。彼女は秘密裏にシャマール領に帰され、館の奥深くに幽閉されるのだという。

その話をしてくれた馴染《なじ》みの女官シェナは言った。

「ハウファ様とアライス様を暗殺しようとしたのですもの。極刑に処されなかっただけでも幸運というものですわ」

それ以来、主《あるじ》をなくした第一離宮はシンと静まりかえっている。ツェドカも後宮の外に運ばれていったきり戻ってこなかった。聞くところによると、彼はシャマール卿の居室がある西の宮に運び込まれ、そこで傷の治療を受けているという。

ツェドカの容態が気になったが、私もまた身動きの出来る状態ではなかった。第二離宮の出入口には近衛兵が貼りつき、私の行動に逐一《ちくいち》目を光らせている。

監視が解かれたのは事件から一カ月後。私の人格にも体調にも変化はなく、私の手の傷は死影《シャハル》によるものではないことが証明されたのだ。

それでも私の心は晴れなかった。

ツェドカは母親を失い、政権争いの渦中に投げ出されることになってしまった。いくら賢いとはいえツェドカはまだ七歳だ。周囲の大人達の影響を受けないはずがない。

彼と話がしたい。繋がりを保ち続けたい。そう思い、彼に見舞いの手紙を書いたが、それらはすべて封も切らずに突き返された。シャマール卿にしてみれば、私はエトラヘブ卿の駒にすぎない。たとえ私が見舞いに赴《おもむ》いたとしても、ツェドカに会うことは許されないだろう。

そんな私の不安と焦りをアライスは敏感に感じ取っているらしかった。あの事件以来、アライスはあまり笑わなくなった。口数が少なくなり、あんなに好きだった裏庭にも滅多に出なくなってしまった。

「どうしたの？」と尋ねても、「なんでもありません」と言う。「具合が悪いの？」と訊《き》いても、首を横に振るばかりだ。なのに、ともすると黙り込み、深刻な表情で考え込んでいる。

こんなことは今までなかった。心配になっていろいろと話しかけてはみたけれど、芳《かんば》しい答えは何ひとつ返ってこなかった。

ただ、「何か欲しい物はある？」と尋ねた時だけは様子が違った。

アライスは少し逡巡してから、こう答えた。

「影断ちの剣が欲しいです」

それを聞いて私は思った。アライスは死影を恐れているのだと。でなければ死影を倒す剣など望むはずがない。

「でも剣の使い方なんてわからないでしょう？」

「はい。ですから覚えたいのです」

アライスは真顔で答え、それから急に表情を曇らせた。

「やっぱり無理でしょうか？」

原則として、後宮内に刃物は持ち込めない。けれどこんな顔をされたら「無理です」とは言いにくい。

「わかったわ」と私は答えた。「女官長に頼んでみましょう」

「ありがとうございます、母さま」

アライスは屈託のない顔で笑った。久しぶりの笑顔だった。

私は少し安堵《あんど》した。アライスは死影に襲われただけでなく、ツェドカという友まで失ったのだ。いくら元気印のアライスでも立ち直るには時間がかかるだろう。でも、きっと大丈夫。アライスのことだもの。すぐには無理でも、いずれ元気を取り戻し、また後宮内を走り回るようになるはず。

私はそう思いこみ、アライスがどうして影断ちの剣を欲しがったのか、深く考えることさえしなかった。

監視が解けて、数日《ヤウム》が経ったある日のこと。

アライスはアルティヤとともに湯殿に行き、私は一人、第二離宮に残っていた。意図あってのことではない。少し風邪気味だったのだ。

とはいえ寝台で横になるほどひどくはなかったので、私は居間の長椅子に腰掛け、本を読んでいた。

誰かに呼ばれた気がして、私は顔を上げた。

立ちあがり、裏庭に面した格子窓を開く。

生い茂った林、その先に不格好な鉄柵が見える。私は誘われるように裏庭に出た。丘を横切り、藪をかき分けると、第一離宮と第二離宮を隔てる黒い鉄柵に突き当たる。

その向こう側にツェドカが立っていた。

付近に護衛の姿はない。供も連れていない。ここで何をしているのですかと、私が尋ねようとした時――

「手紙をくれたそうだな」

ツェドカはわずかに頭を下げた。

「読めなくて、すまなかった」

私は違和感を覚えた。今までの彼とは何かが違う。けれどそれが何なのかがわからない。

「ツェドカ……様。臥《ふ》せっておられると聞いていましたが、もう出歩いて大丈夫なのですか？」

「ああ、大事ない」

そう答える彼の右目は白い布で覆われている。

「その傷――」と言い、私は自分の右目に人差し指を当てた。「まだお悪いのですか？」

「これか？」

右目を指さし、ツェドカは肩をすくめた。

「もう使い物にならないそうだ」

私は両手を口に当てた。

驚きと衝撃で咄嗟に言葉が出てこない。

「そんな顔をするな」

ツェドカはにこりと微笑んだ。

「まだ左目は見える。不便ではあるが、不自由はない」

違和感がさらに強くなった。

相手を思いやり、自分の気持ちを押し隠して笑ってみせる。この子はいつの間にこんな笑い方が出来るようになったのだろう。

「貴方こそ、傷はもういいのか？」

「ええ、この通り」私は両手を広げてみせた。「傷は残りましたが、不自由はしません」

「それはよかった」

ツェドカはくすくすと笑った。子供らしい笑顔だった。それを見て、私はなぜか安堵する。

「ひとつ、訊かせてくれ」

ひとしきり笑った後、彼は私を見上げた。

「貴方はどうして私を庇った？」

突然の質問に、私は返答に詰まった。

ツェドカは手を伸ばし、両手で鉄柵を摑む。

「自分の利益のためならば、他者の命を奪うことさえ厭わない。そうあるべきなのだと私は教えられてきた。なのに貴方は違った。貴方は私を殺そうとしなかった。それどころか、私に生きろと言った。貴方にとって私は障害でしかないのに」

淡々とした声、端整な青白い顔、鉄柵を握りしめた両手は白く、血の気を失っている。

「貴方は、なぜ私を庇ったのだ？」

「咄嗟に体が動いてしまったのです」

そこで私は言葉を切り、少しだけ微笑んでみせた。

「子供を守るのは大人の務めですから」

「……そうか」

ツェドカは鉄柵から手を離した。

「子供だから、か」

彼は両腕を垂らしたまま、色のない唇を引き結ぶ。痛みを堪えるかのように目を閉じる。長い睫毛《まつげ》が震える。泣いているようにも見える。

私は不安になり、「大丈夫ですか」と呼びかけようとした。

「ハウファ――」

ツェドカが目を開いた。

その眼差しに宿った強い決意の色を見て、私は息を飲んだ。

彼はまだ七歳。成人するまでにはまだ五年《サナ》もある。けれど彼はそれを待たなかった。小さな蕾がたった一夜で美しい花を咲かせるように、彼は少年から青年へと変貌を遂げていた。

「私は光神王になる。王になって貴方を迎えに来る」

片方だけの青い瞳。そこに灯る静かな炎。見つめているだけで切なくなる真摯《しんし》で清らかな灯火。これと同じ目を私は見たことがある。惨劇の夜、アルニールの屋敷の地下倉庫で『貴方のことは私が守る』と告げた。あの時のサフラと同じ目だ。

「それまで生きてくれ。死なないでくれ。パラフのようにはならないと約束してくれ」

幼い恋だと皆は笑った。

年頃になれば忘れてしまうよ、と。

でも私は忘れなかった。忘れられずに、こんな所まで来てしまった。

「貴方の夢は、私が叶えてみせる」

誰かに守られる子供ではなく、誰かを守ることの出来る大人になるため、ツェドカは子供であることをやめた。私を守るため、自らの子供時代に別れを告げたのだ。

その覚悟を、どうして笑うことが出来るだろう？


ツェドカの告白は心に響いた。

とはいえ、それを鵜呑《うの》みにするほど私は純真ではない。彼の傍には聖教会を取り仕切る六大主教の一人、シャマール卿がついている。シャマール卿とその取り巻き達は、ツェドカに嘘偽りを刷り込むだろう。徹底的に彼を再教育し、自分達にとって都合のいい傀儡《かいらい》にしようとするだろう。抵抗しようにも、ツェドカ一人では限度がある。いずれは私のことも、約束のことも忘れてしまうだろう。

そう思いながら――

私は心のどこかで彼を信じたいと願っていた。ツェドカは約束を忘れたりしない。大人達の思惑を撥ねのけ、自らの運命を切り開く。新しい光神王となってこの国を恐怖から救い出し、あの光神サマーアを消滅させてくれる。

そんな夢想を、私は捨てられなかった。

アライスはそれに気づいていたのだと思う。

事件から半年《サナ》あまりを経た翌年の二月《シュバト》。アライスを寝かしつけた後、私は光木灯を持って寝室を出て行こうとした。

「母さま――」

小さな声に私は振り返った。

アライスは上体を起こし、思い切ったように問いかける。

「どうして私が女であることを、みんなに知られてはいけないのですか？」

ついに来た……と思った。

私は寝台の傍へと引き返し、その端に腰掛けた。

「この国には女は光神王にはなれないという決まりがあるの。だから貴方が光神王になって法を変えるまで、貴方が女の子であることは誰にも知られてはいけないのよ」

「どうしてですか？」今にも泣き出しそうな顔でアライスは私を見上げた。「どうして女は光神王になれないのですか？」

「それは……初代光神王がそう決めたから」

「なぜそんなことを決めたのです。女は弱いからですか？　冷静な判断力を持たないからですか？　感情に流され、すぐに己を見失うからですか？」

私は驚いてアライスを見つめた。

「誰がそんなことを言ったの？　女官達？」

しまったという顔をしてアライスは頭から毛布を被った。

「――いいえ」

「じゃ、誰？」

「ずっと前に、ツェドカが」

意外な答えに、私は黙り込んでしまった。

なぜツェドカはそんなことを言ったのだろう。彼がアライスの本当の性別を知っていたとは思えない。だとしたら、誰に対する言葉だったのだろう。自分を取り巻く侍女達か。それとも母親であるパラフ様だろうか。

「ツェドカのことは嫌いじゃありません。なんでもよく知っているし、尊敬もしています。けど――」

アライスは、くすんと鼻を啜《すす》った。

「七歳の誕生日の夜、母さまは『アライスもツェドカ殿下も光神王の血を引く御子はすべて私の子供でございます』と言いました。それを聞いた時、私は自分でもびっくりするくらい、とても悲しかった」

溢れる思いを堪えるように毛布をぎゅっと握りしめる。毛布がずり落ちて、白い顔があらわになる。

「なぜ悲しかったのか、私は考えました。いっしょうけんめい考えました。そして、思ったのです。母さまは私でなく、ツェドカを王にしたいのではないかと。女である私よりも、男であるツェドカの方が大切なのではないかと。そう思うと悲しくて――ツェドカなんか、いなくなってしまえばいいと思いました」

アライスの大きな目からぽろぽろと涙がこぼれる。

「私はツェドカほど賢くありません。だから、もしかすると、そのせいで光神王には選ばれないかもしれません。けど私は女だから光神王になれないのはいやです。私が馬鹿だからではなく、女だからツェドカに負けるのはくやしいのです」

毛布を握りしめる手が震える。アライスは目を閉じた。それでも涙は止まらない。しゃくりあげながらアライスは必死に続ける。

「光神王の子に、女はうまれないと聞きました。なのに、どうして私は、女にうまれてしまったのですか？」

「貴方のせいじゃないのよ、アライス」

私はアライスをそっと抱き寄せた。

影使いの母親から生まれた子供は影憑きと呼ばれる。影憑きの子供は正気を失い、鬼《グル》と化す。万が一生き残ったとしても影に時空を喰われ、常人よりも早く歳老いる。影憑きには光神サマーアを支えるだけの時空がない。だから初代光神王は「女を光神王にしてはならない」と言ったのだ。

けれど、それをアライスに言ってどうする？　自分が影使いになる運命なのだと知ったら、『神』を殺すために育てられたのだと知ったら、アライスはどうなる？

「みんな私のせいなの。私は貴方から普通の娘として生きる権利を奪ってしまった。己の性を偽りながら生きなければならない。そんな辛い人生を強《し》いてしまった。誰の時空も奪ってはならないと言いながら、私は貴方から大事な時空を奪ってしまった」

「ち、ちがいます。そうではないのです」

温かい体が私から離れた。かと思うと、私の頬を小さな手が包み込む。

「私は時空を奪われたとは思っておりません」

意外な答えに、私はアライスを見つめた。

真っ赤な目。涙でくしゃくしゃになった顔。その口元がふにゃりと歪む。笑おうとしているのだ。

「アルティヤから聞きました。私は生まれてすぐ殺される運命にあったのだと。それを母さまが命懸けで守って下さったのだと。私がこうして生きていられるのは、母さまのおかげです」

アライスは私の肩に手を回し、私をぎゅうっと抱きしめた。

「母さま、私を産んでくれてありがとう。私を育ててくれてありがとう。私は母さまが大好き……大好きです」

この時——私はすべてを話すべきだったのかもしれない。アルニールのこと、復讐のこと、初代アゴニスタの夢のこと。自分の野望を果たすため、アライスを利用しようとしているのだということも。

けれど、言えなかった。

話せばアライスは光神王を憎み、私を怨むだろう。その歪みはアライスを恐怖の王にしてしまうかもしれない。それが、怖かった。

「アライス――」

私はアライスの白金の巻き毛を撫でた。

「新しい王になりなさい。恐怖による弾圧ではなく、愛と理想でこの世を照らす、新しい光神王になりなさい」

アライスは考え込み、やがてこくりと頷いた。

「いい子ね」

私はアライスを寝かしつけ、その頰にキスをした。

「さあ、今夜はもうお休みなさい」

もう一度、アライスの額にキスをしてから、私は立ちあがった。

「母さま……」

アライスは私を見上げた。

「女の子に生まれてしまって、ごめんなさい」

そう言うと、アライスは私にくるりと背を向けた。

震える小さな背中。声をかけることも出来なくて、私は黙って寝室を出た。暗い廊下を駆け抜け、自分の寝室に飛び込んで扉を閉じる。その扉に背を預け、きつく目を閉じる。でないと感情が溢れ出してしまいそうだった。

アライスはツェドカに出会い、自分の性別に負い目を感じ始めていた。そのアライスの目の前で私はツェドカを庇ってしまった。それを見て、アライスは自分が見捨てられたと思ったのだ。

それだけでも、母親失格だと思う。

だが同じことが起これば、私はまたツェドカを庇うだろう。それはツェドカが子供だからでも、私に思慕の念を寄せてくれているからでもない。アライスが言ったように、ツェドカを我が子のように愛しているからでもない。

無垢で美しい二人の子供。あの子らを大人達の醜い権力争いの犠牲にしてよいはずがない。二人にはまっさらでいて欲しい。

……なんて、ただの言い訳だ。

光神王を殺せるのは光神王の血を引く王子だけ。次代の光神王となる二人の『神宿』だけ。だから私は彼らを手なずけようとした。幼い子供は無条件に親を愛する。私はそれを利用したのだ。

思い通りに彼らを操るために。

自らの復讐を果たすために。

「正気の沙汰《さた》じゃない」

私は天井を見上げた。歯を食いしばり、こぼれそうになる涙を堪えた。

泣くな。私に泣く権利などない。

私が涙したところで、それは偽善でしかない。

気づいてしまった己の狂気。

それは重い凝《こご》りとなって私の胸中に残った。

そんな折、女官長が細長い包みを持って第二離宮にやってきた。

「さすがに影断ちの剣は無理でした」

そう言いながら、彼女が差し出したのは一振りの剣だった。もちろん本物ではない。騎士見習いが使う刃を潰した訓練用の剣だ。

それでもアライスは喜んだ。さっそく見よう見まねで剣の素振りを始めた。その様子は剣に振り回されているようにしか見えなかったけれど、本人はいたって大真面目だった。

剣の鍛錬は毎日、何カ月《シャハル》も続いた。

その日も私は居間の長椅子に腰掛け、裏庭で剣の素振りをするアライスを見ていた。

「お嬢様、大変ですだよ！」

アルティャが駆け込んできた。

余程慌てていたのだろう。足が縺《もつ》れて転びかける。が、なんとか踏みとどまった。アルティャは安堵の息を吐き、決まり悪そうに頭を掻いた。

「歳を取るとこれだからイヤですだよ」

「そう？　全然変わってないように思うけれど？」

出会った頃に較べ、アルティャの髪はずいぶんと白くなった。辛そうに腰を伸ばしたり、足を引きずって歩く様子を見かけるようになった。けれど、アルティャの本質は出会った時から何も変わっていなかった。

「それで、何をそんなに慌てていたの？」

「おお、忘れてただ」

アルティヤはぺしりと自分の額を叩いた。

「明後日、馬上武術大会が開かれますだよ」

それはサマーア神聖教国の騎士達が、鍛えた技を競う武術大会だった。

サマーア神聖教国には全部で十六の騎士団がある。その十六の騎士団から代表者が一人ずつ参加し、一騎打ちの勝ち抜き戦を行い、最後まで残った者が勝者となる。優勝者には『サマーア神聖教国最強の騎士』という称号とともに、思うままの褒美《ほうび》が与えられるという。

馬上武術大会の開催は四年《サナ》に一度。国を挙げてのお祭りだから、普段は王城から出ることが許されない私達にも特別に観戦の許可が与えられる。

これまで私は観戦の誘いを断ってきた。大会では毎回必ず怪我人が出る。運が悪ければ命も落とす。騎士の名誉を懸けた戦いというが、必要のない戦いで人が死ぬ様子を私は見たいとは思わない。

「私は行かないわ」

「どうしてですか？」話を聞きつけたアライスが居間に戻ってくる。「王城の外に出られるのですよ？　一緒に行きましょう、母さま」

「アライス様の言う通りですだよ」

おや、アルティヤはアライスの味方らしい。意外に思って彼女を見ると、アルティヤは私に一枚の紙を差し出した。

「今回だけは絶対に見に行くべきですだ」

それには大会に参加する騎士達の名が連ねられていた。いずれも武勇の誉《ほま》れ高い名門貴族の家名ばかりだ。その中に『イズガータ・ケナファ』の名を見つけ、私は驚愕に目を見張った。

まさか。そんなことあるはずがない。イズガータは女だ。女が騎士になれるはずがない。

私はその紙をアルティヤに突き返した。

「これは何かの間違いよ。いくらエズラ様の血を引いているといっても、イズガータは女性なのよ。女が騎士になるなんてあり得ないわ」

「女性の騎士……ですか？」

アライスの目が輝いた。しまったと思ったが、遅かった。アライスはテーブルを乗り越え、私に詰め寄る。

「お願いです、母さま。嫌だというのなら私一人で参ります。だからどうか観戦を許可して下さい」

ではいってらっしゃいと、気軽に言うことは出来なかった。アライスは第二王子だ。王位継承権はツェドカに次ぐ二番目だけれど、シャマール卿はアライスの存在を疎《うと》ましく思っているに違いない。公衆の面前で王子が襲われることはないとは思うが、大勢の人間が集まる場所へアライス一人を行かせるわけにはいかない。

助けを求め、私はアルティヤを見た。いつものように「アタシに任せて下せぇ」と言ってくれることを期待した。

しかし、アルティャの表情はいつになく硬い。

「貴賓席《きひん》にゃ光神王もやってくるだ。たとえアタシがついてったとしても、闘技場に入る前に追っ払われちまうだよ」

ああ、確かに。

「それに過ぎたことを言いますだが、やっぱりお嬢様も行くべきですだよ。イズガータ様はお嬢様に会うためにここまで来なすったんだもの」

「どういう――」意味かと尋ねかけ、続く言葉を飲み込んだ。

大会の優勝者には思うままの褒美が与えられる。もし大会に勝利したならば、イズガータは何を望むつもりなのだろう。別れ際、私にしがみつき、「行っちゃ嫌だ」と泣いたイズガータ。まさか彼女は私の身柄を要求するつもりなのだろうか。

それを知るためには、試合を見に行くしかない。

「わかったわ。イズガータに会いに行きましょう」

「やったあ！」

胸中に湧き上がる不安。それとは裏腹にアライスは飛び上がって喜んだ。

大会当日、警護を任されたエトラヘブ卿が後宮の前庭まで私達を迎えに来た。そのまま馬車に案内されるものと思っていたのだが、なぜか彼は上郭の奥へと私達を導いていく。

「どこに行くのですか？」

不思議そうにアライスが尋ねた。

エトラヘブ卿は過剰なほどにへりくだって答えた。

「上郭大聖堂に参ります。あそこには秘密の通路への出入口があるのです。本日はそれを抜けて城外へと向かいます。外には人が溢れておりますし、殿下の御身に万一のことがあってはいけませんので」

そこで言葉を切り、もったいぶった様子でつけ足す。

「通路の使用が許されているのは、光神王と六大主教だけでございます」

私達は上郭の大聖堂に到着した。私が王城へやってきた日、光神王に謁見した場所だ。正面には天上郭へと続く石扉《せっぴ》、中央路には赤い絨毯《じゅうたん》が敷きつめられている。その両側には幾本もの石柱が並び、右手一番奥の柱の陰には——なるほど、石の隠し扉があった。

「この扉を開く鍵は六大主教しか持っていません」

エトラヘブ卿は懐から鍵を取り出した。古びた真鍮《しんちゅう》の鍵だった。それを鍵穴に差し込み、右に回した。金属のこすれる音がして、ゆっくりと石扉が開く。

「では参りましょう」

部下の近衛兵に光木灯を持たせ、エトラヘブ卿は秘密の通路に足を踏み入れた。

扉の向こう側はまるで迷宮だった。幾本もの分かれ道、細い階段、文書館の閉架書庫に少し似ている。

「この通路は王城の増築を重ねるごとに地下へと埋もれていった昔の柱廊なのです」

先を行くエトラヘブ卿の声だけが聞こえる。

「中には朽ち果て、通れなくなっている場所もございます。通路《トゥホーマ》のすべてを網羅した地図は存在せず、すべてを把握する者もいません。古い通路の中には地の国に通ずるものもあると言われています」

地上で聞いたなら笑ってしまいそうな話だ。だが暗い回廊を下りながら聞くと、妙に真実味を帯びて聞こえる。

足下もおぼつかないほどの闇の中を、長いこと歩き続けた。

やがて前方に明かりが見えてきた。ようやく出口に辿り着いたらしい。

その出口は城壁の中腹にあった。出口といえば聞こえはいいが、実際には城壁にぽっかりと空いた四角い穴だった。下には濠《ほり》が広がり、上には石垣が聳えている。

近衛兵達が取っ手を回すと、外城壁に納められていた細い跳ね橋がするすると下りていく。その先端が向こう岸にかかった。近衛兵の一人が危なっかしい足取りで橋を渡り、跳ね橋の先端を杭《くい》で固定する。

「どうぞ！」

近衛兵の声に、まずはエトラヘブ卿が、次にアライスが、最後に私が橋を渡る。人ひとりがやっと通れるほどの幅しかないうえに、支柱がないのでかなり揺れる。

ようやく濠を渡り終え、私は背後を振り返った。こうして外から王城を見上げるのは何年《サナ》ぶりだろう。灰色の外城壁、下郭にある家々の屋根、その向こうには切り立った石壁が聳えている。石壁の上にこんもりとした緑が見える。あれは後宮の裏庭だ。

「母さま！」

アライスの声に、私は我に返った。

用意された馬車に乗り込んだアライスが、心配そうな顔で私を見ている。

「参りましょう、母さま」

私は無言で頷き、馬車に乗り込んだ。

私達を乗せた馬車はゆっくりと走り出した。窓は木戸で閉ざされている。アライスの姿を隠すための配慮なのだろうが、おかげで外はまったく見えない。

しばらくすると周囲が賑やかになってきた。物を売る人の呼び声。酔っぱらいの陽気な歌声。人々を蹴散らして走る馬車への罵声も聞こえてくる。

アライスは木戸の隙間に目を当てて、なんとか外の様子を覗き見ようとしている。お世辞にもお行儀がいいとは言えないが、生まれて初めて王城の外に出たのだ。これくらいは大目に見るべきだろう。

ゆるゆると進んでいた馬車が止まった。鉄門が軋む音。再び馬車は走り出し、またすぐに止まった。御者が留め金を外し、扉を開く。

目の前に木組みの巨大な建物がある。この日のために作られた闘技場だ。エトラヘブ卿の先導で私達は階段を登った。何度か折り返した後、不意に視界が開ける。

眼下に楕円形の馬場が広がっていた。それを三重に取り巻く観客席は着飾った貴族達や聖職者達で埋め尽くされている。彼らの上げる歓声がうねりとなって襲ってくる。長らく後宮にいたせいか、それだけで目眩がしてくる。

「どうぞこちらへ」

促されるままに、私は貴賓席へと向かった。

そこには五つの椅子が並べられていた。光神王はすでに中央の椅子に腰掛けている。その右隣にアライスが腰掛け、私は右端の椅子に座った。

馬場には十六人の騎士が横一列に並んでいた。各騎士団を代表する騎士達だ。堂々とした体躯《たいく》に銀の甲冑を纏った勇壮な男達。その中にひときわ小柄な騎士がいる。頭ひとつ分背が低く、胴回りは半分ほどしかない。防具は硬革製の肩当てと胸当てだけ。鎖帷子《くさりかたびら》さえつけていない。輝く甲冑を身につけた他の騎士達に較べ、その姿はあまりに貧弱だった。

けれど彼女は恥じることなく、堂々と顔を上げていた。黒い髪、浅黒い肌、精悍《せいかん》な顔立ち。私にすがりついて泣いていた、少女の面影はどこにもない。それでも見間違えるはずがない。それはケナファ侯の一人娘イズガータ・ケナファだった。

光神王が大会の開始を告げると、第一試合に参加する二人を残し、他の騎士達は柵の向こう側へと退場した。

触れ役が騎士の名を呼ぶ。歓声があたりを包む。

闘技場司が「試合開始！」と叫んだ。

二人の騎士は剣を掲げて相手に敬意を払った後、馬の腹を蹴り、互いに向かって走り出した。馬場の中央で二対の人馬が激突する。剣と剣が奏でる金属音。馬の蹄鉄《ていてつ》が土を抉る。馬と人が吐き出す荒々しい吐息がここまで聞こえてくる。

一人の騎士が攻撃を受け流し、左手に持った盾で相手を殴った。殴られた騎士は安定を失い、馬から転げ落ちる。

すかさず闘技場司が勝ち名を上げた。

観客席がどっと沸く。アライスも席を立ち、拍手をして両名の健闘を称《たた》えている。

私は全身に冷や汗をかいていた。こんな殴り合いにイズガータが参加するのかと思うと、気が遠くなりそうだった。

第二試合が終わり、第三試合の出場者が馬場に現れた。闘技場に嘲笑と揶揄の声が溢れる。冷やかしの口笛が鳴り響く。

「西側、ケナファ騎士団イズガータ・ケナファ！」

触れ役が高らかに騎士の名を告げる。

「東側、ゲフェタ騎士団ミルハ・アカルバ！」

イズガータの対戦相手は熊《ドゥップ》のような大男だった。これ見よがしに槍を回し、イズガータを威嚇する。一方、イズガータは黙然と剣を構えている。

業《ごう》を煮やしたゲフェタの騎士が馬を走らせた。槍の先をぴたりとイズガータに定め、一直線に突き進む。地を響かせて馬の蹄が大地を抉る。

イズガータは馬を静止させたまま微動だにしない。

槍の穂先がイズガータに迫る。

思わず私は目を閉じた。

鐘が鳴るようなかん高い音。場内がどよめく。ずしんと何か重たい物の落ちる音がする。

ややあって、闘技場司の声が響いた。

「勝者、イズガータ・ケナファ!」

一瞬の静けさの後、大歓声が闘技場を震わせた。興奮したアライスが勢いよく立ちあがる。顔を真っ赤にして手を叩いている。

私は馬場へと目を向けた。

対戦相手の大男が担架で運び出されていく。その横でイズガータは兜《かぶと》を取り、貴賓席に向かって一礼した。涼やかな美貌は汗ひとつかいていない。

とても信じられなかった。

体格でも力でも劣るイズガータが、たった数秒《タニャ》であの大男を倒すとは!

しかし、この勝利はまぐれでも偶然でもなかった。その後も彼女は順調に勝ち進んだ。イズガータは強かった。恐ろしく強かった。この技量はそう簡単に身につくものではない。剣技に疎い私でも、それくらいはわかる。

自分よりもはるかに大きな男達を次々と倒していくイズガータに、アライスはすっかり夢中になっていた。瞬きするのも忘れ、身を乗り出して彼女の剣技に見入っている。イズガータの勝利に頬を染め、立ちあがって手を叩き、声を張り上げて勝利を称える。

ついにイズガータは決勝の舞台へと駒を進めた。決勝戦の相手は毎回上位に名を連ねるツァピール騎士団の豪傑だった。

「西側、ツァピール騎士団カバル・クーバー！」

「東側、ケナファ騎士団イズガータ・ケナファ！」

触れ役が両者の名を告げる。クーバーとイズガータは馬を向かい合わせ、剣をかざして礼を交わした。土煙を上げて二頭の馬が走り出す。すれ違い様に剣が交わり、火花を散らす。刃と刃がぶつかり合う。激しい応酬。両者とも一歩も引かない。

クーバーは変わった形の大剣を自由自在に操り、次々と攻撃を繰り出していく。その手数の多さにイズガータは徐々に追い詰められ、次第に防戦一方になっていく。

私は顔を伏せた。両手を組み、一刻も早くこの試合が終わるよう祈った。勝敗なんかどうでもいい。イズガータが怪我をしなければ、もうそれでいい。

どおっ……と闘技場がどよめいた。

勝負あったかと思い、私は再び馬場に目を向けた。

二名の騎士は相変わらず馬上にいる。だがイズガータは武器を替えていた。湾曲した刃を持つ風変わりな剣。それを左右の手に一本ずつ握っている。

両手に剣を構えたまま、彼女は馬を走らせた。

クーバーは馬を止めて身構える。

二対の人馬が交差する。

キィンという音。イズガータの剣が折れたのだ。斬られると思った次の瞬間、クーバーの体がふわりと浮き上がった。私があっと息を飲んだ時にはもう、クーバーは地に落ちていた。

何があったのか。どんな攻防が交わされたのか。まったくわからなかった。

イズガータは馬を下り、まだ呆然としているクーバーに手を差し出した。クーバーは彼女の手を借りて立ちあがった。兜を脱ぎ、拳を胸に当てて、イズガータに一礼する。

「勝者、イズガータ・ケナファ！」

闘技場司の勝利宣言に闘技場は歓声の渦に包まれた。揶揄や嘲笑は微塵《みじん》もない。人々は口々にイズガータの名を叫び、彼女の勝利を誉め称えた。アライスも頬を上気させて賞賛の拍手を送り続けている。

その時、光神王が立ちあがった。

イズガータとクーバーはその場に片膝をつく。

大歓声が引き潮のように引いていく。

「素晴らしい手並みであった」

沈黙の中、光神王の声が響いた。

「優勝者イズガータ・ケナファ。汝の技量に敬意を払い、願いをひとつ叶えよう。申し出るがよい」

イズガータが顔を上げた。

射貫《いぬ》くような目がまっすぐに私を見つめる。

静けさが耳に痛い。時間が凍りついてしまったようだ。息を止め、体を強ばらせ、私はイズガータの言葉を待った。

「私は――」

凛《りん》としたイズガータの声が響く。

「次期ケナファ侯の称号を欲します」

私は息を吐いた。凍りついていた時間が溶け、再び流れ出すのを感じる。

「いいだろう」と光神王は答えた。「汝、イズガータ・ケナファにケナファ侯の称号を与える」

どよめきと拍手が同時に巻き起こった。驚きと憤り。賞賛と侮蔑。様々な人々の複雑な思いが、ない交ぜになっている。

そんな中、イズガータは身じろぎもせず、笑顔ひとつ浮かべず、じっと私を見上げていた。

野望に燃える青い瞳。

それを見て、私は確信した。

貴族の令嬢としての幸せを捨て、イズガータは騎士になる道を選んだ。途方もない苦労と努力を重ね、騎士として最高の地位まで登りつめた。

ケナファ侯の称号を得るためではない。

私を救うため、私を取り戻すために、イズガータはここまで来たのだ。

その後、王城の中郭にある大広間で、武術大会の勝者を称える晩餐会が開かれた。私とアライスは後宮に戻り、服を着替えてからそれに参加した。

晩餐会が始まると、光神王は「あとは皆の自由にするがよい」と言い残し、広間を出て行った。光神王は俗世を厭い、他者との交流を嫌う。アライス達が生まれてからは後宮への渡りもなくなった。今では礼拝の際に姿を見せるだけで、あとは天上郭の神宮殿に閉じ籠もっていると聞く。

広間の長テーブルには所狭しとご馳走《ちそう》が並べられていた。そこでは着飾った貴族達や名家出身の神聖騎士団の面々が、酒杯を酌《く》み交わしながら歓談している。

私とアライスの席は広間を見下ろす壇上にあった。光神王が退席したため中央の椅子は空席になっていたが、その右側には六人の大主教達が顔を連ねている。いつもは欲の皮を突っ張らせ、政権争いに躍起になっている彼らも、今夜は次々と運ばれてくる豪勢な料理を咀嚼するのに忙しい。

一方アライスは食事をするのも忘れ、心酔しきった様子でイズガータを見つめている。己の性に疑問を抱き、劣等感を感じ始めた矢先、イズガータのような女騎士が現れたのだ。強く美しい彼女の勇姿はアライスの目に焼きついているに違いない。

「イズガータは例外だ」と今のうちに釘《くぎ》を刺しておくべきだろうか。それとも「頑張れば、貴方もイズガータのようになれるわ」と背中を押してやるべきだろうか。私が逡巡していると、アライスが「あっ」と声を上げ、「ずるい」と続けた。

何がずるいのだろう。私はアライスの視線の先にイズガータの姿を探した。

彼女は対戦相手だった騎士達に囲まれていた。頭に包帯を巻いている者もいるが、笑っているところを見るとたいした怪我ではないのだろう。

騎士達とイズガータは乾杯を繰り返していた。酒杯が空けられるたび、給仕がおかわりを注《つ》ぎ足す。

「あら……？」

イズガータの杯に葡萄酒《マハル》を注ぎ足す給仕の女。

それはアルティヤだった。

あんな所で何をしているのだろう。私が首を傾げた時、アルティヤがイズガータの耳元に何やら囁くのが見えた。イズガータは彼女を見やり、男のようにニヤリと笑った。二、三、言葉を交わした後、アルティヤはその場を離れ、素知らぬ顔で戻ってくる。さほど減っていない私の酒杯に葡萄酒《マハル》を注ぎ足し、耳元で囁く。

「今夜、後宮にいらっしゃるそうですだ」

はっとして私は顔を上げた。かなりの距離を隔てているにもかかわらず、イズガータと目が合った。

彼女は私に向かい、酒杯を上げてみせる。

それを見て、私は覚悟を決めた。席を立つと、並びの席に座るエトラヘブ卿に「気分が優れませんので失礼します」と言い、渋るアライスの手を引いて足早に後宮へと戻った。

後宮の出入口にある呼び鈴を鳴らすと、女官長のファローシャが現れ、鉄格子扉の鍵を開けてくれた。

後宮殿や空中庭園は静まりかえっている。女官達の姿も見当たらない。

「みんな、どこへ行ったのですか？」アライスは無邪気にあたりを見回した。「もう寝てしまったのですか？」

ファローシャは気まずそうに咳払いした。

「馬上武術大会は国を挙げてのお祭りですゆえ、王城の使用人達にも豪華な夕食が振る舞われるのでございます」

それは好都合だ。アルティヤがどうやってイズガータを連れてくるつもりなのかはわからないけれど、人目は少ない方がいいに決まっている。

私は女官長に尋ねた。

「貴方は行かないのですか？」

「私には後宮を守るという役目がございます」

ファローシャは寂しそうに微笑んだ。

「それに、もうあまり愉しくないのでございますよ」

どういう意味だろう。私は首を傾げてみせた。するとファローシャは横目でちらりとアライスを見る。

彼女の意を察し、私はアライスの肩に手を置いた。

「アライス、先に離宮に戻って、部屋に光木灯を出しておいてくれますか？」

元気よく「はい！」と答え、アライスは第二離宮に向かって駆けていく。その後ろ姿が見えなくなるのを待ってから、私達は再び歩き出した。

「長年後宮で働いておりますと、色々な方を目にします」

まるで独白するように、女官長は切り出した。

「泣きながらやってくる方もいれば、贅沢三昧《ざんまい》の生活を夢見てやってくる方もいらっしゃいます。畏れ多くも光神王を自分の意のままに操ろうとする野心家もおりました。でも誰一人として、笑ってここを出て行かれた方はおりません」

ファローシャは俯き、深いため息をついた。

「私は長い間、後宮を守って参りました。出してくれと泣き叫ぶ娘を離宮に閉じこめたことも、逃げ出した娘を力ずくで引き戻したこともございます。まだ花の盛りだというのに彼女達は正気を失い、老婆のように痩せ衰えて死んでいきました。そんな彼女達のことを思うと美味しいお酒やご馳走をいただいても、もう愉しいとは思えないのです」

後宮に入った女達は心を病む。自死を選ぶ者も少なくないという。正気を失うとわかっている者達に同情していては自分自身が壊れてしまう。私が後宮に来た当時、女官達が見せた人形のような無表情。あれは彼女達なりの護身術だったのだ。

「私は後宮に馴染みすぎました」

淡々とした声で女官長は続ける。

「後宮は女が子を産む不浄の場所。光神サマーアの庇護《ひご》から外れた呪われた場所です。それゆえに後宮に関わる者達は皆、不幸になるのでしょう」

「それは違います」

反論が口をついて出た。でも女達が心を病むのは光神王が見せる悪夢のせいだとは言えない。

「どんな人間も母から産まれる。それを不浄というのなら、この世に清い存在などありはしません」

ファローシャは足を止め、まじまじと私の顔を見つめた。

「私が記憶する限り、後宮においても正気を失わず、自死も選ばず、アライス殿下のように元気で素直な子を産み育てたのはハウファ様、貴方だけです」

それは私に目的があったからだ。復讐を遂げるという誓いがあったからだ。私にとって復讐は我が身につきまとう影法師。正気を保つための護符であり、決して切り離すことの出来ない呪いでもある。

「貴方は正しい。それゆえに恐ろしい」

呟いて、ファローシャは目を伏せた。

「すみません――口が滑りすぎたようです。今夜、私が申しましたことは取るに足らぬ虚言。どうかお忘れ下さいませ」

そう言われてしまっては、どういう意味かと尋ねることも出来ない。私達は黙々と歩を進めた。行く先に第二離宮が見えてきた。その出入口前ではアライスが光木灯を手に持ち、ぴょんぴょんと飛び跳ねている。

「母さま、遅いですよ！」

ファローシャは足を止めた。黙って一礼すると、音もなくその場を去っていった。

私はアライスの手を引いて第二離宮に入った。

すでに時刻は深夜に近い。けれどアルティヤの姿はどこにもない。おそらくイズガータを迎えに行っているのだろう。もしアライスがイズガータを見たら大騒ぎしかねない。可哀相だが、その前に寝かしつけてしまおう。

ところがアライスは寝台に入ってても目をぱっちりと見開いたまま、飽きもせずイズガータのことを賞賛し続けた。

「決勝戦での攻防はすごかったですね。イズガータ様が剣を捨てられた時、もしかして降参なさるのではと思いました。ですが、まさかあんな武器を隠しておられるとは――」

「アライス」穏やかな声で私はそれを遮った。「続きはまた明日にして、今日はもう寝なさい」

「でも――」

「眠れなくても目を閉じていなさい。いつもなら寝ている時刻です。すぐに眠くなるはずです」

「はい……」不満そうな顔をしながらも、アライスは毛布を口元まで引き上げた。「おやすみなさい、母さま」

「おやすみ、アライス」

私はアライスの額にキスをした。

光木灯を持って廊下に出ると、自分の寝室へと向かう。王の渡りを待つ時のように、扉は閉じず薄布だけを下ろした。

寝台に腰掛け、私は待った。かつてコーダの館でそうしたように、大人達の監視を出し抜いて、イズガータがやってくるのを待った。

一緒に暮らしたのはたった三年《サナ》。その間に私が見せた笑顔も優しさも、すべては偽りのものだった。私が後宮に来たのは復讐のため。イズガータを庇うためでもケナファ領を守るためでもない。私は誰かから慕われるような人間ではない。危険を冒し、人生をなげうってまで、救い出す価値などない。

なのにイズガータはここまで来てしまった。兜に黒髪を押し込め、ドレスのかわりに鎧を身に纏って――

かすかな物音が聞こえた。足音を忍ばせて誰かが廊下を歩いてくる。出入口に垂れ下がる数枚の薄布。それを押しのけて一人の騎士が寝室に入ってきた。闘技場ではずいぶんと小柄に見えたけれど、それでも私より拳ふたつ分は背が高い。

「ハウファ」

懐かしい声が私の名を呼んだ。

私は立ちあがり、彼女の顔を見上げた。

「イズガータ、会いたかったわ」

本を抱えて私の寝室を訪ねてきた女の子。大勢の召使いに囲まれていても、独りぼっちだったイズガータ。サウガ城で子供達を引き連れて遊んでいたお転婆娘。私にしがみつき「行っちゃ嫌だ」と泣いた幼い少女。彼女は貴族の令嬢としてではなく、サマーア神聖教国最強の騎士となって、私の前に現れた。

「あんなに小さかったイズガータがこんなに大きくなるなんて――」

「思い出話は後にしろ」

私の言葉を遮り、イズガータは言った。

「迎えに来た。一緒に逃げよう」

私を連れ出したことが発覚したら、ケナファ侯はもちろんのこと、その領民達にも罰が下る。イズガータにもそれはわかっているはずだ。なのに彼女の声に迷いはない。野心に燃える青い双《そう》眸《ぼう》を見て、私は悟った。

何を犠牲にしてでも光神王を殺す。そう誓った私の復讐はアライスやツェドカだけでなく、イズガータの人生をも狂わせていたのだと。

「私は逃げません」

「なぜだ？」

イズガータは私の腕を摑んだ。

「なぜ拒む？　理由を言ってくれ」

彼女は人生を懸けてここまで来た。誤魔化すことなど出来るはずもない。

私はすべてを話した。

アルニールの惨劇を容認した光神王。彼を殺すため、私は自ら進んで後宮に来た。けれど光神王は剣で刺しても死ななかった。

「光神王は言ったわ。光神王の血を引く者にしか『神』は殺せないのだと」

光神サマーアは民が信じているような神ではない。あれは人々の恐怖を映す鏡のようなもの。ならばこそ、あれを消し去るには人々の心から恐怖を払拭するしかない。だが光神サマーアに対する畏怖は人々の心に染みついている。それを打ち砕くことが出来るのは光神王だけ。現人神である光神王だけだ。

「私はアライスを新しい王にする。アライスに光神サマーアを否定させ、『神』を殺す。それが私の復讐。それを成し遂げるまで、私は逃げるわけにはいかないの」

イズガータは驚いたように目を見開いた。が、それでも彼女は私の腕を離そうとしない。

「では第一王子を暗殺しよう。ツェドカがいなくなれば光神王の跡継ぎはアライスだけになる。ハウファが傍にいなくても、周囲の者達が勝手にアライスを光神王に祀《まつ》り上げる」

私は目を伏せ、静かに首を横に振った。

「ツェドカを殺しても、アライスが王になれるとは限らない」

「どういう意味だ？」

「アライスは重大な秘密を抱えている。それを秘匿《ひとく》し続けるためには、私とアルティヤが常に傍についていている必要があるのよ」

「秘密——？」

イズガータは眉根を寄せた。私は彼女を見上げ、今まで誰にも打ち明けたことのない事実を告げた。

「アライスは、女の子なの」

「そんな……まさか！」イズガータは愕然《がくぜん》とし、数歩後じさった。「光神王の血筋には、女は生まれないはずだろう⁉」

「今までにも女は生まれてきたのだと思うわ。でも発覚を恐れた妃や側近達によって、その存在は闇に葬られてきたのでしょう」

「ならば、アライスが女だとばれたら――」

「私もアライスも不敬罪か反逆罪に問われて処刑されるでしょうね」

「無茶苦茶だ……！」

押し殺した声でイズガータは叫んだ。

「無理だ。あまりにも無謀だ。十歳になればアライスは貴方の手を離れる。隠し通せるわけがない」

「かもしれない」

否定せず、私は微笑んでみせた。

「でも私は、アライスにすべてを賭けるわ」

「ハウファ……」私を見つめる青い目が泣き出しそうに揺れている。「お願いだ。私と一緒にサウガ城に帰ろう」

「ごめんなさい、それは出来ないの」

私は手を伸ばし、イズガータの頬に触れた。

「私は目的のためになら手段を選ばない身勝手な女なの。私が後宮に来たのは復讐のため。貴方の身代わりになったわけではないの。だからイズガータ。貴方は貴族の娘に戻って。貴方の人生を取り戻して。私なんかのために、もうこれ以上、貴方の時空を無駄にしないで」

「嫌だ！」

吐き捨てるようにイズガータは叫んだ。

「貴方を見捨てて、私だけが幸せになるなんて出来るわけがない！」

「どうして？」

私は部屋の出入口に目を向けた。薄布の向こう側に男性らしき背の高い人影が透けて見える。ここが寝室であることに気を遣い、廊下で待っているのだろう。そんな細かいことにも気が回る。アーディンはそういう少年だった。

私はイズガータに目を戻した。

「貴方、アーディンが好きなのでしょう？」

「そ……そんなことは、ない」

イズガータは逃げ道を探すかのように目を泳がせる。最強の騎士になった今も、こういうところは昔のままだ。

「アーディンと一緒になって、貴方の好きなように生きて。私を連れて逃げるより、その方がずっと簡単なはずよ」

「ああ、好きにするとも！」

イズガータの頬にさっと朱が差した。

「ハウファがどうしても光神王に復讐をするというのなら、私にも考えがある！」

彼女は身を翻し、足音を響かせながら寝室を出て行った。薄布の向こう側から言い争う声が聞こえる。一方はイズガータ、もう一方は聞き覚えのない男の声だ。

心配になって外の様子を窺《うかが》うと、去っていくイズガータの背中と、それを追いかける一人の青年が見えた。

「アーディン……？」

私の声に、彼は足を止めた。

ゆっくりと振り返る。灰色の瞳、枯れ草色の髪、涼やかな目をした少年は惚れ惚れするほど麗しい美男子に成長していた。

久しぶりですねと続けようとして、私は言葉を飲み込んだ。アーディンが影断ちの剣を吊るしていることに気づいたのだ。

影断ちの剣は騎士の証。いずれは渡りの剣士になって世界中を渡り歩くのだと言っていた少年が、ケナファの騎士になることを選んだ。おそらくはイズガータのため、彼女を守るためにアーディンは騎士となったのだ。

何か言わなければと思った。けれど、言うべき言葉がみつからなかった。何を言ってももう遅い。彼もまた自分の夢を捨てて、ここまで来てしまったのだから。

「ごめんなさい」

喉の奥から絞り出した詫びの言葉。それに対し、アーディンは何も言わなかった。無言で一礼すると彼は私に背を向けた。そしてそのまま振り返ることなく、第二離宮を出て行った。

私は閉じられた扉を見つめた。

今ならまだ間に合うと、頭の隅で何かが呟く。

この国が恐怖の神に支配され続けたとしても、それは仕方がないことだ。人々の心には恐怖が根づいてしまっている。私一人があがいたところで、どうにか出来るはずもない。

扉が開いた。アルティヤが戻ってきたのだ。

彼女は足早に私に歩み寄り、私の腕を摑んだ。

「お嬢様、アライス様を連れて逃げるだよ。生きて王城を出る機会はこれを置いて他にねぇ」

その通りだ。これは最後の機会。アライスのことを考えるなら、逃げるべきだ。アライスを起こし、アルティヤを伴い、イズガータ達と一緒に王城から逃げ出すのだ。

今なら間に合う。急げばまだ追いつける。

でも――

「私はまだ復讐を果たしていない」

「ハウファ様、二度とは言わねぇ。だども一度だけ、一度だけ言わせて下せぇ」

怖いくらい真剣な表情で、アルティヤは私の両肩に手を置いた。

「復讐は何にも生まねぇ。アルニールのことはもう忘れちまうだよ。怨みも辛《つら》みもみんな忘れて、ハウファ様は幸せになるだよ」

苦いものが喉元にせり上がってくる。

私は息を止め、無理矢理それを飲み下した。

「たとえすべてを忘れられたとしても、失われた時空は戻らない」

光神王を殺してもアルニールの民は戻ってこない。父もサフラも帰ってこない。それは当時の私にもわかっていた。

それでも、私は復讐の道を選んだ。

選ばずにはいられなかったのだ。

「仇を討つためになら何を犠牲にしても構わない。心を失い、死んだように生き続けるくらいなら、復讐の炎に身を焦がしながら生きようと誓った」

復讐だけが生きている証。幸せな日々を奪った光神王を憎むことだけが私の心の支えだった。

「それがイズガータやアーディンの人生まで狂わせてしまうなんて、考えもしなかった」

可能性に満ち満ちていたイズガータとアーディン。彼らから私は自由を奪った。時空を奪った。

私が下した愚かな決断が、彼らの運命を狂わせてしまった。

「どんなに後悔しても過去は取り戻せない。犯した罪を消し去ることは出来ない」

私は拳を握り、顔を上げた。

「ならば、最後までやり抜くしかない」

「だどもここに残れば、お嬢様だけでなくアライス様のお命も危険にさらすことになるですだよ？　それでもお嬢様は後悔しないですだか？」

「後悔……するでしょうね」

薄く微笑み、天井を見上げる。

「でも、それは逃げ出しても同じこと。頭上に浮かぶ時空晶を見るたび私は思うでしょう。どうして逃げたりしたのだろうと。あれを破壊する機会を得ながら、どうしてそれを逸《いっ》してしまったのだろうと」

私はアルティヤに目を戻した。

「どちらを選んでも後悔するのなら、私はこの国を変える方に賭ける」

「本気……ですだな？」

私は頷く。

「ほんとにお嬢様は頑固でいらっしゃるだよ」

アルティヤは息を吐き、がっくりと肩を落とした。

「んなら仕方ねぇ。このアルティヤ、地の国《トゥホーマ》までお嬢様にお供いたしますだよ」

アルティヤはいつも私を力づけてくれた。挫《くじ》けそうになる私を励ましてくれた。私にとってアルティヤはなくてはならない、何者にも替え難い大切な存在になっていた。

だからこそ、これ以上、彼女を頼るわけにはいかない。

「これは私の復讐よ。貴方までつき合うことはないわ」

「だども逃げたところでアタシにゃ行く当てがねぇ」

それに――と言って、アルティヤは笑った。

「この世にゃ後悔しない人間なんていねぇ。アタシだって振り返って見れば、ああすればよかったとか、こうすればよかったとか後悔することばっかりですだよ」

アルティヤは私を見つめ、いつもそうするように、にんまりと笑ってみせた。

「だどもすべては自分が決めたこと。それがどんな結果を導こうとも、選んだのは自分だもの。過去の自分が犯した過ちは、今の自分が責任持って償ってやらにゃなんねぇですだよ」

そうだ。復讐を望んだのは他の誰でもない。私自身だ。誰かに強要されたわけではない。私が自分の意志でこの人生を選んだのだ。

運命は人に優しくない。何かを成し遂げようと思えば誰かを傷つけずにはいられない。だからどんなに過去が重くても、歩き続けなければならない。後悔の重さに負けて立ち止まってしまったら、すべてが無駄になってしまうから。

誰もが若き日の愚かな過ちを、ずるずる引きずりながら生きている。それでも人は昨日よりも今日の方が、今日よりも明日の方が、いい日になると信じている。過去の自分よりも未来の自分の方が、よい人間になれると信じている。

私もそうだ。だからこそ後悔に胸を掻きむしりながら、それでも生きていくのだ。過去の過ちを償うために。いつかこの時空が尽き、この世から解放されるその日まで――

イズガータの存在を知ってから、アライスはますます熱心に剣技の訓練に精を出すようになった。武術の教本を取り寄せ、書かれていることを片っ端から実践する。第二離宮の裏庭を何周も走りこみ、足腰を鍛える。毎日の腕立て伏せや腹筋運動も欠かさなかった。剣の重さに振り回されていた素振りも、日が経つにつれ段々と形になってきた。細かった手足に筋肉がつき、身長もぐんぐんと伸びていった。

飛矢のごとく時は過ぎ、ふと気がつけば、アライスの十回目の誕生日が近づいてきていた。『神宿』である王子《サナ》は十歳になると神宿の宮へと居を移す決まりになっている。そこで十二歳になるまでの二年間、専門の教師達から教育を受けるのだ。光神王はサマーア神聖教国の君主であるとともにサマーア聖教会の総主でもある。政治学、宗教学、歴史学、外交術等々。学ばなければならないことは山ほどある。

神宿の宮ではエトラヘブ卿がアライスの後見人となる。聖教会の覇権を争う彼にとって、アライスを光神王にすることは悲願であるはずだ。

しかし、そのエトラヘブ卿も味方とは言い切れない。彼がアライスの秘密を知ったら、どんな行動に出るかわからない。真実を秘匿し続けるためには、誰かがアライスの傍についていなければならない。

そのことについて、私とアルティヤは幾度も話し合った。だがどんな理屈を並べても、王妃である私が後宮から出ることは許されない。かといって他人は信用出来ない。となれば、あとはアルティヤだけが頼りだ。アライスが「アルティヤを付き人に」と強く望めば、エトラヘブ卿も抗しきれないだろう。だが、アルティヤは奴隷出身だ。彼女が神宿の宮に上がればどんな屈辱的な目にあわされるか。想像するだけで身の毛がよだつ。

「んなこと気にする必要はねぇ」とアルティヤは笑う。「てか、アタシばっかがアライス様の傍にいられて、逆にお嬢様にゃ申し訳ねぇですだよ」

彼女のなめし革のような肌は細かな皺に覆われ、髪は白く色を変えていた。私とともにこの王城に来て十二年。今年で私は三十歳を迎えるが、アルティヤは幾つになるのだろう。

「貴方《サナ》には本当に苦労ばかりかけるわね」

「そんな顔しねぇで下せぇまし」

岩のような拳で胸を叩き、アルティヤはいつも通りの笑顔で請け合う。

「アタシに任せて下せぇ。大丈夫、万事上手くやってみせるだよ」

そしてついに、アライスは十歳の誕生日を迎えた。

正装に身を包んだアライスが広間へとやって来る。真新しい白い上衣、深い紺色の外衣、おさまりの悪い白金の巻き髪を丁寧に撫でつけ、首の後ろでひとつに束ねている。その姿はどこから見ても凜々しい少年そのものだ。

私はアライスの前に立った。

手を伸ばし、その白い頬を両手で包む。

「アライス、貴方に新しい王になれと言ったこと、覚えていますか？」

「もちろんです」

アライスは真顔で頷く。

その瞳を見つめ、私は一言一言諭《さと》すように言う。

「これから貴方は、私が教えてきたこととはまったく逆のことを教えられることになるでしょう。私の教えをすべて信じろとは言いません。まずは自分の頭で考えること。何が正しくて何が間違っているのか、自分で見極めるのです」

アライスは意外そうに瞬きをしたが、すぐに真顔に戻って答えた。

「わかりました」

「貴方がどんな決断をしようと、何を信じようと、私は最後まで貴方の味方ですからね」

「はい」

にっこりと笑って、アライスはその場に跪いた。

「では、行って参ります」

私の手を取り、手の甲に接吻する。

それからおもむろに立ち上がると、毛皮の飾りがついた天鵞絨《マフマル》のマントを翻し、広間を出て行った。

「おや、もう行かれたですだか」

入れ違いに、荷物を抱えたアルティヤが入って来た。

「それじゃあ、お嬢様。行って参りますだよ」

アルティヤはいつもそうするように、にんまりと笑った。

「なに心配はいらねぇだよ。このアルティヤ、どんなに忙しくても、日に一度は顔見せに上がりますだ」

「ええ、待ってるわ」

「任せて下せぇ」

その言葉通り――アルティヤは一日《ヤウム》に一度、必ず第二離宮を訪ねてきてくれた。ほんの数分《ダキカ》しかいられないこともあったが、時間が許す限り、アライスの様子をこと細かに話してくれた。

アライスは勉強が苦手で、特に座学が嫌いなようだった。決められた時間内は仕方なく椅子に座っているけれど、それ以外の自由時間は決まって外へと飛び出していく。最近は出入りを禁止されているはずの下郭にも忍び込み、正体を隠したまま使用人の子供達と遊んでいるという。

「毎日必ずどっかしらに傷をこさえて、服を泥だらけにして戻ってくるだよ」

困ったもんだでと言って、アルティヤはため息をつく。

「でも――」と私は苦笑しながら答える。「使用人達と接していれば、王侯貴族や聖職者達とは異なる感覚が身につく。今のうちに庶民の暮らしを見ておくのは悪いことじゃないわ」

「まぁ、そいだけならアタシも口喧《やかま》しくは言わねぇんだども……」

「まだ何かあるの？」

アルティヤは渋い顔のまま、こくりと頷く。

「アライス様ときたらシャマール神聖騎士団達の訓練場にも入り浸ってらっしゃるだよ」

人懐っこいアライスはここでも正体を隠し、神聖騎士達に剣術を教えて貰っているのだという。

王城の警備を担う近衛兵は、六大主教が擁《よう》する神聖騎士団から輩出される。神宿の宮がある上郭に出入りが許されているのは、近衛兵の中でもほんの一部に限られている。そのため中郭に駐屯《ちゅうとん》するシャマールの神聖騎士といえど、アライスの顔を知る者はほとんどいない。

「シャマールの騎士達も、アライス様が自分らの訓練場に遊びに来てるなんて夢にも思わねぇみてぇですだ。しかもアライス様は物怖じしねぇし人懐っこいから、子供を故郷の家に残してきてる騎士なんかは、まるで自分の子みてぇにアライス様を可愛がってるだよ」

「でも相手はシャマールの神聖騎士団でしょう？　もし正体がばれたら何をされるか……」

「ああ、その辺に抜かりはねぇですだ」アルティヤはこっくりと頷いてみせる。「アライス様は抜け道の鍵をお持ちですだよ。ヤベェことになったら、さっと逃げられるようになっとりますだ」

抜け道——？　馬上武術大会を見に行く時に通ったあの地下道のことだろうか？

「秘密の通路を開く鍵は、六大主教しか持っていないんじゃなかった？」

「実はアライス様にねだられて、こっそり合鍵を作りましただ」

「合鍵？　貴方が作ったの？」

「へぇ、石鹸《せっけん》に鍵を押し当てて型を取って、それに合わせて木を削って作りますだよ」アルティヤは自慢げに胸を張った。「子供ん頃、泥棒のじっちゃまに教えて貰った方法だども、いやあ、なんでも学んどいてソンすることはねぇですだなぁ」

つまり六大主教の一人から鍵を無断拝借したわけだ。まったく豪胆にも程がある。自慢出来ることではないと思わなくもなかったが、何も言わないでおくことにした。

「あの子は私に似て頑固だから、とりあえず今は、したいようにさせてやりましょう」

そのアライスもアルティヤほどではないにしろ、頻繁に姿を見せてくれた。いくら住み慣れた場所とはいえ、成人を間近に控えた男子——と思われている者が後宮に度々姿を見せるのは、あまり誉められたことではない。

「よくファローシャが許してくれるわね」

そう言うと、アライスは途端に落ち着きをなくし、そわそわとあたりを見回した。

怪しい。

問い詰めてみると、アライスは渋々白状した。

「女官長の許可は得ていません」

「ではどうやって——」と尋ねかけ、不意に閃いた。「もしかして、後宮の合鍵も持ってるの？」

「はい」

アライスは一本の鍵を取り出した。硬い木で出来た鍵だった。私は半ば呆れ、半ば感心しながらそれを眺めた。

「こんなもの、いつ作らせたの？」

「これは私が頼んで作って貰ったわけではありません、アルティヤが持っていたものを借りただけなのです」

「アルティヤが？」

彼女はどうして合鍵など作ったのだろう。

後日、アルティヤがやってきた時、私は直接本人に尋ねてみた。

「後宮の合鍵なんていつ作ったの？」

アルティャは悪びれもせずカラカラと笑った。

「来てすぐにですだよ」

「でも、どうして……」

「なんのこたねぇ。いざという時、お嬢様をお逃がしするために決まっとりますだよ」

なるほど、さすがアルティヤだ。

そんな風にして――

静かに、しかし確実に、時は流れていった。

私の身の回りの世話をしてくれることになった女官は、私と同じハウファという名前だった。

私は彼女のことを、親しみを込めて「小ハウファ」と呼んだ。

小ハウファは気の回る明るい娘で、私にとてもよくしてくれた。すっかり親しくなった女官達も差し入れを持って遊びに来てくれた。あの堅物《かたぶつ》の女官長ファローシャでさえ、暇を見つけては私の話し相手になってくれた。

だから覚悟していたほど寂しい思いはせずにすんだ。それでもアライスとアルティヤが去った後の第二離宮はとても静かで、以前よりも寒々しく感じられた。一人でいることが寂しくて仕方がない時には、テラスに出て天を覆う光神サマーアを見上げた。そこで目を閉じ、深く息を吸い、どこまでも広がる青い空を想像する。

この世界には大きなうねりのようなものがある。それは寄せては返す波のように、常に釣り合いを取ろうとしている。かつて影使い達は、それを永遠回帰と呼んだ。今なら私にもわかるような気がする。長らく影に覆われてきたこの世界は今、光を求めて大きく動き出そうとしている。永遠回帰のうねりの中で、私はすでに役目を終えているのかもしれない。私の時空はもう尽きかけているのかもしれない。もう長くは生きられないのかもしれない。

ふと、そんな気がした。

アライスとアルティヤが後宮を出て行ってから一年《サナ》が過ぎようという頃、意気揚々とアライスが後宮にやってきた。その腰に吊るされている新しい剣を見て、私は尋ねた。

「それは、影断ちの剣？」

「そうです」

アライスはにっこりと笑って剣を叩いた。剣の柄にはエトラヘブ神聖騎士団の持ち物であることを示す灰色の布が巻かれている。鞘《さや》の意匠も凝っている。素人目《しろうとめ》にもかなりの名品であることはわかる。

「そんな貴重な物、どうやって手に入れたの？」

「エトラヘブ神聖騎士団の隊長が、私のためにと手配して下さいました」

アライスは剣の柄を握り、誇らしげに胸を張った。

「これさえあれば、たとえ死影に襲われることがあっても母上をお守りすることが出来ます」

その言葉に、私は死影に襲われたあの夜のことを思い出した。

あれ以後、アライスは剣を求めるようになった。けれどそれは死影を恐れてのことではなかったのだ。アライスが影断ちの剣を求めたのは、賢いツェドカに対抗するためであり、それと同時に私を守るためでもあったのだ。

「アライス――」

私は我が子の手を取った。

「命の危険を冒してまで、私のことを守ろうとしてはいけません。一番大切なのはアライス、貴方が生き存えることです。自分自身の安全をまず第一に考えるのです」

アライスの表情が曇った。

青碧色の瞳が責めるように私を見上げる。

「そんなの納得出来ません。私にとって母上は誰よりも大切な人です。母上はいつだって私を守って下さいました。なのにどうして私が母上をお守りしてはいけないのですか?」

「子供の命を危険にさらしてまで、生きたいと願う母親がどこにいます」

私はアライスの瞳を見つめ返した。

「貴方の秘密が公になるようなことがあったら、貴方は一人で逃げなさい。私を助けようとか、一緒に逃げようとか思ってはいけません」

「けれど私が逃げたら、母上は殺されてしまいます」

「殺されはしません。貴方が逃げ延びれば、奴らは私を人質にして、貴方を呼び戻そうとするでしょう」

「では――」

「戻ってきても無駄です」

反論を制し、きっぱりと言い放つ。

「私は人質になるつもりはありません」

「母上……」

それがどういう意味か、アライスにはわかったようだった。今にも泣き出しそうな顔でアライスは首を横に振る。

「そんなの嫌です――嫌です、母上」

「もちろん、いざという時の話です」

私はにこりと笑ってみせた。

「アライス、どんな絶望的な場面でも決して諦めないで。貴方には多くの時空が残されている。そうありたいと望めば貴方は何にでもなれる。どこにでも行ける。どうか、それを忘れないで」

それでも納得いかない様子で、アライスは寂しそうに帰っていった。

後日、私はアルティヤにその話をした。

「もしアライスの秘密が発覚して、この城を逃げ出さなければならなくなったら――アルティヤ、アライスを守ってあげてね?」

「おんやまぁ……」アルティヤは意味深な笑みを浮かべた。「お顔はあまり似てねぇだが、お嬢様とアライス様はやっぱり親子ですだなぁ」

「どういうこと？」

「先日、アライス様も同じことを言っただよ」

同じこと――？

「いざって時にゃ、お嬢様を守れと」

「あら……」私は右手で口を押さえた。「でもアルティヤは私の味方よね？」

「ですだな」アルティャは大きく頷いた。「だども本当にいざっちゅう時が来たら、どちらをお守りするかは、このアルティャ自身に決めさせていただきますだよ」

私は笑いそうになった。冗談だろうと思ったのだ。

けれど、アルティヤの目は笑っていなかった。

アルティヤはただの侍女ではない。私の唯一無二の友であり、一騎当千の同志でもある。今さら主人として命令することなど出来ないし、言ったところで彼女が従うとは思えない。

アルティヤの顔を見つめたまま、私はそれ以上、何も言うことが出来なかった。


やがて新しい年が明け、アライスとツェドカの十二回目の誕生日が近づいてきた。今年の六月《ハジーラン》、二人は成人し、どちらかが光神王の後継者となる。

はたしてどちらの王子が選ばれるのか。王城内はその話で持ちきりだった。シャマール卿とエトラヘブ卿は他の六大主教や有力者達に推薦を頼むなどして、その根回しに余念がない。

第一王位後継権を持つのは第一王子であるツェドカだ。アライスが言うには、彼はますます無口になり、以前のように親しく話すこともなくなってしまったという。昔から頭のいい子だったが、さらなる知識と教養を身につけて、最近は教師さえも言い負かしてしまうらしい。

だが彼の母親であるパラフ様が心を病み、故郷に帰されたことは公然の秘密だ。ツェドカ当人も偏屈で気難しく、他人との交流を嫌い、自室に籠もって本ばかり読んでいるという。母親と同じ気鬱《きうつ》の病なのではないかと、心ない噂まで聞こえてくる。

一方アライスは物怖じせず、いろんな所に出入りし、誰とでもすぐに親しくなった。エトラヘブの神聖騎士団からは『騎士見習い』として、一目置かれる存在になっている。その愚直なまでの素直さと嘘がつけない性格は王には不向きと思われているが、六大主教達——特にエトラヘブ卿は、アライスのような単純な人間の方が傀儡《かいらい》として操りやすいと考えているようだ。

とはいえ、決定を下すのは光神王だ。

光神王の一存ですべては決まる。

その光神王はというと、まったくといっていいほど、どちらの『神宿』にも関心を示さなかった。アルティヤの話では、近年の光神王は目に見えて老け込み、滅多に天上郭から降りてこないのだそうだ。シャマール卿やエトラヘブ卿が取り入ろうとしても、まるで耳を貸さない。『神宿』と顔を合わせる機会もなく、アライスが女であることにも気づいた様子はないという。

その無関心は、私にとってはありがたいことだったが、アライスにとっては喜ばしいことではないようだった。十二歳の誕生日を二カ月《シャハル》後に控えたある日、後宮を訪ねてきたアライスは悔しそうに切り出した。

「父王は私を見て下さいません。どんなに剣技を磨いても、どんなに努力しても、父王は私を認めて下さらないのです」

当然だ。あの化け物は憎悪されることを好み、恐怖を与えることを喜びとする。親子の情愛など持ち合わせているはずがない。

「陛下が無関心なのは貴方に対してだけではないわ。あの方はそういう人なの。自分以外のことに関心を持たない方なのよ」

アライスは頑《かたく》なに首を横に振る。

「父王はイズガータ様にケナファ侯の称号を与えました。つまり私がイズガータ様のような立派な騎士になればいいのです。そうすれば父王も私を認めて下さるはずです」

あの光神王の正体を、いつかはアライスにも話さなければならない。でも今は駄目だ。アライスは嘘をつくのが苦手だ。真実を知れば光神王や聖教会に嫌悪感を抱かずにはいられないだろう。そのせいで後継者から外されでもしたらすべてが水の泡となる。

「母上？」

怪訝そうな顔でアライスが私を覗き込む。

「ああ、ごめんなさい」

誤魔化すために私は微笑み、ささやかな嘘をついた。

「そうね。いつかそうなるといいわね」

後継者争いが白熱していくのとは裏腹に、私の心は穏やかに凪《な》いでいった。

光神王の後継者はアゴニスタの名とともに、『神』を引き継ぐ。その継承がどのようにして行われるのか、私にはわからない。

影使いは己の時空と引き替えに死影と契約を結び、それを使役する。エトラヘブ伯が手記に書き残していた通り、あの『神』が死影と同じ性質のものであるのなら、その宿主となる光神王が『神』を御《ぎょ》することも可能なはずだ。

歴代の光神王は王になることを目的としていた。だからこそ、その先に夢を見ることが出来ず、あれに時空を喰われてしまった。

でもアライスは違う。アライスにとって光神王になることは、目的を叶えるための手段にすぎない。アライスならばあれを調伏《ちょうぶく》し、この国を救うための力に変えられるはずだ。

願わくば、ツェドカもそうであって欲しいと思う。二人とも周囲の声に惑わされず、己の信じる道を歩んで欲しいと思う。

後継者争いに決着がつき、彼らが落ち着きを取り戻したら、その時にこそすべてを話して聞かせよう。私が見た初代アゴニスタの記憶。彼が残した夢と理想。聖教会がつき続けた嘘と、そこに隠された真実。私が後宮にやってきた本当の理由も話そう。私が犯してきたすべての罪を告白し、彼らに裁きを乞おう。

けれど――

その時が巡ってくることは永遠になかった。

アライス達の誕生日を翌月に控えた五月《イヤル》。いつもと変わらない平穏な昼下がり。小ハウファは刺繡糸を買いに行き、私は一人、居間で本を読んでいた。

その時だった。

どすどすという足音が響いたかと思うと、血相を変えたアルティヤが飛び込んできた。

「お嬢様――！」

私は本をテーブルに置き、立ちあがった。

「どうしたの？」

「あ、ああ……あだ……だ」

アルティヤは魚のように口をパクパクさせている。何か言おうとしているようだが、なかなか言葉が出てこない。生半可《なまはんか》なことでは動じないアルティヤがこんなにも慌てるなんて、並大抵のことではない。

「落ち着いてアルティヤ」

私は彼女の腕を摑んで揺さぶった。

「どうしたの？　アライスに何かあったの？」

「あ、アタシとしたことが……！」

アルティヤは悲痛な声で叫んだ。無骨な手で顔を覆い、喉を震わせて言葉を絞り出す。

「だ、まされたああ……ッ」

ズシン……と腹の底が痺れるような重い音がした。石床がビリビリと震える。天井からパラパラと漆喰《しっくい》の欠片が降ってくる。

「何かしら？」

私が問うよりも早くアルティヤは広間を抜け、テラスへと走り出た。何がなんだかわからないまま、私もその後を追う。

アルティヤはテラスの欄干から身を乗り出し、下方を覗き込んでいた。彼女の横から顔を出し、私も下郭の様子を眺める。

中郭を支える城壁の一部が崩れ、そこから土煙が上がっている。何かが爆発したようだ。下郭の通路には人々が溢れ、右往左往の大騒ぎになっている。

「何があったのかしら？」

私の呟きにアルティヤはうなだれ、欄干に額を押しつけた。

「アタシのせいですだ……女官長からお嬢様がお倒れになったと聞かされて、後先のことも考えねぇで、すっ飛んできちまっただよ」

ファローシャが、なぜそんな嘘を――？

「死にかけて、アタシを呼んでるっつわれて、頭が真っ白になっちまっただよ」

アルティヤの目から悔し涙がポロポロと落ちる。

「あんな嘘に引っかかるなんて、まったく自分が情けねぇ！　アタシは光神王の礼拝には同行出来ねぇ。その道行きにはサフラも届かねぇ。だからこそアタシが余計に気ぃつけて見てなきゃいけなかっただのに……そんたらこと、わかってたはずだのに！」

「え……？」

アルティヤはなんて言った？

今、『サフラ』と言わなかったか？

それを問いただそうとした時、下からどよめきが聞こえてきた。下郭の通路に目をやると、人々の合間を縫って一騎の馬が走って来るのが見えた。騎乗しているのは白い服を着た小柄な人物——

「アライス？」

その呟きが聞こえたかのように、アライスは馬を止めた。こちらを見上げ、何かを叫ぶ。その声は群衆の悲鳴と喚《わめ》き声《ごえ》にかき消され、私の耳には届かない。

アライスの後方から近衛兵達が駆けてくる。群衆を蹴散らし、アライスを取り囲もうとする。理由はわからない。けれどアライスは追われている。それだけは確かだ。

「逃げなさい、アライス！」

声の限りに私は叫んだ。

「生きなさいアライス。私のことは気にしないで。もう振り返らないで。走りなさいアライス！」

下郭の建物の上に弓兵が現れる。アライスに向かって矢が放たれる。すぐ側にいた男が流れ矢を受けて倒れる。

それを見て、アライスは馬の腹を蹴った。振り返りもせず必死に馬を走らせる。アライスを乗せた馬が落とし格子を抜け、城壁の向こう側に見えなくなるまで、私は瞬きもせずにその背中を見送った。

「ここにもすぐに兵が参りましょう」

低く押し殺した声でアルティャが告げた。

「お嬢様もお逃げ下さい」

「――無理よ」

私は微笑んで、天を仰いだ。

「鳥でもない限り、ここから抜け出すことなんて出来ないわ」

「いいえ、可能です」アルティャは城外に向かい、まっすぐに腕を伸ばした。「私の『影』がお嬢様を城の外までお運びします」

「貴方の……影？」

「そうです」

アルティャは真顔で頷いた。

「私は影憑き――影使いです」

突然の告白だった。

私はあまり驚かなかった。

思い返せば、まだ女官達と親しくなる前から、アルティャはいろんな噂話を聞きつけてきた。

『夢利き』は影使いの技だとエシトーファは言った。けれどあの場にいたのは彼と私、それにアルティャだけだった。アルティャはアライスの性別を誤魔化すため、産まれたばかりのツェドカとすり替えたと言った。でもあの時、ツェドカは多くの侍女達に囲まれていたはずだ。彼女達の目を欺いて赤子を取り替えることなど出来るはずがない。アルティャが欺いたのは侍女達ではない。影の技を使い、六大主教の目を欺いたのだ。

「でも貴方の体に傷はなかった。そうでしょう?」

「お嬢様もご存じのはずです」

アルティャは笑った。いつものアルティャらしくない、どこか酷薄な笑みだった。

「影使いの母親から産まれた影憑きは、傷はなくとも生まれつき死影に取り憑かれているのですよ」

「でも影憑きは、影に名をつけることが出来ないから、大きくなる前に鬼《グル》と化してしまうはず――」

「私は奴隷で名を持ちませんでした。それが幸いしたのでしょう。影に侵食されながらも、私はなんとか狂わずにすみました」

淡々としたアルティャの声。耳慣れた田舎訛《なまり》もいつの間にか消えている。こんなのアルティャらしくない。そう思う一方で、不思議な気持ちが湧き上がってくるのを感じた。

感情を殺した声。突き放したような口調。息継ぎの仕方や声の出し方。

どれもが、ひどく懐かしい。

「貴方は名前をくれました。私と影に名前を与え、私達を救ってくれました。その時、心に誓ったのですよ。私のすべてを貴方に捧げようと。この身が結晶化し、虚無に帰るその時まで、貴方の傍にいて貴方を守ろうと」

少し掠れた低い声。忘れもしないその言葉。

私はついに、懐かしさの根源に辿り着いた。

「ああ――あああ――」

喜び、悲しみ、後悔、悲哀。様々な感情が爆発する。心が千々に乱れ、言葉にならない。

何ということだろう。

「アルティヤ――貴方……」

どうして今まで気づかなかったのだろう。

「貴方、サフラだったのね！」

影使いは並み外れた早さで歳を取る。アルニールを悲劇が襲った夜、サフラは私を守るために多くの時空を費やした。あの一夜で、彼女は一気に三十も年老いてしまったのだ。

「どうして――？」胸の奥で心臓が暴れる。呼吸が乱れ、言葉が途切れる。「どうして戻ってきてくれなかったの？　私、待っていたのに。サフラが戻ってきてくれるのをずっと待っていたのに！」

「醜く老いた姿をさらしたくなかったのです」

そう答え、アルティヤ――いや、サフラは寂しそうに笑った。

「ハウファ様には昔の私だけを覚えていて欲しかった」

「なら、なぜ再び会おうとしたの？　どうしてこんな遠くまでついてきたの？　どうして――どうして今まで打ち明けてくれなかったの！」

「何度も言おうとはしたのです」

サフラは俯き、囁くような声で続けた。

「けれど……すみません。言えませんでした」

違う――悪いのは私だ。私は一見しただけでアルティヤを田舎女と軽蔑し、その真の姿を見ようとしなかった。彼女は命の危険を冒してまで私の傍にいてくれた。その献身的な姿はサフラそのものだった。それなのに、私は彼女に気づかなかった。

「ごめんなさいサフラ、ごめんなさい。もっと、もっと早く気づいていたら――」

「私は芝居小屋育ちです。見抜かれるようなへマはしません」

サフラは舞台役者がするような優雅なお辞儀をしてみせた。そんな戯《おど》けた仕草とは裏腹に、彼女は真摯な瞳を私に向ける。

「二度とお会いしないつもりでした。けれどハウファ様が後宮に入ると聞き、光神王に復讐するつもりだと直感しました。だから正体を隠して近づいたのです。そうでもしなければ、ハウファ様は私を王城に伴ってはくださらないでしょうから」

「当たり前よ！」

聖教会は影使いを、影使いであるという理由だけで殺す。この王城は聖教会の総本山なのだ。影使いであるサフラを伴うなど、万に一つもあり得ない。

「私はハウファ様のお傍にいたかった」

穏やかな声でサフラは言う。

「もしアルニールの悲劇が起こらなかったら、ハウファ様はどこかの貴族と結婚していたでしょう。そうなれば私はもうハウファ様のお傍にいることは叶わなかった」

私は貴族でサフラは奴隷の子だ。芝居の中の恋人達のように、身分の差を超えることなど出来ない。私は女でサフラも女だ。物語の中の姫と騎士のように、末永く幸せに暮らすことなど出来ない。

幼い恋だと皆は笑った。そんなことは私にもサフラにもわかっていた。ともにいられるのは子供である今だけ。大人になったら、私達は離ればなれになるしかないのだと。

「でも私はこうしてハウファ様の傍にいることが出来ました。手を伸ばせば届く場所にいて、ハウファ様をお守りすることが出来ました」

そこで言葉を切り、口の端を歪めるようにしてサフラは笑った。

「不謹慎だと怒られるのを承知で告白すれば、私はアルニールの悲劇を起こしてくれたエトラヘブ卿に感謝すらしているのですよ」

ああ——私も同じだ。私も同じ罪を犯した。

私はアルティヤがサフラであることに気づかなかったんじゃない。気づきたくなかったのだ。

私はサフラと一緒にいたかった。アルティヤがサフラだと気づいてしまったら、彼女を王城に連れて行けなくなる。だから私は目を閉じた。それがサフラの命を奪うことになると承知の上で、私は目を閉じたのだ。

それが正しかったとは思わない。私にもっと知恵と勇気があれば、別の道を選べていたかもしれない。でも私は弱く愚かだった。愛する者の手を放しては生きられなかった。

後悔ばかりのこの人生。重い罪をずるずる引きずりながらここまで歩いてきた。

けれど、これは私が選んだ道。私が選んだ人生。ならば人でなしという罵声も、情け知らずという誹《そし》りも甘んじて受けよう。過去の過ちも後悔も、みんな私の一部だ。どんなに愚かで醜くても、これが私だ。

「どうやら近衛兵達がやってきたようです」

サフラの言う通り、あたりが騒がしくなってきた。入り乱れる靴音と女官達の制止の声が廊下に響く。

「出来ることなら安全な場所までお連れしたいのですが、私に残された時空はそう多くありません。すべての時空を振り絞っても、ハウファ様を城外へ運ぶことぐらいしか出来そうにありません」

騎士のように恭《うやうや》しく、サフラは私に手を差し出した。

「『転移』します。お手をどうぞ」

私はその手を取らなかった。

顔を上げ、彼女の目を見て問いかける。

「覚えているかしら？　この世は舞台。私達は役者。昔、よくそう言って遊んだわよね？」

「はい、覚えております」

「ここは私の舞台。私はこの復讐劇の主演だもの。最後の幕が下りるまで、逃げも隠れもしないわ」

「ハウファ様──」

「だからサフラ、アライスを守ってあげて。あの子を安全な場所まで導いてあげて」

「どちらをお助けするかは私が決めると、以前にアルティヤが申し上げたはずですが？」

「ええ、わかっているわ。でも私は自分の復讐のためにアライスを利用しようとした。あの子を一度も『娘』と呼んでやらなかった」

「だから最後ぐらいは母親らしいことをしてやりたい……と？」

「いいえ」と答え、私は微笑んだ。「私は身勝手な復讐者だもの。今さらそんな偽善は言えないわ」

そこで言葉を切り、頭上の時空晶を睨んだ。

「私の役目は終わった。生き残っても何の意味もない。けれどアライスは違う。あの子はこの国を変える。いつかきっと『神』を倒し、私の復讐を成し遂げてくれる」

私はサフラに目を戻し、言った。

「だからお願い。アライスを助けてやって」

「わかりました」

サフラはにこりと笑った。背筋を伸ばし、はるか遠くに見える森を指さす。

「サフラ、私の時空をすべてやる。アライス様を守れ。ファウルカの南、悪霊《シャダイ》の森に暮らす影使い達の元にアライス様を導け！」

びょうと風が吹いた。感じられたのはそれだけだった。影の『サフラ』は私の目には見えなかった。

「申し訳ありません。先に退場させていただきます」

サフラは私を振り返った。

その頬がピシリと音を立てる。彼女の喉元から顎にかけて亀裂が走るのを見て、私は悲鳴を上げた。

「なにお構いなく。痛みはございません」

その間にもサフラの体は結晶化し、髪や指の先からぼろぼろと崩れ落ちていく。

それを止めようと、私は彼女を抱きしめた。

「行かないでサフラ。貴方には話したいことが、言わなきゃならないことがたくさんあるのよ」

「それはいずれ、我らが逝《い》きつく所にて──」

結晶化は止まらない。崩壊は止まらない。

私の耳に穏やかなサフラの声が響く。

「復讐に身を焦がす貴方は壮絶なまでに美しかった。そんな貴方を私は一番傍で見守ることが出来た。これに勝る喜びは他にありません」

小さな吐息。ため息のような囁き。

「舞台の袖にて、この復讐劇の幕引きを、お見守り申し上げております」

サフラが崩れた。私の手にアルティヤの衣装だけを残し、彼女の体は細かな結晶片となって砕け散った。同時に、広間に近衛兵達がなだれ込んでくる。

「いたぞ！　捕らえろ！」

私はドレスの裾を翻し、欄干の上に飛び乗った。

「それ以上近づいたら飛び降ります」

その一言で、近衛兵達は動きを止めた。

私は胸に手を当て、彼らをぐるりと見回した。

「この場にお揃いの皆々様。ハウファ・アルニールの復讐劇はこれにて閉幕とあいなります。ですが果たされなかった我が復讐は、後に連なる者達が、必ずや果たしてみせることでしょう」

近衛兵達は呆気にとられたような顔をしている。

気が狂ったんじゃないのかと囁く声がする。

それもまた愉快だった。

「わずかな幕間となりますが、残された最後の時、心おきなく過ごされますよう、一足先に参ります地の国《トゥホーマ》からお祈り申し上げております」

私の復讐は叶わなかった。でもこの思いは私の死後も消えてなくなりはしない。炎のように輝く深紅の輝晶になって、意志を継ぐ者を待ち続けるだろう。あの文書館の地下深く、初代アゴニスタの夢が私達を待っていたように。

「それでは皆さま、ごきげんよう」

とびきりの微笑みとともに、主演女優から観客達へ最後の挨拶。

そして、私は欄干を蹴った。

近衛兵達が殺到する。彼らの手が空を摑む。

そんな中、一人の男が欄干から身を乗り出した。近衛兵に制止されながらも、何かを叫び、必死に手を伸ばす。

外見は変わっていても、すぐにわかった。

それはツェドカだった。

（約束、守れなくてごめんね）

遠ざかる彼に向かって、私は呟いた。

（待っていてあげられなくて、ごめんね）

唸る風の音。

それが一瞬にして歓声に変わった。

割れんばかりの拍手。悲鳴のような賞賛。閉幕を惜しむ観客達の声。惜しげもない拍手喝采《かっさい》が、大きなうねりとなって私を包み込む。

「お見事《アジーブ》」

鳴り止まぬ拍手の中にサフラの声が聞こえた。

「お見事《アジーブ》です、ハウファ様」

ゆっくりと幕が下りてくる。灯火が消え、舞台は暗転。あたりは闇に包まれる。
かくして復讐劇の幕は閉じる。
喝采は、まだ鳴り止まない。

幕間（四）

夢売りの掌《てのひら》の上で赤く燃える紅輝晶《こうきしょう》。

その花片《はなびら》が散っていく。炎を纏《まと》った花片は床に落ちることなく、空中で燃え尽きる。

「わかっていた」

低い声で王は呟く。夜を凝縮したような、暗く冷たく、悲しい声で。

「彼女が復讐を望んでいたことも、そのために『神宿《かみやどり》』を利用しようとしていたことも、わかっていた」

深いため息。

「それでも構わなかった。ただ生きていて欲しかった。生きていてくれたなら、それだけでよかった」

王の顔を隠す黒い薄衣。その下に見える薄い唇《くちびる》は色を失い、かすかに震えている。

夢売りは何も言わなかった。無言のまま、そっと両手を握った。燃え尽きた結晶を懐かしむように。叶《かな》うことなく消えてゆく夢を慈しむように。

「叶わぬ夢はどこに行くのだろう」

誰へともなく、王は問いかける。

「深海に降る雪のように海の底に沈んでいくのか。それともどこか深い谷の底で、誰にも知られずひっそりと花を咲かせるのか」

夢売りは薄く微笑んだ。

自嘲にも嘲笑にも見える、謎めいた微笑みだった。

「これらの彩輝晶《さいきしょう》は私達の足下深く、影法師のように横たわる地下鉱脈から拾い上げてきたものです」

「地下鉱脈？　王城の地下に眠るといわれる、あの時空鉱脈のことか？」

「そうです」

「伝説だとばかり思っていた」

「そうでないことは、いずれわかります」

夢売りは、わずかに首を傾《かたむ》けた。

「続けますか？」

「――ああ」

王は背もたれに身体《からだ》を預けた。

夢売りは次の彩輝晶を手に取った。黄色に輝く黄輝晶《おうきしょう》。それはまるで小さな蠟燭《ろうそく》のように、温かく周囲を照らしている。

「これは夢見ることを恐れていた男が辿《たど》り着いた『夢の果て』」

手の上に載せた黄輝晶に、彼は息を吹きかけた。

吐息を受けた黄輝晶がふるふると震え出す。表層が剝《は》がれ、ゆっくりと花弁が開いていく。

目に鮮やかな黄金色。ふわりと咲いた睡蓮《すいれん》の花。

甘く青臭く、かすかな苦味を伴う薫り。

繊細な花片に優しい驟雨《しゅうう》が降りしきる——

第四章　黄輝晶

影使いの母から生まれた子は影に憑《つ》かれる。
一人の時空に押し込められたふたつの意識。
それは限られた時空を奪い合い、やがて時空を使い果たす。
逃れるには夢を見るしかない。
影は人の夢を喰う。
夢を喰うことで影は人間になる。
人間は誰でも、人であると同時に影でもあるんだ。

——ようやく気づいたのか。鈍《どん》くせぇ奴《やつ》だ。

第四章　黄輝晶

毎夜、同じ夢を見る。

夢だとわかっていても目が覚めない。そんな悪夢。

燃える家。燃える村。燃える森。

悲鳴。怒号。入り乱れる足音。

慟哭《どうこく》。金切り声。馬蹄《ばてい》の響き。

黒煙。断末魔の叫び。かん高い哄笑《こうしょう》。

暗い森。走る女。ざわめく木の葉。

荒い息遣い。縺《もつ》れる足。枯れ葉の上に倒れる。

背後に迫る人影。狂気の瞳。歪《ゆが》んだ口元。

振り上げられる剣。血染めの刃。柄《つか》に揺れる白い房飾り。

「この邪教徒め！」

閃《ひらめ》く白刃。切り裂かれる喉。噴き出す鮮血。

びくびくと震える指先。どくどくと流れ出る血。失われる体温。尽きかけた時空。死にゆく女。

女に宿った命。優しい温《ぬく》もり。小さな鼓動。豊かな時空。限りない可能性。時の概念さえない虚空《こくう》を彷徨《さまよ》いながら、ずっとずっと求め続けてきたもの。

温かい。

なんて温かいんだろう。

穏やかな微睡《まどろ》み。幸福感。溶けていく。温もりに溶けていく。圧倒的な多幸感――

「生きてるのか?」

くぐもった声。

「待ってろ、今、出してやる」

切り開かれる闇。差し込む光。僕を抱き上げる手。枯れ葉色の髪と、灰色の目をした男。

寒い。ここは寒い。戻してくれと、僕は泣く。

「よく生きていたな」

男は僕を胸に抱える。ああ、少し、温かい。

「おっかさんがお前を守ってくれたんだな」

枯れ葉の上。どす黒い血。倒れている女。

白い肌。乾いた唇《くちびる》。澱《よど》んだ目。

切り裂かれた腹。傷口から伸びた青黒い臍《へそ》の緒《お》。

それは、僕の腹へと繋《つな》がっている。


びくりと体が震え、僕は目を開いた。

あたりは真っ暗で何も見えない。体が震える。恐怖が喉元にせり上がってくる。叫び出したい衝動に駆られる。息を殺し、体を硬直させ、目だけを動かして周囲を探る。

ここは、どこだ？

煤《すす》けた天井。古い梁《はり》。明かり取りの四角い窓。ここはサウガ城。大塔の三階。騎士団長の従者の小部屋。隣の寝台でいびきをかいているのはデアバ。三年前、イズガータ様が連れてきた従者の一人だ。

大丈夫、思い出せる。

全部、夢だ。いつもの悪夢だ。

僕はまだ狂っていない。

——本当にそう思うか？

ゆっくりと息を吐き、僕は上体を起こした。夜衣《やい》が湿って冷たい。全身に嫌な汗をかいている。

窓の外は暗い。悪夢のせいで変な時刻に目覚めてしまった。もう少し眠っておかないと明日が辛《つら》い。

——お前にもわかってるんだろ？　あれは夢じゃねぇんだって、もう気づいてるんだろ？

僕は再び寝台に横になる。デアバのいびきがうるさくて眠れない。両手で耳を覆い、目を閉じる。

どうしてこんなことになってしまったんだろう。僕はただ心穏やかに生きていきたいだけなのに、なぜ僕はこんな所にいるんだろう——

いつだって、目立たないように生きてきた。サウガ城には僕以外にもたくさんの孤児が暮らしていたから、大人しくしていれば注目されることはないはずだった。

ケナファ領から集められた孤児達は衣食住と引き替えに、城で働く職人達や使用人達の手伝いをする。そうやって仕事を学び、十歳前後になると職人に弟子入りしたり、商店や農場の下働きになったりして城を出て行く。

僕は手先が器用だったから、刀鍛冶《かじ》の親爺《おやじ》さんから「弟子にならないか？」と誘われていた。その親爺さんはセーヴィル出身で、影断ちの剣を打つことが出来た。彼が見せてくれた影断ちの剣を見て、その冴《さ》え冴《ざ》えとした美しさに、僕はすっかり魅了されてしまった。

あんな剣を打ってみたい。でも武器は嫌いだ。どうしようかと迷っている時、僕はケナファ侯の呼び出しを受けた。

エズラ・ケナファ大将軍はケナファ領の領主であり、ケナファ騎士団の団長でもあった。そんな偉い人が下働きの孤児に何の用だろう。不安を押し隠し、僕は彼の元へと向かった。

初めて入った騎士団長の執務室。僕が椅子に腰を下ろすのを待って、ケナファ侯はとんでもない話を始めた。

この国を旅する一人の男。迷い込んだ森の中で、彼は凄惨な殺戮《さつりく》の跡を発見する。焼かれた村。倒れ伏し息絶えた人々。神聖騎士団による影狩りの跡だった。そこで男は一人の息絶えた女を見つける。彼女の腹が動いていることに気づいた彼は、女の腹を割《さ》き、一人の赤ん坊を取り上げる。

「それがお前だ」

毎夜見る悪夢。あれは夢じゃなかった。僕が生まれる前の記憶だった。

だとしたら、それを覚えている僕は、いったい何者なんだろう。

――あの女に憑いていた影は宿主の死の間際、腹ん中の赤ん坊に取り憑いた。それがお前。お前は『影憑き』なんだよ。

「お前には影の声が聞こえるのではあるまいか？」

ケナファ侯の言葉に僕は震え上がった。

まだ幼かった頃は、それが当たり前だと思ってた。でも大きくなるにつれ、そうじゃないことを知った。だから頭の中に響く声のことは、誰にも話したことがない。なのにどうしてケナファ侯はそれを知っているんだろう。

――んなことはどうでもいい。とにかく上手く誤魔化すんだ。ばれたらお前、殺されるぞ？

ケナファ侯は黙って、僕の答えを待っている。

重い沈黙に耐えきれず、僕は言った。

「……聞こえます」

――この馬鹿《アフマク》。

「でも僕は影使いではありません。邪教徒でもありません」

「わかっている」

風変わりな領主は穏やかに微笑んだ。

「それらは聖教会が作りあげた嘘だ。お前には何の罪もない。罪もない領民を私は売ったりはせぬ」

彼は僕の前にやってきた。目の前に膝をつき、僕の顔を見上げた。

「お前、私の従者になってくれぬか？」

突然の申し出に、僕は目を瞬いた。

ケナファ侯は僕から目を逸《そ》らすことなく、淡々とした声音で続けた。

「私は領民の命を守らねばならぬ。お前を鍛冶屋の弟子にするわけにはいかぬのだ」

そうか。彼は僕に城に残れと言っているんだ。彼は僕を自分の監視下に置くつもりなんだ。

——ふざけんな。オレの人生、てめぇが勝手に決めてんじゃねぇぞ。

僕は静かに生きたかった。誰かを憎むことも愛することもなく、怒ることも悲しむこともなく、心穏やかに暮らしたかった。戦《いくさ》を生業《なりわい》とする騎士になどなりたくなかった。

でも逆らえば殺される。たとえ殺されなかったとしても、もうここにはいられない。サウガ城を追われたら僕には行く所がない。手に職もなく、身を守る術《すべ》も持たない八歳の子供が、知らない土地で一人で生きていかれるわけがない。

従う以外に選択肢はなかった。

僕はケナファ侯の従者になった。騎士団長の従者には、彼の居室の隣にある小部屋が与えられる。小さな窓に軋《きし》む鎧戸《よろいど》。石床は冷え冷えとして、冬の間は毛布を二枚重ねても凍えそうに寒い。でも毎晩悪夢にうなされる身としては、一人で眠れる場所があるのは嬉しかった。

翌年、ケナファ侯の一人娘イズガータ様が馬上武術大会で優勝し、侯の称号を得て帰還した。それを機にケナファ侯は引退し、騎士団長の座をイズガータ様に譲った。団長となったイズガータ様は僕を呼び出し、こう言った。

「お前には引き続き、騎士団長の従者を務めて貰いたい」

――なんでオレなんだよ。あんたの従者になりたがる騎士見習いなんて、他にゴマンといるだろうが。

ケナファ侯はイズガータ様に僕の秘密を話したんだろう。でなければイズガータ様みたいな天才騎士が、僕みたいな凡庸《ぼんよう》な騎士見習いを従者に望むわけがない。

「何か不満なことでもあるのか？」

「いえ……」

「女の下で働くのはゴメンだというのなら無理強《じ》いはしないぞ？」

「いいえ、そうではなくて――」

そうだ。僕は普通じゃないんだ。追い出されないだけでもマシだと思わなきゃ。僕には自分の人生を選ぶ権利なんてないんだから。

――またそれかよ。簡単に諦めるなよボケ。言いたいことがあるなら言っちまえ……てか、お前が言わねぇならオレが言ってやる。

「**オレ……**いえ、僕は、騎士には向いていないと思います」

「どういうことだ？」

「僕は……暗闇が怖いんです」

――暗闇が怖い？　笑わせんじゃねぇ。お前が恐れているのはお前自身だ。お前は激情に駆ら

れ、死影《しえい》の力を暴走させてしまうのが怖いんだよ。

イズガータ様は腕を組み、窓の外へと目を向けた。

「お前が恐れているのは暗闇ではなく、心の闇の方だな」

――ほら、バレてるじゃねぇか。

「初めて人を斬《き》った時、私も恐怖に震えた。心が漆黒《しっこく》に染まっていくようなあの感覚は、簡単に忘れられるものではない」

だがな――と言って、彼女は僕を振り返った。

「心の闇に怯《おび》えながら生きるのは悔しかろう？」

反射的に僕は頷《うなず》いた。

イズガータ様はにっこりと微笑んだ。

「ならば鍛練を積み、心技を鍛え、一人前の騎士になることだ。積み上げた努力は自信となる。心の闇に打ち勝つ方法はそれしかない」

そうなんだろうか。一人前の騎士になれば、この声から解放されるんだろうか。この声が何を言ってきても、動じることなく生きられるようになるんだろうか。

――んなわけねぇだろ。一人前の騎士になりたい？　影憑きのくせに、なに寝ぼけたこと言ってやがるんだ？

縋《すが》るような気持ちで、僕は「はい」と答えた。

あれから五年──

僕はいまだ騎士見習いのまま、イズガータ様の従者としてここにいる。

寝返りを打ち、デアバのいびきに背を向ける。目を閉じて、つらつらと考えているうちに、頭の芯《しん》からじわりと眠気が広がってきた。眠りに意識を明け渡しながら現《うつつ》の中で考える。

影使い達は自分に憑いた死影に名を与え、契約を結ぶという。僕の中に潜む闇に名前を与え、契約を結ぶことが出来たなら、僕はこの闇を使役することが出来るんだろうか。

──オレを使役する？　フザケんな。オレを思い通りに操れるなんて思うなよ？

きっと出来るはずだ。主人は僕なんだから、時空をどう使うか、決めるのは僕なんだから。

──そう言っていられるのも今のうちだ。そのうちお前は本性を現す。隠したって無駄だ。お前は怒っている。憎んでいる。この世のすべてを怨んでいる。

影は実体を持たない。僕が冷静でいる限り、影はどうすることも出来ないんだ。

──いつか必ずお前は闇に染まる。力を欲し、オレに喰われる。お前の時空も名前も、すべてオレのものになる。

僕の願いは心乱されることなく、路傍《ろぼう》の石のように、何も感じずに生きていくこと。

ただ、それだけだったのに──

「起きて下さい、ダカール、デアバ、朝ですよ！」

苛立《いらだ》たしいほど爽やかな声が降ってくる。

眠りが浅かったせいか頭の芯が痺《しび》れている。起きなきゃと思いながら、どうしても瞼《まぶた》が開かない。

「とっとと起きないと縛り上げて花街に売り飛ばしますよ！」

朝っぱらから大声でこんなこと言うのは副団長のアーディンぐらいだ。

けれど、なんで、彼の声が聞こえるんだろう。

「起立！」

突然の号令に、僕は飛び起き、寝台の横に立つ。

「整列！」

体が勝手に直立不動の格好《かっこう》をとる。僕の隣ではデアバが同じように気をつけの姿勢を取っている。

「おはようございます」

僕らに向かいアーディンはにこやかに挨拶した。

それを合図に眠そうな顔をした騎士見習い達がぞろぞろと部屋に入ってくる。彼らは僕らの寝台を勝手に持ち上げ、動かし始めた。どうやらこの部屋にもうひとつ寝台を運び込もうとしているらしい。

「うう……」デアバが眠たそうに呻《うめ》いた。「副団長……何の騒ぎですかぁ？」

僕はアーディンに目を向けた。

「新入りですか？」

「おや、察しがいいですね」

アーディンは口の端を吊《つ》り上げた。女達がきゃあきゃあ言いそうな笑顔だ。でも僕は不安に駆られた。この人がこういう顔をする時は、大概ひどく機嫌が悪いんだ。

「さあ、二人とも早く支度して下さい。イズガータの所に行きますよ」

手を叩《たた》いて僕らを急《せ》かす。まだ朝一番の鐘が鳴る前だったけれど、副団長の命令には逆らえない。僕とデアバは手早く着替え、裏庭の井戸に行って顔を洗った。

戻ってくると、部屋はすっかり模様替えされていた。三方の壁に沿って三つの寝台が置かれている。それだけで部屋はいっぱいだ。なのに部屋の奥には大きな衝立《ついたて》が置かれ、新しい寝台を隠している。

「衝立なんて何に使うんですかぁ？」

まだ眠いのか、間延びした声でデアバが尋ねた。

「じきわかりますよ」と答え、アーディンは僕らに背を向けた。ついてこいというように、人差し指で僕らを招く。

歩きながらデアバは僕を振り返った。声は出さずに唇だけを動かす。

（なんなんだろうな？）

僕はそれを無視した。私語が見つかったら叱られる。声を出さなくたってアーディンは気づく。背を向けているからって油断は出来ない。彼には頭の後ろ側にも目があるという噂《うわさ》だ。

僕らはイズガータ様の居室の前までやってきた。

アーディンが扉をノックする。

「入れ」イズガータ様の声が応えた。

「失礼します！」デアバが大声で挨拶し、扉を開いた。

「おはようございます、イズガータ様」

いつものように手分けして僕とデアバはカーテンを開いた。それが終わると、イズガータ様の前に整列する。

「おはよう」

鏡台の前の椅子に腰掛けたイズガータ様は、満足げに僕らを見上げた。

今朝のイズガータ様は長い黒髪を結い上げていた。いつにも増して凜々《りり》しく美しい。こんなにも美しいのに彼女は最強の騎士でもある。神様は不公平だとつくづく思う。

「話はアーディンから聞いているな」

いいえ、何も聞いていません——と答える前に、イズガータ様は続ける。

「紹介しよう。私の知人の娘シアラだ。今日から私の従者となる」

言われて初めて、僕は気づいた。イズガータ様の背後に小柄な人影が立っている。

身につけているのは僕らと同じ木綿《クトン》のシャツと羊毛織り《ミーラー》のズボン。短く切り揃《そろ》えられた髪は目映《まばゆ》いほどの白金で、瞳は青とも碧《みどり》ともつかない不思議な色合いをしていた。

でも、驚いたのはそこじゃない。

「え——女の子？」

僕の隣でデアバが呆然《ぼうぜん》と呟いた。

「そうだ」イズガータ様は重々しく頷く。「ケナファ騎士団では力がすべて。騎士を目指す以上、女だからといって贔屓《ひいき》はしない。お前達もそのつもりで面倒を見てやってくれ」

僕は改めてシアラという子供を眺めた。

短い髪。強情そうな目。一見しただけでは華奢《きゃしゃ》な少年のようにしか見えない。

――女のくせに騎士になりたいなんて愉快な馬鹿《アフマク》じゃねぇか。そういうの、キライじゃねぇな。

「返事は？」

イズガータ様の声に、僕とデアバは「はい」と答えた。

彼女は鷹揚《おうよう》に頷き、今度はシアラを振り返る。

「この大きい方がデアバ。赤い髪の方がダカールだ。何かわからないことがあったら彼らに訊《き》くといい」

「はい！」

直立不動のまま答えると、僕らに向かいシアラは深々と頭を下げた。

「ご指導のほど、よろしくお願いします！」

「こちらこそ！」

浮かれた声でデアバが応える。みっともないほど鼻の下が伸びている。

「今日は外回りの日だったな」

イズガータ様は窓の外を見て、ゆっくりと立ち上がる。

「デアバは私と来い。ダカールはシアラに城の中の案内をしてやれ」

「ええっ……」

思わず声を上げたデアバを見て、イズガータ様は片眉を吊り上げた。

「不服か？」

デアバは大きな体をすくめる。

「――いいえ」

「ならいい」ニヤリと笑って、イズガータ様は僕に目を向けた。「ダカールもそれでいいな？」

「はい」

――ツイてるじゃねぇか。てか、もっと嬉しそうな顔しろよ。愛想のねぇ男は嫌われるぜ？

僕は寝台の傍《そば》に置いてあった剣帯と剣を取り上げ、イズガータ様に差し出した。彼女は慣れた手つきで剣帯を巻き、剣を吊るした。柄《つか》に翼の紋章が入っている。ケナファ騎士団の騎士だけに帯刀が許される影断ちの剣だ。

「では、朝食にしよう」

イズガータ様とアーディンが部屋を出て行く。彼らを追って歩き出そうとした時――

「ありがとな」

デアバの声が聞こえた。

シアラは怪訝《けげん》そうな顔で彼を見つめている。なぜ礼を言われたのか、理由がわからないらしい。

「着替えだよ、着替え」デアバは口を手で囲い、声を潜める。「イズガータ様は気になさらないけどさ。目の前で脱がれると、やっぱドキドキしちまうんだよなぁ」

シアラは不愉快そうに眉根を寄せた。言い返さないのは、先輩であるデアバに気を使っているからだろう。

一方デアバは女の子と話せることが嬉しくて仕方がないらしく、彼女の表情の変化にも気づかない。

「君、いくつ？」

「今年で十三になります」

「オレは十五だ」

威張ることでもないのに、デアバは胸を張った。

「歓迎するよ。よろしくな、シアラ」

デアバはシアラの肩をドンと叩いた。

シアラは痛そうに肩をさすった。それでも何も言わなかった。

僕は彼らから目を逸らし、食堂へと向かった。

この日、サウガの城に駐留していたのはケナファ騎士団の第一士隊と第六士隊だけだった。僕らが食堂に着いた時、第一士隊はすでに朝食を終え、領地内の巡回に出かけていた。

それでも食堂は大勢の男で溢《あふ》れていた。正確な数はわからないけれど、多分百人近くはいるだろう。

「第六士隊の連中だよ」

小麦《ヘター》のパンを咀嚼しながら、デアバがシアラに説明する。

ケナファ騎士団には六つの士隊がある。第一から第五までは実働部隊だが、第六士隊は後方支援部隊だ。主な任務は負傷者の救援と治療。平時にはサウガ城の一角にある治療院で領民達の病気や怪我《けが》の治療も行う。

「後方支援なんてつまらないよな。男なら、やっぱり第一士隊を目指さなきゃ」

第一士隊は精鋭部隊だ。ケナファ騎士団の中でも特に優秀な者達で構成されている。

騎士団の仕事は時空鉱山の守衛と海岸線の監視だ。内海ネキイアを隔てたムンドゥス大陸には宿敵デュシス王国がある。最近は大きな戦こそ起きていないものの、海を越えてやってくる盗賊との小競《こぜ》り合《あ》いは絶えない。

「早く騎士になりてぇな」独り言のようにデアバは呟く。「デュシス人を大勢やっつけて、早く功績を上げたいよ」

うっとりとした顔。視線の先にはイズガータ様とアーディンの姿がある。

「第一士隊の隊長が、なんでまだここにいるんだ?」

イズガータ様が苦言を呈しても、アーディンはヘラヘラと笑っている。

「そりゃあ団長の見回りにつき添うために決まってるじゃないですか」

「私は領主代行だぞ? 領地を巡回するのに、なぜお前につき添われなければならんのだ?」

「だって、そうでもしなきゃ貴方の傍にいられないじゃないですか」

「ふざけるな、この軟派男が」

「おやおや、これまた人聞きの悪いことを……」

「お前の顔を見ていると飯が不味《まず》くなる」

イズガータ様が席を立つ。

「デアバ、いつまでがっついている。行くぞ」

「はい、ただいま！」

デアバはパンの欠片《かけら》を口に詰め込み、立ちあがった。イズガータ様とデアバ、それにアーディンが食堂を出て行く。後には僕とシアラが残された。周囲の騎士達がちらちらとシアラを盗み見る。何がそんなに珍しいいんだろう。女の子なんて、街に行けば大勢歩いているじゃないか。

「もういいか」

僕はシアラに声をかけた。

初めて存在に気づいたというように、彼女は僕を見て、目を瞬いた。

「食事はすんだか、と訊いてるんだ」

「は、はい。すみました」

シアラは立ちあがり、食器を片づけようとする。

「そのままでいい。片づけは子供達の仕事だ」

「子供……達？」

「サウガ城で暮らす孤児達だ」

無愛想に答え、僕はさらに続けた。

「それと、僕に敬語を使う必要はない」

「どうしてですか？」

「君は騎士を目指しているんだろう」

「そうです」

「なら君は僕の敵だ。イズガータ様の命令だから、従者としての仕事は教える。けれど僕にとって君は蹴落とすべき競争相手だ」

「でも先輩には敬意を払うのが常識なのでは――」

「お人好しだな、君は」

僕は腕を組んだ。なぜだろう。こいつと話していると苛々《いらいら》する。

「敬語なんて使ってるから舐《な》められるんだ。特にデアバは見ての通りの馬鹿だから、下手に出るとどんどんつけ上がる」

シアラははっと息を飲んだ。先程デアバに叩かれた肩に手を当てる。

「わかった。気をつける。忠告ありがとう」

「礼を言われる筋合いはない。ただ、舞い上がってるデアバが気に入らなかっただけだ」

素っ気ない口調で言ったのに、シアラは嬉しそうに笑った。

「何がおかしいんだ」

不機嫌な声で問うと、彼女は慌てて表情を改める。

「お前を笑ったわけじゃない。私を競争相手と認めてくれたことが、嬉しかったのだ」

「誤解するな。僕は君が嫌いだ」

僕は冷たく言い放った。懐かれると面倒だ。それでなくてもこれからは、彼女と生活をともにしなければならないんだ。下手に隙を見せたら、秘密に気づかれてしまう。

「君は貴族の娘だろう」

シアラはギクリと身を震わせた。

やっぱりそうか。

「騎士見習いの大半は孤児や流民の子か、喰いっぱぐれの平民の子だ。僕らには時空晶《じくうしょう》もなければ学もない。君のように人生を選ぶ余裕もない。飢えて死にたくなければ、体を張って稼ぐしかない」

シアラの顔が青ざめる。それが怒りなのか怯えなのか、僕にはわからないし、わかりたいとも思わない。

「騎士になりたいという君の決意が、甘ったれた現実逃避でないことを祈るよ」

そう言い残し、僕は彼女に背を向けた。

「ダカール」

シアラが僕の名を呼んだ。

泣き言なんて聞きたくない。けれど、このまま置いていくことも出来ない。

仕方なく僕は振り返った。

「私は本気だ」と彼女は言った。

泣き出す様子はない。怒った風でもない。強い決意を秘めた目がまっすぐに僕を見つめている。

「でも今はそれを証明する術《すべ》がない。だから見ていてくれ。お前のその目で確かめてくれ」

――お？　格好いいこと言ってくれるじゃねぇか。おい、どうするよ？　こいつ、ただの酔《すい》狂《きょう》なお嬢様ってわけじゃなさそうだぜ？

非礼を詫《わ》びるつもりはない。間違ったことは言ってない。なのに胸の奥がチリチリする。冷静でいたいのに、腹の底がジリジリと焦《こ》げついていく。

「早く来い。城内を案内する」

返事を待たず、僕は歩き出した。


足早に、内郭を一通り案内する。

大塔の三階にはイズガータ様の居室がある。城の主人であるケナファ侯の居室や客人用の貴賓《きひん》室もある。この階には許可された者しか立ち入ることが出来ない。

二階にあるのは騎士団長の執務室や謁見室《えっけんしつ》。有事の際、諸侯達との話し合いが行われる会議室もここにある。

一階には食堂や広間、使用人達の休息場所などがあり、地下には地下牢《ちかろう》と食料倉庫、予備の剣や槍《やり》や甲冑《かっちゅう》などを収めた武器庫がある。

「すごい……！」

シアラは武器庫を見回した。研がれた大剣、長槍に盾、銀色に輝く甲冑、一番奥の棚には黒革の鞘《さや》に収められた細身の剣が整然と並べられている。

「あれは——？」

「影断ちの剣。セーヴィル出身の刀鍛冶が打った死影を断つことが出来る特別な剣だ。騎士の称号を持つ者にのみ授与される」

僕は影断ちの剣を見上げた。いつ見ても美しい。この佇《たたず》まいを見ていると、剣が人殺しの道具だということを忘れてしまう。

「美しいな」とシアラが呟く。

「ああ」

思わず、相槌《あいづち》を打ってしまった。

シアラは僕を見て、にこりと笑った。

「一日も早くこの剣を拝領出来るよう、お互い頑張ろう」

「なれ合うつもりはない」

僕はシアラに背を向けた。

「まったく救い難いお人好しだな、君は」

僕らは内郭を出て、外郭へと向かった。

外郭には台所や作業場、下働きの者達の家などがある。使用人達が騎士達のために食事を作ったり、服を洗ったりして忙しく働いている。彼らの様子が物珍しいらしく、シアラは何かと話しかけてくる。僕はそれを無視し、一方的な案内を続けた。

大塔の裏、内郭と外郭の境目には騎士達が暮らす宿舎がある。その西側には厩舎《きゅうしゃ》と馬場、東側には第六士隊が管理する薬草園がある。

その薬草園を横切っている時だった。

「お～い、そこの若者達！」

奇妙な呼び声が聞こえた。

宿舎一階の窓から一人の男が身を乗り出している。灰褐色の髪に灰茶の瞳、鼻に引っかけた丸眼鏡《めがね》。知性と気品を感じさせる容姿に似合わず、子供のようにブンブンと手を振り回している。第六士隊長のトバイットだ。

僕はあたりを見回した。該当しそうな人間は、残念ながら僕らしかいない。僕は自分の顔を指さした。トバイットは僕を指さし、ウンウンと頷いた。

「そうそう、君達のことだ」

「何の御用ですか」

「カツミールを取ってきてくれないか」

「カツミール？」

「化膿《かのう》止めだよ！　葉がギザギザで千切《ちぎ》ると茎から白い汁が出る奴だ！」

「すみません。僕にはわかりかねます」

「これのことですか？」

ギザギザの葉をつけた薬草をシアラは頭上に掲げた。

「ああ、それだ。急いで持ってきてくれ！」

トバイットは屋内に引っ込んだ。

シアラは僕を見上げた。

「――だそうだ。案内してくれるか？」

シアラの顔と彼女が手に持つ薬草を僕は交互に眺めた。

「それがカツミールか。よくわかったな」

「ああ、前に教わったことがあるんだ」

「薬草に詳しいなら第六士隊で働くといい」

「それは後方支援が似合いだという意味か？」

予想外の反論に、僕は面喰らってしまった。

「そんなことは言ってない。負傷者の手当ても騎士の大事な務めのひとつだ」

「デアバはそう思っていないようだったがな」

「あいつは知らないんだ。血を流して倒れている人々に何もしてやれず、彼らが苦しみながら死んでいくのを見守ることしか出来ない。その無力さを……あいつは知らないんだよ」

「お前は知っているのか？　そういう光景を見たことがあるのか？」

シアラの問いに、僕は答えられなかった。

脳裏に悪夢が蘇《よみがえ》る。

悲鳴。怒号。斬り殺される人々。

倒れた女。裂かれる喉。吹き上がる血飛沫《ちしぶき》――

「ダカール！」

シアラが僕の腕を掴《つか》んだ。

知らぬ間に、地面に膝をついていた。

「顔色が悪いぞ。大丈夫か？」

僕はシアラを押しのけた。立ちあがり、大きく息を吐き、悪夢を振り払う。

「……足が滑っただけだ」

治療院に向かって歩き出す。歩きながら、苦々しい思いを噛《か》みしめる。今日の僕はどうかしている。最近は感情的になることもなく、心の平穏を保っていられるようになっていたのに。

――しんきくせぇな。喜びも怒りも絞め殺して、笑うこともなく泣くこともなく、毎日、喰ってクソして寝るだけ。そんなんで楽しいか？　そんなんで生きてるって言えんのかよ？

「あそこが治療院だ」

僕は突き当たりの扉を指さした。診察を待つ領民達が廊下にまで溢れている。シアラは何か言いたげな目で僕を見たが、結局何も言わなかった。彼女は扉をノックし、引き戸を開いた。

「失礼します」

中は治療を受ける人々と、白衣を着た第六士隊の騎士達でごった返していた。衝立の向こう側には空の寝台が並んでいる。

「おお、待っていたよ！」

衝立の向こう側からトバイットがやってきた。士隊長としては小柄な方だ。体つきもほっそりしていて身長も僕と同じぐらいしかない。物腰も柔らかく、医師としての腕もいいため、病や怪我に苦しむ領民達からはケナファ侯以上に尊敬されている。

けれどこの士隊長、変人だらけのケナファ騎士団においても一、二を争うほどの変わり者だった。夜な夜な死体を腑分《ふわ》けしているだとか、様々な人の血を混ぜ合わせているだとか、死者から臓器を取り出しているだとか、とにかく怪しい噂が絶えない。

「そうそう、これこれ、カツミールだ」

トバイットはシアラの手から薬草を奪い取った。

かと思うと、すぐ後ろにいた部下にそれを手渡す。

「今すぐ煮たまえ。クタクタになるまでグラグラ煮つめるんだ。クタクタになったら取り出して、メタメタになるまで叩いて伸ばす。メタメタに伸ばしたら、そいつをあの馬鹿に――」

奥の寝台に横たわり、唸《うな》っている男を指さす。

「ベタベタと塗りたまえ。患部を完全に覆うようコテコテのギタギタに塗りまくるんだ。わかったね？」

まるで意味がわからない。だが白衣の騎士は真顔で頷き、衝立の奥へと姿を消した。

「さて――」と言い、トバイットは僕らを振り返った。満足げに頷き、ニタニタと笑う。

「いや助かった。おかげで窓から出ずにすんだよ」

なぜ窓から――と思ったが、とても訊き返す気にはなれない。

「せっかくだ。あの馬鹿がベタベタのコテコテのギタギタにされるところを見物していってくれ」

「いえ、結構です」

僕はじりじりと後退した。

「案内の途中ですので、これで失礼します」

「ほう？」

トバイットは器用に片眉を撥《は》ね上《あ》げた。操り人形のように、くるりとシアラに向き直る。

「君、見かけない顔だな？」

「新入りの騎士見習いです」僕は彼女を前に押し出した。「名前はシアラ。薬草を見つけたのも彼女です」

「それはそれは――」トバイットは興味深そうにシアラを眺めた。「ちょっと失礼」

彼は両手で彼女の頭を挟んだ。そのまま頭を左右に傾《かたむ》ける。

「な、なんでしょうか⁉」

驚いたようにシアラが叫ぶ。まあ、当然と言えば当然だ。初対面の男にいきなり頭を挟まれて、うろたえるなという方が無理だろう。

「なあに、ただの身体検査だよ」

楽しそうにトバイットは答え、シアラの頭を解放した。と思ったら、今度は彼女の両手首を摑み、両腕を水平に持ち上げる。後ろに回って背筋を観察し、しゃがみ込んで膝の後ろあたりをじっくりと眺める。

「う〜ん、君の筋は瞬発向きだねぇ」

どこをどう見てその結論に達したのか、もちろん僕にはわからない。

トバイットは立ちあがり、シアラの肩をぽんぽんと叩いた。

「騎士より弓兵がお勧めだ。どうだろう、イズガータの世話などやめて、うちの隊に来る気はないかね？」

「大変ありがたいお話ではありますが……ご辞退申し上げます」

「おや、どうして？」

「私には野望があるのです」

「野望？　どんなだね？」

「私は誰にも負けない、誰からも無視されない、強い騎士になります」

「これはこれは——」トバイットは鼻から息を抜くような奇妙な笑い声を立てた。「『なりたい』ではなく、『なります』ときたか！」

決意を笑われて腹を立てたらしい。シアラは上目遣いにトバイットを睨《にら》む。それを知ってか知らいでか、彼はひとしきり笑った後、ひらひらと手を振った。

「なるほど。それは失礼。呼び止めて悪かった。どうか仕事に戻ってくれたまえ」

シアラは何か言いかけた。彼女が口を開く前に僕はシアラの頭を押さえつけ、無理矢理一礼させた。

「失礼します」

彼女を引きずりながら人々の間をすり抜け、慌ただしく扉へと向かう。

「ああ、そうだ」

背後からトバイットの声が追ってきた。

「ダカール、イズガータに愛想が尽きたら第六士隊に来たまえ。歓迎するよ」

曖昧《あいまい》な笑顔を貼りつかせたまま、僕は治療院を後にした。足早に廊下を抜けて、外に出る。

「なんなんだ、なんなんだ、あの人は！」

シアラの口から素直な感想が飛び出した。

「いきなり人の体を勝手に動かして、ビックリするじゃないか！」

「でもよかったじゃないか。僕はてっきり君がメタメタのギタギタにされるもんだと思ったよ」

「メタメタのギタギタ？」

「つまり、ひどい目にあわされるってこと」

シアラはおそるおそる治療院の方を振り返った。

「あの人、そんなに怖い人なのか？」

「いや、トバイット士隊長は優秀な医師だ。乱暴なことはしない」

「そういう割りには、お前もずいぶん怖がっていたじゃないか？」

「――そんなこと、ない」

シアラは疑わしげな目で僕を見て、すぐにクスクスと笑い出す。

「名医だけれど変人、ということだな？」

「第六士隊の士隊長に向かって失礼だぞ」

真顔で咎《とが》めた後、堪《こら》えきれず笑ってしまった。

「ああ、君の言う通りだ。確かに彼は変わってる」

予定外の寄り道の後、僕らは大塔に向かった。イズガータ様の従者の部屋、これから僕ら三人が暮らす部屋にシアラを案内する。

「衣服などの私物は寝台の下に置くこと。水差しはここ、共同で使う。毎朝当番の者が井戸まで汲《く》みに行く。部屋の掃除も当番制だ」

その他にも幾つかの決まりを述べた後、僕は衝立を指さした。

「――というわけで、衝立の向こう側にあるのが君の寝台だ。僕らは衝立の向こう側には立ち入らない。だから君も……」

「気遣いは無用だ」低い声でシアラが遮《さえぎ》った。「女だからと特別扱いされたくない。私が女であることは忘れてくれて構わない」

「君は構わなくても、僕らが困るんだ」

「なぜだ？」

「そんなことまで説明させる気か」

「説明がなければ納得出来ない」

「納得も何も、夫婦でもない男女が同じ部屋で寝起きすること自体、非常識なことなんだぞ」

「女の身で騎士を目指すこと以上に非常識なことなんてあるものか！」

「問題をすり替えるな。この部屋で寝起きしたければ少しぐらい譲歩しろ」

「お前までそんなことを言うなんて、見損なったぞ！」

「それは僕の台詞《せりふ》だ。目的のためにならどんな努力も惜しまない、芯の通った奴だと思っていたのに、単なる石頭だったとはね」

箱入り娘で非常識、そのくせやたら頑固ときた。この筋金入りの大馬鹿に、どうやって世の中の仕組みをわからせてくれよう。

「君達、いい加減にしなさいな」

呆《あき》れたような声が割って入った。

「こっぱずかしい言い合いが部屋の外にまでだだ漏れてますよ？」

戸口にもたれ、ウンザリ顔で僕らを眺めているのは、イズガータ様とともに出かけたはずのアーディンだった。

「アーディン副団長」

シアラは驚きに目を見張り、僕は顔を顰《しか》めた。

「いつ戻られたんですか」

「この状態は戻ったとはいいませんね。サボってるというんです」

アーディンは自慢げに胸を反《そ》らした。威張れることじゃないでしょうと言い返したかったけれど、それが出来るのはイズガータ様だけだ。

「でもまあ、揉《も》めるのも当然です。なのでここはひとつ、経験豊かなこの俺が、迷える若者達に助言をして差し上げましょう」

彼は腕を組むと、シアラに向かって問いかけた。

「ケナファ騎士団では、お互いを家名ではなく名前で呼び合います。なぜだかわかりますか？」

「――いいえ」

「ここでは実力だけがモノをいうからです。男も女も年寄りも子供も平民も貴族も関係ない」

そこで彼は狭い室内を見回した。

「実を言うと、イズガータと俺もこの部屋で暮らしていた時期がありましてね。あの衝立はその時、俺達二人の間にあったものなんですよ」

「そうなのですか？」

シアラの問いに、アーディンは頷く。

「それを取り払わせたのは何か。シアラ、君にわかりますか？」

シアラは眉根を寄せ、渋い声で答えた。

「実力……ですか？」

「その通り」

アーディンはニヤリと笑った。あまり見せることのない、狡《ずる》くてしたたかな大人の顔。

「イズガータは誰にも負けない強さを身につけ、自分が君主であることを万人に認めさせせました。だから俺はイズガータにだけは頭が上がらない」

人好きのする笑顔に戻って、彼は言う。

「あの衝立を男女の壁だと思うなら、実力で取り除いてごらんなさい。誰が何をしてこようと跳ね返すだけの力を身につけなさい。それが出来るようになるまでは、衝立の向こう側に隠れていなさい」

「それは――」

「口答えは許しません」

アーディンは断言し、にっこりと笑った。

「これは命令です」

シアラはぐっと唇を噛み、押し殺した声で「わかりました」と呟いた。


その夜のことだった。

就寝時間になり、光木灯《こうぼくとう》に遮光布《しゃこうふ》がかけられた後も、デアバははしゃいだ様子でシアラに話しかけていた。シアラは馬鹿正直に相槌を打っていたけれど、やがてそれも曖昧になり、いつしか聞こえなくなった。

シアラが眠ってしまったことに気づいたデアバは面白くなさそうに舌打ちをした。ブツブツと文句を言う声が聞こえたが、そこは寝つきのいいデアバのこと。すぐに寝息が聞こえてくる。

僕はほっと息を吐いた。これでようやく寝ることが出来る。僕は目を閉じた。枕に吸い込まれるように眠りに落ちていき――

あの夢を見た。

暗い森。燃える家。燃える木々。

逃げまどう影使い達。彼らを斬り殺す神聖騎士。悲鳴と嘲笑。燃え上がる炎。渦を巻く黒煙。悪霊《シャダイ》のように躍る影。

いつもの悪夢。

わかっていても、目が覚めない。

暗い森を走る女。神聖騎士に喉を裂かれ、死ぬ運命《さだめ》にある身重の女。恐怖に見開かれた瞳。喘《あえ》ぐような息遣い。背後から足音が迫る。

やめろ。これ以上、見たくない。

誰か助けてくれ。目覚めさせてくれ。お前は死影じゃないと言ってくれ。

「おい、しっかりしろ」

声がする。肩を揺さぶられ、目を開く。

見慣れない顔。煌《きら》めく青碧色の瞳。闇に浮かぶ白金の髪。

これは誰だ？

ここはどこだ？

僕は……誰だ？

「大丈夫か、ダカール？」

名を呼ばれ、僕は正気に戻った。シアラが僕の顔を覗《のぞ》き込《こ》んでいる。

「ひどくうなされていたぞ？」

僕は答えず、両手で顔を覆った。

目覚めたことに対する安堵《あんど》。怯える姿を見られた羞恥《しゅうち》。縋りつきたくなるほどの焦燥。秘密がばれたんじゃないかという不安。それらがぐちゃぐちゃに入り交じる。

「悪い夢でも見たのか？」

シアラの問いに、勝手に頭がこくりと動く。

「そうか。でも、もう大丈夫だ」

囁《ささや》くように言い、シアラは寝台の端に腰を下ろした。まるで子供にするように、僕の頭を優しく撫《な》でる。

「それは夢だ。どんなに怖い化け物も、この世界には出てこられない。だから怖がることはない」

そうだったら、どんなによかっただろう。

でもこれは夢じゃない。影の記憶だ。僕の時空が影に蝕《むしば》まれている証《あかし》なんだ。

「……触るな」

僕はシアラの手を振り払った。

「僕の領域に入ってくるな」

シアラは悲しそうな顔をした。「悪かった」と呟くと、衝立の向こう側へと戻っていった。

——なんで邪険にするんだ。彼女、お前を助けてくれたんだぞ？　どいつもこいつも見て見ぬ

ふりしかしなかったのに、彼女、お前のこと心配してくれたんだぞ？

僕は目を閉じた。汗に濡《ぬ》れ、冷え切った体。彼女が触れた場所だけが、ほの温かく感じられる。それが気に入らなくて、僕は寝返りを打った。

——何が気に入らない？　本当は手を差し伸べて欲しいんだろ？　一人の人間として認められたいんだろ？　なのにどうして拒絶する？

助けを求めて何になる。彼女が僕を救ってくれるとでもいうのか。この世界を変えてくれるとでもいうのか。そんなこと出来るわけないじゃないか。

何も望まなければ失望することはない。

誰も信じなければ裏切られることもない。

僕は静かに生きていきたいだけだ。

——そうやって、いつまで諦め続けるつもりだよ？

——この臆病者。

頼むから、もう放っておいてくれ。

翌日、イズガータ様の朝の支度を整えた後、僕とデアバはシアラを伴い、騎士見習いが鍛錬を行う訓練場へと向かった。

女の子が騎士見習いとなったという話は、すでにサウガ城内の隅々まで知れ渡っていた。当然、騎士見習い達は興味津々《しんしん》。その登場を今か今かと待ち構えていた。僕らが姿を現すと、百人近くいる騎士見習い達はいっせいに手を止め、待ってましたとばかりにシアラを取り囲んだ。

「ようこそ」

「はじめまして」

「僕はシャアビといいます」

「俺の名はアフディ。君は――？」

次々と繰り出される挨拶と自己紹介の波。何をとち狂ったのか、いきなり交際の申し込みをする奴までいる。勢いに押されたシアラは、ただただうろたえるばかりだった。僕とデアバは騎士見習い達を蹴散らそうとしたけれど、数が多すぎて話にならない。

その時、耳障りな金属音が耳朶《じだ》を打った。

アーディンが訓練用の剣を入れる箱の上に立ち、剣で鉄兜《てつかぶと》を叩いている。

「はいはい、注目！」

「五列横隊、整列！」

彼の号令に騎士見習い達は瞬時に反応した。数秒《タニヤ》で五列横隊を作ると、そのまま気をつけの姿勢を取る。もちろん僕もデアバもシアラもそれに倣《なら》う。

アーディンは満足げにその様子を眺めていた。剣を鞘にしまい、兜を投げ捨てると、箱の上から手招きする。

「シアラ、こっちに来なさい」

緊張した面持ちで、シアラは列の間を通り抜けて前に出る。

「お呼びでしょうか。副団長」

「ええ。でも用があるのは君じゃないんです」

アーディンは人差し指をくいっと曲げ、登ってくるよう促した。

シアラはぎくしゃくと箱の上によじ登る。

「皆さん、この子がシアラです」彼女の肩に手を回し、アーディンは呼びかけた。「見ての通り魅力的な女の子です。ですが舞い上がる前にもう一度、よーく考えてみて下さい」

飄々《ひょうひょう》とした態度、ふざけた口調で続ける。

「ケナファ騎士団では力がすべてです。性別も身分も関係ありません。だから、もしシアラが女だからという理由で不埒《ふらち》な行いをするような輩《やから》がいたら――そいつは俺が殺します」

アーディンはにっこりと笑った。

「大切なことなのでもう一度言います。どこに逃げようと、俺が責任もって殺します」

その場にいた騎士見習い達は例外なく顔を引《ひ》き攣《つ》らせた。ケナファ騎士団に所属する者ならば、誰もが身に滲《し》みている。アーディンの笑顔は団長の怒号よりも恐ろしい。

「皆さん、忘れずに魂に刻んでおいて下さいね？」

アーディンは見習い達を見回した。その口元は微笑んでいたけれど、色の薄い目は冷徹に凍りつき、少しも笑ってはいなかった。

――イケ好かない野郎だ。にっこり笑いながら、背中に抜き身の剣を隠していやがる。まったく死影よりタチが悪いぜ。

「以上です。皆さん、訓練に戻っていいですよ」

アーディンはひらひらと手を振った。

騎士見習い達は安堵の息を漏らした。気まずそうに顔を見合わせ、のろのろと動き出す。

そんな連中をかき分けて、デアバはシアラに駆け寄った。すかさず手を差し出し、箱から降りるのを助ける。よく気がつくなと感心した。僕にはとても真似出来ない。

「ダカール」

名を呼ばれて振り返ると、そこにはアーディンが立っていた。さっきまでシアラの隣にいたはずなのに、いつの間に移動してきたんだろう。

「ちょっと顔貸してくれます？」

――**願い下げだ、ボケ。**

嫌悪が顔に出そうになる。それをなんとか抑え込み、僕は無言で頷いた。

厩舎の裏手に回ると、周囲に人がいないことを確かめてから、アーディンは言った。

「ダカール、君に頼みがあります」

「なんでしょうか」

「シアラの護衛を頼みたいんです」

なんとなく、そう言われるんじゃないかと思っていた。

なんで僕に頼むんだ。僕はデアバほど強くも優しくもない。デアバのような正義漢でもない。護衛なら僕よりデアバの方が相応《ふさわ》しい。

「それは命令ですか」

「命令じゃありませんけど――」

「なら余所《よそ》をあたって下さい。僕より適任な者がいるはずです」

「俺は君にお願いしたいんです」

アーディンは眉根を寄せた。色男がこういう顔をすると、本当に困っているように見えるから厄介だ。

「そんなにシアラの身が心配なら、騎士団になんか入れなければいいじゃないですか」

「そうなんですが、ああ見えて彼女、なかなか頑固でね。詳しくは言えませんが、こちらにも複雑な事情がありまして、彼女にはそれなりのモノになって貰いたいんです」

僕は首を傾《かし》げた。複雑な事情とは何だろう。彼女の身を案じながら、それでも彼女を騎士にしたいと望む。彼らの目的とはいったい何だろう。

――気になるのか？

いや、彼女がどうなろうと、誰が何を企《たくら》もうと僕の知ったことじゃない。

黙っている僕に、アーディンはさらに続ける。

「先程も言いましたが、彼女は魅力的です。男所帯の騎士団に放り込めば、悪戯《いたずら》しようとする者が出ないとも限らない。でも騎士団では力こそすべて。俺やイズガータが特別に目をかけてやることは出来ないんです」

「僕には関係のないことです」

「でもデアバはあの通りだし、他に頼める相手がいないんですよ」

お願いです。彼女を守ってやって下さい――と言って、アーディンは頭を下げた。

これには少し驚いた。彼がシアラを擁護《ようご》するのはイズガータ様の命令だからだと思っていた。本当はシアラのことを嫌っているんだと思っていた。

でも僕は自分の面倒を見るだけで手一杯だ。シアラの護衛なんて務まるはずがない。

――いいじゃねぇか。引き受けてやれよ。小娘のくせに騎士になりたいだなんて、こんな馬鹿《アフマク》、そういるもんじゃねぇ。

うるさい。

――さては、お前、怖いんだな？　あの娘はお前が持っていないモノを持ってる。お前が憧れてやまないモノを持ってる。それに気づくのが怖いから、お前はあの娘から逃げようとするんだ。

僕は、怖がってなんかいない。

――じゃ、なぜ逃げる？

「……わかりました」と僕は答えた。「僕の手が及ぶ限り、彼女を守るよう努力します」

アーディンと別れ、僕は訓練場に戻った。

騎士見習い達はすでに各々の鍛錬を始めている。剣の素振りをする者、柱を相手に格闘する者、重い石を持ち上げる者、槍を投げる者。みんな平静を装ってはいるが、横目でシアラの様子を窺《うかが》っている。

デアバはシアラに防具のつけ方を教えていた。顎の下、兜のベルトを締めてやってから、彼女の目を見て、真顔で告げる。

「訓練相手が欲しければいつでも言え。オレが相手になってやる」

シアラは驚いたように彼を見上げ、嬉しそうに頷いた。競争相手として認められたとでも思ったんだろう。まったく単純な奴だ。

僕が近づいていくと、デアバは僕を振り返り、手の甲で僕の胸を軽く叩いた。

「あ、ダカール。こっちはオレに任せてくれ。従者の雑用を教えるのはお前に任せるから」

言われるまでもない。最初からそのつもりだった。デアバは従者に向いてない。時間を守るのも苦手だし、何度注意されても同じ間違いを繰り返す。とてもじゃないが誰かに何かを教えられるとは思えない。

それにデアバは騎士見習いの中でも一、二を争う腕を持っている。彼がシアラの傍にいてくれたなら、好奇心ではち切れそうな騎士見習い達も、馬鹿な真似はしないだろう。問題は当のデアバだが、そこは彼を信じるしかない。デアバは単純だけど馬鹿じゃない。先程のアーディンの言葉を無視してまで、シアラに手を出したりはしないだろう——と思う。


このようにして、シアラの騎士見習いとしての生活は始まった。

最初に宣言した通り、イズガータ様はシアラを特別扱いしなかった。鍛錬中、疲れて太刀筋《たちすじ》が鈍ってくると容赦なく怒号が降ってきた。

「もう終わりか？」

「私は構わないぞ。嫌ならやめるがいい」

「まるで児戯《じぎ》だな。話にならん」

イズガータ様を天辺《てっぺん》にいただく騎士団なだけあって、騎士達からも、見習い達からも「女のくせに」という声は聞こえなかった。揶揄《やゆ》や侮蔑《ぶべつ》の類がまったくなかったわけじゃない。けれど、イズガータ様の手前、表だってそれを口にする者はいなかった。

剣の腕前はまったく褒められたものじゃなかったけれど、従者としてのシアラはとてつもなく優秀だった。

朝一番の鐘が鳴る前に起き出し、シアラはイズガータ様の元へ向かった。着替えを手伝い、髪を美しく結い上げた。イズガータ様もそれを気に入ったようで、「今後、私の髪結いはすべてシアラに任せる」と宣言するほどだった。

シアラは礼儀作法に詳しく、エブ茶の淹《い》れ方《かた》や服の選び方、遠出の際の身支度なども難なくこなした。そんなシアラを見て、デアバは感心したように呟いた。

「さすが女の子だよな。オレ達じゃ、ああはいかない」

それは違うと思った。女の子だから出来るんじゃない。シアラだから出来るんだ。彼女に出来て僕らに出来ないのは、僕らの努力が足りないからだ。

僕は彼女に馬の世話の仕方を教えた。サウガ城では厩舎の仕事は馬丁達が行う。けれど旅先に馬丁はいない。主人の馬の世話をするのは従者の役目だ。

シアラは馬を怖がらなかった。というか、むしろ馬との触れ合いを楽しんでいるみたいだった。

汚れた藁《わら》を取り替え、飼い葉を与え、固く絞った濡れ布で馬の体を拭いてやる。慣れない者には辛いはずの悪臭も苦にすることなく、誰もが厭《いと》う馬糞《ばふん》の処理も自ら進んで行った。

シアラは無知だけれど物怖《ものお》じせず、貴族の娘のくせに誰よりもよく働いた。何事にも熱心に取り組み、物覚えもよく、一度聞いたことは決して忘れなかった。半年《はんとし》もしないうちに、彼女は甲冑の磨き方や武器の手入れの仕方など、騎士見習いとしての仕事を一通りこなせるようになっていた。

けれど肝心の剣の腕はというと、まったくといっていいほど上達しなかった。

日々繰り返される厳しい鍛錬。騎士見習いは取っ組み合って体を鍛え、練習試合をして剣や槍の腕に磨きをかける。熟練者になると、騎士達の練習相手も務める。イズガータ様の目に止まり、実力が認められたなら、騎士として叙任されることだって夢じゃない。

シアラは従者の仕事をこなしながら、空いた時間のすべてを鍛錬に当てていた。暇さえあれば立木に打ち込み、重い剣を振るい、その扱いに慣れようとした。休憩も返上し、寝る時間も削って、他者の倍以上の努力をしてきた。

それでも練習試合となると、彼女はどうしても勝てなかった。斬り結べば押し込まれ、打ちかかっても払いのけられる。最初はシアラにまとわりついていた騎士見習い達も、次第に彼女を避けるようになった。シアラに勝利することは容易《たやす》いが、明らかに格下とわかっている者を相手にしても鍛錬にはならない。それがわからないような馬鹿はケナファ騎士団には存在しない。

そんな中、デアバだけは根気よく、シアラの対戦相手を務め続けた。手合わせの時には手加減し、彼女の上達っぷりを誉《ほ》め上《あ》げる。シアラに近づこうとする者がいれば、護衛気取りでそれを遠ざける。まるで貴婦人に仕える騎士そのものだ。

シアラも気づいているらしく、時折迷惑そうな顔をする。でも、デアバに悪気がないだけに、文句を言えずにいるようだった。

一年《サナ》はあっという間に過ぎ去った。その間、シアラは誰よりも厳しい鍛錬を己に課してきた。彼女のすぐ傍で、僕はそれをずっと見守ってきた。

だからこそ言える。

シアラは騎士に向いていない。剣を振り回すには小柄すぎるし、身長も腕の長さも足りない。これればかりはいくら努力してもどうしようもない。

だが、シアラは諦めようとしなかった。

デアバは相変わらず彼女の練習相手を務め続けていた。しかもシアラの技量に合わせて上手に手を抜く。それを見て僕は苛立ちを感じた。そうやって甘やかすから、シアラは自分の実力に気づかないんだ。

ある朝、僕は訓練場の隅にデアバを呼び出した。

「本気で相手をしてやらないとシアラのためにならないぞ」

するとデアバは真顔で言い返した。

「馬鹿言うな。本気でやったら怪我させちまう」

「鍛錬に怪我はつきものだろう」

「でも相手は女の子なんだぞ？」

「本人はそう思われたくないようだけど」

「そうだけど、あんな一生懸命努力してるんだ。少しは上達したって思わせてやりたいじゃないか」

「けど、オレ――」

「上達したと思わせてどうする。ここでは力がすべてだ。実力が伴わなければ何の意味もない」

デアバは鼻の穴を広げ、顔を真っ赤にして言った。

「シアラに嫌われたくない」

――馬鹿《アフマク》か、こいつは。

ため息をつきそうになった。こいつ、十六歳にもなって、何を子供みたいなことを言ってるんだ。

「デアバ――」

シアラの声がした。練習用の剣を抱え、こちらに向かって駆けてくる。デアバの向かい側に僕の姿を見つけたらしい。彼女はぴたりと足を止めた。

「あ、ごめん。話し中だったのか」

「何の用だい？」

わざとらしいほど明るい声でデアバが尋ねる。

シアラは慌てて首を横に振った。

「いや、たいした用じゃないんだ」

「練習相手を探してるんだろ？　遠慮すんなよ」

「でも、話の途中なんだろう？」

「話ならもうすんだ」

そうだよなというように、デアバは僕に目配せする。

僕は頷いてみせた。それで終わりになるはずだった。

なのに、気づけばこう言っていた。

「デアバ、僕の相手をしてくれないか」

「え――？」

驚愕《きょうがく》にデアバは目を見開いた。

僕は練習試合を申し入れたことがない。頼まれれば相手になるし、鍛錬を怠《なま》けたこともない。

けれど、自分から誰かに挑んだことは今まで一度もなかった。

僕はシアラから練習用の剣を奪い取った。剣を鞘から抜き払い、一振りしてから鞘に戻す。

「たまに本気を出さないと、お前も腕が鈍《なま》るだろう？」

「どうだかな？」

デアバはニヤリと笑った。敵愾心《てきがいしん》に火がついたらしい。彼は練習用の剣を手に取ると、鞘の先を僕に突きつけた。

「お前の腕、試してやるよ」

僕らは距離を取り、剣を抜いた。それを目の高さに掲げて礼を交わすと、相手に切っ先を向ける。刃を潰した練習用の剣でも重さは真剣と同じだ。下手をすれば怪我をする。急所に入れば死ぬこともある。

それを承知で僕は彼の首を狙った。デアバは僕の鳩尾《みぞおち》を突いてくる。身を捻《ひね》ってそれをかわすと、すかさず踏み込み、二度、三度と斬り結ぶ。さすがデアバだ。隙がない。

「何の騒ぎだ？」

「デアバとダカールが試合してるってさ」

「お、そりゃ見物《みもの》だ」

騒ぎを聞きつけ、騎士見習い達が集まってくる。僕らの周囲に人垣の輪が出来る。

「いいぞ、もっとやれ！」

「決着つけろ！」

何合《なんごう》か打ち合ううちに、デアバの顔から余裕が消えた。焦った彼は力任せに剣を振り回す。単調な攻撃が多くなる。空振り続きで彼の息が上がってくる。

——そうだ、叩きのめせ。一番強いのはオレだと思い知らせてやれ。

奇妙な高揚感が僕を包んだ。負ける気がしなかった。今ならあのアーディンにさえ勝てそうな気がする。

デアバの剣を、真横に払う。剣の重さに引きずられ、デアバは体勢を崩した。

脇腹、肋骨の間を抜いて、心臓を一突き。

殺《や》れる。

滑らかに剣を繰り出す。陶酔にも似た快感――

そこで、僕は我に返った。

歯を食いしばり、右腕を引き寄せる。

剣先はデアバの脇腹に突き刺さる寸前で止まった。

安堵の息を吐く間もなく、今度はデアバの剣が僕の手を打った。叩き落とされた剣が足下に転がる。

「よっしゃあぁぁ……！」

デアバは両手を突き上げ、勝利の雄叫《おたけ》びを上げた。

「オレの勝ちだ！」

それを合図に、僕らを取り囲んでいた見習い達がデアバに駆け寄る。

「すげぇな、デアバ」

「さすが騎士に一番近い男だぜ！」

彼らはデアバの肩や頭を叩き、手荒く彼を祝福する。そんな歓喜の輪の外で、僕は一人、落とした剣を見つめていた。

勝敗なんてどうでもよかった。自分の中に膨れあがった殺意。痺れるような快感。もう少しで友人を殺すところだった。そちらの方が僕にとっては大問題だった。

「大丈夫か？」

　シアラが僕の手を取った。右手の甲がざっくりと裂け、点々と血が滴《したた》っている。彼女は手ふき布を取り出すと、手早く僕の右手に巻きつけた。

「なんで気を抜いたんだ？」

　上目遣いに僕を見て、シアラは尋ねた。

「あの時、剣を引かなければお前が勝っていた。なぜ、わざと負けた？」

――へぇ、気づいていたのか。剣の腕はヘボでも、目だけはいいみたいだな。

「そんなに強いのに、どうしてそれを隠す？」

――決まってる。怖いからさ。

「うるさい！」

　僕の声にシアラはびくりと体を震わせた。怯えたような視線が痛い。

「僕は騎士になんてなりたくないんだ」

　そうだ。僕は怖かった。

　あやうくデアバを殺すところだったのに、こんなにも気持ちが高揚している。もっと強い奴と戦い、打ち負かしてみたいと願っている。そんな自分が怖かった。自分が自分でなくなってしまうような気がして、とても恐ろしかった。


　僕とデアバの対決は騎士見習い達の間で長らく話題になっていた。イズガータ様の従者である僕とデアバ。はたしてどちらが強いのか、前々から議論になっていたらしい。

ケナファ騎士団の掟《おきて》では、私闘をした者は理由如何《いかん》にかかわらず両成敗が原則だ。でも、これは私闘じゃない。練習試合だ。剣の鍛錬には怪我がつきものだ。だから僕らは何のお咎めも受けずにすんだ。

デアバは僕に勝ったことでますます自信を深めたようだった。最近は取り巻き達を引き連れて、まるで士隊長気取りでいる。

変わったといえば、シアラも変わった。あれ以来、彼女はデアバだけでなく、僕にも練習相手を頼んでくるようになった。

「僕はデアバのように手加減はしない。それでもいいのか？」

もちろんだと、彼女は答えた。

だから僕も容赦しなかった。打たれた彼女の手足は真っ赤に腫れ上がり、生傷も絶えなかった。毎日力尽きて倒れ込むシアラを、僕は治療院へと運んだ。そんな僕らをトバイットはいつも楽しそうに迎えてくれた。

「君、もっと頭を使いたまえ。正攻法でいったら女が男にかなうわけがないのだ。男と女とでは骨格からして違う。筋肉のつき方だって違う。ナニがあるかないかだけが男女の差ではないのだよ？」

そんな揶揄にも負けず、シアラは連日鍛錬を続けた。限界まで体を鍛え、剣を振るい、努力に努力を重ねた。しかし、どんなに頑張っても、彼女は騎士見習いにさえ勝てなかった。実力で衝立を取り払うどころか、その差はますます開くばかりだった。

「騎士にならなくたっていいじゃないか」

ある夜、明かりを落とした小部屋でデアバにそう言われた時も、シアラは言い返さなかった。

「お前なら第六士隊に置いて貰えるよ。器用だし、薬草にも詳しいし。治療院でトバイットを手伝えばいいよ。そしたら毎日傷だらけになることもないしさ」

デアバの言葉に嘘はない。彼は心からシアラに同情している。ただ、その同情が彼女にとってどんなに屈辱的なものなのか、わかっていないだけなんだ。

「なあ、そうしろよ」

暗闇の中、デアバが身を起こす気配がする。

「オレが守ってやるからさ。オレが騎士になって、お前を守ってやるから――」

「うるさい」

押し殺した声で僕は言った。

「早く寝ろ。明日の朝も早いんだ」

舌打ちが聞こえた。衣擦《きぬず》れの音がして、デアバが再び横になるのがわかった。

しばらくするとデアバのいびきが聞こえてきた。

衝立の向こうから、キリキリと毛布を嚙む音がする。

僕は目を閉じて、黙ってそれを聞いていた。

きっと声を殺して泣いているんだろう。

そう思うと、眠れなかった。

それから数日後《ヤウム》のことだった。

訓練場の一角、木で出来た人形を相手に、僕は立ち合いの練習をしていた。

その時、わっという悲鳴が聞こえた。

訓練場の中央に人が集まっている。蒼白な顔をしたデアバが立っている。僕は剣を収め、彼に駆け寄った。

「ど、どうしよう……？」

うろたえるデアバの足下にシアラが倒れていた。彼女の唇は血の気を失い、頬《ほお》も透けるように白い。

「何があった」

僕はデアバに尋ねた。しかしデアバはおろおろと歩き回るばかりで答えない。

「落ち着け」僕は彼を叱咤《しった》した。「手合わせしてたんだろう。剣は？　当たったのか？」

「いや、当たらなかったと思う。手加減してたし……」

僕はシアラの首筋に手を当てた。脈はしっかりしている。ざっと見た限り、出血はしていない。

打撲の跡も見られない。

「とりあえず治療院に運ぼう」

僕はシアラを抱き上げようとした。

「オレが運ぶ」

デアバが横から手を伸ばす。

「触れるな！」

気づいた時には、叫んでいた。

――誰のせいだと思ってるんだ！

と続けそうになるのを、懸命に堪えた。

僕の剣幕に驚いて、デアバは手を引っ込めた。

僕はシアラを抱き上げ、治療院へと向かった。

薬草園の横を歩いている時、シアラが呻いた。長い睫毛《まつげ》が震え、ゆっくりと瞼が開く。青碧の瞳がぼんやりと僕を見つめる。

「ダカール……？」

掠《かす》れた声で呟いた。かと思うと、彼女はいきなり手足をバタつかせる。

「す、すまない。もう大丈夫だ。下ろしてくれ」

このままだと落としてしまいそうだったので、僕はシアラを下ろした。僕が手を離した途端、彼女はふらつき、その場に座り込んでしまう。

「無理をするな」

「いや……本当に、大丈夫だから」

「そうは見えない」

「ちょっと目眩《めまい》がしただけだ」

あくまでも強がる気らしい。

少し迷った後、僕は薬草園の石垣に腰を下ろした。

「君はどうしてそんなに騎士になりたいんだ？」

シアラは白い顔を上げ、僕を睨んだ。

「お前こそ、どうして騎士になりたくないんだ？」

「僕は争いごとが嫌いだ。出来ることなら誰とも争わず、心穏やかに生きていきたい」

「勝手な言《い》い種《ぐさ》だな」

吐き捨てるようにシアラは言った。

「自分さえよければそれでいいのか？　この国には、何の罪もないのに虐《しいた》げられている者達がたくさんいるんだぞ。その人達を救いたいとは思わないのか？」

人を救う？

自分自身さえ救えない、この僕が？

そんなこと出来るわけないじゃないか。

「崇高な考えだと思うけれど、所詮は夢物語だよ。たとえ君が騎士になっても彼らを救えるわけじゃない。君が騎士になっても世界は何も変わらない」

僕の言葉にシアラは何かを言いかけた。けれど彼女は何も言わず、悔しそうに唇を噛んだ。

「君はいい目を持っている。自分が騎士に向いていないことぐらい、すでに気づいているはずだ。

それに君は貴族の娘だ。自ら苦労を背負い込まなくても、生きていく方法はいくらでもあるはずだ」

シアラは俯《うつむ》いた。泣き崩れるんじゃないかと思い、僕は身構えた。

でも、彼女は泣かなかった。

「お前もか……」呪詛《じゅそ》のように低い声。「女は冷静な判断力を持たず、感情に流され、すぐに己を見失う。だから女は男につき従い、夫の命じるまま、館に囲われて暮らすのが幸せなのだと、お前もそう言うんだな？」

「その方が楽だろうと言っているだけだ」

「楽じゃなくたっていい！」

シアラは叫んだ。青ざめた顔、血の気を失った頰。その中で青碧の目がぎらぎらと光る。

「私の時空は私のものだ。私は私の生きたいように生きる。今、何をしたいのか。何をするべきなのか。決めるのは私だ。誰の指図も受けない。私の幸せは、私自身が決める！」

噴出する激情。その言葉ひとつひとつに灼《や》けつくような熱を感じる。

斬りつけるような激しさで彼女は叫んだ。

「私は物や道具じゃない、人間なんだ！」

言葉で、心臓を、射貫《いぬ》かれた気がした。

よろめきながらシアラは立ちあがった。支えようとした僕の手は手荒く振り払われた。彼女は僕に背を向け、振り返りもせず、治療院の方角へと歩き去った。

その姿が視界から消えても、僕は動けなかった。

圧倒された。

何も言えなかった。

強く激しい思い。命がけで何かを得ようとする意志。人生を懸けても叶《かな》えたいと願うもの。

あれが……夢か。

――そうだ。あれが夢だ。

足が震え出す。背筋がゾクゾクする。寒くもないのに肌が粟立《あわだ》つ。心地よい痺れのようなものが全身に広がっていく。

疑いようがなかった。誤魔化すことなど出来なかった。僕は感動していた。彼女の夢に、その激しさに、目映いばかりの美しさに、僕は感動していた。

――言ったろ？　あの娘はお前が持っていないモノを持ってるって。お前が憧れてやまないモノを持ってるって。

いつだって僕は逃げてきた。過去から、自分から、この現実から、逃げることばかり考えてきた。他人との接触を恐れ、影の声に心乱されることを恐れ、未来を描くことも幸せを夢見ることも諦めてきた。だからシアラが傍にいると苛々した。自制が利かなくなり、心がうわつき、落ち着かない気分になった。

それは、羨《うらや》ましかったから。

僕はシアラが羨ましかったんだ。

シアラとは反対の方向に僕は歩き出した。大塔の二階、騎士団長の執務室へと向かう。扉をノックすると、「開いているぞ」というイズガータ様の声が聞こえた。

扉を開き、室内に入った。執務机の向こう側、イズガータ様は僕を見て首を傾げる。

「……呼んだ覚えはないが？」

僕は気をつけの姿勢を取り、言った。

「お願いがあります」

「お前が願いごとなど珍しいな」

イズガータ様は羽根ペンを置き、椅子に座り直した。

「なんだ？　言ってみろ」

「シアラに曲刀の扱い方を教えてあげて下さい」

イズガータ様が目を眇《すが》めた。一瞬にして、部屋の空気が緊張する。

「私にそう言えと、シアラに頼まれたのか？」

「僕がそんな愚か者に見えますか」

「いや……」と答え、イズガータ様は苦笑した。緊張が解け、柔らかな雰囲気が戻ってくる。

「デアバならともかく、お前は違うな」

「彼女の体格では剣の重量を支えられません。でも比較的軽量な曲刀なら扱えるかもしれない。僕がそう言っても、彼女は絶対に聞き入れません。ですからイズガータ様にお願いをしに来たのです」

「そうか……」イズガータ様はゆっくりと立ちあがった。「だが曲刀は邪道だからな。あの頑固者、私が言っても聞くかどうか」

思案顔のまま窓辺まで歩いていき、そこで僕を振り返る。

「わかった。何か手を考えておく」

僕は頷き、一礼してから退出した。


イズガータ様は約束を守ってくれた。

けれどそれは、僕が考えていたような方法ではなかった。

シアラは度々、訓練場から姿を消すようになった。かと思うと、傷だらけになって戻ってくる。いったい何をしているのか。気にはなったが、あえて追及はしなかった。彼女が自ら告白するまで、詮索はしないでおこうと思った。

だけどデアバはそこまで割り切れなかったようだ。

「ダカール、ちょっとつき合ってくれ」

ある日、デアバは僕を呼び出した。先に立って、城壁へと続く階段を登り始める。城壁の歩廊を北側へと進んでいく。

突然、デアバが立ち止まった。曲がり角に身を隠し、前方の様子を窺う。僕の肩をつつき、「見てみろ」というように顎をしゃくる。

僕はデアバに倣い、曲がり角の向こうを覗いた。

城壁の四隅にある円塔の屋上、そこにシアラが立っていた。埃《ほこり》と汗にまみれ、肩で息をしている。その手に握られているのは直剣じゃない。緩い弧を描く幅広の薄い刃——曲刀だ。

シアラはそれを両手で構え、誰かに斬りかかった。相手の姿はここからは見えない。激しい打撃音が聞こえたかと思うと、シアラがごろごろと石床を転がってくる。見つからないよう、僕は慌てて顔を引っ込めた。

「いい加減、真剣になりなさい」

声が聞こえた。聞き覚えのある男の声だった。

シアラは曲刀を握り直し、立ちあがった。

「私は……いつだって……真剣です」

「じゃ、次で君は死にますよ？　本気で殺しにかかりますよ？」声の主は冷たく嗤《わら》う。「死にたくなければ、俺を殺すつもりでかかってきなさい」

研ぎ澄まされた殺気。声を聞いているだけで冷や汗が吹き出してくる。この気迫、この気配、こんなものを持ち得る男を僕は一人しか知らない。

相手はアーディンだ。

シアラは歯を食いしばり、鬼《グル》のような形相で斬りかかった。曲刀が風を切る。一度、二度、三度、金属が打ち合わされる音が響く。

「……ぐっ」

押し殺した悲鳴とともに、シアラが跳ね飛ばされてきた。苦しそうな呻き声。鳩尾を押さえ、激しく咳《せ》き《こ》込んでいる。

それを見て、デアバが飛び出しかけた。僕は彼の肩を摑み、引き戻した。もう一方の腕を首に回して締め上げる。デアバは振りほどこうと暴れたけれど、僕は腕を緩めなかった。そのまま階段口まで引っ張っていき、そこで腕を解いた。

途端、デアバは怒りの形相で僕に摑みかかってくる。

「なんで止めるんだよ！」

「彼女が望んでしていることだ。僕らにそれを止める権利はない」

「あんなの訓練じゃない。ただの暴力だ！」怒りに任せてデアバは叫ぶ。「それに曲刀はデュシス人の武器だ。まともな騎士の武器じゃない！」

「イズガータ様にも同じことを言えるか？　彼女が最も得意とするのは曲刀の二刀流だ。お前だってそれくらい知っているだろう」

「イズガータ様とシアラは違う。シアラは細くて、小さくて、傷つきやすい女の子じゃないか！　なのに——畜生ッ！　なんでお前、そんな平気な顔していられるんだよ！」

デアバは壁に額を押しつけた。幾度となく悪態をつき、低い声で呟く。

「初めてシアラを見た時、なんて可愛いんだろうって思った。髪も肌もきらきらして、まるで人形みたいだって思った。なのに彼女はすぐ無理をして、あちこち怪我をする。だから守ってやらなきゃ——オレが守ってやらなきゃいけないんだよ！」

拳《こぶし》を握り、壁を叩く。

「オレ、シアラが好きだ。初めて会った時から、ずっと好きだったんだ！」

胸の中で心臓が飛び跳ねた。

まるで自分が告白したみたいだった。

「オレはシアラを守りたい」デアバは力任せに石壁を叩いた。「彼女が傷つくところを見たくないんだ！」

「守ってやればいい」と僕は答えた。「いずれ彼女は騎士になって戦いに赴く。お前も立派な騎士になって、彼女の背中を守ってやればいい」

「……お前は何もわかってない」

剣呑《けんのん》な目でデアバは僕を睨んだ。

「シアラには安全な場所にいて欲しいんだ。そこでオレの帰りを待っていて欲しいんだ。そして、オレが戻ってきたら笑顔で出迎えて欲しいんだ」

「それは騎士になるのを諦めて欲しいってことか？」

「他にどういう意味があるってんだ！」苛立たしげにデアバは吐き捨てる。「見ればわかるだろ。シアラには無理だって。あんな小さな体で、あんなに細い腕で、騎士になれるわけがない！」

ああ、その通りだ。

少し前まで、僕もそう思っていた。

「確かにシアラは女の子――しかも貴族の娘だ。あんな痛い思いをしなくても、綺麗《きれい》な服を着て、美味《おい》しいものを食べ、何の苦労もせず生きられたはずだ」

そこで言葉を切り、僕はデアバを見つめた。

「でも彼女は騎士になることを選んだ。虐げられている者達を救うため、戦うことを選んだ。どんなに傷ついても彼女が努力し続けるのは、自らの手で運命を切り開くためだ。だからお前も、シアラが好きだというのなら、彼女の意志を尊重してやれ」

「お前はいつもそうだ」

デアバの唇が歪んだ笑みを刻む。

「自分が正しいって顔をして、醒《さ》めた目で周囲を眺めてる」

「僕は、自分が正しいなんて一度も思ったことはない――」

「お前、誰かを好きになったことないだろ？」

予想外の問いかけだった。

僕が答えられずにいると、デアバはいきなり僕の胸ぐらを摑んだ。

「お前なんかに俺の気持ちがわかるもんか！」

そう言うと、デアバは僕を突き放し、石階段を下っていった。

彼の言う通りだった。どうしてデアバが怒ったのか。僕にはその理由がわからなかった。


僕は訓練場に戻った。

それから一時間《サーア》ほど、組み手などの練習をこなした後、夕刻の鐘が鳴った。騎士見習い達は道具を片づけ、手足を洗い、空きっ腹を抱えて食堂へと向かう。

デアバは木箱に腰掛け、城壁に目を向けていた。シアラが戻るまで待つつもりらしい。僕は彼の斜め後ろに立ち、同じように城壁を見上げた。

交わす言葉もなく、僕らは待ち続けた。

なかなかシアラは戻ってこなかった。周囲は暗くなり始めている。そろそろ光木灯が必要だなと思った時、人影が石段を下ってくるのが見えた。

デアバは立ちあがり、階段に駆け寄った。けれど、あと数歩という所で足を止めた。石段を下ってきたのはシアラよりもはるかに長身の男だった。その手には訓練用の剣が握られている。

「おや、まだ残ってたんですか？」

アーディンは呆れたようにデアバを見て、それから僕に目を向けた。

「あ、ダカール。上でシアラがノビてるんで、治療院まで運んでやって下さいな」

そう言って、彼はにこりと笑った。

「場所はもうわかってますよね？」

背筋がゾクリとした。アーディンが立っていた場所からは、僕らの姿は見えなかったはず。なのに彼は僕らが覗き見していたことに気づいている。

――頭の後ろに目があるどころじゃねぇ。こいつ、化けモンだ。

「あんた、何様のつもりだ！」

今にも摑みかかりそうな勢いで、デアバがアーディンに喰ってかかった。

「シアラは女の子なんだぞ！　なのにあんな暴力ふるいやがって。あんた、彼女を殺すつもりか！」

「殺さないよう力は抜いてますよ」

アーディンはひらひらと手を振る。とても本気とは思えない。が、冗談だとも言い切れない。

「ふざけるな！」そんなアーディンの態度にデアバはますます怒気を強める。「あんた、シアラに怨《うら》みでもあるのかよ！」

「おや——？」

アーディンはわずかに首を傾げた。

「わかりますか？」

薄い唇の両端が吊り上がる。酷薄な微笑み。見ているだけで薄ら寒くなる。ピリピリと首筋の毛が逆立つ。

「本当言うと、このまま殺してしまおうって思ったこともあるんですよ。もしくは二度と歩けないようにしてやろうとかね？　けど、そこまでやっちゃうと、イズガータに怒られますからねぇ」

微笑みながらアーディンは言う。戯《おど》けた仕草、冗談めかした口調、でもその目は笑っていない。

「だからね、デアバ——」

アーディンは片目を閉じ、人差し指を振る。

「シアラを守りたいのなら、今日見たことは誰にも話しちゃいけませんよ。でないとシアラがこの先どうなるか……わかってますね？」

何が気に障ったのだろう。アーディンの殺気は紛れもなく本物だった。氷のような灰色の目に射貫かれ、デアバは蒼白な顔で頷いた。

アーディンはにこやかに頷き返し、それから僕を振り返った。「ダカールも――」

「わかっています」

こんなふざけた男でもアーディンはケナファ騎士団の精鋭部隊、第一士隊の士隊長だ。その彼が騎士見習いを特訓するなんて、異例中の異例の出来事だ。

「他の見習い達に知られたら、シアラの立場が悪くなる。貴方に脅《おど》されるまでもなく、最初から誰にも話すつもりはありません」

アーディンは意味ありげにニヤリと笑った。

これ以上の会話は不要だと思った。僕は彼の横をすり抜け、階段を駆けあがった。途中、光木灯を置いて回る子供達に出くわした。彼らから光木灯をひとつ借り、僕は城壁の上へと登った。

天はすでに真っ暗だった。風は刺すように冷たかった。小さな光木灯の明かりを頼りに、僕は城壁の歩廊を北に向かった。

円塔の屋上、冷たい石床の上に、シアラは仰向《あおむ》けに倒れていた。

「シアラ――」

少し離れた場所から僕は声をかけた。

「生きてるか？」

彼女は腹に手を当て、上体を起こした。険しい眼差《まなざ》しで、上目遣いに僕を睨む。

「何をしに来た？」

「――謝りに」

僕がそう言うと、シアラは怪訝そうな顔をした。

その傍らに膝をつき、僕は頭を下げた。

「先日僕が言ったことを撤回したい。すべて水に流して、どうか僕を許して欲しい」

「お前、わざわざ厭味《いやみ》を言いに来たのか？」

違う――と言ったところで信じては貰えないだろう。どう言ったらいいんだろう。どう言えば伝わるんだろう。わからない。見当もつかない。けれど努力してみよう。

僕は彼女の隣に腰を下ろした。

「僕は逃げてきた。心が揺らぐのが怖くて感情を殺し、息を潜めて生きてきた。道端に転がる石のように、何も言わず何も感じない。それが僕に許された唯一の生き方だと思っていた」

僕は天を見上げた。頭上を覆う暗灰色の時空晶。まるで僕を押し潰そうとしているみたいだ。

「でも君は言ったね。自分の幸せは自分で決めると。それを聞いて思ったんだ。怒ることも笑うこともなく石のように生きて、はたして僕は幸せなんだろうか。それでも僕は生きているといえるんだろうか」

人間らしくありたいと望めば、争いは避けられない。怒りに駆られ、闇に飲み込まれてしまうかもしれない。悲しみのあまり、鬼《グル》と化してしまうかもしれない。

でも、それでも――いい。

灼けるような渇望に身を焦がしてみたい。命を懸けても叶えたいと思える夢を追いかけてみたい。石でも、物でも、道具でもなく、僕は人間として生きたい。

「君は虐げられている人達を救いたいと言った。君がどんな風にこの世界を変えていくのか、僕は見てみたいと思った。そのためには、これからも君の近くにいる必要がある」

僕はシアラに目を戻した。

そして、少し間を置いてから、続けた。

「だから僕も騎士を目指すことにする」

「でも争いごとは嫌いなんだろう？」

「争いは君だって好きじゃないはずだ」

「それはそうだが――」と言いかけて、シアラは俯いた。「私はまだ騎士見習いにすら勝ったことがない。世界を変えるどころか、騎士になれるかどうかもわからない」

「君には素質がある」と言い、僕は笑ってみせる。「アーディンはいい加減な人に見えるけれど、まったく見込みのない奴を特訓したりしないよ」

シアラは顔を撥ね上げた。光木灯の薄明かりでもわかるくらい頬が赤い。

「本当にそう思うか？」

「ああ、もちろん」

僕が請け合うと、シアラはようやく微笑んだ。

「ありがとうダカール。なんだか元気が出てきた」

「じゃ、ひとつ、頼みがある」

「なんだ？」

「髪の編み方を教えて欲しい」

「――え？」

シアラはまじまじと僕を見つめた。

僕は大真面目な顔で続けた。

「君が大将軍になった時、誰に髪を編ませるつもりだ？　イズガータ様も言ってたぞ。男の従者はまともに髪も梳《す》けないって」

ぷっ、とシアラは吹き出した。

「お前に髪を編んで貰う日が来るとは思えないけど――」クスクスと笑って、シアラは頷く。

「髪結いぐらい、喜んで教えるよ」

「ありがとう」

礼を言い、僕は立ちあがった。

「でも今は君を治療院に連れて行くのが先だ」

僕はシアラに手を差し出した。シアラは照れ臭そうに微笑み、僕の手を握った。

彼女の手は豆が潰れ、硬くなっていた。

それでも、とても温かかった。


シアラの秘密特訓は続いた。

彼女は文句も愚痴《ぐち》も言わず、何の報告もしなかった。ただ傷が減ってきたことで、その上達ぶりを窺い知ることは出来た。

シアラは必ずやり遂げる。必ず曲刀を使いこなせるようになる。それを信じ、僕は待った。

穏やかに季節は移ろい、時は流れ、僕は十八歳、デアバは十九歳になった。この三年間《サナ》で二人ともずいぶんと背が伸びた。特にデアバは肩幅も広くなり、胸板も厚くなった。背格好だけなら、一人前の騎士に勝るとも劣らない。

シアラは十七歳になった。同年齢の男に較べ、小柄であることは否《いな》めない。そのかわり、彼女は誰にも負けない敏捷《びんしょう》性を身につけた。華奢に見える手足も、よく見ればしなやかな筋肉に覆われている。

彼女はその敏捷さを生かし、格闘でも直剣を使った練習試合でも、騎士見習い達と五分の戦いを繰り広げるようになった。といっても、それは標準的な見習いを相手にした場合だ。騎士見習いの中では最強と言われ、若手の騎士達の練習相手も務めるデアバには、まだ一勝も出来ていない。

実力を示し、部屋の衝立を取り払うには、デアバに勝利しなければならない。それはシアラにもわかっていたはずだ。

だから彼女が曲刀を携えて訓練場に現れた時は、並々ならぬ決意を感じた。前進するためには手段を選んでいられない。曲刀を使ってもなおデアバに遅れをとるようなら、騎士になるなど夢のまた夢。彼女は自分の夢を、この勝負に懸けるつもりなんだ。

「あれ、曲刀じゃないか？」

「どこから持ち出してきたんだ、あんなもの」

「得物《えもの》を替えたからって勝てるわけないのにな」

新入りの騎士見習い達がヒソヒソと囁きあう。

かわいそうに、彼らは見たことがないんだ。曲刀を自在に操るイズガータ様の姿を。味方には勝利を、敵には確実な死をもたらす、神々しくも残酷な女騎士の姿を。

シアラはまっすぐにデアバの元へと向かった。

「デアバ、お前に試合を申し込みたい」

「いいけど……」

「言っておくが、以前のように手を抜くな」

そこでシアラは僕に目を向ける。

「ダカール。デアバがわざと負けることのないよう審判を務めてくれ」

僕は無言で頷いた。

デアバとシアラは間合いを取り、それぞれの武器を抜いた。デアバは直剣、シアラは曲刀だ。

どちらも訓練用で刃は潰してあるが、まともに食らえば大怪我を負いかねない。

「なんだなんだ?」

「シアラがデアバに挑戦するってさ」

訓練の手を止め、見習い達が集まってくる。人垣がぐるりと二人を取り囲む。

シアラとデアバは剣を掲げ、互いに一礼した。

先手を取ったのはデアバだった。繰り出される鋭い突き。左右を自由に薙《な》ぎ払《はら》う剣先。緩急のついた動き。反撃を封じられ、シアラはじりじりと後退していく。

曲刀の持ち味は連続攻撃だ。鞭《むち》のように刃をしならせ、相手を翻弄《ほんろう》する。曲刀の刃はとても薄く、重い一撃を受け止めることは出来ない。だから曲刀使いには攻撃を見切り、相手の懐に飛び込む勇気が必要とされる。けれどシアラはデアバの剣を避けるだけで精一杯、とても攻撃に転じる余裕はない。

このままでは負ける。そう思った時——

「どうした？　かかってこいよ！」

デアバが挑発した。攻撃の手が一瞬止まる。

その隙をシアラは見逃さなかった。

深く踏み込むと、曲刀を横に振り抜く。デアバは慌てて身を引いた。シアラはくるりと回転すると、今度は下から刃を撥ね上げる。その攻撃をデアバは剣の腹で受け止めた。途端、曲刀の刃がしなって彼の腕を叩いた。

「く……」

剣を取り落としそうになり、デアバは怯《ひる》んだ。

シアラは攻撃の手を緩めなかった。デアバの剣をかいくぐり、刃をしならせ、的確に急所を狙ってくる。つむじ風のように舞い、流れる水のように胸元に滑り込む。淀《よど》みない動き。まるで剣舞を見ているようだ。

反撃をしようとデアバは剣を振り回した。大振りばかりの単調な攻撃。追い詰められた時に出る彼の悪い癖だ。シアラは完全に見切っていた。これだけ激しく動いているのに、息ひとつ乱していない。それだけ集中しているんだろう。

デアバは壁際へと追いこまれた。紅潮した顔。引き攣った口元。額から滝のような汗が流れ落ちる。

「くそッ……」

逆転を狙って剣を突き出す。それは正確にシアラの眉間《みけん》を狙っていた。

シアラは逃げなかった。逆に一歩踏み込んだ。瞬きもせず紙一重で剣先をかわし、曲刀を撥ね上げる。

「そこまで！」

僕の声に、ぴたりと二人は動きを止めた。

シアラの曲刀がデアバの顎の下にある。もしこれが実戦だったら、デアバの首は地に落ちていただろう。

「勝負あり。シアラの勝ちだ」

シアラは詰めていた息を吐いた。よろめくように一歩後じさると、大きく肩を上下させる。その額にみるみるうちに玉のような汗が吹き出してくる。

誰も何も言わなかった。騎士見習い達はシアラの剣捌《けんさば》きに度肝を抜かれていた。デアバは目を見開いたまま、彫像のように固まってしまっている。

静まりかえった訓練場。

そこに拍手が響いた。

「お見事《アジーブ》」

アーディンだった。彼は城壁の階段に腰掛け、にっこりと微笑みながら、シアラに拍手を送っていた。

――相変わらず不穏な笑顔だな。シアラをここまで鍛え上げたのは奴自身だろ？　何がそんなに気に入らないんだ？

アーディンの賞賛に倣い、見習い騎士達の間からもパラパラと拍手が湧き上がる。

シアラは曲刀を鞘に収めた。深呼吸をひとつ挟んでから、デアバに手を差し出す。

「真剣に相手をしてくれて、ありがとう」

デアバはその手を撥ねのけた。身を翻し、騎士見習い達をかき分け、振り返りもせず走り去る。

残されたシアラは困ったような、戸惑《とまど》ったような表情で、撥ねのけられた手を握りしめていた。


この勝利はまぐれではなかった。曲刀を握ったシアラはかなり強かった。直剣を使った試合ではシアラに負けたことのない僕でも、曲刀を使われると三回に一回は彼女に取られた。

騎士見習い達もシアラの実力を認めた。来《きた》るべきデュシス王国との戦に備え、彼女と手合わせを願う者は後を絶たなかった。

シアラの活躍を聞いて、トバイットは人一倍喜んだ。サウガ城に出入りする職人や使用人、サウガ城で働く孤児達もシアラの上達を喜んだ。訓練場では滅多に笑顔を見せないイズガータ様でさえ、口元に微笑みを浮かべていた。

唯一人、デアバだけは頑《かたく》なに彼女の力を認めようとしなかった。あの敗戦は自分が手を抜いたからだと言い、本気で戦えばシアラを傷つけてしまうからと言い、再戦にも応じようとしなかった。

今までずっと対戦相手になってくれたデアバに突然背を向けられ、シアラは戸惑いを隠せずにいた。デアバを納得させようと、僕も幾度か話しかけてみた。けれど「お前、オレとシアラ、どっちの味方なんだ？」と問われるに至り、説得を諦めた。デアバにとってシアラは守るべき存在だった。その彼女が自分と同等の強さを手に入れたことで、彼はどうしたらいいのか、わからなくなってしまったんだ。

従者の部屋には重苦しい空気が漂うようになった。やがてデアバは朝早くから夜遅くまで外出するようになり、ついには夜になっても戻らなくなった。このままではいけない、何とかしなくてはと思いはしても、解決策が浮かばない。

イズガータ様に報告するか、いやその前にアーディンに相談するべきか。

逡巡《しゅんじゅん》しているうちに、数日が過ぎてしまった。

その日、磨きに出していた剣を受け取るために、僕は部屋を離れていた。騎士見習いであっても、許可された者には真剣の帯剣が許される。僕がその許可を得てから二年《サナ》が経つ。最近では剣を佩《は》いていないと何かを忘れているようで落ち着かない。

シアラは先日、念願の帯刀許可を得た。彼女のために曲刀を用意させたのはイズガータ様だ。それをシアラに渡す時、イズガータ様は「私のお古だ」と言った。でもその『お古』は柄も鞘も真新しく、刃にも傷ひとつついていなかった。

――ありゃ絶対に新品だぜ？　何とかカンとか言いながら、団長もシアラが可愛いんだな。

ああ、そうだな。

――あの分じゃ、シアラが騎士になった時には、曲刀型の影断ちの剣を作らせるぜ？　で、また『私のお古だ』って言い張るんだ。

違いない。

笑いを嚙み殺しながら廊下を歩いていると、僕らの部屋の方から大きな物音が聞こえてきた。重たい物が倒れる音。続いて激しく言い争う声。

僕は部屋の扉を開いた。

真っ先に目に入ったのは、床に倒れた衝立だった。その横にデアバが仰向けに倒れている。

「ふざけるな！」

シアラが叫んだ。頰を紅潮させ、眦《まなじり》を吊り上げている。その手に握られているのは抜き身の曲刀。彼女はそれを振りかぶり、デアバに飛びかかろうとする。

「よせ！」

叫ぶと同時に体が動いた。デアバとシアラの間に滑り込み、剣の柄で曲刀を受け止める。

「落ち着け、シアラ」

彼女は喧嘩《けんか》で剣を抜くような馬鹿じゃない。でも、どんな理由があろうと騎士の私闘は厳禁だ。しかも剣を抜いたとなれば騎士団から追放される恐れもある。

「剣を引け」

低い声で呼びかけた。それでもシアラは曲刀を構えたまま、射殺しそうな目でデアバを睨みつけている。

「今までの努力を無駄にするつもりか」

この一言が効いた。シアラは大きく息を吐いた。ゆっくりと曲刀を下ろし、鞘へと収める。

何があったんだと尋ねかけて、気づいた。シアラの木綿《クトン》のシャツ、襟元が破れている。僕はデアバを振り返った。デアバは気まずそうに目を逸らし、右手で口元を拭った。唇が切れ、血が滲《にじ》んでいる。

それを見て、何があったのか、わかってしまった。

——この野郎！

体が熱くなる。まるで体中の血が沸騰《ふっとう》しているみたいだ。剣の柄を握る。手がぶるぶる震える。抑えようとしても止められない。

——構うことねぇ。殺してしまえ。

チリン……と、呼び鈴《よびりん》が鳴った。

少し間を開けてもう一度。

しばらく待ってから、さらにもう一度。

執務室でイズガータ様が呼んでいる。僕は怒りを抑え込み、デアバから目を逸らした。

「急いで顔を洗ってこい」

デアバは何も言わず、硬い表情のまま立ちあがり、足早に部屋を出て行った。

僕は深呼吸を繰り返した。まだ怒りが収まらない。なんでこんなに腹が立つのか、僕自身にもわからない。じっとしていられなくて、僕は倒れた衝立に手をかけた。力任せに引き起こそうとすると、シアラが向こう側に回り込み、手を貸してくれた。

衝立を元の場所に戻した後、シアラと目が合った。怒りと憤《いきどお》り、それに一抹《いちまつ》の恐怖がない交ぜになった彼女の顔。何を言ったらいいのかわからなくて、僕は自分の襟元を指し示した。

「ここ、破れてる」

指摘され、初めてシアラはそれに気づいたようだった。

「着替えた方がいい」

彼女は素直に頷くと、衝立の向こう側へと姿を消した。

僕は自分の寝台に腰掛けた。ともすると目の端に映るシアラに目を向けてしまいそうになる。僕は俯いた。一度俯いてしまうと顔を上げられなくなった。床を見つめたまま、僕は問いかけた。

「大丈夫か？」

「大丈夫だ」待ち構えていたようにシアラは即答した。「何もされなかった」

さすがに言葉が足りないと思ったんだろう。さらに低い声で続ける。

「キスされただけだ」

――あいつ、殺してやる。

頭に血が上った。腹の底がぐらぐらと煮えている。

「だからといって許されることじゃない。イズガータ様には僕が話す」

「いや、言わないでおいてくれ」

衝立の向こうから着替えたシアラが姿を現す。

「隙を見せた私が悪いんだ」

――なんであんな奴を庇《かば》うんだよ！

という言葉を飲み込む。

「たとえそうだとしても、君は悪くない。悪いのは、その隙につけ込もうとする奴らだ」

とても笑えるような心境じゃなかった。

それでも僕は微笑んでみせた。

「力を持たない弱き者、虐げられた者を救うために、君はここまで強くなった。君はそれを証明してみせた。そうだろう？」

「やめてくれ――」

シアラは眉根を寄せた。唇が震える。今にも泣き出しそうな顔で、彼女は笑った。

「そんなこと言われると、泣いてしまいそうだ」

デアバが戻ってくるのを待って、僕らは騎士団長の執務室に向かった。

僕らが入室すると、イズガータ様は不機嫌そうに「遅い」と言った。僕らの顔を順番に眺め、訝《いぶか》しげに片目を閉じる。

「何かあったのか？」

「いえ」と僕は嘘をついた。「訓練から戻ったばかりで、三人とも埃だらけだったものですから」

イズガータ様は何か言いたげな顔をしたが、それ以上、追及はしなかった。

「三日後《ヤウム》、再開発を始めた時空鉱山の安全を確保するため、第一士隊をアルニールへ派遣する。お前達も同行しろ」

彼女は腕を組み、執務机に腰掛けた。

「わかっているだろうが、これは試験だ。お前達が騎士の称号を叙任するに相応しいかどうか見極めるためのな」

「わかりました！」

デアバは誇らしげに胸を張った。先程とはまるで別人だ。

「ご期待に添えるよう頑張ります！」

一方、シアラは緊張の面持ちで答えた。

「機会を与えて下さって、ありがとうございます」

——騎士になれるかもしれないってのに、なんだろなこの顔は。もう少し嬉しそうな顔をしろっての。

人のことは言えなかった。僕は黙って一礼した。騎士になるのが嫌だというんじゃない。アルニールに行きたくないだけだ。

まだ僕が生まれる前のこと。アルニールを鬼《グル》が襲った。住人達は次々に鬼《グル》と化した。被害の拡大を防ぐため、エトラヘブ卿は神聖騎士団を派遣した。その結果、アルニールの町は焼かれ、住人達は一人残らず殺された。

神聖騎士団による住人の虐殺。それは僕が毎夜見る悪夢に符合する。はたして僕は、惨劇の地を目の当たりにしても、自分自身を見失わずにいられるだろうか？

その二日《ヤウム》後、アルニールへの出立《しゅったつ》を翌日に控えた夜。

僕はなかなか寝つけずにいた。デアバのいびきとシアラの寝息。それを聞きながら、ようやくウトウトしかけ――

いつもの夢を見た。

炎を上げて燃える村。火に炙《あぶ》られる森の木々。大地を揺るがす馬蹄の響き。燃えさかる炎の中を人々が逃げまどう。騎士が剣を振り上げる。断末魔の悲鳴、絶叫、夜空に響く高笑い。

斬り殺される女。流れ出す血。死にゆく宿主。

温かな時空を求め、僕は『生命』の中に潜り込む。

違う。僕は死影じゃない。僕は人間だ。鬼《グル》にはならない。人間として生きるんだ。

「ダカール」

跳ね起きた。

暗い小部屋。天井の梁。見慣れた壁の染み。

「大丈夫か？」

目の前に差し出される水の入った器。

心配そうに僕を覗き込む白い顔。

これは……誰だ？

――シアラだろうが。ボケ。

「ああ……」

僕は器を受け取った。一息に飲み干す。冷たい水が喉を滑り落ちていく。

大丈夫。僕はまだ正気だ。

「起こして悪かった」

すまなそうにシアラが囁く。

「ひどくうなされていたものだから、つい」

「心配いらない」僕は無理矢理微笑んでみせる。「いつもの夢を見ただけだから」

「いつもの夢――？」

シアラが首を傾げる。まるで幼い子供のようだ。純粋で、まっすぐで、それでいて揺るがない。

――話してみろよ。彼女なら、お前を救ってくれるかもしれないぞ？

「僕の母は……神聖騎士団に殺された」

僕は空の器を両手で握った。

「その時のことを繰り返し夢に見る」

「神聖騎士団――」

シアラは唇を噛んだ。その表情が険しくなる。

「奴らに襲われて全滅した村を、私も見たことがある」

僕は驚いて彼女を見つめた。

その経験がシアラを突き動かしたんだろうか。いや、それ以前に――

「なぜ君みたいな貴族の娘が、そんなものを見たことがあるんだ？」

「それは――」と言って、シアラは視線を空に泳がせた。「ごめん、今はまだ言えない」

チクリと胸が痛んだ。

――まだ信用するに足りないってことか。

仕方がない。僕だってすべてを話したわけじゃない。

「もう休もう」と僕は言った。「明日は早い」

頷いて、シアラは立ちあがった。衝立の横を廻り、自分の寝台へ戻ろうとする。

「――シアラ」

僕は彼女を呼び止めた。

薄暗がりの中、シアラが振り返る。

傍にいてくれ――と言いかけて、僕はその言葉を飲み込んだ。

「また……起こしてくれるか？」

意味がわからないというように、彼女は首を傾げる。

「僕がうなされてたら、また起こしてくれるか？」

そう言い直すと、シアラはかすかに笑った。

「ああ、任せておけ」

「それじゃ……おやすみ」

「おやすみダカール。今度こそ、よい夢を」

衝立の向こう側に彼女が消える。

僕は再び横になった。

大丈夫。またあの悪夢を見ても、きっとシアラが起こしてくれる。彼女が道を照らしてくれる。揺らぐことのない眼差しで、力強い言葉で、僕を闇から引っ張り出してくれる。

不思議な安心感に包まれて、僕はゆっくりと目を閉じた。


翌日、僕らを含めた十五人の騎士見習いは、第一士隊とともにアルニールへと出立した。

ケナファ領の南西部、ナハーシャ山脈沿いにある時空鉱山の町アルニール。かつての惨劇の気配など、まるで感じさせない美しい町並みを見て、僕はひそかに安堵した。

第一士隊は町の広場に兵舎を設置すると、さっそく仕事に取りかかった。数年前《サナ》まで閉鎖されていたという時空鉱山。そこに巣くった死影を排除し、鉱夫達が安心して働けるように整備する。それが今回、第一士隊に与えられた任務だった。

「いいか、ヒヨッコども！」

久々の任務に第一士隊第六小隊の隊長ヤルタは張り切っていた。

「お前達の仕事は坑道に並べられた古い光木灯を、この新しいのに取り替えることだ」

彼は光木灯を山積みにした手押し車を叩く。

「第二坑道の脇道は整備されていない。絶対に入るんじゃないぞ。作業中に死影の気配を感じたら、ケツを捲《まく》って逃げろ。とにかく安全第一だ。いいな？　わかったな？」

「了解です！」

デアバが溌剌《はつらつ》と答えた。胸に手を当てて正式な騎士の敬礼をしてみせる。

それを見て、ヤルタは失笑を隠せない。

「そのやる気は買うけどな。調子に乗って無茶するんじゃないぞ？」

光木灯を乗せた手押し車を転がし、僕らは第二坑道に入った。床には木の板が敷かれている。壁は剝《む》き出しの岩盤だ。所々に窪《くぼ》みが穿《うが》たれ、光木灯が置かれている。光茸《ひかりだけ》は坑道の湿気にやられ、茶色く変色し始めていた。

光木灯を取り替えながら、奥へと進んだ。先頭を歩くのはデアバだ。周囲を見回し、死影の気配がないかを探っている。その後ろを行くのはシアラ。古い光木灯を回収し、新しい物へと取り替えていく。そして僕は手押し車を押しながら最後尾を歩いた。

背後に出入口が遠ざかり、ついに見えなくなる。

途端、息苦しさを感じた。光が届かない深い縦穴、立て板で塞がれた側道の入口。そんなものに出会うたび、怖気立《おぞけだ》つような不快感を覚える。蠢《うごめ》き回る死影達の気配。カサカサコソコソと囁き声が聞こえてくる。

いや、きっと気のせいだ。聞こえるような気がするだけだ。先を行くデアバにもシアラにも怯えた様子はない。すべては幻聴、恐怖が生み出す幻だ。

ごとりと音を立てて手押し車が止まった。車輪が油溝に嵌《は》まっている。油溝は死影除《よ》けの仕掛けだ。いざという時はこの油に火をつけ、死影を追い払う。

「ダカール……？」

数歩先を歩いていたシアラが戻ってきた。

「どうした？　大丈夫か？」

光木灯を眼前にかざし、心配そうに僕の顔を覗き込む。

「替わろう。こいつは私が押す」

「いや……平気だから……」

「おい、何してるんだよ！」

デアバが僕らを振り返り、腹立たしげに呼びかける。

「グズグズすんな。これくらいちゃっちゃと片づけちまわないと、いつまで経っても騎士になんてなれないぞ！」

「わかってる！」苛立った声でシアラが叫ぶ。「今行く！　待ってろ！」

シアラは僕を押しのけ、手押し車の取っ手を摑んだ。がたんという音がして車輪が溝から外れる。僕は仕方なく手押し車の横を歩いた。壁の窪みから光木灯を取り出し、新しい物と取り替える。

「なんだ、ダカール。怖いのかよ？」

僕を見て、デアバは鼻で笑った。

腹は立ったが言い返せない。僕は闇が怖い。暗闇が怖くて仕方がない。出来ることなら今すぐここから逃げ出したい。

「そんなことはないぞ！」

言い返したのはシアラだった。

「ダカールはちょっと体調が悪いだけだ」断言して、僕の顔を見る。「──そうだな？」

「へぇ？　今朝は何ともなかったのに？」

「誰にだって苦手はある」

にやつくデアバを、シアラはキッと睨み返す。

「私達は仲間だ。互いの苦手を補いあい、助けあうのが仲間というものだ」

「オレ、苦手なんかねぇもん」

そう嘯《うそぶ》くと、デアバは僕らに背を向けた。鞘からすらりと剣を抜き、右へ左へと振り回す。

「コレさえあればオレは無敵さ」

シアラが、あっと息を飲んだ。

「お前、それ、影断ちの剣じゃないか！」

僕はデアバの剣を凝視した。

黒塗りの鞘、冴え冴えと輝く刀身、柄に巻かれた布でケナファの紋章は隠されていたけれど、間違いない。城の武器庫に保管されている影断ちの剣だ。

「黙って持ち出してきたのか！」

シアラはデアバに喰ってかかった。

しかしデアバは悪びれもせずに笑っている。

「そう怒るなよ。城に戻ったらちゃんと返しとくからさ」

「そういう問題じゃない！」

「でも影断ちの剣がねぇと死影退治出来ないじゃん？」

デアバはニヤリと笑った。

「な、影狩りに行こうぜ？」

「なっ……、ばっ……おっ……」

シアラが何かを言いかけた。けれど怒りのせいか、まともな言葉が出てこない。

「やめておけ」

僕はデアバに向き直った。

「僕らの仕事は光木灯の交換だ。死影を退治することじゃない」

「とか言って、本当は怖いんだろ？」

「必要のない危険に身をさらすのは愚かな行為だと言っているだけだ」

「臆病者」

揶揄するように鼻で笑い、デアバは僕とシアラを交互に見た。

「見てろ。オレは死影を斬って、一足先に騎士になる」

彼は身を翻した。坑道の奥に向かって走り出す。

「待て、デアバ！」慌ててシアラが追いかける。「危険だ！　戻れ！」

彼らを追って走り出そうとした時、怪しげな音が聞こえた。風が吹き抜けるようなヒュウヒュウという音。それは冷たく凍えた死影達の、不気味な歓喜の声だった。

肌が粟立つ。怖い。今すぐここから逃げ出したいという衝動を腹の底に押し込め、僕は坑道を走った。数ムードル先に光木灯の明かりが揺れている。シアラだ。打ちつけられた木板の隙間から、側道に入ろうとしている。

僕は彼女の腕を摑んだ。

「行くな」

僕の声に悲鳴が重なる。デアバだ。側道の奥からだ。

——こいつを行かせるなよ？　聞こえたろ、歓喜に打ち震える死影達の声が。こんなキラキラした娘が行ったら、あっという間に喰い尽くされるぞ！

ああ、わかってる。行かせるものか。

「放っておけ」冷静を装い、僕は言った。「デアバのことだ。どこかに隠れて、駆けつけた僕らを脅かそうとしているんだ」

「それでもいい。とにかく早く連れ戻さなければ、この先は危険だ」

「デアバの我《わ》が儘《まま》につき合って君まで危険を冒すことはない」

「彼は私達の仲間だ！」

シアラは叫び、僕の手を振りほどいた。

「仲間を見捨てるわけにはいかない！」

光木灯を掲げ、シアラは側道に飛び込んだ。恐怖を押し殺し、僕は彼女の後を追った。

側道の奥から、再び悲鳴が聞こえてくる。斬り裂くような絶叫が、弱々しいすすり泣きに変わっていく。シアラは声に向かって走った。

闇の中、デアバの顔が浮き上がる。

勢いあまったシアラは彼にぶつかりそうになった。

「お、脅かすな！」

デアバは答えなかった。笑いもせず、目を見開いている。唇がぶるぶると震えている。

様子がおかしい。

「シアラ、伏せろ！」

僕の声に、シアラは瞬時に反応した。

デアバの腹を貫いて黒い手が伸びてくる。それは一瞬前までシアラが立っていた場所を切り裂き、再びデアバの腹へと飲み込まれる。

シアラは石床を転がり、落ちていた影断ちの剣を拾って立ちあがった。

僕らの目の前でデアバが前のめりに倒れる。その背後には闇があった。うねうねと動く黒い影。カサカサという笑い声。全身の毛が逆立つ。冷気が骨の芯を凍らせる。

（血ダ――）

（温カイ血ノ臭イガスル――）

死影だった。石壁に貼りつき、天井から垂れ下がり、床から立ちあがる死影の群れ。それらは僕らを飲み込もうと次々に黒い手を伸ばしてくる。

自分のものとは思えないかん高い悲鳴が迸《ほとばし》る。怖ろしさに心臓が引き絞られる。血が凍る。手足が硬直する。動けない。

厚みを持たない黒い手が迫る――

光が閃いた。影断ちの剣が死影を斬り裂く。

僕の前に立ちふさがり、シアラは叫んだ。

「逃げろ！」

その声で静止の呪いが解けた。僕は光木灯を振り回し、死影を払いながら走った。側道を駆け抜け、木板の隙間をすり抜け、走って走って走り続けた。第二坑道の半ばに据えられた警鐘に辿《たど》り着き、そこでようやく足を止める。

「大丈夫か、シアラ？」

そう言って背後を振り返り――愕然《がくぜん》とした。

シアラがいない。

逃げ損なったのか。

あるいは最初から逃げる気などなかったのか。

戻らなければと思った。なのに足がすくんで、一歩も動けなかった。僕は木槌《きづち》を取り上げ、警鐘を叩いた。一度、二度、三度。坑道に警鐘の音がうわんうわんと反響する。誰か来てくれ。誰か助けてくれ。早く早く早く！

「どうした！」

第六小隊の騎士達が駆けつけてくる。小隊長のヤルタ、それにラズとタリフだ。

「何があった？　デアバとシアラはどこだ？」

喘ぎながら僕は事態を報告した。話を聞いたヤルタは真顔で深く頷いた。

「よく知らせてくれたな」

それからラズとタリフを振り返る。

「聞いた通りだ。下手すりゃ死影が坑道へ溢れ出す。タリフは外に戻って、みんなにこのことを知らせろ。鉱夫達を全員避難させるんだ」

「了解です」

タリフは身を翻し、坑道の出入口の方へと駆けていく。

「ラズはオレと一緒に来い」

「はいよ」

請け合って、ラズは僕の肩を軽く叩いた。

「大丈夫、二人のことは俺達に任せな」

「ダカールはここで警鐘を鳴らし続けてくれ。じき救援隊が駆けつけて来る。それまで頑張れるか？」

僕は頷いた。ヤルタは僕の前髪をくしゃりとかき回してから、ラズを伴い、坑道の奥へと走り去った。

僕は警鐘を鳴らし続けた。

腕が痺れ、手の感覚がなくなってくる。なのに誰も戻ってこない。シアラもデアバも、ヤルタもラズも戻ってこない。

血の臭いが鼻にこびりついて離れない。暗い森に倒れる女。斬り裂かれた喉。溢れる鮮血。彼女の姿にシアラが重なる。流れ出る血。失われる時空。シアラが死ぬ。そんなの耐えられない。

誰でもいい。シアラを助けてくれ。彼女が助かるなら、僕はどうなってもいい。影に喰われてもいい。狂気に飲み込まれてもいい。だからお願いだ。シアラを助けてくれ——！

「ダカール！」

背の高い二人の男が駆けてくる。

「ここはもういいから、君は逃げなさい」

枯れ草色の髪。色の薄い青灰色の瞳。彼の名は……アーディン。ケナファ騎士団の副団長。最強の騎士で剣呑な笑顔の持ち主。

大丈夫、思い出せる。

僕はまだ狂っていない。

「いやです」喉の奥から声を絞り出す。「奥にまだシアラとデアバが残っています。どうか僕も……僕も連れて行って下さい！」

戻れば恐ろしい光景を見てしまう。もしシアラが殺されていたら、僕は正気を保てない。それを思うと身が震えるほど恐ろしい。

でも、このままでは、僕は僕を許せない。

「わかった、一緒に来なさい」

アーディンは光木灯を拾い上げ、僕に差し出した。それを受け取り、僕は先に立って走り出した。足が震え、膝が抜けそうになる。それを必死に堪え、再び側道に入った。光木灯を高く掲げ、前方を照らす。不安と恐怖で吐き気がする。心臓が押し潰されそうだ。

人の気配がした。息遣いと足音が聞こえる。

「誰だ？　無事か！」

アーディンの声が坑道に響く。光木灯の光の中に男が現れる。ラズだ。ヤルタを背負い、右脇にデアバを抱えている。が、シアラの姿はどこにもない。

「ふ、副団長！」ラズはその場に倒れ込む。「デアバがやられて、それを助けようとしてヤルタも――」

「シアラは！」

真剣な声でアーディンは叫んだ。

「シアラはどうした！　やられたのか！」

「奥に残ってる。自分が死影を防ぐからって」

シアラはまだ生きている！

僕は走り出した。恐怖よりも希望が勝った。シアラは生きてる。一人踏みとどまって助けが来るのを待ってる。頼む。無事でいてくれ。今、行くから。今すぐ助けに行くから！

狭くなった坑道、油溝が切られた入口、そこにシアラが立っていた。影断ちの剣を振るい、出てこようとする死影を斬り裂いている。

僕は彼女に駆け寄った。光木灯を掲げ、伸びてくる死影の手を焼く。一瞬、シアラと目が合った。でも言葉を交わしている暇はない。

死影は血の匂いに沸き立っていた。斬っても、払っても、その数は増えるばかりだ。じき夜が来る。これだけの死影が外に溢れ出したら、アルニールの町にも被害が及ぶ。それを防ぐには油溝に塡《は》め込《こ》まれた岩扉を閉じるしかない。

「お疲れさん」

アーディンがシアラの前に入り込む。影断ちの剣で死影を薙ぎ払う。

「ダカール、シアラを連れて逃げなさい」

「でも――」

「ここは俺がなんとかします。早く行きなさい」

死影が軋み声を上げる。闇が膨れあがり、今にもはち切れそうになっている。これを一人で退治するなんて、いくらアーディンでも絶対に無理だ。なのに彼は前方を見据えたまま叫ぶ。

「ダカール、早く行け！」

「副団長をおいていけません！」シアラが必死に言い返す。「副団長が死んだらイズガータ様が悲しみます。それくらい私にだってわかり――」

「やかましい、さっさと逃げろ！」

鬼気迫る声。いつもの余裕は感じられない。アーディンはここを死守する気だ。僕らを逃がす時間を稼ぐつもりなんだ。

――こいつに借りは作りたくねぇな。

でも、どうすればいい？

――簡単さ。油溝に火をつければいい。

どうやって？　火種もないのに？

――お前は『影憑き』だ。お前が時空を費やせば、叶わないことなど何もねぇ。

「命令だ、ダカール！」飛びかかってくる死影を両断し、アーディンが叫ぶ。「殴っても昏倒《こんとう》させてでもいい。この馬鹿娘をここから連れ出せ！」

「**――お断りだね**」

背中を強打されたような衝撃。僕はよろめき、前に踏み出す。体が軽い。足が地を離れ、ふわりと宙に浮き上がる。周囲がとても明るく、動きがゆっくりとして見える。

闇にひしめく死影達。その攻撃をかいくぐり、僕は両手を突き出した。指先に炎が生まれる。

小さな火が油溝へと落ちていく。

赤い火柱、炎が一気に燃え広がる。死影がキイキイと金切り声を上げる。溢れんばかりに詰めかけていた暗闇が、ざわざわと退却していく。

――ほれ見ろ。やれば出来るじゃねぇか。

ガクンと体が揺れる。手足に重さが戻ってくる。額から汗が噴き出す。全身が小刻みに震えている。

今のはなんだ？

僕は何をしたんだ？

――今のが影の技。お前が生まれ持った力だ。

咄嗟《とっさ》に僕はアーディンを見た。見開かれた青灰色の瞳。そこに浮かぶ驚愕。この炎がどこから来たのか、彼は見抜いている。もう隠し通せない。僕は騎士団から追放される。もうシアラの傍にはいられない。

「さあ、今のうちに逃げますよ」

アーディンに肩を叩かれ、僕は顔を撥ね上げた。

もしかして、気づいてないんだろうか？

「無事に逃げおおせたら、君達には命令違反の懲罰を受けて貰いますからね。覚悟しときなさい」

冗談めかしたいつもの口調。

けれど僕を見るアーディンの目は、少しも笑っていなかった。

僕らが第二坑道を脱出した後、出入口付近の岩扉が閉じられた。死影達が鎮まるまで、ここは閉鎖するしかないだろう。

デアバは重傷を負っていたが命は助かるという。負傷したヤルタも命に別状はないという。けれど彼らは死影に傷を負わされた。もう騎士団には戻れない。死影を制御する方法を覚えて影使いになるか、魂を喰われて鬼《グル》と化すか。そのどちらかしかない。

デアバはずっと騎士になることを夢見てきた。彼の心中を思うと胸が痛む。と同時に腹立たしさも覚える。彼が死影を挑発しなければ、こんなことにはならなかった。僕が影の技を使うことも、アーディンに正体を見破られることもなかった。

夕食の後、僕はアーディンに呼び出された。

再建された小領主の館、その一室で僕は事件の詳細を報告した。アーディンは椅子に腰掛け、机の上に両脚を乗せ、影断ちの剣を握っていた。

すべてを聞き終えた後、彼は剣帯から葉煙草《スィガーラ》を抜き取り、蠟燭《ろうそく》をつかって火をつけた。

「ことの次第はわかりました」

わずかに上を向き、煙を吐き出した後、再び僕に目を向ける。

「君を呼び出したのは、別の理由からです」

――そう来ると思った。

「あれは僕がやりました」

今さら言いのがれは出来ない。ならばすべて話してしまおう。

「僕の中には影が棲《す》んでいます。でも、その力を使ったのは今日が初めてです」

「俺は影についてはあまり詳しくないけど、影使いは使役する影に時空を分け与えるため、ある程度、その力を行使しなければならないんじゃなかったかな？」

「そのようですが――」

――認めるのか？　自分は影憑きですって？

「それは後天的に影に憑かれた者の場合で、僕の場合、それとはちょっと違います」

「どう違うんです？」

アーディンは目を細め、僕を睨んだ。

「返答は詳しく正確にね。君の進退に関わることだから」

――わかってるよ。言われるまでもねぇ。

「影使いは影に名前を与えることで、主人格と影が混ざり合うことを防いでいます。けれど僕が影に憑かれたのは母の腹の中にいる時でした。当然、影を名づけることなど出来るわけもなく、影は僕の中に溶け込んでしまった。いつも後ろに誰かがいるようなこの感じ。上手く説明出来ないけれど、僕は影であり、影は僕なんです。だから僕が動揺したり、怒ったりすると、それが表に出てきてしまう」

「ふん……」

気にいらないというように、アーディンは葉煙草《スィガーラ》の煙を吐き出した。

「歳の割に落ち着いていると思ったら、そんな理由があったんですね」

「今まで上手くやってきました。これからも制御してみせます。だからどうか、みんなには黙っていて下さい。これからも僕を騎士団に置いて下さい」

僕は語気を強めた。言っても無駄だと思いながら、それでも諦められなかった。僕はまだ何もしていない。ようやく熱くなれるものを見つけたのに、僕はまだ何もしていないんだ。

「副団長の言葉通り、僕はシアラを守ってきました。でもそれは義務だからじゃなくて、命令だからでもなくて、ただ僕は――」

「わかってる。それ以上は言わなくていい」

アーディンはまだ長い葉煙草《スィガーラ》を暖炉の炎へと放り込んだ。

「で、このことは他の誰かに話しましたか？」

「エズラ様はご存じです。ですからイズガータ様も、おそらくご存じなのだと思います」

「そうか……」

アーディンの顔に、一瞬、寂しそうな影が過《よぎ》った……ような気がした。

「ダカール、君は努力家だし、腕もいい。近いうち騎士に叙任されるでしょう。そうなったらウチに来てくれますかね？」

――**ってことは……**

「黙っていて貰えるんですか？」

アーディンは頷いた。

「君の秘密は俺の胸の内に留めておくと約束します。が、それは君を見逃すということじゃない。君には俺の監視下にいて貰います。もし君が影を抑えきれず、それに飲み込まれてしまったら――」

そこで言葉を切り、彼は僕を指さした。

「俺が君を殺します」

鋭く光る瞳。酷薄な微笑み。薄く漂う殺気。彼は本気だ。そのことにいっそ安堵して、僕は無言で頷いた。

アーディンは机から足を下ろした。

「じゃ、これでおしまい」

「あの――」シアラにも黙っていて貰えますか？　と僕が尋ねかけた時、バタバタという音が響いた。物凄《ものすご》い勢いで誰かが廊下を駆けてくる。

「アーディン副団長！」

シアラが部屋に飛び込んできた。僕のことには目もくれず、物凄い剣幕で捲し立てる。

「なぜダカールだけを呼び出したんです！　命令違反を犯したのは私も一緒です。罰するのなら私も同列にお願いします！」

「ホントに暑苦しい娘ですねぇ」

アーディンはわざとらしく耳を塞いだ。やれやれというように、僕に向かって肩をすくめる。

「引き続き、彼女のことを頼みます。早いとこ、ここからつまみ出しちゃって下さい」

副団長の命令に従い、僕はシアラを引きずって部屋から退出した。屋敷を出て、兵舎に向かう。

「まったく、散々な試験になってしまったな」

歩きながらシアラは言った。無理に明るい声を出そうとしているのがわかって、僕は彼女の顔を見られなかった。

「僕には騎士になる資格なんてない」

「――どうして？」

「仲間である君達を置いて逃げた」

「それがどうした？」

シアラは僕の顔を覗き込み、悪戯っぽく笑う。

「あの場にお前が残っていたら、私達は全滅していた。お前が警鐘を鳴らし、助けを呼んでくれたから、こうしてみんな助かったんだ」

「――ごめん」

「謝るな、馬鹿」

彼女は僕の肩を小突いた。そのまま小走りに数歩進み、そこでくるりと振り返る。

「私は信じていたぞ？　お前が助けを呼んで、きっと戻ってきてくれるとな！」

シアラは笑った。輝くような笑顔だった。眩《まぶ》しかった。太陽のようだと思った。

胸の奥に生まれた小さなさざ波。それが全身へと広がっていく。痺れるような多幸感。

初めてだ。こんな感覚。

――それが恋ってやつだ。

恋……？

――鈍い奴だな。デアバに嫉妬して、殺しかけたことだってあるくせに、気づいてなかったのかよ？

嫉妬……？

僕はデアバに、嫉妬してたのか？

「そういえば、デアバのこと聞いたか？」

再び歩き出しながらシアラが問いかけてくる。

「ああ……うん」何気ない調子を装って僕は答える。「重傷だけど命に別状はないって聞いたよ」

「助かってよかった。デアバのことだ。きっと立派な影使いになって戻ってくるだろう」

影使いになったら戻ってこられないじゃないか……とは言えなかった。

「誰も死ななくてよかった」そう続けて、シアラは不意に俯いた。「もし誰かが犠牲になっていたら、私はデアバのこと、許せなくなるところだった」

誰かとは誰のことだろう。

アーディンだろうか？

「シアラは……副団長が好きなのか？」

「ば、馬鹿を言うな！」

シアラはぴょんと跳び上がった。夜目にもわかるほど顔が赤い。

「副団長のことは尊敬している。けど、これは好きとか、そういうものじゃない。それに副団長はイズガータ様しか見てない。私はイズガータ様が大好きだ。だからお二人には幸せになって貰いたい」

「でも、彼らにも身分の差がある」

そう言いながら、僕はどこかで期待していた。愛さえあれば身分の差なんて乗り越えられる。シアラなら、そう言ってくれるはずだ——と。

けれど彼女は暗い目をして頷いた。

「ケナファ騎士団は素晴らしい。力がすべて。性差も身分の差もない。この国のすべてがケナファ騎士団のように平等になればいいのに。そうなれば、影使いも弾圧されずにすむのに」

ドキリとした。

やはりシアラは僕の正体に気づいてるんじゃないだろうか？

「あ——」僕を見て、シアラはしまったという顔をした。「いや、なんでもない。何も言ってない。本当だ。本当に、何も言ってないぞ？」

あまりにも彼女が必死に否定するので——

僕はその真意を聞きそびれてしまった。


一カ月後《シャハル》、アルニールでの任務を終え、第一士隊はサウガ城に戻った。僕はアルニールでの功労を認められ、騎士に叙任されることになった。

だが、驚いたことに叙任されるのは僕だけだという。

その話をイズガータ様から聞かされた時、僕は思わず言い返してしまった。

「あの事件を最小限の被害で抑えることが出来たのはシアラの功績です。僕なんかより、シアラが叙任されるべきです」

「ああ、わかっている」

イズガータ様は困ったような顔をした。

「これには込み入った事情があるのだ」

「どんな事情ですか？」

「それについては父が話す。お前の叙任式の後にな」

叙任式はサウガ城の謁見室で行われた。参加したのはケナファ侯とイズガータ様、六人の士隊長、それにシアラだけだった。

彼らが見守る中、僕はケナファ侯に忠誠を誓い、正式にケナファ騎士団の騎士に叙任された。イズガータ様から剣を拝領する。柄にケナファ家の紋章が刻まれた影断ちの剣だ。

叙任式の後、ケナファ侯は謁見室に集まった士隊長達をぐるりと見回した。

「今宵《こよい》はもうひとつ、諸君に大切な話がある」

彼の言葉に士隊長達の表情が引き締まる。

静まりかえった謁見室にケナファ侯の声が重々しく響く。

「私は常々考えてきた。我らがサマーア神聖教国は、何故《なにゆえ》こんなに重い空気に包まれているのか。まるで人生を楽しむことが罪であるかのように、人々は笑顔を隠し、俯いて歩く。これは聖教会の圧政のせいなのか。階級社会のせいなのか。それとも貧困のせいなのか。いったい何がこんなにも民達を抑圧しているのか」

ケナファ侯は顔を上げ、険しい表情で天井を睨む。

「すべての原因は恐怖であると、私は考える。我らが信仰を失えば、天に在りし光神サマーアが落ちてきて、我らを打ち殺すという恐怖。その恐怖が聖教会に力を与え、結果として、現在あるような神聖院による恐怖政治を許すことになってしまった。この現状を打破するには、聖教会から権力を奪い、神聖院を廃さねばならない。だが聖教会の頂点に立つのは現人神《あらひとがみ》である光神王。神である光神王に逆らえば、光神サマーアが落ちてくるかもしれない。その恐怖はとても根深いものだ。たとえ我らが打倒聖教会、打倒光神王を唱えたとしても、恐怖に縛られた民達を動かすことは出来ないだろう。となれば残る手段はただ一つ。現光神王アゴニスタ十三世に代わる新たな光神王を擁立《ようりつ》し、その者に我らを率いて貰うしかない」

そこで言葉を切り、ケナファ侯はシアラを呼んだ。

シアラは前に出て、ケナファ侯の横に並んだ。

「諸君、改めて紹介しよう。シアラとは仮の名前。彼女の本名はアライス・ラヘシュ・エトラヘブ・サマーア。アゴニスタ十三世とハウファ第二王妃の子であり、聖教会が死んだと公表した第二王子であり、存在するはずのない光神王の血を引く王女だ」

アライス・ラヘシュ・エトラヘブ・サマーア。

それは五年前、実母《サナ》であるハウファ第二王妃とともに光神王への反逆を企て、殺害されたはずの第二王子の名前だった。

シアラが……アライス王子？

光神王の娘？

「聖教会を打倒し、この国から恐怖を払拭《ふっしょく》するため、私はアライス姫を新たな王にすると誓う」

彼女の肩に手を置いて、ケナファ侯は続ける。

「今後、姫を王座に据えるまで、ケナファ騎士団をアライス姫の騎士団とする。諸君、賛同して貰えるだろうか？」

イズガータ様と六人の士隊長達は揃って右手の拳を左胸に当てた。僕も騎士の最敬礼をする。

ケナファ侯は満足気に頷いて、シアラの前に跪《ひざまず》いた。

「我らが王よ、我が剣を受け取っていただけますかな？」

その言葉に、シアラは戸惑ったように目を伏せる。

「申し訳ありません。やはり私は、貴方の剣を受けるわけには参りません」

「何故に？　理由をお聞かせ願えますかな？」

ケナファ侯の問いかけに、シアラは今にも消え入ってしまいそうな声で答える。

「私はどんな者も虐げられることなく、平和に暮らすことが出来る国を作りたいと思っています。でも、私はまだ何もしていません。貧困に喘ぐ民も救っていないし、迫害されている影使い達に安住の地を与えてやることも出来ていません。今の私には、王と呼ばれる資格はありません」

「おやおや――」ケナファ侯は苦笑する。「アライス姫は誤解なさっておられる。王の資格があるかどうか。それを決めるのは貴方ではなく、国民である我らです。我らは今まで貴方を見てきて、その上で我が王と呼ぶに相応しいと判断したのです」

「でも今の私には夢しかない。報酬をお約束することも、土地を用意して差し上げることも出来ません」

「ではお約束下さい。その夢を必ず叶えてみせると」

ケナファ侯が言い、イズガータ様がシアラの肩を叩く。

「我らにとってはそれだけで充分なのですよ。そもそも騎士の誇りは、時空晶や土地で買えるものではございません」

シアラは沈黙した。その頬は血の気を失い、引き結ばれた唇にも色がない。貧血を起こして倒れるんじゃないか。そんな不安がかすめた時――

震える声で、彼女は宣言した。

「この身に流れる光神王の血に懸けて、私は誓います。この命が続く限り、私は決して――決してこの夢を諦めないと」

「その言葉、確かに受け取りました」

ケナファ侯は彼女の手の甲に口づけると、立ちあがった。

「諸君、改革の準備は整いつつある。おそらくは一年以内《サナ》に、日頃の鍛錬の成果を発揮して貰うことになるだろう。それまで、シアラの正体は諸君の胸の内に留めておくように」

ケナファ侯は剣を引き抜き、頭上へと突き上げた。

「我らの王に！」

イズガータ様と士隊長達も追従《ついじゅう》し、それぞれの剣を掲げた。

「我らの王に！」

彼らが唱和する中、シアラはじっと俯いていた。

なぜだろう。

今にも泣き出しそうに見えた。


その後、謁見室に食事が運ばれてきた。ケナファ侯とイズガータ様、それに六人の士隊長達は、ご馳走《ちそう》を食べながら今後のことについて話し始めた。

シアラは表情を曇らせたままだった。何を思い悩んでいるのか、食もまったく進んでいない。

そんな彼女を見ながら、僕もまた考えていた。

シアラは光神王の娘、いずれこの国の王となる人だ。僕は孤児で、しかも影憑きだ。あまりに立場が違いすぎる。どんなに恋い焦がれようと、太陽は僕だけに微笑んではくれない。

——だったら彼女を影使いにしちまえばいい。そしたら誰にも邪魔されることなく、一緒に外《と》つ国《くに》を旅することが出来るぜ？

馬鹿言うな。そんなことしたら、シアラから夢を奪うことになる。

──なら、いいのか？　彼女が誰かのモノになっても。お前、それで平気なのかよ？

「ツァピール侯に求婚します」

そんなイズガータ様の声に、僕は我に返った。

イズガータ様がツァピール侯に求婚する？

なぜ？　何のために？

「そんなのダメです！」シアラが立ちあがる。「だって、イズガータ様は……」

「黙れ」

遮ったのはアーディンだった。誰もが驚きを隠せずにいる中、彼だけは平静を保っていた。

アーディンは常にイズガータ様の傍にいた。イズガータ様は誰よりも彼を信頼していた。二人は深い絆《きずな》で結ばれている。それは騎士団の誰もが知っている。なのにアーディンはシアラを見つめ、無表情に続けた。

「座れ」

「座りなさい、シアラ」

イズガータ様に諭《さと》され、シアラは渋々椅子に座り直した。それでいいと頷いて、イズガータ様はケナファ侯に目を向ける。

「エシトーファ様は御歳《おんとし》三十六ですが、いまだ独り身でいらっしゃる。なにか訳あってのことと は思いますが、だからこそ交渉の余地はあると思います」

「だがなあ……ツァピール侯にも相手を選ぶ権利はあろう？」

「大丈夫、断らせません」

イズガータ様は嫣然《えんぜん》と微笑んだ。

「明日にでもツァピール侯に会いに行きます」

貴族同士の婚姻に自由はない。ならばシアラも、いつかは愛してもいない相手と結婚しなければならないんだろうか。

その時、僕は耐えられるだろうか。

アーディンのように冷静でいられるだろうか。

——無理だな。

ああ、無理だ。絶対に、無理だ。


それからというもの、僕は何かに呪われたように、同じことばかりを考えるようになった。

どうすれば彼女の傍にいられるだろう。

どうすれば彼女を僕だけのものにすることが出来るだろう。

そんな僕を置き去りにして、事態は急変した。

イズガータ様はアーディンとシアラと僕を連れ、隣のツァピール領へと赴いた。ツァピール侯の屋敷で行われた秘密会談。ツァピール侯は政略結婚の条件として、二十年前にツァピール領を出て行った実兄オープとその奥方であるアイナを求めた。王城を追われたアライス姫を匿《かくま》った影使いの夫婦。それが彼らなのだという。

アーディンとシアラと僕はイズガータ様の命《めい》を受け、二人が隠れ住むという『悪霊の森《シャダイ》』に向かった。

サウガ城を出て街道を北上する。シャマール領に入り、もうすぐ王都ファウルカが見えてくるというあたりで、シアラは街道を外れ、深い森へと馬を進めた。

『悪霊の森《シャダイ》』と呼ばれる深い森。昼でも暗いこの森には、死影の気配が満ちていた。葉陰から、暗い虚《うろ》から、カサカサと死影の笑う声がする。

（欲シイノダロウ？）

（ソノ娘ノ時空ガ　喰イタイノダロウ？）

（喰ッテシマエ）

（喰ッテシマエヨ？）

気づくと、僕は機会を狙っている。

ここにいるのは僕とシアラとアーディンだけ。アーディンさえ出し抜くことが出来れば、シアラを攫《さら》って逃げられる。剣ではアーディンにかなわない。けれど影の技を使えば僕でも彼を倒せる。

「ダカール」

名を呼ばれ、僕はびくりと体を震わせた。

アーディンはそれには気づかない様子で、のほほんとした口調で続ける。

「何か気になることでもありましたか？」

貴方を殺そうとしていました……なんて言えるはずがない。僕は彼から目を逸らし、先行するシアラへと目を向けた。

暗い森の中でもシアラの髪は輝いて見えた。彼女が走り抜けると、死影達は葉陰に逃げ込む。それでもつかず離れず、彼女の頭上の葉陰や足下の影につきまとう。

――**これだけキラキラしてちゃ無理もねぇ**。

光は死影にとって何よりも耐え難く、それでいて憧れずにはいられないものだ。今は身を潜めていても、夜になれば間違いなく死影は彼女に襲いかかるだろう。

かつてシアラは矢傷を負い、血を流した状態でこの森に逃げ込んだ。しかも夜にだ。なのに死影に傷を負わされることもなく無事だったという。そんなの不可能だ。奇跡と呼んでもまだ足りない。

「偶然だと思いますか？」

僕の問いかけに、アーディンは尋ね返す。

「偶然――って、何がです？」

「シアラがオープという人に助けられたこと」

「そりゃ確かに出来すぎてると思うけど、偶然じゃなきゃ何だっていうんです？」

「**永遠回帰**」

「んん？　なんだって？」

僕は慌てて首を振った。

「いえ、なんでもありません。忘れて下さい」

「そんなこと言われたら余計気になって、忘れようったって忘れられませんよ」

どう誤魔化そうか。考えるよりも先に、勝手に言葉が口をついて出る。

「永遠回帰。いわゆる揺り返しのこと。何かが片側に偏《かたよ》ると、それに反抗する力が起こって、全体の平均を図ろうとする現象のことだ」

アーディンは首を傾げた。

「学がないんで、さっぱりわかりません」

そうだろう。僕にだってよくわからない。

「いえ、僕の説明が悪いんです」

その時、シアラが馬を走らせた。数ムードル先も見通せない深い森だ。下手をすれば見失う。僕とアーディンは慌てて後を追った。

悪霊《シャダイ》の森の奥に隠里《かくれざと》は確かに存在していた。

ツァピール侯の兄、オーブという老人をシアラは「父上」と呼んだ。その奥方であるアイナを「母上」と呼んだ。彼らもまたシアラのことを実の娘のように出迎えた。

シアラがここで暮らしたのは一年《サナ》だけと聞いていた。それでも隠里の影使い達は、涙を流して再会を喜んだ。シアラの話を聞き、ツァピール領へと移ることを快諾してくれた。

久しぶりに森を出た十二人の年老いた影使いは旅を楽しんでいるようだった。子供に戻ったみたいに無邪気に振る舞う老人達。そんな彼らとは裏腹に、僕の気持ちは沈む一方だった。

僕がシアラを欲するのは、きっと僕が死影だからだ。彼女は光神王の娘、光を司《つかさど》る神の娘だ。だから僕は、彼女に惹《ひ》かれずにはいられないんだ。

——逃げちまえよ。攫って逃げちまえ。どこか遠く、誰も知らない土地に行って、二人で仲良く暮らせばいいじゃねぇか。

このままシアラをどこかに連れ去ってしまいたい。それが身勝手な願いであることはわかっている。けれどこれは僕が初めて抱いた夢だ。彼女の夢のために自分の夢を殺すか。自分の夢のために彼女の夢を殺すか。僕はどうすればいいのか。考えれば考えるほど深みに嵌まり、身動きがとれなくなる。

一カ月《シャハル》近くかかって、僕らはケナファ領まで戻ってきた。ツァピール領まであと三日《ヤウム》の所にある宿場町バルラザーの宿で夕食を取っていた時だった。

「ここ、座ってもいいかしら？」

影使いの老婦人がやってきて、僕の前に座った。

白くなった髪、陽に灼けた肌、皺《しわ》深い顔には彼女が生きてきた日々が刻まれている。オープ・ツァピールの奥方アイナはニコニコしながら僕に話しかけてくる。

「ダカールさん……でしたわね？」

僕が頷くと、彼女は悪戯っぽく片目を閉じた。

「アライスのこと、聞かせて下さる？」

ずいぶんと馴《な》れ馴《な》れしい態度だった。なのに不快と感じさせない。請われるまま、僕は話し始めた。シアラと出会った時のこと。最初は騎士見習い達にさえかなわなかったこと。秘密の特訓を重ね、腕を上げ、ついには皆にその実力を認めさせたこと。

「おい！　何の話をしてるんだ！」

突然、シアラが割って入った。

「恥ずかしい話をするんじゃない！」

「あら、恥ずかしがることないわ。貴方は約束を守ってくれた。立派な騎士になって戻ってきてくれたんですもの。何を恥じることがあるというの？」

老婦人は微笑んだ。彼女の笑みには不思議な魅力があった。人を安心させ、心の蟠《わだかま》りを解いてしまうような、心地よい温かさがあった。

「とにかく——」シアラは僕の頭を小突いた。「余計な話をするなよ？　いいな？」

言い残し、逃げるようにその場を立ち去る。

それを温かい眼差しで見送ってから、アイナは僕に向き直った。テーブルに身を乗り出し、小さな声で尋ねる。

「貴方、アライスのことが好きなのね？」

はっとして僕はアイナを見つめた。会ったばかりの老婦人に見破られてしまうほど、僕は思い詰めた顔をしているのか？

「あの子は身分の違いなど気にはしないわ」

アイナは優しく微笑む。

それが辛くて僕は目を伏せた。身分違いの恋。それだけならまだよかった。けれど僕は影憑きだ。シアラのことを思えば思うほど正気を失っていく。いつ鬼《グル》と化すかもわからない。なのに僕は、彼女の傍にいたいと願ってしまう。彼女とともに生きたいと願ってしまう。理性では抑えきれないこの思い。きっと僕はすでに狂い始めているんだろう。

「いつだって恋は求めるもの」

アイナの声に、僕は顔を上げた。

慈愛に満ちた眼差しで僕を見つめ、彼女は謳《うた》うように囁く。

「けれど愛は与えるもの。たとえ願いが叶わなくても、愛する人のためにすべてを捧げることが出来たなら、それで幸せと思える日が来る」

彼女は優しく僕の手を握った。

「貴方にも、きっとわかる日が来るわ」

淡い希望が心をかすめた。でも、それは僕が捕まえる前に霧散してしまった。

摑み損ねた希望の欠片、僕はそれを探し続けた。ツァピール領との領境で影使い達と別れた後も、サウガ城に戻った後も、イズガータ様とツァピール侯エシトーファとの成婚が正式に決まり、その準備に忙殺されている最中でさえ、僕はアイナの言葉を反芻《はんすう》し続けていた。

イズガータ様の身の回りの品を衣裳箱にしまっている時、シアラがぽつりと呟いた。

「副団長……大丈夫かな」

――こんな時までアーディンの心配かよ？

焦げつくような嫉妬を隠し、何気ない調子で僕は言う。

「そんなに心配ならトバイット士隊長に相談してみたらどうだ？」

「うん、そうだな」歯切れ悪くシアラは言い、上目遣いに僕を見る。「ダカール、一緒に来てくれるか？」

僕らは治療院に向かい、トバイットに事情を打ち明けた。トバイットは意味ありげに笑い「そういうことなら私に任せてくれ」と答えた。「準備を整えておくから、イズガータが旅立った日の夜、ここに来たまえ」

新しい年が明けた一月《カヌーン》。この日のために仕立てられた白い馬車の列がサウガ城の中庭に並んだ。長い黒髪を結い上げ、白いドレスに身を包んだイズガータ様は目映いほどに美しかった。総出で見送るケナファ騎士団を見回し、彼女は言った。

「しばらくの間、留守にする。後を頼んだぞ」

そして白い馬車に乗り込むと、ツァピールに向けて旅立っていった。

その夜、消灯時間が過ぎた後、僕とシアラは小部屋を抜け出し、足音を忍ばせて治療院に向かった。

「やあやあ、ようこそ」

トバイットは満面の笑みで僕らを迎えた。

「さあ、秘密の宴《うたげ》を始めようか」

テーブルに並ぶ葡萄酒《マハル》の瓶。ざっと数えても十本以上ある。いったいどれだけ飲むつもり……

いや飲ませるつもりなんだろう。

「私は酒には強くないのですが……？」

シアラがおずおずと言う。彼女も僕と同じことを考えたらしい。そんな僕らをトバイットは豪快に笑い飛ばした。

「何を言っているんだね。みんなで前後不覚になるまで飲まなきゃ面白くないだろう？面白いのは貴方だけなのでは？　と思いこそすれ、口には出来ない。

「わ、私、副団長を呼んで参ります」

後じさりながらシアラが言った。僕は慌ててその腕を掴む。

「彼の部屋は騎士団の宿舎にある。僕も行こう」

「なんだ、一人で行っちゃ危ないとでもいうのか？」

「そうじゃなくて――」僕をこの変人医師と二人きりにしないでくれ。

「はいはい、痴話喧嘩はそこまでそこまで」

トバイットが割って入った。彼は僕らに酒杯を持たせ、なみなみと葡萄酒《マハル》を注《つ》いだ。普段僕らが口にする安酒とは明らかに異なる、芳醇《ほうじゅん》な薫りが鼻をくすぐる。

「飲まずに喧嘩するなんて野暮のすることだ」

「でも副団長を呼びに行かないと――」

「アーディンならすぐ来る」

自信たっぷりにトバイットは答えた。

「我らでさえ、飲まなきゃやっていられないのだ。あの男がじっとしていられるわけがなかろう？」

そうだろうか？　あのかっこつけのアーディンが、誰かに弱みを見せるとは思えない。けれどトバイットは僕らを椅子に座らせ、自分も勝手に飲み始めてしまった。こうなっては彼を信じて待つしかない。

僕とシアラがちびちびと葡萄酒《マハル》を舐めている間に、トバイットは次々と酒杯を干していく。

「イズガータは小さな頃から手がつけられないほどのお転婆《てんば》娘でね。それでも彼女が『騎士になる』と言い出した時には、みんな驚いたものだったよ」

イズガータ様が騎士を目指したのは、王妃となったハウファ様を取り戻すためだったという。そのために彼女は苦難の数々を乗り越え、ついにサマーア神聖教国最強の騎士となった。

「だからハウファ様が亡くなった時は、ひどく落胆していたよ。まるで芯が抜けてしまったみたいでね。彼女自身、どうしたらいいのかわからなかったんだろうな」

トバイットは片目を閉じ、シアラを指さす。

「そこに君が現れた。君はイズガータ様に希望を与えた。彼女に夢を取り戻させたんだ」

その瞬間、僕の脳裏にある考えが閃いた。

だが、それは突然開かれた引き戸の音にかき消されてしまった。

「トバイット？　一杯つき合って貰えま——」と言いかけて、彼は目を見張った。

「ようこそ、アーディン」トバイットが素早く立ちあがる。「あまり登場が遅いから、迎えに行こうと思っていたところだよ」

「――って、君達」アーディンはシアラを見て、僕を見て、再びシアラに目を戻した。「何してるんです？」

「何って、宴会に決まってるじゃないか」

笑顔で答え、トバイットは彼に酒杯を勧める。

「飲みたい気分なのは君だけじゃないってことさ」

「あんたにゃ聞いてませんよ、変態医師」

「すみません、副団長」シアラが俯いたまま謝った。「私は酒は得意じゃないって言ったんですが……」

「何を言う。きっと副団長は落ち込んでるだろうから、励ますために何かしたいんですと言い出したのは君じゃ――」

「ごめんなさい。ウソです」慌ててシアラが遮った。「飲みます。つき合わせていただきます！」

「そうそう、そうこなくちゃ」

トバイットは嬉々《きき》としてシアラの酒杯に葡萄酒《マハル》を注ぎ足した。それからアーディンを振り返り、にこやかに椅子を勧める。

「さあ、立っていないで君も参加したまえ」

やれやれというように肩を落とし、アーディンは僕の隣に腰を下ろした。すかさずトバイットが彼の酒杯に葡萄酒《マハル》を注ぐ。それを一気に飲み干して、アーディンは深いため息をついた。前髪が彼の顔に影を落とす。いつもヘラヘラ笑っているくせに、今日はひどく疲れて見える。どうやら本当に参っているみたいだ。

僕の視線に気づき、アーディンが顔を上げた。その口元に強《こわ》ばった微笑みが浮かぶ。

「君が飲んでるところ、初めて見ましたよ」

「普段は飲みません」

――酔っぱらうとオレが表に出てきそうで怖いんだよな？

「でも今夜は気になったので」

「ア……じゃなくて、シアラが？」

それもある。けれど多分、本音は違う。

「いえ、貴方が」

「おやおや、そんなに参っているように見えましたか？」

「そうそう、私の目は誤魔化せないぞ」

トバイットが僕とアーディンの間に割り込んだ。なんだか動きがおかしい。酔っぱらっているんだろうか。でも彼の言動が変なのはいつものことなので、本当に酔っているのかどうかはわからない。

「忘れることだ」トバイットは言った。「今は無理でも、時が経てば忘れられる。忘却だけが心を癒《いや》してくれる。生きていくということは、忘れるということなのだ」

「忘れるなんて無理です！」

シアラが叫んだ。酒杯を握りしめ、ぎゅっと目を閉じる。長い睫毛の下から涙が溢れ、紅色に染まった頬を滑り落ちる。

「イズガータ様！　どうしてお嫁になんか行っちゃうんですか！」

そうだ。忘れるなんて無理だ。

アーディンだってイズガータ様を連れて逃げたかったはずなんだ。これだけ腕の立つ彼のこと。それを考えなかったはずがない。けれどシアラが現れたことでイズガータ様は夢を得た。彼女は再び走り出してしまった。だから彼は自分の夢を殺した。シアラを恨みながらも、イズガータ様のためにシアラを助け続けた。

影使いの老婦人アイナは言った。

恋は求めるもの。愛は与えるもの。

アーディンはイズガータ様のことを、本当に愛していたんだ。

「アライス、君が王になったら、身分を問われることもなく、貴族の子でも奴隷の子でも自由に伴侶《はんりょ》を選ぶことが出来る。そんな国を作ってくれますか？」

酒杯を見つめながら、アーディンは独り言のように呟いた。

「もちろんすぐにとは言いません。俺達の時代には無理だろうから、百年《サナ》か二百年《サナ》先でいい。俺達の孫の、そのまた孫の時代で構わないから」

「必ず。私が王になったら、必ず」

「じゃあその時に――」

彼は顔を上げ、シアラに向かって微笑んだ。

「もう一度、俺はこの国に生まれてきます」

今まで見せたことのない、胸が痛くなるほど悲しい微笑みだった。

シアラは頷いた。頷くたび、大粒の涙がぽろぽろとこぼれた。

アーディンは手を伸ばし、シアラの髪をくしゃくしゃと撫でた。

「もう泣かなくていいから、飲みなさい」

「はい」

「てか、泣くか飲むか、どっちかにしなさい」

「はい」

シアラは涙を拭った。彼女の杯にアーディンが葡萄酒《マハル》を注ぎ足す。

「いただきます」

シアラが杯を掲げた。僕とトバイットもそれに倣った。

アーディンも酒杯を上げて僕らに応えた。

「我らの国に——乾杯」

昔、イズガータ様は言った。鍛練を積み、心技を鍛え、一人前の騎士になれと。積み上げた努力は自信となる。心の闇に打ち勝つ方法はそれしかないのだと。

アーディンは大義のために己の夢を犠牲にした。心の闇に打ち勝つということは、一人前の騎士になるということは、自分を殺し、夢を諦めるということなんだ。

確かに僕は騎士になった。けれど僕は諦められない。シアラに出会って僕は夢を得た。人として生きることの意味を知った。今、彼女を失うことは死に等しい。

シアラは泣き続ける。アーディンのため、イズガータ様のため、泣けない彼らに代わって泣き続ける。

僕は考えてしまう。

僕はシアラのために何が出来るのだろうか、と。

その答えを見つけられないでいるうちに、運命は静かに動き出していた。変化を求める永遠回帰。それは押し寄せる大波のようなもの。僕一人が「嫌だ！」と叫んでも、止めることなど出来はしない。

イズガータ様がツァピール侯に輿入《こしい》れしてから一年と二カ月《サナシャハル》が経った。彼女は依然ケナファ騎士団の団長を務めていたので、一カ月《シャハル》に一度はサウガ城に戻ってきた。

それを見計らったように、サウガ城は一人の客を迎えた。城の跳ね橋を渡り、大塔の前に止まった黒塗りの馬車。馬の鞍《くら》にも馬車にも紋章はない。降りてきたのは一人の男だった。目深《まぶか》に被《かぶ》ったフードから白銀色の髪がこぼれる。肌は抜けるように白く、瞳は凍るような薄水色をしていた。

彼を連れてきたのはトラグディだった。馬の調教師であり、馬の買いつけも行う彼はアーディンの父であり、僕を拾ってくれた恩人でもあった。

客人はトラグディが旅先で知り合った協力者ということだった。僕は第一士隊の騎士として城の警備にあたっていたので、会談の場に居合わせることは出来なかった。だからどんな話し合いが行われたのかはわからない。けれどサウガ城はにわかに慌ただしくなった。直ちに箝口令《かんこうれい》が敷かれ、士隊長達に招集がかけられる。

これはただごとではない。

あの男――いったい何者なんだろう？

「ダカール、ここにいたのか」

そんな声とともに第一士隊の先輩騎士ラズが駆けてくる。

「イズガータ様がお呼びだぜ。至急、私室まで来るようにとのことだ」

彼は口元に手を当て、声を潜める。

「お前、何をやらかした？　あの客人に関係あんのか？」

「さあ、特に覚えはありませんが」

そうか――と言って、ラズは僕の肩を軽く叩いた。

「ここは俺が見る。早く行きな」

「お願いします」

ラズにその場を任せ、僕は急ぎ足で大塔の三階に向かった。

イズガータ様の私室にはイズガータ様とシアラと、忙しく動き回る数人の女がいた。彼女達のことは僕も知ってる。イズガータ様のドレスを仕立てるお針子さん達だ。

「騎士にやらせる仕事ではないのだが、他に適役がいなくてな」

イズガータ様は僕に細長い紙包みを手渡した。

「シアラがこの城に来た時に切った髪だ。これを使って彼女の髪を編んで欲しい」

僕は紙包みを開いた。大切に保管されていたんだろう。緩やかに波打つ白金の髪は、艶々《つやつや》として美しかった。

「わかりました」と僕は答えた。どうしてこんなことを？　という問いかけを飲み込んで、続ける。

「やってみます」

僕とイズガータ様が話している間に、お針子達はシアラから木綿《クトン》のシャツを剝《は》ぎ取り、胸囲やら胴囲やらを測り始めていた。そのうちの一人、年輩の婦人がイズガータ様に言う。

「急いで作らせますが、ご要望通りの品となると、仕上がりまで少なくとも一カ月《シャハル》はかかります」

「それでは遅い。作りかけの私のドレスがあったろう？　あの丈を短くしたらシアラでも着られるんじゃないか？」

「ああ、あれなら――」婦人は丸い顎に人差し指を当てた。「丈だけでなく胸回りも詰める必要がありますが、六日《ヤウム》で出来ます」

「三日《ヤウム》だ」イズガータ様は言い切った。

「わかりました」と婦人は表情を引き締めた。「三日《ヤウム》で仕上げるよう娘達を急がせます」

「頼んだ」

イズガータ様は椅子に腰を下ろした。背もたれに背中を預けて足を組む。爪先が苛立たしげに揺れている。彼女は中空を睨みつけたまま思案に暮れていた。お針子達が仕事を終え、一礼して退出していったのにも気づいていない様子だ。

それはシアラも同様だった。お針子達の猛攻から解放されたというのに、彼女はその場に突っ立ったまま何かを考え込んでいる。

「座って」

僕はシアラを促した。

シアラは僕を見て、なぜか顔を赤らめた。

「あ、ああ、うん」

ぎこちなく、鏡台前の丸椅子に腰を下ろす。僕は彼女の髪を梳いた。初めて触れる彼女の髪は上等な絹《ハリール》のようだった。とはいえ最近伸ばし始めたばかりの髪は短く、ようやく肩に届く程度だ。僕は髪の束から長い髪を抜き出すと、それを細い糸で束ねて、彼女の髪の先に結びつけていった。

何があったのか知りたかった。けれど、僕からは訊けなかった。僕は一介の騎士にすぎない。騎士団長であるイズガータ様や光神王の娘であるシアラに質問することは許されない。

結んだ髪が落ちないよう気を使いながら、僕はシアラの髪を編み上げた。一歩離れたところから仕上がり具合を確認する。初めてにしてはいい出来だ……と思う。

「ダカール」

イズガータ様の声に、僕は慌てて彼女に向き直った。

「はい」

「今一度、お前に問いたい」

真剣な眼差しでイズガータ様は僕を見つめた。

「お前はアライス姫への忠誠を誓うか？」

僕は顎を引き、真顔で答えた。

「はい」

「では、お前をアライス姫付きの騎士に任命する。彼女の傍に常に身を置き、命がけで彼女を守れ」

願ってもない命令だった。けれど素直に喜ぶことは出来なかった。それほどイズガータ様の声は切羽《せっぱ》詰まった響きを帯びていた。

「わかりました」

僕の答えにイズガータ様は頷き、今度はシアラに目を向けた。

「話してやれ」

短く言い残し、彼女は部屋を出て行った。

シアラは僕を見上げた。丸椅子に腰掛けた彼女は美しい淑女そのものだった。僕の知っているシアラとは違う。だからだろうか。なんだか落ち着かない。

僕の戸惑いを余所に、シアラは口を開いた。

「今日、来客があったのは知っているな？」

「ああ」無関心を装い、僕は答えた。「協力者だって聞いたけど——」

「彼はアルギュロス・デウテロン・デュシス。デュシス王国の第二王子だ」

僕は息を飲んだ。

デュシス王国はイーゴゥ大陸の西、内海ネキイアを隔てたムンドゥス大陸のウヌス半島にある。今までに幾度となく戦を繰り広げてきたサマーア神聖教国の宿敵だ。その国の王子が単身サウガ城にやってくるなんて、とても信じられない。

「本物なのか？」

シアラはこくりと頷いた。

「今、デュシス王国では現王マルマロス・クラトル・デュシスが病床につき、第一王子クリューソスと第二王子アルギュロスが次の王権を争っているのだそうだ。だがアルギュロスは第二王子。味方となる貴族も少なく、分が悪い。そこで彼は私達と同盟を結ぶため、単身海を渡って来た」

アルギュロスの言い分はこうだった。

現王マルマロスはサマーア神聖教国を手に入れた者を次の王にすると言った。だが自分は戦争を仕掛けるだけの武力を持たない。ゆえに光神王に反旗を翻《ひるがえ》さんとする者達と手を組みたい。もし同盟を承知してくれるなら、デュシスが持つ最新鋭の武器を貸与し、現光神王の打倒に力を貸そう。

「そのかわり――」と言って、シアラは視線を床に落とした。「サマーア神聖教国の女王を自分の后《きさき》に迎えたいと、彼は言った」

サマーア神聖教国の女王。それはつまりシアラのことだ。美しい白金の髪を結い上げ、困惑の表情で僕の目の前に座っている、アライス・ラヘシュ・エトラヘブ・サマーアのことだ。

「それで――」声が掠れた。僕は空咳《からせき》をし、息を整えてから続けた。「君はなんて答えたんだ？」

「待ってくれと言った。私の一存では決められないからと」

シアラは顔を上げ、縋るような眼差しで僕を見た。

「人の口に戸は立てられない。アルギュロスの訪問が光神王や聖教会に知れるのも、もはや時間の問題だ」

そうなればケナファ侯はもちろんのこと、イズガータ様やツァピール侯、追随する諸侯達も反逆罪に問われる。

「僕らから時間を奪い、選択肢を奪うことで、同盟を承知させる。それがアルギュロスの狙いなんだ」

「ああ、イズガータ様もそう言っていた」

シアラは深いため息をついた。

「光神王に反旗を翻すといっても、まだ準備は調っていない。今、戦いに臨めば、神聖騎士団との衝突は避けられない。戦は長引き、戦場となった土地は荒れ、大勢の民が死ぬだろう。でも、デュシスの武器があれば、一気に王城を攻め落とすことも不可能ではない」

シアラはそこで口を閉じた。

僕は待った。彼女が「見ず知らずの男と結婚するなんてごめんだ」と続けるのを期待した。けれど、シアラが口にしたのは別の言葉だった。

「どうすればいいと思う？」

一瞬、笑い出しそうになった。

シアラは自分が女であることを厭い、男に負けることを潔《いさぎよ》しとせず、騎士になろうと頑張ってきた。そのシアラが女に戻ろうとしている。それは、すでに彼の申し出を受けると決めているからじゃないのか。なのに僕に意見を求めるのか。僕が何も言えないことぐらい、わかっているはずなのに。

「そこまで答えが出ているなら、君の思う通りにすればいい」

突き放すように僕は言った。シアラは答えず、じっと僕の顔を見つめた。引き結ばれた唇。今にも泣き出しそうな瞳。いつになく弱気な表情……

——彼女は救いを求めてる。ここから連れ出して欲しいと思ってるんだ。

そんなことシアラが思うわけがない。彼女には夢がある。そのためになら、彼女は努力を惜しまない。どんな犠牲も厭わない。

——お前がそう思いこんでるだけかもしれねぇぞ？　彼女の目をよく見てみろ。言葉や外見じゃなくて、彼女の心を確かめてみろ。

「暗くなってきたな」

僕はシアラに背を向けた。

「光木灯を貰ってくる」

そう言い残し、部屋を出た。

暗い廊下、扉のすぐ横にイズガータ様が立っていた。僕が扉を閉じるのを待ってから、彼女は囁くように尋ねた。

「聞いたか？」

僕は無言で頷いた。

重々しく頷き返し、イズガータ様は続ける。

「今、ケナファは秘密裏に影使い達を集め、影使い達による士隊を育成している。それがアルニールにいた鉱夫達だ」

その話はすでに聞かされていた。アルニールの鉱夫達を仕切っていたクナスという男。負傷したデアバとヤルタを預かる際「俺に任せておけ」と言ったあの男も影使いだという。

「もちろんこれは極秘事項だ。二十四年《サナ》前のアルニールの例もあるからな。ケナファ騎士団の団員にも知らされていない。知っているのはごくごく一部の者達だけだ」

なのに――と言い、イズガータ様は忌々しげに舌打ちをした。

「返答を待つ間、アルニールで働く影使い達の様子を視察したいとアルギュロスは言ってきた」

驚いて、僕は目を見張った。

「どうしてそんなことまで知っているんです？」

「トラグディだ。子馬の買いつけのため、彼はアルニールにも出入りしていた。二十年以上もケナファ《サナ》馬の調教をしてきた男だ。影使い達も油断したのだろう」

迂闊《うかつ》だった――と呟く。

「彼は各地で集めた情報をデュシスに流していた。知っているだろうが、トラグディはアーディンの父だ。アーディンがデュシス人であることがわかった以上、彼をシアラにつけることは出来ない。だから、今後はお前に――」

「だとしてもアーディンはケナファの人間です」

イズガータ様の言葉を遮るなんて無礼にもほどがある。

けれど、言わずにはいられない。

「アーディンの忠誠を疑う者なんて、ケナファ騎士団には一人もいません」

「ああ、わかっている」

イズガータ様は悲しげに微笑んだ。

「だがツァピール侯は信じない。協力を申し出てくれた他の諸侯達もな」

その言葉に、僕は黙るしかなかった。

イズガータ様は誰よりもアーディンのことを信頼している。だが、彼女には守らねばならない立場がある。

――貴族の義務ってか？　面倒臭ぇ。

「アルギュロスは信用出来ない」

低い声音で言い、イズガータ様は僕の腕を摑んだ。

「奴の目的はアライス姫だ。いいか、決して彼女から目を離すな。命がけで守れ」

「そんなこと言われるまでもな……」

勝手に飛び出した言葉を、無理矢理飲み込む。

「……わかりました」

「お前にも辛い思いをさせるな」

イズガータ様は僕を引き寄せ、ぎゅっと抱きしめた。彼女の苦悩と悲しみ。夢のために犠牲にしてきたもの。それが伝わってきて息が詰まる。胸がギリギリと痛み、目頭が熱くなる。

「やめて下さい」

僕は体を離した。

「そんなこと言われると、泣いてしまいそうです」

前に同じことを言った奴がいた。

そうだ、シアラだ。あのシアラはもういない。彼女はアライス姫という、僕には手の届かない存在になってしまったんだ。


アルギュロス王子の来訪は極秘中の極秘とされた。しかし、臨戦態勢を取るケナファ騎士団の様子に、サウガの人々もただならぬものを感じているようだった。

サウガ城内に礼拝堂はなく、町にいる聖教会の司教は買収されている。とはいえ、この騒ぎだ。

イズガータ様やシアラの言う通り、ことが発覚するのは時間の問題だろう。

来訪から三日後《ヤウム》。シアラとアルギュロス、彼らを護衛する第二士隊とともに、僕は再びアルニールへと向かった。

アルニールの町は異様な緊張感に包まれていた。小領主の屋敷を影使いと思《おぼ》しき監視が取り囲んでいる。念入りに人払いがなされ、付近の通りには人影もない。

シアラと僕は二階の一室に案内された。そこでも彼女は落ち着かない様子で立ったり座ったりを繰り返している。

僕は黙っていた。最近、影の声が口を突いて出る回数が増えている。今、口を開いたら、きっととんでもないことを言ってしまう。

二人きりの部屋は気まずい沈黙に満ち、息苦しいほどだった。僕は空気を入れ替えるため窓に歩み寄った。

こつんという音。窓に小石が当たった音。見下ろすと、庭にデアバが立っていた。彼は僕に向かって手を振り、降りてこいと合図する。

僕は逡巡した。シアラから目を離すわけにはいかない。けれど、このまま沈黙にさらされ続けるのも耐え難い。まだ昼間だ。監視の目も多い。アルギュロスは長旅が堪《こた》えた様子で屋敷の別室で休んでいる。

「ちょっと出てくる」

視線を逸らしたまま、僕は言った。

「すぐに戻る。絶対に一人で出歩くな。誰も部屋に入れるな」

返事を待たずに部屋を出る。

屋敷の玄関口を出ると、デアバが立っていた。

「久しぶりだな」

「ああ」と答え、僕は続けた。「お前も元気そうだ」

「おうよ、それだけが取り柄だしな」

デアバは笑顔で答え、顎をしゃくってみせた。

「少し歩かないか？」

屋敷から離れるのは気が引ける。でも、ここで立ち話をするのも気まずい。僕らは屋敷の裏庭に向かった。

「立派になったじゃねぇか」歩きながらデアバは言った。「見違えたよ」

「――ごめん」

「なに謝ってるんだよ」

デアバは僕の肩をドンとどやしつけた。

「詫びなきゃならないのはオレの方だ。てか、オレ、お前に謝るために来たんだよ」

そう言って、照れくさそうに鼻の頭を擦《こす》る。

「あの後、散々クナスに叱られたよ。お前達がいなけりゃオレは死んでたって」

デアバはぺこりと頭を下げる。

「ごめん。それと――ありがとな」

「僕は何もしていない」

ただ怖くて逃げただけだ。

「礼ならシアラに言うべきだ」

「ああ、だな」と言って、デアバは屋敷の二階を見上げる。「さっきシアラを見たよ。とっても綺麗だった。やっぱ貴族のお嬢様だなぁって思った」

ただの貴族のお嬢様だったら、こんなことにはならなかった。ここまで悩むこともなかった。

「オレさ……」とデアバは続ける。「望めば叶わないことなんて何もないと思ってた。でも自分で蒔《ま》いた種とはいえ影には憑かれるし、憧れてた騎士にもなれなくなっちまってさ。ああ、オレはもうシアラの傍にいることは出来ないんだなって、もう手の届かない存在になっちまったんだなぁって思うとさ」

彼は僕を見て戯《ふざ》けたように笑う。

「ちょっとだけ、お前が羨ましいよ」

僕は答えられなかった。

僕だって同じだ。

どんなに恋い焦がれても、手は届かない。

彼女の声に湧き上がる喜び。彼女の笑顔に高鳴る鼓動。その後にやってくる灼けつくような渇望。知りたくなかった。恋をすることがこんなにも辛いなら、こんな感情、知りたくはなかった。

――そうやって自分の心を押し殺して、お前はまた石に戻るのか。

戻れるものなら戻りたい。何も感じない石になりたい。でも……もう戻れない。

「おい、どうしたんだ？」

デアバが慌てふためいた。

「泣くなよ。なに泣いてんだよ？」

泣いている――？

右手で頬を擦ってみる。

本当だ。僕は泣いている。

「ごめん」と僕は謝った。「最近いろんなことがありすぎて、少し参ってるんだ」

「べ、別に謝ることないけどさ……」どぎまぎしながらデアバは言う。「お前、ちょっと見ない間に変わったな？　なんつぅか、人間臭くなった？」

「それって、昔の僕は、人間臭くなかったってこと？」

「うん、まあ、そうだけど――今のお前の方がオレは好きだ」と言ってから、デアバは慌てて両手を振る。「って、そういう意味じゃないぞ？　単に友達として好きってことだからな？」

「うん……わかってる」

僕は涙を拭いて、笑ってみせた。

「友達だって言って貰えて嬉しいよ」

「よせよ、馬鹿」

照れ隠しに、デアバは僕の肩を手荒く叩いた。

「俺、騎士にはなれなかったけどさ」頭の後ろで手を組んで、灰色の時空晶を見上げる。「影使いってのもなかなか凄いんだぜ？　はるか遠くを見通したり、手を触れることなく物を動かしたり。手練《てだれ》になると、はるか遠くまで一瞬で飛ぶことだって出来るんだ」

うん、知っているよ。

「オレはまだ上手く使いこなせねぇけど、いつか必ずこいつをモノにしてみせる。そんでシアラが力を必要とする時には、オレの時空はみんな彼女にくれてやるんだ」

デアバは晴れ晴れと笑った。

「あ、でもシアラにはナイショにしてくれな？　そういうの嫌がるだろうから」

悪戯っぽく彼が人差し指を口に当てた時——

轟音《ごうおん》が空気を揺るがした。

「な、なんだあぁ？」

デアバが素《す》っ頓狂《とんきょう》な声を上げる。

建物の向こう側に真っ黒な煙が立ち上る。時空鉱山がある方向だ。鉱夫達が大声を上げながら鉱山に向かって走っていく。

僕は屋敷へと駆け戻った。

玄関広間に二人の騎士が倒れている。第二士隊のプーティとパハドだ。一撃で喉を切り裂かれている。

「シアラ――！」

階段を駆け上がり、部屋の扉を開く。

一目見て異変に気づいた。シアラの姿が見当たらない。なのに椅子には曲刀が置かれている。どんな格好をしていようと彼女は騎士だ。剣を持たずに部屋を出るはずがない。ということは、彼女は自分の意志に反して連れ出されたんだ。

僕は部屋を飛び出した。アルギュロスが使っている部屋に向かう。ノックもせずに扉を開く。

案の定、部屋には誰もいなかった。

「ダカール！」デアバが僕の後を追いかけてきた。「シアラは？　無事か？」

「攫われた」

僕の失態だ。命に代えても彼女を守ると誓ったのに、僕は彼女の傍を離れてしまった。

「あの爆発は陽動だ。人目を引きつけておいて、その隙にシアラを連れ出したんだ」

「連れ出すって――誰が？」

「一緒に来た銀髪の男だ」

「ちょっと待て」外へ走り出そうとした僕をデアバが呼び止めた。「シアラを探すならオレにまかせろ。見当もなく走り回るより、ずっと確実だ」

そう言うや、彼は目を閉じ、深い息を吐いた。

一秒《タニヤ》一秒《タニヤ》がとてつもなく重く感じられる。こうしている間にもシアラが遠ざかっていく。そう思うだけで臓腑《ぞうふ》が引き千切れそうだ。

「見つけた」デアバの眉が跳ね上がった。「シアラだ。西の林の奥にいる。大男に担がれてる」

走り出そうとしてデアバはよろめき、その場にがくりと膝をつく。

「大丈夫か？」

僕はデアバを助け起こした。

「オレのことはいい」胸を押さえ、ゼイゼイと喘ぎながら、デアバはもう一方の手で僕を押しやった。「行け。林を抜けた街道沿いに、黒い馬車が止まってた。あれに乗られたら逃げられちまう」

僕は頷き、立ちあがった。階段を下る途中、背後からデアバの声が追いかけてきた。

「クナスを呼べ、ダカール。一人で行くな！　奴ら、曲刀を持っていやがる。奴らはデュシス人だ！」

僕は館を飛び出した。人の流れに逆らい、通りを駆け抜ける。町外れの森が見えてくる。が、このままじゃとても間に合わない。ああ、でもいっそその方がいいのかもしれない。今、シアラの顔を見たら、僕はどこか遠くへ彼女を連れ去ってしまいたくなる。

——お前はぐちゃぐちゃと考えすぎなんだよ。どうせ結論なんて出ねぇんだ。彼女に会いたきゃ会いに行け。攫いたければ攫っちまえ。たまにはオレの言う通り、何も考えずに飛んじまえ！

一瞬、目の前が暗くなった。足が空転する。つんのめって、何かに肩からぶつかった。男だ。布を巻いて髪と顔を隠している。けど薄い目の色は隠せない。デュシス人だ。

「こいつ、いつの間に！」

男達が曲刀を抜き、斬りかかってくる。数ムードル先に止まっている黒塗りの馬車、その前にシアラの姿が見える。駆け寄りたいが敵の数が多すぎて、彼女を助けるどころか近づくことさえ出来ない。

「ダカール、後ろ！」

シアラの声に僕は身を翻し、背後の男を斬り捨てた。それでも相手は十人以上残っている。一人ではとても捌ききれない。目の端にシアラの姿が映る。馬車の中に引き込まれまいと、必死に抵抗を続けている。

それを見て、僕は覚悟を決めた。

──応よ、やってやろうじゃねぇか！

剣を振る。刀身から黒い刃が放たれる。それはつむじ風のように渦を巻き、デュシス人達を薙ぎ倒す。

男達が怯んだ。その隙に僕は馬車へと駆け寄った。

「──ッ！」

声にならない悲鳴を上げて、シアラが馬車から転がり落ちた。

「動くな」

馬車の中から一人の男が姿を現す。白銀の髪、薄水色の酷薄な瞳、アルギュロスだ。

「お付きの騎士まで影使いだったとは、誤算だった」

彼は曲刀をシアラの首に当てた。シアラは苦悶《くもん》の表情を浮かべたまま動かない。青いドレスに血の染みが広がる。短刀が彼女の足に突き刺さっている。

「剣を捨てろ」アルギュロスは言った。「これ以上、大切な姫を傷つけられたくないだろう?」

剣を捨てたら、奴は僕を殺してシアラを連れ去る。アルギュロスの他にも、まだ三人のデュシス人が残っている。彼らを一瞬で叩きのめし、シアラを救い出すのは影の技をもってしても不可能だ。

「もう一度だけ言う。剣を捨てろ」

アルギュロスが曲刀を動かした。髪を結んでいた紐《ひも》が切れ、白金色の髪が散る。

次の瞬間、シアラは自分の足に突き刺さっていた短剣を引き抜き、アルギュロスに斬りかかった。思ってもみない攻撃にアルギュロスは体勢を崩した。三人のデュシス人はそれに気取《けど》られ、一瞬、僕に背を向ける。

「ダカール!」

地面に崩れ落ちながらシアラは叫んだ。

——応よ!

剣から放たれた黒い刃が男達を切り裂く。同時に僕は馬車へと駆け寄り、アルギュロスの胸に剣を突き立てた。何が起きたのかわからない。そんな表情を顔に浮かべたままアルギュロスは地面に倒れ、そのまま動かなくなった。

「シアラ……!」

剣を投げ捨て、僕は彼女を助け起こした。

「目を開けろ、シアラ！」

顔が真っ白だ。薄く開いた目に光はなく、焦点も合っていない。

僕は彼女のドレスを切り裂き、傷口を露《あらわ》にした。左膝の少し上、白い肌に真っ赤な傷が口を開いている。どくどくと溢れ出す血を見て、一瞬気が遠くなる。

——阿呆《あほう》、気を失ってる場合か！

深呼吸をして気持ちを落ち着け、トバイットから教わった止血法を思い出す。まずは布を傷に押し当てる。痛みに呻くシアラを無視し、ドレスの切れ端を使って傷口を縛り上げる。

とりあえず、今はこれしか出来ない。

「医者の所に運ぶ。傷に響くかもしれないけど堪えてくれ」

立ちあがろうとすると膝ががくがく震えた。初めて人を殺したという恐怖。シアラを失うかもしれないという恐怖。それを頭から振り払い、僕は彼女を抱き上げた。町に向かい、足早に歩き出す。

「私のせいだ」

シアラの掠れた声がする。

「アルギュロスの目的は、同盟を結ぶことじゃない。彼が手に入れたかったのは、王城の地下に眠る時空鉱脈だったんだ」

「しゃべるな」

「なのに私は、奴の甘言《かんげん》に乗せられて、彼に気を許してしまった」

「もういい」

「すべて、私のせいだ。私は――」

「いい加減にしろ！」

堪えきれず、僕は叫んだ。でないと僕の方が泣き出してしまいそうだった。

「何のために僕らがいると思ってるんだ。君はもう君一人のものじゃない。何もかも一人で背負い込もうとするな！」

シアラは何か言いたげな顔で僕を見上げた。でも、何も言わずに口を閉じた。

僕は黙々と歩き続けた。

林の中は静かだった。梢《こずえ》から鳥の囀《さえず》りが聞こえてくる。数分《ダキカ》前の惨劇がまるで嘘のようだ。

「ダカール……」

シアラが僕の名を呼んだ。先程とは異なり、その声は落ち着きを取り戻している。

「お前は自分の時空を削って、私を守ってくれていたんだな。私はそれに気づかず、お前を頼ってばかりいた。どうか……許して欲しい」

「謝らなきゃならないのは僕の方だ」

深呼吸をしてから、僕は続けた。

「僕は影憑きだ。生まれついての影使いだ。僕はずっとそれを隠して生きてきた」

そうだ。みんな話してしまえ。影使いであることを知られた以上、彼女は僕を遠ざける。話す機会もきっとこれが最後になる。

「僕の中には影がいる。そいつに飲み込まれ、鬼《グル》と化してしまうことを、僕はずっと恐れてきた。なのに最近はどちらが影で、どちらが僕なのか、わからなくなってしまった。きっと僕は、正気を失いかけているんだと思う」

「お前は狂ってなどいない」

力強い声でシアラは断言した。青白い顔、血の気のない唇、迷いのない青碧色の瞳が、まっすぐに僕を見上げる。

「間違った時には叱責し、迷った時には相談に乗ってくれる。それが私の知っているダカールだ。自らの危険を顧みず、私の危機に駆けつけてくれる。それが私の知っているダカールという男だ」

シアラは僕の胸に頭を預けた。

その無防備な姿が、不意に恐ろしくなった。

「けど僕は狂うかもしれない。鬼《グル》と化してしまうかもしれない」君を独占したくて「君を殺してしまうかもしれない」

「お前を鬼《グル》になどさせない」

冷たい指先が僕の頬に触れる。睡蓮《すいれん》の花のような両手が、僕の頬を優しく包む。

「この命に代えても、お前のことは私が守る」

――眩しい。

暗闇を切り裂く黄金《きん》の太陽。恐怖を打ち払う唯一無二の黄輝晶《おうきしょう》。ああ、彼女を失っては生きていけない。彼女のいない世界など生きる価値もない。

——**眩しい。眩しすぎる。**

胸の奥から溢れてくるこの思い。これが死影が求める永遠回帰だとしても構わない。僕は彼女と出会い、人として生きることを選んだ。彼女は僕に夢見ることを教えてくれた。その代償として正気を失い、命を失うことになっても、僕は決して後悔しない。

——**当然だろ、この馬鹿《アフマク》。**

アルギュロスが雇った渡りの影使い達は、時空鉱山の坑道を破壊した後、行方をくらましていた。作業中だった鉱夫達と影使い達、合わせて二十三人が火粉による爆発で死んだ。

だがアルギュロスの名を出すわけにはいかず、事件は落盤事故として処理された。客人はそれに巻き込まれて死に、シアラもそこで怪我をしたのだと僕らは口裏を合わせた。

僕とシアラはサウガ城に戻った。

大塔の三階にある客間でシアラは傷の治療を受けた。イズガータ様の従者とはいえ、ただの騎士見習いに対し、これは破格の待遇だった。けれど誰も異議を唱えなかった。騎士達も使用人達も、シアラがただの騎士見習いではないことに、すでに気づいているようだった。

トバイットの治療のおかげで、シアラの傷は順調に回復していった。その間イズガータ様は方々に手を回し、アルギュロスの存在を揉み消そうとした。

だが、すべては灰燼《かいじん》に帰した。それから一カ月《シャハル》あまりを経た四月《ニーサン》の半ば、光神王の元にデュシス王国の第一王子クリューソス・プロート・デュシスからの書状が届けられたのだ。

『平和の使者としてサマーアに渡った弟を汝《なんじ》らは無慈悲にも謀殺せしめた。よって我は正義の刃をもって汝らを討ち果たさんとす』

正式な宣戦布告だった。

デュシスの大軍が侵攻してくるのは間違いない。だというのに聖教会は神聖騎士団を派遣し、ケナファ侯とツァピール侯、それにトゥーラ、バル、デブーラの領主を捕らえさせた。なぜデュシスの王子を殺害するに至ったか、次第を説明せよとのことだった。

真相が判明したら、極刑は免れない。それでもイズガータ様は落ち着き払っていた。アルギュロスが現れた時から、彼女はすでに最悪の展開を想定していたんだろう。

「それよりも、今は戦支度だ」とイズガータ様は言った。「神聖騎士団がいくら集まったところで、まともな戦など出来ようはずもない。我らの出番は必ずやってくる。最後にこの国を守るのは我らだ」

ケナファ侯らが王都に召喚されたその半月《シャハル》後、ツァピール侯の実兄であるオープと奥方アイナがサウガ城にやってきた。イズガータ様は快く彼らを迎え入れた。

数日《ヤウム》後、デュシス王国の大軍が外縁山脈を越え、トゥーラ領に侵攻して来たという一報が入った。それと同時に、六つの神聖騎士団と十諸侯イーラン、ゲフェタ、ザイタ、ネツァー、ラファーの五騎士団から成る神聖教国軍がケナファ領を横切り、ツァピール領の北西にあるトゥーラ領へと向かった。

神聖教国軍はモアド平原に陣を構え、南下してきたデュシス軍を迎え撃った。デュシス軍一万二千に対し、神聖教国軍は二万。神聖教国軍の圧勝は間違いないと思われた。

神聖教国軍大敗の知らせがサウガ城に届いたのは、その翌日のことだった。

「やはりな」と言い、イズガータ様は不敵に笑った。この時、サウガ城には同盟領の騎士団が集結していた。モアド平原での戦いに敗れ、ちりぢりになった騎士達も集まってきた。ケナファ領の外からも、ぞくぞくと義勇兵がやって来ていた。

さらにはケナファ騎士団とツァピール騎士団が機動力と地の利を生かし、山脈沿いの深い森を駆け抜け、敵軍の補給線を叩いて廻った。あらかじめデュシス軍の行軍進路を予想し、周辺住民を避難させていたため、どの村も無人で麦粒ひとつ落ちていない。大所帯を抱えるデュシス軍は兵糧《ひょうろう》不足のため、マブーア川の畔《ほとり》で進軍を停止せざるを得なくなった。

彼らの狙いは月《シャハル》に一度の上げ潮だった。それに乗せて補給船を遡上させようというのだ。

この知らせを聞いて、イズガータ様は立ちあがった。

「全軍に指令を出せ。明日正午、出陣する！」

決戦に向け、サウガ城はにわかに慌ただしくなった。光木灯だけでは足りず、城のあちこちに篝火《かがりび》が焚《た》かれる。食料庫が開放され、盛大な炊き出しが行われる。騎士見習いは甲冑を磨き、刀鍛冶はひたすら剣を打ち直した。

その夜、シアラが眠ったのを見届けてから、僕は客間を離れた。足音を忍ばせて廊下を抜け、人目を避けて階段を下る。

アルギュロスの死後、トラグディは捕らえられ、サウガ城の地下牢に繋がれていた。戦になればサウガ城も安全とはいえない。敵の手に落ちる可能性だって充分にある。トラグディを生かしておけばデュシス軍にどんな情報が漏れるかしれない。それを看過するイズガータ様ではない。出撃前に彼を処分するだろう。

僕は人目を避けながら地下牢に向かった。トラグディは僕の命の恩人だ。僕に『記憶《ダカール》』という名前をつけてくれたのも彼だ。逃がすことは出来なくても、最期に言い残したいことはないか、誰かに伝えたいことはないか、聞くぐらいのことはしてやりたかった。

地下牢に続く階段を下っている時だった。下から足音が響いてきた。階段の途中に身を隠す場所はない。僕は地階まで引き返し、柱の陰に隠れた。

階段を登ってきたのは三人の男だった。騎士風の出で立《い》ち《た》をしているが、サウガ城では見ない顔だ。でも、その一人に見覚えがあった。ツァピール騎士団の団長カバル・クーバーだ。

彼らが歩き去った後、僕は再び階段を下った。嫌な予感がした。知らずしらずのうちに足が速まる。地下牢の鉄格子《てつごうし》、その前に数人の男がいた。二人が戸板を持ち上げる。板に被せられた筵《むしろ》の端から裸の足が突き出している。

「おや、ダカールじゃないですか？」

声とともにアーディンが地下牢から出てきた。彼の服には血が飛沫《しぶ》き、白い顔にも点々と血が飛んでいる。

「こんな所に何の用です？」

彼は微笑んだ。普段通りの笑顔だった。悲しんでいるようにも憤っているようにも見えない。それがかえって恐ろしい。

答えられずにいる僕の横を、遺体を載せた戸板が運ばれていく。強烈な血の臭いが鼻をつく。

僕はそれから目を逸らし、アーディンに向き直った。

「なぜ貴方なんです。トラグディは貴方の父親でしょう？」

「縁はとっくに切れてますよ」

素っ気ない口調でアーディンは答える。

「それに明日は出陣ですからね。こうでもしないと俺は戦場に戻れない」

それはイズガータ様の傍に戻れないという意味だ。イズガータ様の傍にいることは、彼にとって、父親の命よりも大切なことなんだ。

僕は父親の顔を知らない。でも僕が彼と同じ立場にいたら、やはり同じことをしたと思う。だから彼を責めようとは思わない。けれど——

「見返りは何もないのに、貴方はなぜそうまでしてイズガータ様に忠誠を尽くすんですか？」

アーディンは答えなかった。彼は僕の横をすり抜けて、思い直したように振り返る。

「ねぇ、ダカール」

僕の耳元でアーディンは囁く。

「君、どうして彼女を連れて逃げてしまわなかったんです？」

心の中を見透かされ、一瞬、息が止まった。

「貴方こそ、なぜ逃げなかったんです？」

僕は平静を装い、問い返すことで彼に対抗する。

「機会はいくらでもあったはず。なのになぜイズガータ様を連れて逃げなかったんですか？」

アーディンは困ったように頭を掻《か》いた。血で汚れた指に髪が貼りつく。不快そうに眉を顰《ひそ》め、自分の手を睨んでから、彼は僕へと目を戻した。

「アライスがいたから……ですよ」

彼は苦笑いした。諦めにも似た乾いた微笑み。

「アライスがイズガータに見せた夢。それ以上に素晴らしい夢をイズガータに見せてやる自信が、俺にはなかったんです」

冗談めかしてはいたけれど、それは彼の本音に違いなかった。

「今の、アライスには言わないで下さいね」

アーディンは再び階段を登り始めた。「早く寝なさい。明日からは戦争ですよ」という声がする。

僕は客間に戻った。部屋の隅、衝立の後ろに置かれた寝台に、平服のまま横になる。

目を閉じて、眠ろうとした。

でも一睡も出来なかった。

翌日、サウガ城には一万近い軍勢が集まった。中庭に並んでいるのはケナファ騎士団とツァピール騎士団。城外の丘陵地帯にはトゥーラ、バル、デブーラの三騎士団が隊列を組んでいる。その間を埋めるようにして、義勇兵を主とする歩兵達が整列している。

頭上には急ごしらえの旗がたなびく。黒地に咲いた白い睡蓮。それはアライス姫を擁する救国軍の旗印だった。

イズガータ様はシアラを伴い、サウガ城の円塔に登った。そこから眼下の軍勢に呼びかける。

「我が兄弟達よ。知っての通り、神聖教国軍は敗走した。デュシスの目的はこの大陸に眠る時空晶だ。この地が奴らの手に渡ればサマーアの民はすべて奴隷とされ、我らが愛するこの野山も、心血を注いで耕してきた畑も、すべてが蹂躙《じゅうりん》される。それを防ぐことが出来るのは我らのみ、ここに集結した救国軍をおいて他にない！」

応！　という声が上がる。それが鎮まるのを待って、イズガータ様は続ける。

「出陣の前に皆に知らせたいことがある」

彼女は振り返り、シアラを呼んだ。シアラは進み出てイズガータ様の隣に並んだ。華奢な体を覆う硬革製の鎧。その胸に揺れるのは光神サマーアの印、光神王の血を引く『神宿《かみやど》り』だけに与えられる白金色の護符だ。

「見ての通り彼女はうら若き乙女だが、このケナファで騎士になるべく辛い修業を重ねてきた」

イズガータ様の声に人々がざわめく。何が始まるんだろうと首を捻っている。義勇兵やトゥーラやバルの騎士達はこの城に来たばかりだ。シアラの顔も素姓も知らない。

「彼女はアライス・ラヘシュ・エトラヘブ・サマーア。七年前《サナ》、反逆罪に問われて処刑されたといわれている第二王子、アライス殿下その人だ！」

畏怖《いふ》と驚愕のどよめきが起こった。一万近い人々の視線がシアラ一人に注がれる。イズガータ様は一歩退き、シアラに場所を譲った。

シアラは深い息を吐いた。必死に自分を落ち着かせようとしているようだった。

「今まで、女は光神王の血筋には生まれないといわれてきた。けれど私は光神王の娘として生まれた。そのために反逆罪に問われ、城を追われることになった。だが城を出たことで、私はこの国の現状を知ることが出来た」

シアラの声が城壁に反響する。城外の丘までは届かないかもしれない。それでも彼女の白金の髪はきらきらと輝いて見えるだろう。サマーア神聖教国の民なら誰もが恋いこがれる、黄金《きん》の太陽のように。

「この国では一部の者達が富を独占し、多くの者が貧困に喘いでいる。私はこの不平等を正したい。恐怖に怯えることも、理不尽な理由で殺されることもなく、誰もが心穏やかに、平和に暮らしていける。そんな国を作りたい」

そこで言葉を切り、シアラは胸に手を当てた。

「だが今の私には何もない。初代光神王のような神通力も、皆の働きに見合う褒賞を賄う財力もない。私にあるのは夢だけだ。この国に平和と自由と平等を実現するという夢だけだ。だから私は私のすべてを捧げる。私の命、私の時空、全身全霊を、夢の実現のために捧げる」

彼女は顔を上げ、まっすぐに天を睨んだ。

「我らの時空を略奪せんとする者を廃し、新しい時代を切り開くために、皆、私に力を貸してくれ！」

途端、大歓声が響いた。

「アライス姫！」

「我らが太陽——！」

中庭から沸き上がった歓声は城の外にも伝播《でんぱ》していく。騎士も義勇兵も大声でアライス姫の名を叫び、手を叩き、足を踏みならした。石床が揺れ、城壁がビリビリと震えるほどの熱狂だった。

我らは救国の軍
我らの子のため、生まれ来る孫のため
新しき世界を築き、新しき種を蒔こう

誰かが歌い出した。それは『雨が降る《メトーラ》』という古い民謡に、別の歌詞を当てた替え歌だった。

雨が降る《メトーラ》、雨が降る《メトーラ》
大地に染みた古き血と、先人達が流した涙
すべてを洗い流す時が来た

闇の支配は打ち砕かれる。
夜明けの時がやってくる

我らは救国の兵士
我が国の危機に馳《は》せ参じた者達
愛すべき祖国の地、命を懸けて守ると誓う

雨《メトーラ》が降る、雨《メトーラ》が降る
黄金《きん》に輝く太陽よ、勝利の光、慈愛の雨よ
我らの頭上に降りそそげ
恐怖の時代は終わりを告げる
見よ、夜明けがやってくる

歌は重なり合い、幾重にも広がっていった。

この国を変えようとする者達の声。意識の変容。改革の大波。

——永遠回帰の時が来る。

運命は急速に動きはじめた。

七日間《ヤウム》かけて救国軍はツァピール領ナダル地方の最西端、マブーア川の畔に到着した。川の東、河畔を見下ろす丘の上に布陣する。

目の前に横たわるマブーア川は、雨期が終わったばかりにしては水嵩《みずかさ》が少なかった。これなら徒歩でも渡れそうだ。

川の西岸にはデュシス王国の大軍が陣を敷いていた。最前列には盾を構えた歩兵と長槍を掲げた槍兵が並ぶ。その後ろには最新鋭兵器を備えた雷火砲部隊が控えている。陣の両翼には騎馬隊と歩兵隊が配置されている。

一番奥に大きな天幕がある。あそこに第一王子クリューソスがいるんだろう。天幕は大勢の兵士に囲まれている。あれだけ密集されたら手練の影使いでも『転移』するのは難しい。

『転移』は危険を伴う大技だ。すでに物がある場所に『転移』してしまうと大爆発を引き起こす。先日クナスからそれを聞かされた時、背筋がゾッとした。木が生い茂る林の中へ飛ぶなんて完全に自殺行為だ。幸いなことに大事には至らなかったが、もし『転移』の場所が数ムードルずれていたら、シアラを助けるどころか殺してしまっていたかもしれない。

僕が影憑きであることを打ち明けると、クナスは影の技を使う上での注意事項をこと細かく教えてくれた。そして最後に僕の背を叩き、こう言った。

「影憑きも影使いも人間であることに変わりはねぇ。お前は今まで立派にアライス姫をお守りしてきたんだ。これからも今まで通り、どんと胸を張って生きていけ」

そのクナスが率いる部隊は『第七士隊』と呼ばれている。影使い達で構成される第七士隊は今、イズガータ様の後ろに控え、じっと出番を待っている。

イズガータ様は事前にケナファ騎士団の第二士隊を走らせていた。上流の山中にある橋を渡り、敵軍の側面を突かせるためだ。イズガータ様は微動だにせず対岸を眺めている。第二士隊がやってくるのをギリギリまで待つつもりなんだろう。その間にも早馬が次々と報告を運んでくる。今朝には上げ潮が始まっている。補給船団は刻一刻とこの場に近づきつつあった。

「あれは……なんだろう」

不意にシアラが呟いた。右手を挙げ、山の一角を指さす。

山の稜線《りょうせん》が動いている。泥土が斜面を滑り落ちてくる。森の木々を薙ぎ倒し、大量の土砂を押し流しながら、崩れ落ちてくる土石流。それは数秒で山を駆け下り、川沿いの平原に襲いかかった。緩やかだったマブーア川が荒々しく牙を剝く。河岸に陣を張っていたデュシス軍《タニヤ》は、逃げる間もなく濁流に飲み込まれた。

ほんの数分間で平野《ダキカ》は泥沼と化した。どこまでが川で、どこからが河岸なのか、まったくわからない。

この機をイズガータ様は見逃さなかった。

シアラに「合図があるまでここを動かないように」と言い残し、彼女は丘の頂《いただき》へと馬を進めた。そこで曲刀を抜き、天高く突き上げる。

「隷属としての生より、誉《ほま》れある死を！」

敵陣に向かい、曲刀を振り下ろす。

「突撃——！」

合図の角笛が吹き鳴らされる。土囊《どのう》を積んだ荷車が丘を転げ落ちる。泥に突っ込み、土囊を撒《ま》き散らして足場を作る。丘の上に並んだ弓兵が長弓を引く。右往左往しているデュシス軍に千の矢が降りそそぐ。イズガータ様を先頭に、騎馬隊が丘を駆け下りる。槍を構えた歩兵達が鬨《とき》の声を上げて走り出す。

幾多の人馬が入り乱れ、戦場は大混乱に陥った。甲冑も外衣も泥に汚れ、敵味方の判別もままならない。

デュシス軍は徐々に態勢を立て直しつつあった。自慢の新兵器、雷火砲は水を被って使い物にならない。しかし訓練された槍部隊は密集し、盾で周囲を覆い、じわじわと前進し始める。下手に突っ込めば槍に突き刺されてしまう。飛矢も盾に跳ね返されてしまう。手を出しかねて足を止めた救国軍の兵士達が、デュシス軍後方からの飛矢に撃ち倒されていく。

シアラは下唇を噛み、喰い入るように戦況を見つめていた。必死に我慢していたけれど、救国軍の前線が崩れかけているのを見て、ついに堪えきれなくなったらしい。

「ダカール」

振り返り、僕の名を呼ぶ。

彼女の顔を見て、僕は言った。

「行け。君の背中は僕が守る」

シアラは真顔で頷いた。兜を被り、面頬《めんぼお》を下げると、馬を走らせ一気に丘を駆け下る。すぐ後ろに僕は続いた。護衛の騎士達も急いで後を追ってくる。

降りそそぐ矢、飛び交う怒号、金属が激しくぶつかり合う音。その直中《ただなか》でシアラは馬から飛び降りた。かと思うと、近くに転がっていた荷車によじ登り、兜の面頬を撥ね上げる。

「我が名はアライス。デュシス王国の第二王子アルギュロスを倒したサマーアの王女だ！」

その声は怖いほどよく響いた。これでは的にしてくれと言っているようなもんだ。僕は荷車に飛び乗り、剣を抜く。

「私はここにいる！　逃げも隠れもしない！」

叫んで、シアラは曲刀を抜いた。

「この首が欲しければかかってこい！」

デュシス兵が動きを止めた。次の瞬間、曲刀や槍斧《そうふ》を構えた兵士達が怒濤《どとう》の如《ごと》く押し寄せてくる。

しかしシアラの参戦に勢いづいたのは、デュシス兵だけではなかった。

「アライス姫だ！」

「我らには太陽姫がついてるぞ！」

「太陽姫を守れ！」

救国軍の兵士達が僕らを取り囲んだ。襲いかかってくるデュシス兵を死に物狂いで撃退する。シアラは荷馬車から飛び降り、敵兵に斬りかかった。その背に襲いかかろうとするデュシス兵を、僕は一撃で薙ぎ払う。

混乱の渦中、血と泥に塗《まみ》れながら、それでもシアラは輝いて見えた。彼女が曲刀を振るたび、味方からは歓声が上がり、敵兵からは罵声が飛んだ。

泥だらけの足場。泥人形のような人々。息をつく間もなく襲ってくる敵兵。斬っても、薙ぎ払っても、敵が押し寄せてくる。

疲労が蓄積し、腕が上がらなくなってきた。剣は刃こぼれし、刀身は血と脂《あぶら》に塗れている。もう誰にも余裕はなかった。足の傷が治りきっていないシアラに至っては、立っているのもやっとの様子だ。出来ることなら後方に下がらせたいけれど、そんなこと承知するはずがない。

このままでは最悪な事態になりかねない。

そう思った時――わあっという歓声が響いた。

一瞬、デュシスの補給船団が到着したのかと思った。けれど北西の方向から現れた人馬は睡蓮の旗を掲げていた。ケナファ騎士団の第二士隊だ。彼らはデュシス軍の背後へと襲いかかった。後の展開は一方的だった。第二士隊は勢いに任せ、デュシス軍を蹴散らした。そしてクリューソスの天幕が燃え上がるのを見て、敵兵は一気に戦意を失った。

戦いは決着した。

サマーア神聖教国――救国軍の勝利だった。

シアラと僕は東岸の天幕に戻った。小さな傷は無数に負っていたけれど、幸いなことに大きな怪我はしていなかった。ほぼ無傷で戻ってきたイズガータ様にたっぷりとお説教された後、僕らは食事もそこそこに泥のような眠りについた。

そして翌日、一堂に会した救国軍の代表者達の前で詳しい報告がなされた。

デュシス王国の第一王子クリューソスはいち早く戦場を離れ、ほんの一握りの兵を連れて外縁山脈に逃げ込んでいた。土石流により補給船団は壊滅し、デュシス軍もほぼ全滅。逃げ延びた兵達をかき集めたとしても、もはや反撃するだけの力は残っていないだろう。

一方、救国軍の死者は三百人に満たなかった。戦の規模から考えれば奇跡のような少なさだ。

その奇跡を起こしたのは神ではなかった。勝利の要因となったあの土石流。あれはマブーア川の上流に設けられた堰《せき》が破壊されたために発生した。堰を壊したのはオープとアイナだった。悪霊《シャダイ》の森に住んでいた影使い達が最後の力を使って、オープとアイナを堰まで『転移』させたのだ。

影使い達は時空を使い果たし、結晶化して砕け散った。シアラが父上と敬愛したオープも、母上と慕ったアイナも例外ではなかった。恩人達の死を知り、シアラはひどく塞ぎ込んだ。サウガ城へと凱旋《がいせん》する馬上でも彼女は俯いたままだった。

シアラの隣で、僕は一緒に旅をした老人達のことを思った。悪霊《シャダイ》の森を出て、子供のようにはしゃいでいた。最後に一花咲かせようと笑いあっていた。影使い達の死は悲しい。けれど羨ましくもある。

——夢を抱いた影使いは物凄い力を発揮する。人間だって不味い飯喰った時よりも、旨《うま》いもん喰った時の方がやる気出るだろ？　影だってそれと同じさ。

影が宿主の時空を欲するのは、時空が影の『食料』だからなのか？

――死影が喰うのは時空じゃねぇ。時空から生まれる人の望み、希望、夢……そういったもんを食べるんだ。

何のために？

――決まってる。人間として生きるためにさ。人の魂は無意識の世界に還《かえ》り、新しい魂となって再び人間に宿る。充分に人の夢を喰った死影もまた、生まれ変わって人間になるんだ。

そんなの迷信だよ。

――じゃ、お前は知ってんのか？　人はどこから来て、どこへ行くのか？

そんな大命題、僕に答えられるわけないだろう。

前方にサウガ城が見えてくる。沿道に大勢の人が詰めかけている。誰かが凱歌《がいか》を歌い出す。

『雨が降る《メトーラ》』の大合唱が始まる。

「……怖い」

シアラは呟いた。周囲が騒がしくてよく聞こえない。僕はシアラに馬を寄せた。

「怖いって……何が？」

「私の本心を知ったら――」

その後に続いた言葉は凱歌にかき消されてしまった。だから僕は彼女の唇の動きから推察するしかなかった。

『私の本心を知ったら、みんな失望するだろう』

それがどういう意味なのか。

僕には尋ねることが出来なかった。


デュシスとの戦に大勝利を収め、救国軍はサウガに帰還した。町は歓喜に包まれた。中央広場にはテーブルが並べられ、飯店の主人達は腕をふるってご馳走を用意した。酒屋の主人は倉庫から酒樽《さかだる》を持ち出した。花街から美女達が繰り出し、酌《しゃく》をして兵士達を労《ねぎら》った。

負傷者達はサウガ城に運び込まれた。第六士隊の隊員達は休む間もなく怪我人達の治療にあたった。僕もシアラも暇を見つけては治療院に顔を出し、トバイットを手伝った。

大勝利から二十日《ヤウム》が過ぎ、十諸侯の各騎士団が帰り支度を始めた頃、光神王の使者がサウガ城にやってきた。

城の謁見室でシアラは使者と対峙《たいじ》した。イズガータ様やツァピール騎士団のクーバー、トゥーラ、バル、デブーラ各騎士団の代表者達も同席する。

シアラの後に控えながら、僕はひそかに期待していた。いまや救国軍は祖国を守った勇者だ。神聖騎士団ばかりを重用し、十諸侯騎士団を軽んじてきた光神王も、今回ばかりは感謝を表し、恩賞を与えるに違いない。あるいはこの功績を称《たた》え、シアラを次の光神王にするとか。いや、さすがにそれはないか。

一同が見つめる中、聖教会の長衣を纏《まと》った使者は恭《うやうや》しく一礼し、光神王からの書状を紐解いた。

「十諸侯騎士団の代表らに告ぐ。反逆者アライス・ラヘシュ・エトラヘブを即刻捕縛《ほばく》せよ」

僕は耳を疑った。

シアラは爪が白くなるほど強く椅子の肘置きを摑んでいる。その隣ではイズガータ様が剣の柄に手をかける。

静まりかえった謁見室に使者の声が響く。

「咎人《とがにん》アライスを王城まで連行した者には反逆の罪を問わず、また今回の戦功に見合った恩賞も授与する。咎人を庇い、光神王の命《めい》に逆らう者は、その血族ともども逆賊として断罪する」

使者は書状を巻き直し、シアラに向かって差し出した。シアラは椅子に座ったまま、凍りついたように動かない。彼女に代わり、イズガータ様が前に出た。書状を受け取る——のかと思いきや、彼女はいきなり剣を抜き、使者の胸を突き刺した。

「——！」

シアラが声にならない悲鳴を上げる。絶命した使者の体がごろりと床に倒れる。誰もが息を飲んで見守る中、イズガータ様はシアラの前に片膝をつき、血塗られた剣を差し出した。

「剣をお取り下さい、アライス姫」

凜《りん》と響き渡る声でイズガータ様は言った。

「救国軍を率いて王都へと上り、光神王を倒し、貴方が王になるのです」

シアラはイズガータ様を見て、差し出された剣を見て、イズガータ様に目を戻した。

「でも内乱になったら、再びデュシスの侵攻を招いてしまうかもしれません」

「いいえ、デュシスを叩いた今こそが好機なのです。あれだけの大敗を喫したのです。軍を立て直すには相応の時間と時空晶が必要となるはずです」

「然《しか》り」と言って立ちあがったのはツァピール騎士団の団長クーバーだった。彼はイズガータ様の横に膝をつき、胸に拳を当て、騎士の最敬礼をした。

「今を置いて時はありませぬ。アライス姫、どうか我らの先頭に立って下さい。救国軍を率いて王城に向かい、聖教会による独裁政治に終止符を打って下さい」

「そうですとも」バル騎士団の団長も賛同の声を上げる。「この国をデュシス王国から守ったのは神ではない。光神王でも聖教会でもない。剣を振るい、敵を倒したのはアライス姫と我々だ」

「アライス姫、貴方は我らとともに戦場に立ち、我らとともに戦ってくれた。一緒に戦った者達はみんな知っている。貴方は咎人などではない。貴方は我らの希望、我らの太陽だ」

「貴方なくして先の勝利はなかった。多くの者が貴方の勇気に救われた。我らはアライス姫の騎士だ。姫がそれを望むなら、我らはどこまでも貴方について行こう」

忠誠の意志を口にする代表者達。イズガータ様は彼らを見回し、再びシアラに目を戻す。

「これが私達の総意です。今こそアゴニスタ王を討ち、腐敗した聖教会を倒すのです！」

烈火の如き口吻《こうふん》に、シアラは細い声で問い返した。

「私に——父を殺せというのか？」

「あのような独裁者を、貴方はまだ父と呼ぶのか？」

辛辣《しんらつ》で鮮烈な問い。

「貴方はこの国から恐怖を払拭し、民に平和と平等をもたらすとおっしゃった。それが私の夢だと言い、力を貸して欲しいとおっしゃった。あの言葉は偽りか？　嘘を信じて彼らは死んだのか？」

「嘘じゃない！」

シアラは立ちあがった。イズガータ様から血塗られた剣を受けとり、震える声で宣言した。

「みんなに通達してくれ。我ら救国軍は――王都ファウルカに向かう」


それから半月《シャハル》後、再編成された救国軍は進軍を開始した。

行軍の進路にある町村は、どこもお祭り騒ぎだった。噂の太陽姫を一目見ようと人々は沿道に押しかけ、食料だけでなく武器や寝所までも提供してくれた。『雨が降る《メトーラ》』の替え歌は各地に知れ渡り、救国軍は行く先々で歌による歓迎を受けることになった。

熱狂的支持はエトラヘブ直轄領に入ってからも続いた。モアド平原での戦いに敗れて以来、神聖騎士団はちりぢりになっていた。守護を失った聖職者達は身の危険を感じ、王都へと避難した。長い間、聖教会と神聖騎士団の横暴に耐えてきた直轄領の民は、諸手《もろて》を挙げて救国軍を出迎えた。『雨が降る《メトーラ》』の大合唱の中、僕らは北へと進んだ。途中、神聖騎士団の残党との小競り合いはあっても、総力戦といえるほどの戦が繰り広げられることは一度もなかった。

サウガ城を離れてから約一カ月《シャハル》。いよいよ本格的な夏期を迎えようという頃、救国軍はシャマール直轄領に入った。ここまで来れば王都ファウルカまで、あと四日《ヤウム》の道程だ。

救国軍の数は膨れあがり、今では二万を軽く超えていた。食糧や武器や防具の調達など、支援してくれる者達は数え切れない。その誰もがアライス姫が新しい王になることを期待していた。

かつて聖教会は言った。

「この地から信仰が失われた時、天空の光神サマーアは落下し、イーゴゥ大陸に生きとし生けるものすべてを滅ぼすだろう」と。光神サマーアが落ちてくるかもしれないという恐怖は人々を縛り、結果として光神王の独裁を許すことになった。

アライス姫は光神王の血を継いでいる。彼女を王にと望んでも、信仰を失うことにはならない。ゆえに光神サマーアが落ちる心配はない。

「アライス姫！」

「聖教会を倒して下さい！」

「神聖騎士団をぶっ潰してくれ！」

人々の期待にシアラは応え続けた。笑顔で手を振る彼女はまさに希望の象徴だった。

でも、僕は知っている。シアラはまだ父王への情を捨てきれていない。目的のためとはいえ、誰もがアーディンのように非情になれるわけじゃない。シアラは真正直な人間だ。器用に嘘がつける性格じゃない。穏やかではない心情を押し隠し、微笑む彼女の胸中を思うと、僕は不安になってくる。今度また大事な人を失うようなことになったら、彼女の心は張り裂けてしまうんじゃないだろうか。

不幸なことに、その予感は的中する。

王都ファウルカを一望に見下ろす丘の上に救国軍は陣を張った。ファウルカの周囲には木の柵が造られ、シャマール神聖騎士団が守りを固めていた。町中にはまだ多くの民が残されている。正面突破しようとすればファウルカの住民にも被害が及ぶ。

さらに問題となったのが人質の存在だ。大将軍エズラ・ケナファ、ツァピール侯エシトーファ、トゥーラ侯クウルサ、バル侯セオラン、デブーラ侯テラの五人は王城内に囚《とら》われている。救国軍が城に迫れば、彼らは人質として利用されるだろう。そうなった時、彼らを見捨てられるか。決戦に備え、天幕では騎士団長達による戦略会議が開かれた。

会議が始まって間もなく、一人の斥候《せっこう》が天幕内に飛び込んできた。

「急告——急告です！」

崩れ落ちるように斥候は床に両手両膝をつく。

「街道の南門に男が吊るされました！　遠眼鏡にて確認しましたところ、その人は——エズラ・ケナファ大将軍であらせられる模様です！」

天幕の空気が凍りついた。

誰も何も言えなかった。

僕だって信じられなかった。ケナファ侯が、あの大将軍エズラ・ケナファが殺されるなんて、どうして信じられる？

イズガータ様が立ちあがった。足早に天幕の外に出る。

「アーディン！　アーディンはいるか！」

「そんなに大声出さなくても聞こえますよ」

飄々とした声が答える。

「どうしたんですか、血相変えて？」

「街道の南門に父が吊るされたらしい」

少し間を置いて、イズガータ様は続ける。

「本人かどうか確認してきてくれ」

「――わかった」

応えとともにアーディンの気配が遠ざかる。

イズガータ様は天幕に戻ると、再び椅子に腰を下ろした。

「事実かどうか確認に行かせた。彼が戻るまで会議を続けよう」

各騎士団の代表者達はさすがに肝が据わっていた。何事もなかったように地図を睨み、王都攻略のための討議を再開する。

「ファウルカ外周に設けられた柵は穴だらけです。夜の闇に乗ずれば侵入は容易《たやす》いでしょう」

「夜のうちに密偵を送り込み、隙を見て強襲をかけたらいかがかな？」

「いや、それは難しいだろう。王城にはまだ多くの近衛兵が残っている。下手に攻めて籠城《ろうじょう》でもされたら面倒なことになる」

「では『転移』で腕利きの騎士達を天上郭に送り込んでみてはどうか？」

「出来なくはないだろうが『転移』には誤差がつきものだ。障害物が多い屋内に飛ぶのは危険すぎる。それに、たとえ『転移』が成功したとしても、その場に光神王がいなければ暗殺は叶わない」

「王城には数多《あまた》の抜け道があるというではないか。ちまちま攻め込んでいては光神王に逃げられてしまうぞ」

「そうだ。この戦、アゴニスタ十三世と『神宿』のツェドカ殿下、それに六大主教の首級《しるし》を挙げなければ勝利したとは言えん」

シアラは彼らほど豪胆ではなかった。平静を装っても、その顔色は透き通るほど白く、額には玉のような汗が浮いている。それでも彼女は退出することなく、団長達の声に耳を傾け、意見を戦わせる彼らを見守っていた。

二時間《サーア》ほど経った頃、アーディンが戻ってきた。彼はシアラの前に片膝をつき、斥候の報告は真実だったことを告げた。

「それとケナファ侯が纏った白服には文字が書かれておりました」

アーディンは一枚の紙片を差し出した。イズガータ様はそれを受け取り、書かれた文面を声に出して読み上げる。

「大罪人アライスに告ぐ。直ちに投降せよ。さもなくば罪の果実は数を増し、ファウルカの街は焦土と化すであろう」

シアラは何かを言おうとした。だが、それよりも早くイズガータ様は紙片を破り捨てる。

「投降などしても無駄です。奴らの狙いは貴方だ。光神王の娘である貴方がいなければ、民は光神王に逆らえない。貴方が死ねばそれでおしまいだ。すべての犠牲は無駄になる」

彼女はシアラの足下に片膝をついた。胸に拳を当て、頭《こうべ》を垂れる。

「お願いです。このまま進軍し、光神王を倒せと命じて下さい！」

「イズガータ殿の言う通りです！」

騎士団長達は立ちあがり、口々に叫んだ。

「ケナファ侯の仇《かたき》を討ちましょう！」

「王城へ参りましょう、アライス姫！」

「みんなの気持ちは、よくわかった」

思いの外しっかりとした声でシアラは答えた。

「時間をくれ。一晩だけでいい。私に時間をくれ」

そう言い残し、彼女は天幕を出て行った。

僕はシアラを追いかけた。個人用の小さな天幕。その出入口で振り返り、彼女は言った。

「ごめん、一人にしてくれ」

シアラは天幕に入り、布を引き下ろした。

僕はどうすることも出来ず、その場に立ちつくすしかなかった。

夕食の時刻になっても、シアラは天幕から出てこなかった。僕は傍を離れることなく、天幕の外に座り込んでいた。

「お疲れさま」

顔を上げると、アーディンが立っていた。左手に乾燥肉を挟んだ固パンを、右手に葡萄酒《マハル》の瓶を持っている。

「夕食、まだでしょう？」

「食欲なくて――」

「食べとかないと保ちませんよ」

アーディンは僕にパンを押しつけた。僕の隣に腰を下ろし、葡萄酒《マハル》を瓶から直飲みする。

「あの子はね、父親に愛されたいんですよ。女でもここまで出来るんだってことを、父親に認めさせたいんです」

もう一口飲んでから、アーディンは僕に葡萄酒《マハル》を差し出した。僕は彼の真似をして、瓶の口から直接葡萄酒《マハル》を飲んだ。

「どんなに望んでも得られない。わかっているのに諦められない。そういうものって誰にでもありますよね。あの子にとって、それは父親なんですよ」

正面を向いたままアーディンは目を眇める。

「あの子に光神王は殺せない」

「僕もそう思います」

「うん、だからね――」

アーディンは膝の上で指を組んだ。騎士とは思えないほど白い指。色が白いのは生まれつきだと、前に本人から聞いたことがある。まさか自分がデュシス人だなんて、彼自身、思いもしなかっただろう。

「光神王を殺すのは俺達の役目です」

核心には触れず、アーディンは僕を見て、意味深長に微笑む。

「ここまで来たら、後はなんとかなりますよ」

「だけど――」僕は声を潜め、天を指さした。「アレはどうするんですか。光神王が死んだら、アレは落ちてきて人々を押し潰してしまうんですよ？」

「そんなの迷信です」

「だとしても、それを信じている人は大勢います。彼らが光神王に立ち向かえるのは、シアラが……光神王の娘がいてくれるからです」

「あの猪突《ちょとつ》娘が『太陽姫』って柄ですか？」アーディンはフンと鼻を鳴らした。「まったく、どいつもこいつも夢見すぎなんですよ」

彼は立ちあがった。尻についた土埃を払うと、僕を見下ろし、静かな口調で続ける。

「明日になればイズガータは進軍を開始します。王城に入ったら、あの子はこの国の王になる。その時になって後悔しないよう、やりたいことは今夜中にすませてしまいなさい」

「貴方は後悔しましたか？」

つい、そんな言葉が口を突いて出た。

「彼女の夢のために、自分の夢を捧げたことを、後悔していませんか？」

アーディンは答えなかった。彼は僕の手から葡萄酒《マハル》を取り上げると、もう一方の手で僕の頭をぽんぽんと叩いた。

「人生は一度きり。だったら一度くらい、当たって砕けてみるのも悪くないですよ」

そう言い残し、アーディンは去っていく。

彼の後ろ姿を見つめながら、僕は心の中で呟いた。

シアラを連れ出すなんて出来ない。長い夜を終わらせ、この国に夜明けをもたらすことが出来るのは、光神王の血を継ぐ新しい王だけだ。そう思ったからこそ、ケナファ侯もイズガータ様もシアラを必要としたんだ。

――オレ達だって同じだ。シアラならオレ達を救ってくれる。オレ達に光を投げかけてくれる。オレ達にはシアラが必要なんだ。

でも……

――でもじゃねぇ。もう言い訳は聞き飽きた。そうやって本心《オレ》のことを黙殺し続けたって、お前、ここまで来たらもう石には戻れねぇよ。

本心《オレ》……？

――そうだよ。

お前、僕の本心だったのか？

――だから、そうだよ。この馬鹿野郎《アフマク》。本心《オレ》と建前《お前》。なにも特別なコトじゃねぇ。人間なら誰でも本心と建前を持ってる。人間は人であると同時に影でもあるんだ。

そうだ。シアラも言っていた。『私の本心を知ったら、みんな失望するだろう』と。あれは、どういう意味だったんだろう。

——もしかしたら、逃げ出したいのかもしれねぇぞ？

でも一緒に来てくれと言って……それで断られたら、どうすればいいんだ？

——その時はその時だろうが。ああもう、つべこべ考えるな！　あの男の言うとおり、人生は一度きりだ。一度くらい当たって砕けてみやがれ！

僕は周囲を見回した。夜は更け、騎士達は自分達の天幕で休んでいる。陣営のあちこちで篝火が焚かれているが、見回りの姿はない。

「シアラ」

僕は天幕の中に声をかけた。

「話がある。入るよ」

そして、答えも待たずに中に入った。

天幕の中央にシアラが立っている。驚いたように僕を見つめている。

「シアラ、僕と逃げよう」

彼女の目が見開かれる。

構わずに僕は続ける。

「君はよくやった。もう充分に頑張った。これだけ手勢が揃えば救国軍の勝利は間違いない。後のことはみんなに任せて、僕と逃げよう。この国を出て知らない町に住むのもいい。渡りの剣士として諸国を渡り歩いてもいい。どこか遠くの、誰も知らない土地に行って、僕と一緒に暮らそう」

「ダカール……」

シアラの瞳が光木灯を映して光る。長い睫毛が震え、白い頬は紅潮し、薄紅色の唇がわななく。

「私には出来ない」

目を伏せ、肩を震わせ、絞り出すような声で彼女は言った。

「私はもう一度父王に会いたい。父王に会って話がしたい。聖教会の圧政から民を解放し、国を覆う恐怖を消し去るよう、父王を説得したい」

「光神王は耳を貸さない」

出来る限り穏やかな声で、僕は告げた。

「投降すれば、君は殺される」

「……かもしれない」

怒ると思ったのに、シアラは苦笑しただけだった。

「私は『太陽姫』だ。即断首すれば暴動が起きかねない。ならばこそ聖教会は私を裁判にかけ、大罪人として処刑しようとするはずだ」

そこでシアラは顔を上げ、僕を見た。

「裁判には光神王も立ち会う。私は父に会いたい。もう一度だけでいい。私は父王に会いたいんだ」

目を見ればわかる。シアラは本気だった。彼女は光神王に会い、彼を改心させるために自分の命を懸けるつもりだ。

シアラが好きだというのなら、彼女の意志を尊重してやれ。かつて僕がデアバに言った言葉だ。それが今、そのまま自分に返ってくる。

彼女は命懸けで夢を追いかけてきた。それを止めることなんて誰にも出来ない。たとえ僕が求めても、彼女は立ち止まらない。そこに夢が輝いている限り、シアラは走り続ける。

追いかけたくても、もう道はない。僕の夢は砕けてしまった。

行き止まりだ。もうどこにも行けない。

彼女は行ってしまう。夢の果てに、僕だけを残して。

「すまないダカール。お前を戦いに巻き込んで、散々迷惑をかけて、最後まで我が儘を言って、本当にすまない」

シアラは頭を下げた。

声が震える。その細い肩が震える。

「でもこれ以上、犠牲者を出さずにすむ方法を、私は思いつかないんだ」

「……謝らなくていい」

僕の声に、シアラは驚いたように顔を上げた。青とも碧ともつかない瞳が涙に濡れて光っている。こんな時だというのに美しいと思った。やっぱり彼女は太陽だ。だからこそ惹かれずにはいられなかった。暗闇の中、篝火に飛び込む羽虫のように。たとえこの身を焼き尽くそうとも、君に惹かれずにはいられなかった。

「で、どうする気だ？　王城に行くといっても、イズガータ様は許可してくれないだろう。こっそり抜け出そうにも、見張りに見つからないように陣営を出るのは至難の業《わざ》だ」

「あ……ああ」

シアラは返答に詰まった。

僕は首を傾げ、彼女の顔を覗き込む。

「何も考えてなかったのか？」

「——うん」

「まったく、君らしいよ」

思いこんだら決して譲らない。幾度倒れても立ちあがる。どんなに打ちのめされても決して諦めない。

そんな君が好きだった。

僕だけのものにしてしまいたかった。

——まだ遅くない。

「仕方がない。僕が運んでやるよ」

僕はアーディンのように肩をすくめてみせた。

「といっても『転移』は危険を伴う技だから、屋内には飛べない。屋外のなるべく障害物の少ない所を選んでくれるとありがたいな」

——逃げちまえ。これが最後の機会だ。連れて逃げちまえ。誰も追ってこられないくらい遠く

へ飛ぶんだ！

「たとえば……王城門楼前の広場とか」

「でも、『転移』には多くの時空が必要なのだろう？」

シアラは眉根を寄せ、掠れた声で問いかけた。

「私のために、もうこれ以上、お前の時空を使わせるわけにはいかない」

「君に出会わなかったら空費していた時空だ。君のために使うのなら、これっぽっちも惜しくない」

僕は笑ってみせる。少しだけ挑戦的に。

「それとも僕のことが信じられないか？　このまま君を遠くに連れ去るとでも思った？」

「そんなこと――」

「じゃ、送らせてくれ」

一呼吸分の間を置いて、僕は彼女に手を差し出した。

「僕が君にしてやれるのは、もうこれくらいしかない」

シアラはおずおずと手を伸ばし、僕の手を握った。

――今だ、遠くへ飛べ！

体が勝手に動いた。彼女を引き寄せ、抱きしめる。

――王城に行けばシアラは殺される。無駄死にさせるくらいなら、連れて逃げちまえ！

シアラは僕と逃げることより、夢を貫くことを選んだ。自分の幸せは自分で決めると彼女は言った。彼女が選択した道だ。僕には止められない。

――そんな夢、叶うわけねぇだろ！　相手は光神王だぞ？　何万、何億という人間の怒りと憎しみを背負って、それでものうのうと生きている化け物だぞ？　そんな奴にシアラの声が届くわけねぇだろ！

ふざけんなよ？　オレの人生、てめぇが勝手に決めてんじゃねぇって、お前も言ってたじゃないか。

――クソっ！　クソったれ！　この、救いようのない大馬鹿野郎《アフマク》！

深呼吸して心を落ち着ける。

目を閉じ、夜の闇に意識を解放する。

夜明けはまだ遠く、天は真っ暗だ。見えるのはファウルカを取り囲む光木灯の明かりと王城の城壁を照らす篝火だけだ。聳《そび》え立つ城門楼、広場の中央、色違いの石で描かれた光神サマーアの紋章を目印に、僕は飛んだ。

耳が麻痺《まひ》したような静寂。手足の感覚が薄れ、大地を踏む感覚が消え――

次の瞬間、僕らは王城前の広場に立っていた。

僕は腕を緩めた。

間近にシアラの顔がある。戸惑いに揺れる瞳、わずかに開いた唇、必死に言葉を探している、そんな表情。

この手を放したら彼女は行ってしまう。もう二度と戻らない。世界は光を失い、再び闇に閉ざされる。そうなれば僕は正気でいられない。心の闇に飲み込まれ、鬼《グル》と化してしまうだろう。

行かせたくない。行かせたくない。

行かせたくない。

「行ってこい」

臓腑が引きちぎられるような痛み。

それを堪え、僕は言った。

「夢を叶えてこい」

青碧色の目が僕を見つめる。揺れていた瞳に強い意志の光が生まれる。

「もし光神王を説得することが叶わなかったら、私は光神王を殺し、彼から神の名を奪い取る」

僕の胸に手を置いたまま、彼女は噛みしめるように言う。

「私は奇跡を起こしてみせる。お前がもう悪夢を見なくてすむように、感情を抱くことに怯えなくてすむように、何も恐れずに生きていかれるように、私はこの国を変えてみせる」

シアラは帯から曲刀を外し、僕の手に押しつけた。

「戻るまで、これを預けておく」

そして、泣きそうな顔で微笑んだ。

「私は戻ってくる。必ず戻ってくる。それまで持っていてくれ。ここで待っていてくれ」

答えを待たず、彼女は僕に背を向けた。

白金の髪が揺れる。小さな背中が遠ざかる。

門楼から誰何《すいか》の声が聞こえる。それに応えるシアラの声。錆《さ》びついた音を響かせて鎖が巻かれ、落とし格子が開かれる。

シアラの姿が王城に飲み込まれる。

太陽が沈み、再び闇がやってきた。


僕はファウルカの路地裏に身を隠した。

戦時だというのに、街を見回る兵士すらいなかった。近衛兵達は王城の守りを固めるのに手一杯で、それ以外に人員を費やす余裕はないんだろう。

住人達は家に閉じこもり、息を殺してことの次第を見守っている。けれど、それも時間の問題だ。シアラがいないことに気づいたらイズガータ様は救国軍を動かす。救国軍がファウルカを解放すれば、住人達も反乱に加わる。

もはや聖教会に勝ち目はない。残された手段はひとつだけ。人々の希望であるアライス姫を反逆者として処刑するのだ。この国の民は光神サマーアを畏怖している。あれが地に落ち、自分達を打ち殺すことを恐れている。その恐怖を消すことが出来るのは、光神王の血を引くアライス姫だけだ。

彼らはことを急ぐだろう。一刻も早く、姫を処刑し、光神サマーアの脅威をもって、反乱を鎮圧しようとするだろう。

その予想通り、夜明けを待たずして王城前の広場には高さ二ムードルほどの櫓《やぐら》が組まれた。櫓の中心には一本の柱が立てられ、それを取り囲むように粗朶《そだ》の山が積み上げられていく。火刑台だった。火刑は邪教徒の処刑法だ。聖教会はアライス姫を邪教徒として焼き殺すつもりだ。

不穏な雰囲気を察し、ファウルカの住人達が一人また一人と広場に集まってくる。

「アライス姫が投降したらしい」

「昨夜遅くに裁判が開かれたとか」

「裁判なんて、茶番だよ」

「アライス姫なら何とかしてくれると思ったのに」

「この国はどうなっちまうんだろう」

話が口から口へと伝えられていく。人が人を呼び、広場は民衆で埋め尽くされた。不安そうなファウルカの住人達に紛れ、僕は天を見上げた。

光神サマーアに変化はない。

奇跡はまだ訪れない。

喇叭《らっぱ》の音が鳴り響いた。王城のバルコニーに六大主教の一人が姿を現す。遠くて顔まではわからないが、白い衣の色からして多分シャマール卿だろう。彼は書状を開き、大声でそれを読み上げた。

「女に生まれながらその性を偽り、畏《おそ》れ多くも光神王を欺《あざむ》こうとした大罪人アライス。此《これ》は闇王ズイールの僕《しもべ》達と手を組み、光神サマーアの化身である光神王を弑《しい》せんとした。此の反神行為は疑うべくもない。よって本日正午、咎人アライスを火刑に処す!」

沈黙が降りた。人々は何も言わず、物音ひとつ立てなかった。地の国《トゥホーマ》のような静寂。それは恐怖に虐げられた者達が、戦う術を奪われた者達が示した精一杯の抵抗だった。

シャマール卿が姿を消すとともに、王城の跳ね橋が下ろされた。落とし格子が巻き上げられ、神聖騎士団が現れる。

「どけどけ！」

「道をあけろッ！」

騎士達は人々を蹴散らし、門楼から火刑台に至るまでの道を作った。火刑台を取り囲み、近づこうとする者を槍で脅して遠ざける。

やがて、時刻は正午を迎えた。

重苦しく鐘が鳴り響く。

落とし格子をくぐり、一台の荷馬車がやって来る。

木で出来た粗末な荷台。その上に小柄な女が座している。身に纏っているのは薄い下衣だけ。背後に回された両手首は手枷《てかせ》で拘束されている。

広場に嘆きの声が溢れた。絶望の呻きが地を這《は》う。男が悪態をつき、若い女が顔を覆って泣き出した。

僕は目を逸らした。見たくなかった。絶望に打ちひしがれた彼女の顔なんて見たくなかった。蹄《ひづめ》が石畳を叩く。ゴロゴロと車輪が転がる。荷馬車が僕の前を通過し、遠ざかっていく。僕は歯を食いしばり、マントの下に隠した曲刀の柄を握りしめた。

奇跡は起こらなかった。誰も彼女を救ってくれなかった。神は彼女を否定した。彼女の祈りを拒絶した。

――なら、オレが神を殺してやる。あの時空晶に転移して、クソったれな光神サマーアを木《こ》っ端微塵《ぱみじん》に爆砕してやる。

「もう祈るな！」

凛とした声に、僕は火刑台を振り仰いだ。

櫓の上、柱に拘束されている女。剝き出しの素足。汚れた下衣。その体には鉄鎖が巻かれ、白金の髪はくしゃくしゃに乱れている。

シアラは顔を上げ、挑みかかるように天を睨んだ。

「私達の頭上に浮かぶ時空晶。あれは神ではない。恐怖だ。私達から光を奪い、屈服させようとする恐怖そのものだ！」

嘆きの声が止んだ。沈黙の中、人々は祈るような眼差しでシアラを見つめている。

「もう祈るな。どんなに祈っても、助けを乞い願っても、あれは私達を救ってなどくれない」

火刑台の上、彼女はさらに声を張り上げる。

彼女は諦めていない。

シアラは、まだ諦めていないんだ！

「通してくれ」

僕は火刑台に駆け寄ろうとした。でも人が多すぎて、なかなか前に進めない。

「頼む、道をあけてくれ！」

粗朶に火が放たれる。めきめきと音を立て、紅蓮《ぐれん》の炎が燃え上がる。絶望の吐息、泣き伏す人々、彼らを叱咤するようにシアラの声が高らかに響く。

「世界を変えたいと望むなら、祈る前に戦え！　救われたいと願うなら、絶望を振り払い、自らの手で光を摑み取れ！　お前を救えるのはお前だけ。神でも他の誰かでもない。お前だけが、お前を救うことが出来るのだ！」

「雨《メトーラ》が降る！　雨《メトーラ》が降る！」

誰かが叫んだ。

「雨《メトーラ》が降る！　雨《メトーラ》が降る！」

傍の男が叫んだ。腰の曲がった老婆が叫んだ。子供を抱く母親が、手を取り合った若い男女が、声の限りに叫んでいた。

彼らを押しのけて僕は前に出た。薪《まき》の爆《は》ぜる音が聞こえる。真っ赤な炎が櫓を舐める。

燃え上がる炎。立ち上る黒煙。

その中でシアラは微笑んだ。

「恐れるな。希望が絶望を凌駕《りょうが》する時、恐怖は打ち砕かれる。私達は奇跡を起こせる。夜明けを呼ぶことも、世界を変えることも出来る！」

冷たいものが頬を打った。

雨だった。季節外れの雨だった。

「雨が降る《メトーラ》！　雨が降る《メトーラ》！」

降りしきる雨の中、人々は足を踏みならし、叫び続ける。呼応するように雨は強さを増していく。それでも火刑台の炎は衰えない。黒煙の合間に、苦しそうに天を仰ぐシアラが見える。

「打ち砕け！　お前の恐怖を！　我らを押さえつける偽りの神を！」

「そうだ！」

「神なんかじゃねぇ！」

「砕けてしまえ！」

人々が拳を振り上げる。光神サマーアを恐れ、聖教会に虐げられてきた者達。誰もが心の奥底で願いながら、今まで口に出来なかった叫び。それが一気に噴出する。

「あんなもの怖かねぇ！」

「砕けろ！」

「砕けちまえ！」

「おい、見ろ——！」

一人の男が天を指さした。

僕は天を見上げ、そして、息を飲んだ。

時空晶が罅割《ひびわ》れている。蜘蛛《アンカブート》の巣のような罅が四方八方へと広がっていく。けれど誰も怯まなかった。誰一人逃げようとしなかった。人々はさらに声を張り上げ、拳を振り上げて叫び続ける。

「あれは神じゃない！」

「もう恐れるもんか！」

「砕けちまえ！」

「砕けろ！」

「砕けてしまえ！」

罅割れた天に向かい、僕は手を伸ばした。僕の掌を、頬を、肩を雨粒が叩く。

ようやくわかった気がする。

僕もデアバと同じだ。僕も君のことを、細くて小さくて傷つきやすい女の子だと思っていたんだ。

ああ、なんて愚かな思い違いをしていたんだろう。

君は太陽だった。万物の上に等しく光を注ぐ黄金《きん》の太陽だった。なのに僕は君を腕の中に閉じこめようとした。この巨大な時空晶と同じように、君の光を遮ろうとした。

シアラ、もう一緒に逃げようなんて言わないよ。

だから――シアラ。神を打ち砕け。奇跡を起こせ。

「そうだ！」

黒煙と炎の中シアラは叫んだ。

「本当の神は、私達、一人一人の中にいる！」

その瞬間――荘厳な鐘の音が鳴り響いた。

時空晶が弾け飛ぶ。粉々になった時空晶の破片が、雨となって降ってくる。滝のような豪雨。叩きつける驟雨《しゅうう》。白く煙った視界の向こうに――僕は見た。

深い蒼《あお》を。抜けるような蒼穹《そうきゅう》を。

その中心で輝く、黄金《きん》色の太陽を。

「青空だ！」

「あれが太陽か！」

喝采《かっさい》を叫ぶ声。感嘆と感激の声。人々は自分の胸を叩き、お互いの肩を叩き合う。

「神はここにあり！」

「神は我にあり！」

「神はオレ達の心の中にいる！」

降り続く雨。すべてを洗い流す雨。火刑台の炎は消えない。黒煙と火焔《かえん》に包まれ、シアラの姿はもう見えない。轟音を上げて燃える炎。暴力的な酷熱。

「シアラ‼」

炎の中に駆け込もうとした僕の肩を誰かが押さえた。

「駄目だ、ダカール」

デアバだった。彼は泣きながら僕の両腕を掴んだ。

「手遅れだ。お前まで死んじまう！」

……手遅れ？

「――ふざけるな！」

僕はデアバを撥ねのけた。濡れたマントを頭から被ると、大きく息を吸って、炎の中に飛び込んだ。肌を炙る灼熱《しゃくねつ》。マントがみるみるうちに乾いていく。黒煙に咳き込みそうになりながら、かろうじて残っていた梯子《はしご》を登る。櫓の床板が燃え始めている。前のめりになった彼女の体を鎖が柱に縛りつけている。

「シアラ！」

僕は彼女に駆け寄った。助け起こし、頬を叩く。

「しっかりしろ、シアラ！」

彼女は目を閉じたまま答えない。そうしている間にも炎は床板を舐めるように燃え広がっていく。いつ焼け落ちても不思議じゃない。

「この鎖を斬る」

僕の意志を受けて影が立ちあがった。厚みのない鋭利な手で鉄の鎖を断とうとする。

――駄目だ、斬れねぇ！　影断ちの剣と同じだ。鉄ン中に時空晶が混ぜてある！

ぐらりと足下が傾いだ。櫓が崩壊しかかっている。息が苦しい。目の前が暗くなってくる。

――しっかりしろ、馬鹿《アフマク》！

鎖を留めている錠前を摑んだ。炎に炙られた鉄が掌を焼く。構わずに押さえつけ、曲刀の柄で錠前を叩く。幾度も幾度も、幾度も叩く。

シアラ、僕は君に出会い、笑うことを覚えた。君に恋をして、怒りを知り、涙を流すことを覚えた。僕はもう何も感じない石ころじゃない。僕は人間になったんだ。

――そうだ。喜びも怒りも押し殺して、笑うこともなく泣くこともなく、毎日モノ喰って、クソして寝るだけだった石ころが、夢を見て、笑って、泣いて、嫉妬までする、馬鹿《アフマク》な人間になったんだ。

すべての夢はいつか覚める。叶って終わる夢もあれば、叶わないまま終わる夢もある。

僕は夢の果てまで辿り着いた。僕の前に道はない。もうこれ以上は進めない。

――迷って、迷って、迷いぬいて、それでも逃げ出さず、投げ出さず、ここまで来た。夢の果てまで辿り着いた。すげぇよ、オレ。上出来だよ、お前。オレも、お前も、すげぇ格好いいよ。

僕の夢は叶わなかった。

でも、悔いはない。

夢が終わっても、人生は終わらない。

きっとまた新しい夢を見る。

だから君も、君の夢に向かって走り続けなきゃ駄目だ。

アライス、君が王になったら、身分を問われることもなく、貴族の子でも奴隷の子でも自由に伴侶を選ぶことが出来る。そんな国を作るって言っただろう？　百年《サナ》先になっても、二百年《サナ》先になっても必ず作るって約束しただろう？

なら、こんなところで立ち止まっちゃ駄目だ！

ガチンという音を立てて、錠が壊れた。

鎖が緩み、シアラが倒れかかる。僕は彼女を抱き止め、広場に『転移』しようとした。

――待てよ馬鹿《アフマク》！　あんな混み合った場所に飛んだら、それこそ木っ端微塵になるぞ！

炎が僕らを包み込む。マントの裾が燃え始める。逆巻く炎と黒煙。音を立てて崩れる床板。熱と煙で息も出来ない。

――探せ、開けた場所を！　空間のある場所を！

僕は目を閉じた。

押し寄せる人々。ひしめくような時空の熱波。あまりの濃密さに頭がくらくらする。どこか……どこか近く……近くに開けた場所はないのか？

――あった！

丸い舞台、平らな石床、障害物はない。僕はシアラを抱え、そこに向かって『転移』した。

一瞬の静けさの後――

僕は湿った石床に膝をついていた。

そこは王城内、城壁の上に張り出した礼拝用のバルコニーだった。

「シアラ！」

僕はシアラを抱き起こした。赤く火照《ほて》った頬を叩き、肩を揺さぶる。

「目を開けろ、シアラ！」

力なく垂れ下がった腕。ぐらぐらと揺れる首。僕は彼女の首筋に手を当てた。

脈が触れない。

彼女の胸に耳を押し当てる。

心音が、聞こえない。

「この馬鹿《アフマク》、目を覚ませ！」

僕はシアラを抱きしめた。

柔らかい。とても温かい。こんなに温かいんだ。死んでいるはずがない。

何者にも屈しない高潔な魂を持つ女。

どんな逆境にも挫《くじ》けない強さを持つ女。

最後まで決して諦めない闘志を持つ女。

それが僕の知っているシアラだ。

そのシアラが、こんな所で死ぬわけがない！

甲冑が鳴る音、入り乱れる剣戟《けんげき》、幾つもの靴音が石段を駆け上ってくる。

それでも僕は動けなかった。彼女を抱きしめたまま、動けなかった。

「もう一緒に逃げてくれなんて言わない」

僕は君の影になろう。君の足下に控え、君を支え、君とともに歩もう。

「君の傍にいられるだけでいい」

他には何も望まない。だから——

「目を覚ましてくれ」

僕らを押さえつけてきた光神サマーア。灰色の時空晶は砕け散った。僕らの頭上にあるのは青く澄み切った空と黄金《きん》色に輝く太陽だけ。

　シアラ、君は奇跡を起こした。

　君はこの国を変えたんだ。

「シアラ……」

　起きてくれ。

　目を覚ましてくれ。

　君の長い夜は終わった。

　終わった。

　終わったんだよ。

幕間（五）

黄輝晶《おうきしょう》が砕け散る。

金色の破片が床に落ち、雨のような音を響かせる。

広間に立ちこめていた白い霧が晴れてくる。闇と静寂が戻ってくる。

「かつて願ったことがある」

まだ夢の半ばにあるような霞《かす》んだ声で、夜の王が呟く。

「遠くへ行きたいと、何物にも縛られず自由に生きていきたいと――夢見たことがある」

夢売りは鷹揚《おうよう》に頷《うなず》く。

「人は誰でも幾つもの可能性を持っています。人から生まれる夢は無限に等しく、心から願えば叶《かな》わないことなど何もない。どんな道も選べる。どんな場所にも行ける。どんな人間にもなれるのです」

「だが人の持つ時空は限られている。数多《あまた》の可能性から、人は進むべき道を選ばなければならない」

あえかな微笑を浮かべ、王は夢売りに問いかける。

「選ぶことと捨てることは同義だと思うか？」

「――いいえ」

静かに、しかし決然と夢売りは答えた。

「選ばれなかった道。叶わなかった夢。届かなかった想い。ご覧の通り、それらは彩輝《さいき》晶《しょう》となってこの世界に残ります」

「それに何の意味がある？　動かぬただの石ころに何の意味があるというのだ？」

「その答えは夢の中に――」

夢売りは残るふたつの彩輝晶を指し示した。

「この『光輝晶《こうきしょう》』と『闇輝晶《あんきしょう》』に封じられた夢をご覧いただけましたなら、答えは自《おの》ずと姿を現しましょう」

そして、挑みかかるように王を見た。

「続けるも止めるも貴方《あなた》様次第。さて、いかがなさいますか？」

長い長い沈黙の後、夜の王は答えた。

「続きを見せて貰《もら》おう」

紅輝晶の欠片《かけら》があります。貴方《あなた》の『時空』を費やして『夢利《ゆめ》き』をしてみますか？

輝晶の欠片　伴走者の遺言

アライス……

聞こえますか、アライス。

どうやらお別れの時が来たようです。

最後に貴方《あなた》に伝えておきたいことがあります。

とてもとても大切なことです。

時間がないので一度しか言いません。よくお聞きなさい。


貴方がこの世に生まれてきたこと。生きてこの場所に辿《たど》り着いたこと。これは偶然でも奇跡でもありません。貴方が今ここにいるのは、貴方を命懸けで守った者達がいたからです。

誰のことだかわかりますね？

そうです。ハウファお嬢様と私達――アルティヤとサフラのことです。

アルティヤはともかく、サフラという名前に貴方は馴染《なじ》みがないでしょうね。アルニールでの思い出をハウファ様は滅多に口になさらなかったから、たとえ知らなかったとしても致し方ありません。

サフラとはアルティャの半身の名前です。必要に応じて影の技を使い、ひそかにハウファ様をお助けしてきた有能かつ有益な守護者。

それがサフラ……つまり、私です。

私とアルティャは一つの身体《からだ》を共有する『二つ魂』、いわば魂の双子です。とはいえ、肉体の主導権はあくまでも『宿主《やどぬし》』にあります。それは認めざるを得ません。ゆえに私は、私のことを『伴走者《ばんそうしゃ》』と呼んでいます。宿主を支え、時には代役も務める。痛みや悲しみを共有し、険しい人生をともに走る。それが伴走者たる私の役目です。

え？　ややこしい言い方をするな？

詰まるところ、『影憑《かげつ》き』ってことだろう？

まあ、まあ、なんて失礼な！

はっきり言っておきますが、私は影憑きという言葉が嫌いです。そもそも『影』が人に『憑く』なんて、ずいぶんと失礼な言い方です。時空を欲して人を襲う死影と、宿主を助ける伴走者は似て非なるもの。私は勝手に時空を喰《く》い漁《あさ》るような、はしたない真似はいたしません。死影のような浅ましい連中と一括《くく》りにされるのは、はなはだ心外です。

心外と言えば、ちまたでは「影使いの母親から生まれた子供は死影に時空を喰われ、幼くして正気を失い、鬼《グル》になる」と言われているそうですね。

貴方も信じていましたか？　まったく、やれやれです。

いいですか、アライス。よく聞きなさい。

あんなものは大嘘《おおうそ》です。憎悪と恐怖を煽《あお》るため、聖教会が広めた悪評です。もちろん歩調が合わない宿主と伴走者はいます。いがみ合い、時空を奪い合い、鬼《グル》と化した例もあります。が、それはあくまでも失敗例。実際には成功例のほうがはるかに多いのです。ほとんどの『二つ魂』は影の技を使うことなく、二つの魂が共存していることを悟られることもなく、その生涯を終えます。騒ぎを起こすこともなく、もちろん記録にも残りません。常人よりも早く年を取ることは否定しませんが、宿主と伴走者が互いを認め合っている限り、『二つ魂』が鬼《グル》になることは決してありません。

その点において、私達はとても上手くやっていました。なにしろ互いに協力し合わなければ、生きていかれない過酷な幼年期でしたから。

私達がハウファ様に永遠の忠誠を誓う理由は、そこにあります。

少し、思い出話をしましょうか。

私達は旅の一座に生まれました。粗末な幌馬車《ほろばしゃ》で各地を巡り、行く先々で軽業《かるわざ》や寸劇を披露する、寄る辺《よるべ》を持たない旅芸人の一団でした。

母は一座の使用人でした。掃除や洗濯、煮炊きなど、雑用はすべて彼女の仕事でした。母は文句も言わずによく働きましたが、一座の者達は彼女を軽んじていました。私達親子は食卓につくことが許されず、厩《うまや》の隅で食事を取りました。幌馬車の中ではなく、馬糞《ばふん》臭い藁《わら》の中で眠りました。

母の肩には焼き印がありました。大きくなってから、その意味を知りました。

そうです。母は異国人——奴隷《どれい》だったのです。だから彼女は何をされても耐えるしかなかった。私達の父が誰なのか、母はついぞ教えてくれませんでしたが、今ならばその理由もわかります。父親の候補があまりに多すぎて、一人に絞ることが出来なかったのです。

その母も、私達が五歳の時、流行病《はやりやまい》で死にました。影使いであることがばれて火刑に処されたり、死影に時空を喰われて鬼《グル》になったり、一座の者に面白半分に殴り殺されたりしなかったことは、彼女にとって幸いだったと思います。

ですが残された私達は悲惨でした。私達は母の代理として、朝から晩までこき使われることになりました。人間ではなく家畜として扱われる惨めな暮らしに、最初は泣いたり、反抗したりもしました。でも、そんなことをしても無駄だと、より酷《ひど》い目に遭わされるだけだと、学ぶのにそう時間はかかりませんでした。

私達は泣くのをやめました。考えるのをやめました。一座の大人達にとって都合のいい、従順な奴隷になりました。母から貰《もら》った名前で私達を呼ぶ者はなく、母の死から七年が過ぎる頃には私達自身さえ、自分達の名前が思い出せなくなっていました。

生きているのか死んでいるのかもわからない、根無し草の暮らし。

それが一変したのは、私が十二歳の時でした。

旅の一座は芝居の興行でケナファ領のアルニールを訪れました。

アルニールは豊かで賑《にぎ》やかな町でした。白壁の屋敷、薔薇色《ばらいろ》の屋根、素朴ながらも美しい町並み。窓辺に置かれた鉢植えには色とりどりの花が咲いていました。道行く人はみんなニコニコ笑っていて、とても幸せそうに見えました。

「まるで天《アッサマーア》の国みたいだね」

幌馬車の下の暗がりから通りを眺め、宿主は頰《ほお》に手を当てました。彼女の右頰は真っ赤に腫れ上がっていました。軽業師のアクィラに殴られたのです。一座の花形である彼は、なぜか宿主のことを毛嫌いしていて、いつも難癖《なんくせ》をつけては宿主に暴力を振るうのです。

私は宿主の苦痛を半分、引き受けることにしました。ヒリヒリと焼ける頰の痛み、ジンジンと軋《きし》む奥歯の痛み。暴力を受けるのは日常茶飯事《さはんじ》でしたが、慣れるということはありませんでした。

「もう死んじゃおうか」

涙を拭《ぬぐ》って、宿主は笑いました。

「ここで死んだら、私達も天《アッサマーア》の国に行けるかもしれないよ」

「そんなこと考えてはいけません。私達にはまだ多くの時空が残されています。それを自ら投げ出すなんて、許されることではありません」

しかし宿主は聞く耳を持ちませんでした。幌馬車の下から這《は》い出して、多くの馬車が行き交《か》う大通りに向かい、ふらふらと歩き出しました。

私は慌《あわ》てました。宿主が死ねば、伴走者も消えます。一秒《タニヤ》の時空を持たない私には闇輝晶《あんきしょう》になる力さえありません。完全な消滅。それは私にとって、とても恐ろしいものでした。

「待ちなさい……お願い……足を止めて」

生まれて初めて、私は宿主に逆らいました。

「やめて！　止まりなさい！　馬鹿なことしないで！」

途端、宿主は泡を吹いて卒倒しました。二つの魂の対立に身体が耐えられなかったのです。壊れかけた身体は燃えるような高熱を発しました。動くことはおろか、声を出すことさえ出来ませんでした。一座の大人達は「もう駄目だな」と言い、町外れに私達を投げ捨て、そのまま去って行きました。

死を待つばかりの宿主、その不遇な生涯を振り返り、私は泣きました。誰にも聞こえないとわかっていても、「助けて下さい！」と叫ばずにはいられませんでした。すると偶然にも、アルニールに向かう商隊が私達の側《そば》を通りかかったのです。彼らは私達を拾い上げ、町の治療院に運び込んでくれました。

アルニールのお医者様はいろいろと手を尽くしてくれました。それでも私達の高熱は下がりませんでした。これは未知なる病に違いない。そう診断された私達は、謎の熱病患者として、生きたまま焼かれそうになりました。

そんな私達を助けてくれたのが、ハウファお嬢様です。

ハウファ様はつきっきりで私達を看病してくれました。それだけでも十二分にありがたいことなのに、お嬢様は私達に名前までつけてくれました。根無し草の私達に居場所を与え、生き甲斐《がい》を与え、一人の人間として側に置いてくれました。

美しくて聡明《そうめい》なハウファ様。優しくて情け深いハウファ様。私達は彼女に心酔《しんすい》しました。飽《あ》きることなくそのお姿を眺め、彼女に仕える僥倖《ぎょうこう》を幾度《いくど》となく噛《か》みしめました。

「ハウファ様に救っていただいたこの命、ハウファ様のために使おう」

頭蓋骨《ずがいこつ》の内側で、私達は固く誓い合いました。

「私達の時空はすべてハウファ様のもの。生涯ハウファ様に仕え、ハウファ様に尽くそう」

お嬢様のためならば何でも出来る。どんなことでもする覚悟でいました。

ですからあの惨劇の夜──神聖騎士団がアルニールを蹂躙《じゅうりん》した夜、影の技を使うことに何のためらいもありませんでした。突風を巻き起こし、風の矢を放つ『投射』という大技──当時の私は技の名前も知らず、もちろん使ったこともありませんでしたが──私にはそれが出来るという確固たる自信がありました。

「どのぐらいの時空を使いましょうか」

私の問いかけに、宿主は迷うことなく答えました。

「ハウファ様を守るためなら、いくらでも」

これ以上ない、完璧な答えでした。

すべての時空をお嬢様に捧げる。結晶となって砕《くだ》け散っても悔いはない。ハウファ様は私達が守る。エトラヘブ騎士団の下衆《げす》どもに、指一本触れさせてなるものか!

私は影の技、『投射』を使いました。お嬢様を守ろうと必死でした。それゆえに加減がわからず、ついやり過ぎてしまったのです。エトラヘブ騎士団の連中を吹き飛ばすだけで充分だったのに、あろうことか私は、町の一角をまるごと吹き飛ばしてしまったのです。

屋根は落ち、壁は崩れ、その下敷きになってエトラヘブの騎士は死にました。ですが大きな瓦《が》礫《れき》が階段口を塞ぎ、お嬢様は地下倉庫に閉じ込められてしまいました。私達は慌てました。すぐさま助けを呼びに行こうとしましたが、身体が動きませんでした。一気に時空を使った反動が襲いかかってきたのです。私達はその場に倒れ、気を失ってしまったのです。

目が覚めた時には、三日が経過していました。

幸いなことに、お嬢様は無事でした。地下倉庫の酒樽《さかだる》の間にいるのをケナファ騎士団に発見され、保護されたと聞きました。

私は安堵《あんど》しました。しかし、代償《だいしょう》は高くつきました。私が多くの時空を使ってしまったがために、宿主の身体は一気に三十年も年を取ってしまったのです。その変化に心が追いつかず、宿主は茫然《ぼうぜん》自失《じしつ》状態に陥っていました。考えることも口を利くことも出来なくなった宿主に代わり、私は事の次第を領主様に説明しました。それは私達が『二つ魂』であることを告白するに等しい行為でした。邪教徒として捕らえられ、火刑に処される恐れもありました。

幸いなことに、エズラ・ケナファ大将軍は寛大な方でした。彼は「すまなかった」と言い、「辛《つら》い思いをさせたな」と言って、私達を抱きしめてくれました。せめてものお詫《わ》びにと、サウガ城に居場所を作ってくれました。

サウガ城で飯炊き女として働き出してからも、宿主は毎夜泣いていました。

「ハウファ様に会いたい……ハウファ様に会いたい」

「ならば会いに行きましょう。コーダまでなら歩いてだって行かれます」

「駄目だ。こんな醜《みにく》い姿、ハウファ様に見られたくない」

「お嬢様は見た目を気にするような方ではありません」

「それでも会えない。会えっこない。年老いた私を見たら、ハウファ様はご自分を責めるに決まってる。それは嫌だ。それだけは嫌だ」

宿主が頑《かたく》なに固辞するものですから、ハウファ様がイズガータ様とともにサウガ城にやってきた時も、名乗りを上げることが出来ませんでした。柱の陰からこっそりと、その麗しいお姿を見つめることしか出来ませんでした。

状況が変わったのは、その一年《サナ》後。

イズガータ様の身代わりに、ハウファ様が後宮に行くことになったのです。

その知らせを聞いて、私達は直感しました。ハウファ様は復讐《ふくしゅう》するつもりだ、彼女は光神王を暗殺するつもりなのだと。

懐かしのアルニール。あの町は私達にとっても大切な場所でした。それを奪った者達に復讐したいという気持ちは痛いほどよくわかります。でも危険すぎると思いました。王都ファウルカにある光神王の居城。その後宮に送られた姫君は多い。けれど戻ってきた者は一人もいない。後宮に足を踏み入れたら最後、生きて外に出ることは叶《かな》わない。そう噂《うわさ》されていたのです。

私達は頭蓋骨の内側で話し合いました。

「後宮は魔窟《まくつ》だ。そんな場所にハウファ様を一人で向かわせるわけにはいかない」

「でも後宮は王城にあるのですよ。影使いを『闇王ズイールの使徒』と呼ぶ聖教会の中心地にあるのですよ。影使いを邪教徒と信じ、その命を狩る神聖騎士達が大勢いるのですよ。もし私達が『二つ魂』であることが見破られたらどうします。私達が火刑に処されるだけではすみません。私達を伴ったお嬢様もまた罪に問われてしまいます」

「わかっている。だからハウファ様には何も話さない。私達が影憑きであることも、私達がサフラであることも、秘密にしたまま同行する」

「ですがお嬢様は賢く、勘の鋭い方です。どんなに外見が変わろうとも、私達のことがわからないはずがありません」

「ならば私は持てるすべての技量を使ってハウファ様を騙《だま》してみせる。この醜い姿そのままの、愚かしい中年女を演じてみせる。ハウファ様が知っているサフラとはまるで違う、垢抜《あかぬ》けない田舎者《いなかもの》になりきってみせる」

宿主の決意が固すぎて、それ以上は言い返せませんでした。

元はと言えば、私のせいなのです。初めてで加減がわからなかったとはいえ、私は宿主から人生でもっとも美しい時代を奪ってしまった。自分が生きていることを、もっとも愛する人に伝えることさえ出来なくさせてしまった。すべては私が力を暴走させたせいです。それればかりは、どんなに後悔しても後悔しきれません。でも時は巻き戻せない。過去の自分が犯した過ちは、今の自分が償《つぐな》うほかありません。

私達は行動を開始しました。

真っ先に向かったのは私達の正体を知る唯一の人物、エズラ・ケナファ大将軍の居室でした。

「ハウファ様のお供をさせて下さい」

私達がそう言うと、ケナファ候は困ったような顔をしました。

「お前の気持ちはよくわかる。ありがたいとも思う。だが、お前は影憑きだ。影憑きが王城に乗り込むのは、あまりに危険すぎる」

予想通りの答えでした。そこで私達は言いました。

「お供させてくれないと、アルニールの真実を暴露しますよ」

ええ、そうです。

私達は畏《おそ》れ多くもケナファ大将軍を脅迫したのです。

その甲斐はありました。ケナファ候は私達の正体を伏せたまま、宿主を侍女として伴うよう、ハウファ様を説得してくれました。

ハウファ様のお側にいられる。またお嬢様のお役に立てる。そう思うだけで心が躍りました。

唯一の懸念《けねん》は私達の正体を悟られることでしたが、これまた幸いなことに、気づかれることはありませんでした。ハウファ様は復讐を果たすことに全身全霊を傾けていて、それ以外のことにはあまり注意を払わなかったのです。

復讐の炎に身を焦《こ》がすハウファ様は壮絶に美しく、その情念は寄る者すべてを焼きつくすかと思われました。ですが、ふとした瞬間に、以前と変わらぬ優しい一面を覗《のぞ》かせることもありました。かつて奴隷の子供に名前を与えたように、ハウファ様は冴《さ》えない田舎女にも名前を授けてくれました。

「では、これから貴方をアルティャヤと呼びます」

あの瞬間、宿主が演じる中年女はアルティャヤになりました。サフラは伴走者である私の——私だけの名前になりました。それぞれに名を得たことで、私達は二つに分かたれました。また高熱を出すのではないかと危惧しましたが、逆に私達は安定しました。意見が対立するたびに悩まされてきた身体の不調もなくなり、泡を吹いて倒れることも、高熱を出すこともなくなりました。

私達はまたしてもお嬢様に命を救われたのです。

アルティャヤは右目から、私は左目から、感動の涙を流しました。

そして改めて、固く固く、時空晶よりも固く誓い合いました。

ハウファ様が復讐を望まれるなら、私達は全力でそれを支持しよう。そして見事復讐が果たされた暁には、何としてでもハウファ様を後宮から逃がそう。たとえ命数が尽きようとも、ハウファ様だけは必ずや守り通すのだ。

私は伴走者なので、アルティャヤのようにハウファ様を慰《なぐさ》めたり、助言したりすることは出来ません。けれど私が使う影の技はきっとお嬢様のお役に立つ。そう思うと、怯《おび》えよりも喜びが勝りました。恐怖よりも勇気が湧いてきました。

「アルティャヤ、遠慮なく私を頼っていいのですよ。同じ過ちは繰り返しません。いきなり城壁を吹き飛ばしたりはしません」

「ああ、んだら、ちょっくら頼みてぇことがあるだよ」

アルティヤが私に命じた仕事。それは内股《うちまた》に挟んだ懐剣《かいけん》を見えなくすることでした。

「お安いご用です」

『投影』という技を使えば外見さえも偽れます。小さな懐剣を隠すことなど造作もありません。

刃物が一切禁じられている後宮に持ち込んだ懐剣。アルティャはそれをハウファ様に渡しました。お嬢様が光神王を突き殺したら、あとは『転移』でお嬢様を遠くに逃がす。私達は心の準備を整えて、その瞬間を待ちました。

しかし、ことはそう簡単には運びませんでした。

懐剣で突いても刺しても、光神王は傷一つ負わなかったのです。

それでもハウファ様は諦めませんでした。光神王を殺す術《すべ》を求めて連日文書館に通い、何百という文献にあたりました。歴史にお詳しいエシトーファ様の協力を得て、一つの答えに辿り着きました。

それがアライス——貴方です。

ハウファ様は決死の思いで貴方を産みました。私とアルティャも命懸けで貴方を取り上げました。一発勝負の大博打《ばくち》でした。しくじったらそこで終わり。次なる機会は望めない。全員がそれを理解していました。

それゆえ私達は迷いませんでした。生まれてきた貴方が、光神王の血筋に生まれないはずの女子であっても、すべての希望を貴方に託すという決意が揺らぐことはありませんでした。

「サフラ、頼みがあるだよ」

生まれたての貴方を抱き上げ、アルティヤは言いました。

「じき六大主教がこの子を検《あらた》めにやってくる。奴《やつ》らの目を欺《あざむ》いて、この子を男の子に見せるだよ」

「男の子に見せるとは、どうすればいいのです？」

「んなの、股の間に男の印があるように見せればいいだよ」

私は仰天しました。咄嗟《とっさ》に言葉が思い浮かばず――

「ひぃやあああああぁ！」

頭蓋骨の中で叫び声を上げました。途端、突風が巻き起こりました。果実《アダシャー》を入れた木皿が吹き飛び、揺《ゆ》り椅子《いす》が倒れ、窓硝子《ガラス》に罅《ひび》が入りました。

「し――――ッ！」

アルティヤが歯の間から息を吐き出しました。

「静かにするだよ。赤ん坊が目ぇ覚ますでねぇか」

「は、破廉恥《はれんち》な！　そ、そんな下劣なもの、『投影』したくありません！」

「言い訳は聞きたくねぇ」

むっつりとした顔で、アルティヤは言い返しました。

「何でもするって誓ったでねぇか」

「それは、確かに、そうですが………」

「なんもうろたえることはねぇ。一座の男どもがブラ下げてた汚ぇヤツを作れって言ってるわけじゃねぇ。ほら、覚えてるだか？　タスクんとこの赤ん坊をよ？　何度か襁褓《おしめ》を替えてやったろが。あの子についてた、かわいくてちんまいヤツ。アレを再現すればいいだよ」

そのように言われて、私は何とか平静を取り戻しました。生まれたての貴方に、かわいくてちんまいヤツを『投影』して、六大主教の目を見事に欺いてみせました。

貴方が今、生きているのは私のおかげなのですよ。

感謝しなさい、アライス。

なにしろ貴方ときたら、その後も片時もじっとしていなかった。いとも容易《たやす》く生命の危機に直面するので、本当に目が離せなかった。幼い貴方が離宮の丸屋根から落ちなかったのも、橋から飛び降りて膝を擦《す》り剥《む》いただけですんだのも、私が貴方を支え、受け止めたからなのですよ。私がいなければ、とうの昔に頭を打って貴方は死んでいましたよ。

感謝しなさい、アライス。うんと感謝しなさい。

貴方が離宮を出た後も、神宿の宮をたびたび抜け出し、迷宮で大冒険を繰り広げている時も、私は貴方を見守っていました。貴方には見えなかったでしょうが、私はいつも傍にいました。アルティヤのいるところ、必ず私もいたのです。

しかし悲しいかな。私は伴走者です。宿主であるアルティヤから三十ムードル以上離れることは出来ません。

あの運命の日、私は異常を察知していました。何かとてつもなく悪いことが起きる。そんな嫌な予感がしていたのです。だから出来ることなら、貴方の傍を離れたくなかった。でも女官長から知らせを聞いて、アルティャは走り出してしまいました。

「待ちなさい、アルティャ。何かおかしいです」

「ファローシャは信用出来ません」

「今は早計に行動すべきではありません」

私が必死に呼びかけても、アルティャは立ち止まろうとしませんでした。ハウファ様の身を案じるあまり、いつもの用心深さを欠いていました。罠《わな》だったことに気づいた時には、すべてが手遅れになっていました。

「アライスを守ってあげて。あの子を安全な場所まで導いてあげて」

ハウファ様にそう言われた時、瞬きほどの間に、私達は脳内で協議しました。

「ハウファ様とアライス様、どちらもお助けしたい」

「けれど、それだけの時空はもう残っていません。助けられるのはどちらか一方だけです」

「私達にとってハウファ様は唯一無二の主人。もちろんアライス様のことも愛しているけれど、ハウファ様への愛には代えがたい」

「同意します。私も同じ気持ちです」

結論は出ました。ハウファ様を連れて『転移』しろ。そう命じられるものだと思っていました。

しかしアルティャは笑って、私にこう言いました。

「サフラ、私の時空をすべてやる。アライス様を守れ。ファウルカの南、悪霊《シャダイ》の森に暮らす影使い達の元にアライス様を導け！」

あの時の気持ちを、何と表現したらいいのでしょう。もう二度とハウファ様には会えない。そう思うと悲しくもありました。なぜ協議の結果を無視するのかと憤《いきどお》りもしました。ですが冷静に考えれば、これがもっとも正しい決断だと納得せざるを得ませんでした。

アルティヤはハウファ様を愛していました。ハウファ様のことを誰よりも深く理解していました。だからこそアルティヤは自分の願いよりも、ハウファ様の願いを優先したのです。

希望を繋《つな》げ。復讐せよ。恐怖の神を打ち砕き、我らが悲願を成就《じょうじゅ》せよ。

アルティヤの覚悟を受け止め、私は貴方を追いました。

その後は無我夢中でした。巻き上げられていく跳ね橋《はばし》の滑車《かっしゃ》を打ち壊しました。貴方の首を貫こうとしていた飛矢の軌道を逸らしました。貴方を乗せた馬の首を叩《たた》いて悪霊《シャダイ》の森へと導き、貴方の時空に誘われて集まってくる死影を撥ねのけました。そして心優しい影使いの夫婦の元へ貴方を送り届け、私の役目は終わりました。

結晶化して砕け散ったアルティヤと同じく、私も霧散してこの世から消える。

……はずでした。

でも、私は消えなかった。

待てど暮らせど、消えることはありませんでした。

私は驚き、うろたえました。憤り、懊悩《おうのう》しました。宿主を失った後も伴走者が消えずに残る。そんな話、聞いたこともありません。伴走者は己の肉体を持たず、それゆえ時空も持ちません。

寄る辺となる宿主なしに、伴走者だけが存在し続けるのは理にかないません。

私はぐるぐると煩悶《はんもん》しました。

これはきっとアルティヤのせいだ。ああ見えて彼女は夢想家だった。窮地《きゅうち》に追い詰められても決して希望を捨てなかった。いつかハウファ様とアライス様とともに後宮を抜け出し、三人で仲良く暮らすのだという夢を、ずっと抱き続けていた。

影が食べるのは時空ではなく、時空から生まれる望みや希望だったのです。アルティヤが抱いていた途方もない夢。それを喰ってしまったがゆえに、私は消えずに残ってしまったのです。

ああ、なんたる不幸！　なんと残酷な仕打ちでしょう！

伴走者の声を聞き、姿を見ることが出来るのは宿主だけです。命令する者がいなければ、影の技を使うことも出来ません。見ていることしか出来ず、ただ存在しているだけ。消滅することさえ出来ず、やがては名を忘れ、自我を失い、時空を求めて人を襲う死影になる。

きっとこれは罰《ばつ》なのだ。

アルティヤから貴重な時空を奪い続けてきた罰《ばち》が当たったのだ。

どんなに嘆き悲しんでも、私の声を聞くものはもういません。あまりの孤独に私はほとんど死影と化していました。ですが意識を取り戻した貴方が、自分の認識を悔い改め、慚愧《ざんき》の涙を流すのを見た時、なぜ私が消えずにいるのか、わかったような気がしたのです。

ハウファ様は「アライスを守ってあげて」と言いました。その願いを叶えるために、アルティヤはすべての時空を投げ出しました。でも本当は二人とも、アライスの成長を見守りたかったはずなのです。しかしそれは叶わないから、その役目を私に託したのです。

私は伴走者。私の役目はともに走ること。ならば二人の母親の代わりに、私がアライスと走ろう。この時空が尽きるまで、彼女の成長を見守ろう。

そう決意したはいいものの、見ていることしか出来ないというこの状況は、なかなかに辛《つら》いものがありました。

恐怖の神を打ち砕き、平和で平等な国を造る。そんな法外な野望を背負うには、貴方はあまりに非力でした。ハウファ様のような賢さも持たず、アルティヤのような知恵もない。イズガータ様のような技量もなく、アーディン副団長のような狡猾《こうかつ》さもない。どんなに鍛錬《たんれん》を重ねても、痣《あざ》だらけ傷だらけになって悔し涙を流しても、ケナファ騎士団では力がすべて。ゆえに貴方は誰にも認めて貰えませんでした。頑張る貴方を嘲笑《ちょうしょう》し、馬鹿にする者も大勢いました。

それでも貴方は諦めなかった。異国の王子に攫《さら》われそうになり、足に剣を突き立てられてもなお、戦うことをやめなかった。強くもなく、賢くもなく、粗忽《そこつ》で迂闊《うかつ》で特に秀でた才もない。どこまでいっても凡庸《ぼんよう》な貴方が、唯一持っていた才能――

それが『諦めない心』です。

厳しい訓練に血反吐《ちへど》を吐いても、力尽きて倒れても、貴方は必ず立ち上がった。不当に恨まれても、所詮はお飾りだと誹《そし》られても、貴方は決して腐らなかった。貴方はいつだって、いじらしいほど一生懸命だった。愚直《ぐちょく》に前だけを見て、歯を食いしばって走り続けた。ハウファ様の言いつけを守り、己を滅して、民の幸福を願い、命を懸けて戦った。自分のためでなく民のために、平和で平等な世を造るために、全霊を捧げて頑張り抜いた。

貴方が自分のために動いたのは一度きり。でも結局はそれさえもなげうち、貴方はこの国を救おうとした。愚直に、真摯《しんし》に、魂を込めて訴えかけ、ついには恐怖に凍り付いていた人々の心さえも突き動かした。

ご覧なさい、アライス。

この青空を。

天空に輝くまばゆい太陽を。

貴方はハウファ様の悲願を果たした。誰もが願い、それでも出来なかったことを、こうして見事に成しげた。

「私は使命を果たした。もう満足だ。悔いはない」

そう思っていませんか？

だとしたら甘いです。甘いですよ、アライス！

確かに貴方は恐怖の神を打ち壊した。けれど、それだけでは足りません。思い出しなさい、アライス。貴方の夢は何ですか？　誰もが平等に暮らせる新しい国を造ることではないのですか？

その夢はいまだ果たされていません。貴方の旅は終わっていません。貴方はまだ走らなければならないのです。走って、走って、走り続けて、そして貴方は誰よりも幸せにならなければいけないのです。

素直で真面目で不器用なアライス。

人のため、誰かのため、自分の気持ちを押し殺してしまうアライス。

そんな貴方だからこそ、生きて幸せにならなければならないのです。貴方の努力は報われるべきです。ハウファ様の自己犠牲、アルティヤの献身、すべて報われるべきなのです。

お願いです、アライス。

懸命に頑張った者が嘲笑されることのない世界を造って下さい。まっとうに生きようとする者が、まっとうに生きられる世界を造って下さい。夢や理想を語る者が、迫害されたり潰されたりすることのない、平和な世界を造って下さい。それは夢物語ではないのだと、貴方自身が幸せになることで証明して下さい。百年《サナ》かかっても二百年《サナ》かかってもいい。必ず実現すると約束して下さい。


私からの遺言は以上です。


アライス……

貴方に私の声が聞こえないのはわかっています。

それでも私は信じています。たとえ言葉として伝わらなくても、私の思いは貴方に届いていると。音もなく降る雪のように、春風に舞う花びらのように、貴方の心に降り積もっているはずだと。

ならばこそ、私は私自身に命じましょう。私の夢をすべて費やし、貴方を叩き起こしましょう。

ここにはいない二人の母親に成り代わり、ここまで貴方を見守り続けてきた三人目の母親として、貴方を目覚めさせましょう。

アライス……聞こえますか、アライス。
いつまで寝ているのです。
皆が貴方を待っていますよ。

さぁ、目を覚ましなさい。

『夢の上2　紅輝晶・黄輝晶』
この作品は、二〇一一年一月、C★NOVELS版として刊行され、その後、『夢の上　夜を統べる王と六つの輝晶2』と改題、加筆訂正し、二〇二〇年二月、中公文庫版が刊行されました。この度の単行本化にあたり、書き下ろし短篇「輝晶の欠片　伴走者の遺言」を新たに収録しました。

装画　六七質
装幀　西村弘美
地図　平面惑星

多崎 礼

二月二〇日生まれ。二〇〇六年、『煌夜祭』で第二回C★NOVELS大賞を受賞しデビュー。そのほかの著書に『〈本の姫〉は謳う』（全四巻）、『夢の上』（全三巻）、『夢の上 サウガ城の六騎将』、『八百万の神に問う』（全四巻）、『叡智の図書館と十の謎』、『神殺しの救世主』、『血と霧』（刊行中）、『レーエンデ国物語』（刊行中）がある。

公式ブログ・霧笛と灯台

http://raytasaki.blog.fc2.com/

夢《ゆめ》の上《うえ》2 紅輝晶《こうきしょう》・黄輝晶《おうきしょう》

二〇二四年一〇月一〇日 初版発行

著者 多崎《たさき》 礼《れい》

発行者 安部順一

発行所 中央公論新社

〒一〇〇-八一五二

東京都千代田区大手町一-七-一

電話 販売〇三-五二九九-一七三〇

編集〇三-五二九九-一七四〇

URL https://www.chuko.co.jp/

DTP ハンズ・ミケ

印刷 大日本印刷

製本 小泉製本

Printed in Japan ISBN978-4-12-005834-9 C0093